KB202267

눈먼
시계공

1

눈먼
시계공

1

김탁환·정재승 장편 소설
김한민 그림

민음사

인간은 한때 모든 신비로운 존재 중 가장 위대한 존재로 알려졌다.

그러나 나는 우리 자신의 존재가 더 이상 신비하지 않다는 확신이 생겼다.

왜냐하면 그 비밀이 이제 풀렸기 때문이다.

리처드 도킨스, 『눈먼 시계공』에서

1권 차례

2권 차례

●민음사 홈페이지(www.minumsa.com)에 들어오시면 용어 해설을 내려받으실 수 있습니다.

등장 인물

은석범

서울특별시 보안청 특별 수사대 소속 스티머스 수사팀 초대 팀장. 검사. 훤칠한 키에 미남으로 활달한 성격이지만 내면에 어두운 부분이 적지 않다. 취미는 뇌 관련 서적 읽기이고 특기는 시 암송. 별명은 음유 시인.

노민선

로봇 공학 한림원 에이카로의 신경 과학자. 세계적인 수준의 논문을 발표하며 뇌-로봇 인터페이스를 연구하고 있다. 현재 격투 로봇 글라슈트 개발자인 최볼테르의 팀에서 일하고 있다.

최볼테르

서울특별시를 대표하는 과학 기술 연구 기관인 에이카로의 로봇엔터네인먼트학과 교수 겸 차세대 로봇 연구 센터 '린지'의 최연소 소장. 배틀원용 격투 로봇 글라슈트의 개발자이다. 지상 최강의 로봇을 꿈꾸는 로봇 공학자.

남앨리스

보안청 스티머스 수사팀 형사. 혼혈 백인. 작은 키, 하얀 피부, 초록 눈동자에 갈색 단발 머리의 곱상한 외모와는 달리 다혈질이며 괄괄하다.

서사라

글라슈트 팀의 무술 코치. 태껸을 기본으로 한 신종 무술 W의 달인이다.

글라슈트

최볼테르 연구팀에서 개발한 배틀원용 격투 로봇. 무술 W를 응용해 격투를 벌인다. 배틀원 2049를 뜨겁게 달굴 다크호스.

스티머스의 탄생

기억은 세포를 바꾼다.

　경험은 세포의 화학적 성질을 변화시키고 세포 사이 연결 방식을 송두리째 흔들어 새롭게 반응하도록 만든다. 경험이 끔찍할수록 세포는 미세한 부분까지 전부 기억한다. 기억은 마음에 남는 것이 아니라 세포 하나하나에 아로새겨진다.

　세포의 변화가 곧 기억이다.

이 메모를 끼적인 기억이, 없다. 2045/02/09. 그로부터 35개월 후인 2048년 1월 9일, 서울특별시 보안청 소속 은석범 검사는 프로젝트 결과를 수뇌부에 보고하기 위해 대기 중이었다. 연구 노트를 펼치고 연단에 서서 텅 빈 좌석을 노려보며, 노회한 수뇌부 검사들의 예상 질문을 마지막으로 점검했다.

　오전 10시, 보안청 간부 여섯 명이 정례 회의를 마치고 한꺼번에 11층 세미나실 문을 열고 들어섰다.

　"시작하게."

　정년이 2년 남은 83세의 부장 검사가 의자에 천천히 앉으며 말했다.

"저희 연구팀이 특별시립 뇌 박물관 학예팀과 함께 개발한 단기 기억 재생 장치 스티머스는 간편하진 않습니다."

석범이 저도 모르게 미간을 찡그렸다.

멍청이! 간편하지 않다고?

피해자의 뇌를 24시간 안에 120마이크로미터 이하로 절편하고 영양분이 포함된 장액인 세럼을 계속 주입해 세포 수축을 막는 과정이 번거롭긴 해도, "간편하진 않습니다."는 어울리는 표현이 아니다.

"하, 하지만 스티머스는 특별시 보안청의 과학 수사에 새로운 교두보를 마련할 기술이라고 생각합니다."

간부들은 원두 커피를 따르고 과자를 먹으면서 제출된 자료 파일을 뒤적였다. 실패가 예정된 프로젝트로 간주하는 분위기였다.

"스티머스는 숏트텀 메모리 리트리벌 시스템(Short-term Memory Retrieval System)의 약자 STEMERS에서 따온 것입니다. 스티머스는 피해자의 전전두엽에서 가장 최근 주입된 기억을 추출하여 영상으로 재생하는 장치입니다. 이 장치의 원리를 말씀드리기 전에 먼저 간단한 동영상 한 편을 보시죠."

지지지지.

잡음과 함께 낡은 동영상에 등장한 이는 사람이 아니라 원숭이였다. 석범이 화면의 흐름에 맞춰 설명을 이었다.

"원숭이의 이름은 피터입니다. 실험을 고안한 예일대 신경 생물학 프로그램 패트리샤 골드만 라킥 교수는 대학 시절 인상 깊게 본 연극에서 따온 '피터'라는 이름을 자신의 오랜 실험 파트너에게 붙였습니다. 별명은 '소림사 승려'인데요. 실험을 위해 머리털을 밀었기

때문입니다.

피터는 두개골 앞부분에 전극 두 개를 꽂고도 의자에 얌전히 앉아 있습니다. 배가 고파도 소리를 지르거나 사지를 흔들지 않습니다. 벌써 2년 반째 라킥의 실험에 참여하니까요.

피터가 자기 앞에 놓인 하얀 스크린 중앙의 빨간 십자 표시를 주시하고 있습니다. 피터의 등 뒤에 라킥 교수를 위한 실험 장비들이 잔뜩 있는 게 보이실 겁니다. 초록색 오실로스코프 영상을 통해, 원숭이 전전두엽에 있는 신경 세포의 활동량을 확인하고 있습니다.

정확히 5초가 지났습니다.

오른쪽 45도 각도에서 파란 점 하나가 등장했다가 사라졌죠? 이쪽 오실로스코프 영상을 보세요. 신경 세포가 요동치기 시작합니다. 피터의 뇌가 열심히 뭔가를 하고 있다는 뜻입니다. 하지만 피터는 파란 점 쪽으로 눈동자를 돌리진 않고 여전히 빨간 십자 표시만 응시합니다.

10초 후 빨간 십자 표시가 사라집니다. 피터는 비로소 파란 점이 등장했던 지점으로 눈동자를 옮기는군요. 10초 동안 이 원숭이는 빨간 십자 표시를 응시하고 있었지만, 십자 표시가 사라지자마자 파란 점이 나타났던 방향으로 눈동자를 옮기려고 궁리 중이었던 겁니다. 원숭이가 파란 점을 바라보기 직전까지는 전전두엽 세포들이 요동쳤지만, 눈동자를 옮긴 뒤로는 심한 움직임이 사라집니다. 단기 기억을 하는 동안에만 신경 세포 활동이 증가했다는 뜻입니다. 전전두엽 신경 세포들이 단기 기억을 담당하고 있음을 증명한 것이죠.

'프리프런셜 커텍스'의 뉴런은 단기 기억을 하는 동안 1초에 수십 개의 스파이크들을 내보냅니다. 이런 지속적인 스파이크 발생이 뇌에서 단기 기억을 표상한다는 사실을 라킥 교수가 처음 발견한 겁니다. 50년 전 그러니까 1990년대의 일입니다."

석범의 설명이 끝나자 화면도 멈췄다. 어색한 침묵이 흘렀다. 최대한 쉽게 단기 기억 재생 원리를 설명하려고 준비했지만, 뇌의 활동은, 1990년이든 2048년이든, 뇌 전문가가 아닌 한 이해하기 어렵다.

"프리프런셜 커텍스가 전전두엽이라고 했지?"

부장 검사는 복잡한 의학 용어가 익숙하지 않은 듯 확인했다. 석범은 숨이 턱 막혔다. 머저리! 의학 용어를 친절한 설명은커녕 번역도 않고 뱉은 것이다.

"아, 네 죄송합니다. 전전두엽……! 맞습니다. 전전두엽의 세포 활동을 분석하면 약 10분 이내의 단기 기억을 추출할 수 있습니다. 살해된 피해자들에게 가장 최근 기억이란 죽기 직전의 경험이겠지요. 그 기억을 면밀히 살피면 범인에 대한 결정적인 증거를 찾을 수 있습니다."

"그건 살아 있을 때 얘기고. 단기 기억이 뇌세포의 전기적 활동이라는 형태로 저장된다고 하지 않았나? 죽은 자의 뇌에선 그 활동을 측정할 수 없을 테니 오히려 부정적인 결론에 도달할 것 같은데?"

석범은 그 질문을 기다렸다는 듯이 답했다.

"2018년 미국 캘리포니아 대학교 버클리 캠퍼스의 로버트 푸 교수와 그의 동료들이 했던 실험은 페트리디시, 아, '실험 접시' 위의 뇌세포 절편도 단기 기억을 저장하고 있음을 보여 주었습니다."

"단기 기억이 신경 세포들의 구조적 성질도 바꾼단 말인가?"

"저희 연구팀이 주목한 현상이 바로 그겁니다. 일상에서 어떤 일을 잠시 기억했다가 곧바로 잊더라도, 같은 일이 여러 번 반복되면 그 단기 기억은 장기 기억으로 넘어갑니다. 부장님이 공만호 검사의 딸 현지의 이름을 열 번쯤 물으시고 나서는 제대로 기억하시는 것처럼 말입니다."

"사라졌던 단기 기억이 반복적으로 제시됐을 때 장기 기억으로 넘어간다는 거지? 단기 기억들이 전전두엽 어딘가에 어떤 형태로든 저장되어 있다는 얘기군."

"네, 그렇습니다. 푸 교수는 우리가 단기 기억을 하고 있는 동안, 스파크를 계속 생성하기 위해, 전전두엽 뉴런들의 세포막에 이온 채널이 순식간에 늘어나고 시냅스 사이에 정상 세포 간의 신호 전달을 유도하는 글루탐산 수용체인 엔엠디에이들이 증가한다고 주장했습니다. 푸 교수는 자신의 주장을 '뇌 절편 실험'에서 확인했던 거고요. 전전두엽 세포들의 시냅스 연결 강도 분포와 세포막의 성질 변화를 매 순간 매핑하면 죽은 자의 뇌에서도 가장 최근 기억을 끄집어 낼 수 있다는 가설하에 저희 연구를 시작했습니다. 영상으로 재생하려면 전전두엽에 인출 신호를 넣어 주는 작업이 필요합니다만, 그리 어려운 일은 아닙니다. 흥미롭게도 푸 교수는 기억할 자극의 강도가 셀수록 세포 변화가 현저히 커진다고 논문에 적었습니다."

"살해당하는 상황만큼 강한 자극도 없겠지."

복잡하고 어려워 귀찮다는 표정을 내내 짓던 간부가 끼어들었다.

"긴말 말고, 재생한 영상이나 봅시다!"

석범도 사례 발표로 방향을 바꿨다.

"사건 번호 1! 30세, 58퍼센트 인간, 여, 유전 형질 연구원, 직접 사인 뱀독에 의한 급성 중독, 간접 사인 오른 팔꿈치 절단에 의한 과다 출혈. 지금부터 서울특별시 종로 8가 상업 지구 '앙상블'에서 살해된 박진숙의 브레인 스캔을 시작하겠습니다. 브레인에서 인출할 피해자의 단기 기억은 120초입니다."

또각또각 어둠을 뚫던 구두 소리가 멈춘다.

밝아진 화면에는 흰 발자국이 무수하다. 눈 쌓인 길바닥이 흔들흔들 이어지다가, 하트 모양 안내판의 빨간 테두리를 훑고 중심을 향한다.

"어서 오십시오. 명품 거리 '앙상블'입니다. 입장이 가능하십니다."

안내판을 지나서 거리로 접어든다.

깜짝 파티처럼, 꽃비가 내리고 모차르트 현악 4중주가 깔린다. 좌우 벽을 따라 순식간에 화려한 가게들이 늘어선다. 이 세상 단 한 사람만을 위한 명품으로 가득한 거리다. 잘생긴 남자 모델 로봇들이 껑충껑충 음표를 밟으며 다가온다.

"진숙 고객님! 열흘 만이네요. 반갑습니다. 동행한 손님이 찾으셨던 아마존 악어 가방, 준비해 뒀습니다."

"됐어요!"

악어 가방을 밀친다.

"진숙님! 구두를 바꾸실 때가 훨씬 지났……."

"됐거든요."

쌀쌀맞게 대꾸해도 그들은 미소를 잃지 않는다.

"이 스카프는 마음에 드실 겁니다."

검은 가면으로 눈을 가린 모델이 사방 연속 코브라 무늬 스카프를 손님 어깨에 걸친다.

"다음에! 지금 바빠."

손사래 친다. 어깨랑 어깨가 스친다. 모델이 뒷걸음질로 따라와선 막는다. 가면 속 푸른 눈동자에 손님의 얼굴이 담겨 있다.

"아름다움으로 타인의 심장 박동을 4초 만에 평균 32퍼센트 이상 촉진시키는, 특별시 연합 공식 인정 미인을 위한 제품입니다."

멈춰 선다.

손등을 세운 팔이 천천히 모델의 얼굴로 향한다. 손끝이 입술에 닿는다.

"아! 따, 듯, 해."

모델 품에 안긴다. 가슴을 이마로 톡톡 치며 속삭인다.

"깜짝 놀랐잖아. 겨우 20분 늦었는데, 그사이를 못 참고 마중 나온 거야? 웨딩드레스나 고르며 기다리겠다더니……."

포옹을 푼다. 모델의 도톰한 입술이 다가온다. 어깨에서 흘러내리는 스카프가 깜빡깜빡 흐릿하다. 코브라 무늬 아래 둥근 띠를 닮은 무엇인가가 목덜미로 파고든다.

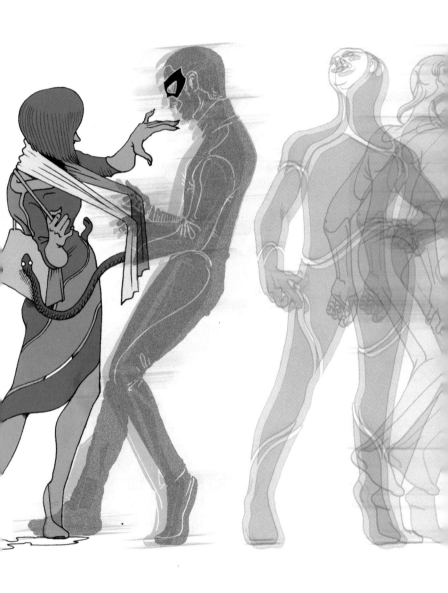

화면이 심하게 요동치고 시야가 차츰 낮아진다. 무릎이 꺾이고 머리가 바닥에 부딪힌다. 뱀 한 마리가 무릎 아래에서 기어 나온다. 모델이 그 뱀을 집어 들고 가면을 벗는다. 가슴, 어깨, 목, 얇은 입술, 콧잔등, 눈동자가 따로따로 잘려 뒤섞인다.

"편히 쉬어. 사랑해."

손바닥이 화면을 서서히 덮는다. 잔손금들이 뿌옇게 확대되고······ 돌연 어둠이다.

점점점 점점 점, 구두 소리 멀어진다.

스티머스를 통해 영상으로 되살린 박진숙의 최후는 여기까지였다. 석범은 화면을 돌려 살인범의 조각난 이목구비를 퍼즐처럼 맞추었다. 매부리코에 눈이 깊고 차가운 백인이다.

"이름은 매튜 클라크, 전과 8범, 살인 및 시체 유기 혐의로 특별시 연합 수배자 명단에 등록된 지 3년이 지났습니다. 변장술에 능하고 아마존 강가에서 성장하여 파충류를 다루는 솜씨가 뛰어납니다. 한 달 전, 유전 형질 연구소에서 코브라보다 92배나 독성이 강한 은초롱뱀이 사라졌는데, 클라크는 수배되기 전부터 이 뱀을 탐내 왔습니다. 박진숙은 앙상블에서 예비 신랑의 이름을 새긴 예물 시계를 샀습니다. 스미스. 바로 이자가 클라크로 추정됩니다."

부장 검사가 벌떡 일어나서 소리쳤다.

"놀랍군! 클라크 저 새끼 잡아와. 그리고 이거, 스티머스? 내일부터 사건에 바로 투입해. 아니지. 은 검사 자네에게 특별 수사권을 주지. 아예 특별 수사대 아래 팀을 하나 만들어 봐. 스티머스 수사팀, 어때?"

1부

나는 장님이 되어 가는 사람의
마지막 남은 눈동자처럼
고독하다

로봇 방송국 보노보

인간만이 번식과 무관하게 사랑을 즐긴다고 확신하던 어리석은 시절이 있었다. 피그미침팬지인 보노보가 이 가설을 깼다.

보노보들은 영역을 둘러싼 무리 다툼을 벌이기 직전, 이쪽 암컷 보노보가 저쪽 수컷 보노보와 사랑을 나눔으로써 순식간에 평화를 만든다는 사실이 발견된 것이다. 지난 300년간 과학자들의 실험실 안에서 인간'만'이 가능하다고 여긴 많은 일들이 소란스럽게 제시되었다가 슬그머니 사라졌다.

서울특별시 보안청은 2049년 로봇 채널 보노보 개국 축하쇼 경호를 두 사람에게 맡겼다. 지난 1년 동안, 스티머스 수사팀은 스티머스로 35건의 살인 사건을 해결했다. 살인범 검거에 비하자면 축하쇼 경호는 달콤한 휴식이었다. 행사장 입구에 서서 초청 인사의 신원을 확인했다.

"보노보 보노보 보노보 보노보!"

석범은 첫 음이 강하고 끝 음을 약하게 두 번 읊었다가 첫 음은 약하고 끝 음이 강하게 두 번 되뇌었다. 보노보란 채널 이름이 의미심장했다. 보노보가 무너뜨린 인간다움의 근거를 로봇이 이어 가겠다는 선언이리라.

로봇 전문 방송국인 보노보가 서울특별시에서 처음 개국하는 것 또한 각별히 주목을 끌었다.

지방 자치제가 활성화되고 국가보다 지역 내 기업의 경제적 영향력이 증대되자, 2040년부터 각 나라마다 특별시 체제로 재편하는 사례가 유행처럼 크게 늘었다. 유엔 통계에 따르면, 2040년 68개 나라에서 198개 특별시가 등록됐고, 그 후로 8년 동안 102개의 일반시가 특별시로 승격하여 올해로 꼭 300개를 채웠다.

특별시는 유시티(U-City, 유비쿼터스 기능을 행정에서 일상 생활까지 완벽하게 구현한 도시)의 성격이 매우 강했고 중앙 정부로부터 간섭받지 않고 다양한 행정 제도를 유지하며 개성 넘치는 문화들을 일구었다. 그중에서도 서울은 로봇과 6세대 인터넷을 중심으로 한 테크노피아 도시로 진화했다. 세계 최초의 로봇 방송국이 들어서기에 더없이 좋은 도시였다.

축하쇼 경호는 보안청 특별 수사대 R 경호팀(로봇 경호팀)의 고유 업무다. 로봇 전문 채널 설립을 반대하는 반(反)기계 문명 시민 단체들이 축하쇼를 아수라장으로 만들겠다고 협박 전화를 한 후 경호 업무가 스티머스 수사팀으로 넘어왔다. 반기계 문명 시민 단체에서 물풍선이라도 던진다면, 로봇들은 경호 로봇 수칙에 따라 그들을 강력하게 진압할 것이다. 살인 금지 명령을 내린다 해도 크고 작은 마찰은 각오해야 한다. 석범은 보노보와 맺은 경호 협정문을 되짚었다.

하나, 시위대의 안전을 지키는 범위 안에서 진입을 막을 것.
하나, 시위대가 인간과 로봇을 파괴하는 것을 저지할 것.

하나, 초청 인사의 안전을 최대한 보장할 것.

잔칫상에 잿밥 뿌리지 않도록 막기만 하라는 뜻이다.

"몇 번을 말씀드려야 아시겠습니까? 이 기계 팔은 미등록입니다."

파트너인 남앨리스 형사였다. 은색 드레스를 멋지게 차려 입은 여인을 제지한 것이다. 여인 옆에 있던 매니저가 볼멘소리를 했다.

"아이, 정말 왜 이러세요? 「내 사랑, 행성을 가로지르며」도 못 보셨어요? 그 드라마 주인공 서령이라고요? 이보다 더 확실한 신원 증명이 어디 있어요? 초청장도 제시했잖아요."

앨리스는 M31 안드로메다 은하 모양 초청장을 들고는 초록 눈동자를 깜박이며 차분하게 설명했다.

"이 초청장은 진품입니다. 저도 「내 사랑, 행성을 가로지르며」는 한 회도 빼놓지 않고 다 봤지요. 정말로요! 얼굴이나 체형만으론 신원 확인이 어렵습니다. 요즘이 어떤 세상인지 잘 아시잖아요? 손목 혈관 인식이 불가능할 경우에는 기계 팔의 등록 상황을 체크해야 합니다."

여배우가 가늘고 고운 두 팔을 치켜들며 짜증을 냈다.

"이게 얼마짜리인 줄 알아? 세계에서 딱 한 벌밖에 없는 명품 중의 명품이야. 내가 이걸 구입했다는 기사가 방송이나 미디어스피어를 도배했는데 모른단 말이야?"

"가격 따윈 관심 없습니다. 신체에 이식하는 인공 장기는 '등록 후 사용'이 필수 요건인 건 아시죠? 그 팔은 미등록입니다. 세금을 안 내려고 등록을 미룬 건 아닌가요? 그리고……."

앨리스가 말을 멈추고 끝이 반짝이는 검색봉을 서령의 얼굴로 들어올렸다.

"씨비 쓰리 나노 튜브 홍채 역시 미등록이군요. 들어가실 수 없습니다."

인공 장기에는 정가의 4퍼센트씩 공공세가 붙었다. 인공 장기 구입 자금이 없어서 고통 받는 극빈자 지원 사업으로 전액 사용되는 세금이다. 장기를 구입한 사용자가 상품 이름과 고유 번호를 등록하고 세금을 납부하는 것이 원칙이지만, 비싼 장기를 선호하는 유명인 중에는 등록을 기피하거나 무시하는 경우가 종종 있었다.

"왜 그래?"

석범이 앨리스 곁으로 다가와 섰다. 앨리스가 씩씩거리며 목소리를 높였다.

"신원 확인이 불가능합니다. 테러 위협 때문에, 신원이 불분명한 이는 출입을 금하라는 명령을 받지 않았습니까? 그런데 자꾸 들어가겠다고 고집을 부리네요. 얼굴만 척 보더라도 통과시켜 줘야 하는 것 아니냐 윽박지르고. 쌍! 이건 공무 집행 방해죠. R 경호원이라면 벌써 '체포 및 강제 연행 프로그램'을 실시했을 겁니다."

반기계 문명 시민 단체가 앨리스와 서령을 향해 동시에 손을 흔들었다. 손바닥에 인공 각막을 삽입하는 기술이 선보인 지도 10년이 훌쩍 넘었다. '손을 펴고 흔드는 행위'는 인사인 동시에 '촬영'을 의미한다.

서령이 얼굴을 가리고 매니저 뒤로 숨었다.

매니저가 주먹을 들어 세 번 빙글 빙글 빙글 돌렸다. 가족이나 애인 혹은 친한 벗끼리 현재 위치를 알리는, "그대가 어디에 있든지 그대는 혼자가 아닙니다!"라는 따뜻한 문구와 함께 시작하는 '존재

확인 시스템'을 작동시킨 것이다. 새끼손톱만 한 칩을 옷깃이나 가방에 붙여 두면 지하 50킬로미터 지상 50킬로미터까지 추적이 가능했다. 완벽한 고독이 어려운 시대였다.

출입문을 박차고 2미터 50센티미터는 족히 넘는 거인이 성큼 걸어 나왔다. 보노보의 사장 찰스 박터였다. 테일코트가 깔끔했다. 두 다리 사이로 칼슈미트왕도마뱀 꼬리처럼 둥글고 긴 기계봉이 바닥을 통통통 경쾌하게 쳤다. 사람들은 이걸 '가운뎃다리'라고 놀려댔다. 찰스의 그 유명한 세 번째 변신 다리였다. 레드 카펫으로 올라선 찰스가 서령을 향해 손을 흔들었다.

석범과 앨리스는 때론 무기(武器) 때론 성기(性器)로 자유롭게 바뀐다는 기계봉을 유심히 살폈다. 둥글게 말려 올라가 꼬리처럼 엉덩이에 붙기도 하고 살 앞으로 뻗기도 했다. 가끔씩 무릎 혹은 발목을 나뭇가지처럼 비집고 나와서 사람들을 놀라게 했다.

수술 전 찰스의 키는 150센티미터도 되지 않았다. 끔찍한 교통 사고 후 로봇 엔터테인먼트로 생긴 거금으로 하반신을 세 개의 기계 다리로 대체했다. 석범은 연골염 때문에 무릎 아래로 기계 다리를 붙였지만, 찰스 같은 부자들은 육체적 능력을 키우거나 정신적 콤플렉스를 보완하는 수단으로 인공장기를 이용했다. 혐오감을 유발하는 장기 사용은 특별시 연합법으로 금지되었다. 다수(多手)나 다족(多足) 그리고 다두(多頭)는 허용되지 않았다. 그러나 찰스의 다용도 변신 다리는 '기계봉'으로 등록되어 제재를 받지 않았다.

"오, 찰스!"

고개 돌린 서령의 눈에 눈물이 고였다. 통통통통 소리가 점점 크고 빨라졌다. 서령은 다가온 찰스의 품에 쓰러지듯 안기더니 단단하고 넓은 가슴에 얼굴을 묻고 눈물을 줄줄 쏟았다.

석범은 급히 퍼플 페드(Purple Pad, 7세대 스마트 노트북)로 찰스와 서령을 검색했다. 두 사람의 염문설이 담긴 뉴스가 1만 개도 넘게 떴다. 서령이 로봇 엠시 남(南)과 함께 보노보의 핵심 시간인 밤 11시부터 1시까지 「로보 사피엔스 인터뷰」를 진행하는 것도 찰스의 배려 때문이라는 논평이 붙었다. 석범은 서령을 막고 선 앨리스의 팔목을 슬쩍 끌어당겼다.

'왜 이래요?'

앨리스의 초록 눈동자가 더욱 동그라지고 커졌다. 석범은 턱만 아주 살짝 저은 후 팔목에 힘을 실었다.

투웅!

찰스가 세 번째 다리를 높이 들어 힘껏 바닥으로 내리쳤다.

"누가 우리 피앙세를 울렸지? 어떤 놈이야? 당장 나와!"

서령이 미등록 기계 팔을 들어 앨리스를 지목했다.

"저, 저 년이…… 나보고 가짜라고…… 내가 서령이 아니라고……."

찰스가 눈을 부라리며 앨리스를 향해 펄쩍 뛰었다.

'망나니'라는 별명답게 남녀노소를 구분하지 않고 걷어찬 후 돈으로 수습하기를 반복하는 무뢰한이 찰스다. 그가 무시무시한 속도로 다가왔지만 앨리스는 물러서지 않고 눈을 꾹 감은 채 버텼다.

"잠깐만!"

석범이 앨리스 앞으로 나섰다. 찰스는 움직임을 멈추고 석범에게 눈을 부라렸다.

"축하쇼 경호 책임을 맡은 보안청 검사 은석범입니다. 초청 인사의 신원 확인은 저희들 임무입니다. 유명인으로 가장하여 테러 및 각종 범죄를 자행하는 범죄 조직에 관한 뉴스는 사장님께서도 접하셨을 겁니다. 특히 여배우 서령은 사장님 옆자리에서 축하쇼를 관람할 VVIP이기 때문에 더더욱 철저한 신원 확인이 필요했습니다. 남 앨리스 형사는 살인범 45명을 체포한 베테랑으로서 책임감이 투철하고 특히……."

찰스의 그 유명한 가운뎃다리가 낭창낭창 자라더니 양산처럼 퍼진 삼중 톱날이 양산처럼 회전하기 시작했다. 휘청거리는 다리가 채찍처럼 날아든다면 살갗이 찢기고 갈비뼈마저도 끊어지리라.

석범은 눈을 크게 뜨고 버텼다. 망나니 찰스가 무서워 줄행랑친 검사로 기억되긴 싫었다. 무모할 만큼 자존심이 세다는 면에서, 석범은 '5차원 처녀', '막무가시내' 앨리스와 딱 어울리는 콤비였다.

돌개바람을 가르는 소리는…… 기다려도 기다려도 들리지 않았다.

실눈을 떴다. 찰스의 변신 다리가 슬로모션으로 줄어들었다. 삼중 톱날도 자취를 감추었다. 시민 단체들 앞에서 행패를 부리는 것은 찰스로서도 부담이었다. 보노보의 앞날을 망칠 수는 없었다.

"VVIP의 신원 확인이 필요하면 괜한 짓 말고 즉시 날 불러. 초청 인사의 안전을 최대한 보장할 것! 경호 협정문에 적힌 대로만 하면 돼. 알겠나?"

"알겠습니다."

"다시 소란을 피울 땐 가만 두지 않겠어, 검사 놈이든 형사 년이든!"

법보다 기계 다리가 앞서는 찰스가 서령의 팔짱을 끼고 통통 통통통 출입문으로 들어갔다. 앨리스가 가슴을 쓸어내리며 한숨을 내쉬었다.

"휴우! 돼지는 줄 알았네. 세 번째 다리가 무슨 자랑이라고 으스대는 꼴이라니……. 특별시장은 뭘 믿고 저 따위 개망나니에게 채널 신설을 허락했죠? 정말 찰스가 시장의 재선을 돕기로 한 겁니까?"

"정직한 사람만 채널을 가진다면 특별시엔 남아 있는 방송국이 없을걸."

석범이 시위대의 움직임을 살피며 받아쳤다. 그들은 로봇을 저주하고 자연을 칭송하는 노래를 부르면서 손으로 직접 쓴 피켓을 흔들어댔다. 방송국으로 달려든다거나 폭발성 물건을 투척하는 일은 아직 없었다.

고깔 모양의 공연장을 감싼 360도 원뿔 화면에서 보노보 개국 쇼의 시작을 알리는 로보케스트라의 팡파르가 울렸다.

호모 에렉투스, 호모 루덴스, 호모 파베르, 호모 폴리티쿠스, 호모 날리지언, 호모 모벤스, 호모 텔레포니쿠스 그리고 호모 사피엔스.

인간의 정의(定義)가 다양한 만큼 로봇을 바라보는 틀 역시 변화를 거듭했다. 안드로이드들은 '로보 사피엔스', 지혜로운 로봇을 가장 선호했다. 사람 냄새가 물씬 풍기기 때문이다.

축하쇼 단독 진행을 맡은 이는 로봇 엠시 남이다. 이 안드로이드는 40여 년 전 큰 인기를 끌다가 돌연 낙향하여 레저 사업가로 변신한 개그맨과 기막히게 비슷했다. 눈가의 주름과 재치 있는 말투, 사람 좋은 웃음까지 똑같았다.

「로봇들의 수다」를 진행하는 로봇 엠시 남이 사이보그라는 풍문이 돌았다. 젊음을 되찾기 위하여 거금을 쏟아 부어 팔다리와 가슴

그리고 얼굴 일부를 기계로 대체한 후 로봇 행세를 한다는 것이다. 로봇 엠시 남이 구사하는 언어가 인공 언어의 한계를 넘어섰다는 전문가 지적도 따랐다. 그 늙은 개그맨이 2045년 겨울부터 무창포 별장에서 종적을 감추었기 때문에 의심은 증폭되었다. 사이보그냐는 질문에 로봇 엠시 남은 시인도 부인도 하지 않고 하회탈 웃음만 지어 보였다.

로봇 엠시 남이 피루엣 동작으로 11회전을 멋지게 마친 다음 양팔을 벌리고 객석을 향해 윙크했다.

"자기야 사랑해! 내 맘 알지?"

박수가 쏟아졌다.

"지금부터 보노보 개국 축하쇼를 시작하겠습니다. 지난 10년 동안 《로봇 가제트》, 《사이보투데이》 등 로봇 미디어는 다섯 종류나 선을 보였지만 로봇 전문 채널은 처음입니다. 오늘 축하 무대는 로봇만으로 꽉꽉 채워집니다. 1969년 달에 내린 닐 암스트롱이 그랬다면서요. '개인에게는 작은 한 걸음에 불과하지만 인류에게는 거대한 도약이다.'라고요. 멋진 말입니다. 오늘은 호모 사피엔스를 넘어 로보 사피엔스가 첫 걸음을 떼는 날입니다. 호모 사피엔스에게는 작은 방송국이 하나 더 생기는 데 불과하지만 로보 사피엔스에게는 거대한 도약이다! 이겁니다. 뭐가 로보 사피엔스냐고요? 직접 보고도 못 믿으십니까? 눈앞에 잘생긴 로보 사피엔스가 윙크하지 않습니까? 질문 사절입니다. 작지만 중요한 걸음을 내디디려는데, 자꾸 시간이 지체되네요. 시작하겠습니다."

로보케스트라의 반주에 맞춰 무대 꼭대기에서 쇠공이 쏟아졌다.

떨어질 때는 공이었지만 튀어 오를 때는 개나 고양이, 때론 코끼리와 낙타로 그 모양이 다양하게 바뀌었다. 그리고 각자의 방식대로 짖기 시작했다. 소음이 뒤섞였다. 이 소리가 저 소리를 먹고 저 소리가 그 소리를 삼키면서 거대한 울림으로 소용돌이쳤다. 짐승 로봇들은 무대를 빙글빙글 돌며 「축배의 노래」를 합창했다. 그것은 인간의 목소리였다. 아니 인간의 목소리와 구분하기 힘든 기계음이었다.

뒤이어 양 갈래 머리를 땋은 소녀 로봇이 진흙이 가득 담긴 바구니를 들고 나왔다. 진흙을 한 움큼씩 집어 던졌다. 크고 작은 진흙 덩이가 무대에 깔렸다. 꿈틀꿈틀 보글보글 끓던 덩이에서 개구리 로봇이 폴짝폴짝 튀어나왔다. 가까운 놈들끼리 점프해서 이마를 부딪쳤다. 상대를 부수고 삼킨 개구리 로봇은 점점 자라 도마뱀 로봇으로 탈바꿈했다. 도마뱀 로봇끼리의 대결에서 이긴 놈은 악어 로봇이 되고, 악어 로봇끼리 큰 입을 쩍쩍 벌리면서 뒤엉킨 끝에 승리한 두 놈은 각각 티라노사우루스 로봇과 알로사우루스 로봇이 되었다.

두 육식 공룡 로봇이 앞발을 들고 맞붙는 순간, 바구니를 쥐고 다시 무대에 오른 소녀 로봇이 진흙 대신 꽃가루를 흩뿌렸다. 허공에서 뭉친 꽃가루가 두 로봇의 쫙 벌린 거대한 입으로 벌떼처럼 후루룩 들어갔다. 폭죽 소리와 함께 공룡 로봇들이 동시에 폭발했다. 원뿔 모양 천장에서 꽃들이 송이송이 함박눈처럼 내렸다. 매혹적인 꽃향기가 객석을 휘감았다.

"상상하라, 머지않아 실현될지니!"

로봇 엠시 남이 과장된 손짓으로 꽃송이를 집어 온몸에 꽂았다. 빛깔과 모양과 향기가 노란 개나리, 붉은 채송화, 흰 백합으로 시시각각 달라졌다. 초전자 폴리머 54로 만든 나노 소재 꽃은 100가지 모양, 200가지 향기, 500가지 빛깔로 바뀔 수 있었다.

변화무쌍!

로봇 채널 보노보의 화려한 탄생이었다.

로보 사피엔스 인터뷰

SF 소설가들은 닥쳐선 안 될 미래를 막기 위해 소설을 쓴다. 전설적인 연작 단편집 『화성연대기』를 남긴 SF 작가 레이 브래드버리의 주장이다. 그러나 아쉽게도 소설가들의 노력은 물거품으로 돌아갔다. 우울한 미래에 대한 20세기 SF 작가들의 기록은 21세기의 허리를 관통하는 오늘날 대부분 현실로 거듭났다. 로봇에 관한 예측은 놀라우리만큼 정확했다.

'로봇 방송국'만 해도 그렇다. 로봇이 만들고 로봇에 관해 이야기하고 로봇이 즐기는 방송! 20세기 말 도쿄의 어느 소설가가 쓴 로봇 방송국 이야기는 허황하다는 평단의 비난을 면치 못했지만!

보노보 개국과 함께 다양한 프로그램이 선을 보였다. 인류를 위해 남다른 공을 세운 로봇을 집중 조명하는 토크쇼 「로보 사피엔스 인터뷰」는 이 채널의 백미였다.

첫 초대 손님으로 로봇이 아닌 인간, 올린 스미스 박사가 선정되었다.

올해 꼭 백 살을 채운 스미스 박사는 평생을 로봇 연구에만 전념한 원로 로봇 공학자였다. 학부에선 수학을 전공했지만, 서른다섯 살에 로봇 공학으로 전공을 바꿔 인공 지능 분야에서 새로운 지평을 연 인물로 평가되었다. 그녀는 로봇 공학의 암흑기인 21세기 초, "로봇은 2050년 인간 지능을 앞설 것이며, 인간은 로봇과의 공생을 위해 지금부터 노력해야 한다."라는 주장을 폈다가 '과격한 공학주의자'로 내몰려 여론의 뭇매를 맞았다.

카메라를 이마에 부착한 로봇들이 약속된 위치에 서서 앵글을 맞추고 실시간 편집 로봇이 '준비 완료' 사인을 보내자, 무대를 정리하던 R 스태프(로봇 스태프)들이 한꺼번에 무대 밖으로 빠진 후 녹화가 곧바로 진행되었다. 80데시벨 780헤르츠의 하이톤 웃음소리와 둔탁한 금속성 박수 소리가 15초 지속되더니, 사회를 맡은 로봇 엠시 남과 서령이 웃으며 경쾌하게 무대로 등장했다.

"안녕하세요, 여러봇! 「로보 사피엔스 인터뷰」에 오신 것을 환영합니다."

"'여러봇'이라고요? 역시 로봇 엠시 남이세요! '여러봇'! 이거 유행어 되겠는데요."

"괜찮았어요? 감사합니다. 서령 씨, 제가 어렸을 때 들었던 2010년도 농담 하나 해 드릴까요?"

"좋아요! 뭔데요?"

"천장에 매달린 전등 전구를 갈아 끼우려면 로봇이 몇 명 필요한지 아십니까?"

"수명이 다한 전구를 갈아 끼우는 일이야 요샌 로봇 도우미의 기본 업무로 내장되어 있는데……. 글쎄요, 답이 뭔가요?"

"세 명입니다. 한 명은 사다리에 올라가 전구를 붙잡고요, 나머지 두 명이 사다리를 돌린대요."

"호홋, 그게 2010년식 농담인가요?"

"21세기 초, 로봇들이 얼마나 멍청한가를 꼬집는 이야깁니다. 로봇 공학의 암흑기에도 과감한 예측으로 세계를 깜짝 놀라게 한 인물이 있었습니다. '현생 인류 다음으로 지구를 지배할 이는 로봇이다.'라는 발언으로 너무나 유명한 공학자시죠. 올린 스미스 박사님을 오늘 모셨습니다. 큰 박수로 맞이하지요!"

100데시벨 1040헤르츠의 박수 소리가 무대를 가득 메웠다. 초대 손님 올린 스미스 박사가 무대로 등장해 가볍게 손을 흔든 후 소파에 앉았다. 탁자에 놓인 자동 번역 핀을 착용한 뒤 가볍게 눈웃음을 지었다. 흰 눈썹 아래 밝은 갈색 눈동자가 어깨에서 찰랑이는 금발과 어울려 우아했다.

"로봇 방송국의 개국을 보시면서 감회가 새로우시겠어요, 스미스 박사님."

"먼저 로봇 방송국 개국을 진심으로 축하합니다. 저는 로봇의 미래를 매우 낙관한 사람입니다만, 이런 날이 이토록 빨리 올 줄은 몰랐습니다. 로봇은 지난 50년간 현생 인류를 위해 열심히 일했습니다. 이젠 로봇이 로봇 스스로를 위해 무엇인가를 할 때가 왔다고 생각합니다. 로봇이 맘껏 즐길 수 있는 방송을 만드시라 부탁드립니다."

스미스 박사의 벅찬 기분은 텍사스 지방 특유의 강한 억양에 묻어났지만, 자동 번역으로 흘러나온 서울특별시 표준어 음성은 매우 침착했다. 번역기가 스미스 박사의 감정까지 옮기진 않는다.

"박사님, 로봇 엠시 남이 2010년도 농담을 하나 들려주었는데요, 21세기 초에는 로봇이 정말 멍청했나요? 옛날 로봇 얘기 좀 들려주세요."

스미스 박사는 눈을 감고 잠시 추억에 잠겼다. 그리고 만감이 교차하는 얼굴로 로봇의 역사를 요약하기 시작했다.

"인간이 로봇을 만들기 시작한 시기는 무척 오래되었습니다. 로봇이란 단어가 카렐 차페크에 의해 고안된 때는 1920년도이지만, 기술자 자크 드 보캉송이 '걷고 먹고 배설할 수 있는 오리'를 만든 것은 1739년이었죠. 발명가 루이스 페류가 자동 인간을 만든 것도 1900년이고요. 그 후 인간은 산업 혁명과 디지털 혁명을 거치면서 100년 동안 정교한 자동화 기술을 갖기 위해 노력합니다. 덕분에 20세기 말 '이족 보행 로봇의 태동기'를 맞이하지요."

"1986년 혼다가 '아시모 프로젝트'를 시작한 거 말이시군요?"

서령이 아는 체를 하자 로봇 엠시 남이 끼어들었다.

"아니, 태어나기도 전의 일을 서령 씨가 어떻게 아세요?"

"보노보 방송국 1층 로봇 전시관에서 봤어요. 찰스가…… 아, 아니 찰스 사장님이 얼마나 심혈을 기울여 만드신 건데요. 혼다의 아시모 같은 근사한 휴머노이드가 21세기 초에 쏟아져 나오기 시작한 것도 그즈음이라면서요?"

무대에 있는 홀로그램 화면에 혼다의 P-2, 소니의 큐리오, 카이스트의 휴보 등이 차례로 등장했다.

"네, 맞습니다. 그 시절부터 로봇이 걷고 뛰고 춤출 수 있게 됐지만, 사실 그들의 머리는 텅 비어 있었습니다. 인공 지능이 기계공학의 발달에 보조를 맞추지 못했다고나 할까요?"

"'힘만 센 '돌쇠형 로봇'이 양산되던 시절이었네요. 로봇이 아니라 그냥 기계 덩어리로 취급하는 편이 옳지 않나요?"

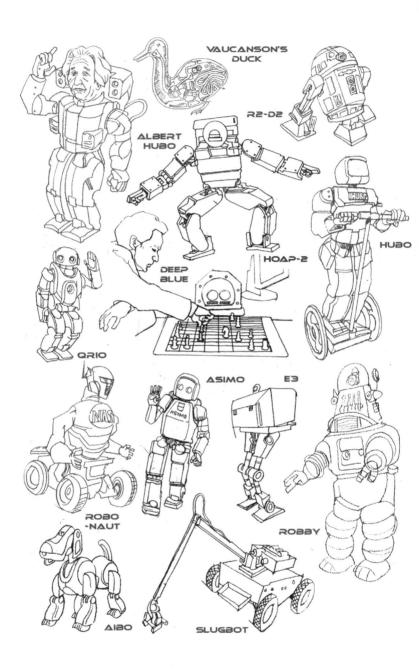

VAUCANSON'S
DUCK

R2-D2

ALBERT
HUBO

HOAP-2

HUBO

DEEP
BLUE

QRIO

ASIMO

E3

ROBO
-NAUT

ROBBY

AIBO

SLUGBOT

36

"IBM의 체스 로봇 딥 블루가 전설적인 체스 챔피언 카스파로프를 이기기도 했으니 기계 덩어리라고 간주할 순 없겠지요. 하지만 학습과 기억 능력은 뛰어난 반면, 경험을 통해 스스로 학습하는 능력이 현저히 떨어졌고 코딩된 것 외에는 할 줄 아는 일이 거의 없었어요."

스미스 박사가 오른손 검지를 들며 이야기를 이었다.

"제가 그 당시 인공 지능의 수준을 알려주는 일화를 하나 소개할 게요. 2002년 아메리카 대륙 어느 주에서 시범적으로 최신 로봇을 들여와 전기세 영수증을 처리하는 일을 맡겼대요. 주민들이 세금을 내면 확인해서 전산 처리하는 로봇이었는데, 글쎄 이 로봇이 세금을 완납한 주민에게 세금 독촉 이메일을 자꾸 발송하더라는 거예요. 납부할 금액이 0원이라면서."

"그래서 어떻게 했대요?"

서령이 호기심 가득한 눈으로 물었다.

"화가 난 주민들이 납부장에 0원이라고 큼지막하게 기입해서 다시 보냈답니다. 그랬더니 그 로봇이 더 이상 독촉 이메일을 안 보내더라는 거예요."

객석에서 웃음이 터졌다. 2049년형 'R 바보 개그'였다.

"에이, 농담도 잘하셔라. 그럼 도대체 언제부터 로봇이 인간과 유사한 지능을 갖게 된 겁니까?"

로봇 엠시 남이 스미스 박사에게 물었다.

"로봇 이족 보행의 메카가 혼다와 도요다라면, 로봇 인공 지능과 인공 감성의 메카는 MIT와 카네기멜론 대학교라고 할 수 있습니다. 인간의 뇌에 대한 이해가 깊어지면서, 뇌 작동 원리를 알고리듬화해서 로봇에게 넣어 준 겁니다. 인간의 뇌가 베이시언 학습을 한다는 사실을 발견한 것이 2000년 초반이지요.

베이시언 학습이라는 것은 19세기 영국의 수학자 토머스 베이스의 확률 이론에 따라 현재 상황을 파악해서 적절한 반응을 선택할 수 있도록 해 주는 학습 방법이죠.

그것을 로봇 뇌에 그대로 넣어서 똑같은 자극에도 다양한 반응을 하도록 만들었고요. 로봇에게 '쾌락의 중추'를 장착하여 스스로 동기 부여도 하고 답이 없는 문제에 창의적인 답을 제시하는 능력을 키우도록 한 것이 2020년 즈음입니다."

"로봇의 역사도 간단하지만은 않군요. 인간을 능가하는 로봇의 시대! 박사님께서는 그 시대가 이미 시작되었다고 보시나요?"

서령이 즉흥 질문을 던졌다. 갑자기 어색한 침묵이 흘렀다. 스미스 박사도 움찔 어깨를 떨었지만 침착함을 잃지 않고 차분하게 답했다.

"아직은 아닙니다. 현재 로봇은 인간처럼 자의식을 갖고 있지도 않고, 기쁘거나 즐거운 감정 외에는 다른 감정을 가지고 있지 않죠. 보노보 채널도 로봇에게 즐거움을 줄 뿐 그들을 슬프게 만들진 못하죠. 기술이 부족해서가 아니라, 로봇 제조사 경영자들이 일부러 그 기능을 로봇에게 넣지 않은 겁니다. 로봇에게 굳이 슬픔이나 분노 같은 감정을 심어 줄 까닭이 없으니까요."

사람은 의심하되 로봇은 의심하지 마라!

반복은 아름답다. 승리하지 못하더라도, 반복을 통해 극한에 이른 자는 자기만의 방식으로 패배를 견딘다.

로봇 엠시 남이 보노보 개국 축하쇼를 시작하던 바로 그 시각, 로봇 공학 한림원, 즉 에이카로(AAcaro, Advanced Academy of Robotics) 격투 로봇 훈련장 겹문이 쿠쿵 쿠쿠쿵 메아리를 토하며 닫혔다.

완벽한 어둠이어야 했다. 100나노미터의 틈만 있어도 정찰과 비밀 촬영용 스파이 곤충 로봇 더스트 버터플라이가 숨어든다. 낮말도 로봇이 듣고 밤말도 로봇이 듣는다.

천장에서 일곱 가닥 포이즌 라이트(독빛살, Poison Light)가 쏟아졌다.

훈련장이 부분부분 밝아졌다가 순간순간 어둠으로 돌아갔다. 곤충 로봇의 오작동을 유발하는 포이즌 라이트가 멸균하듯 지나간 자리엔 을씨년스러움이 더했다.

포이즌 라이트가 중앙으로 뭉쳐 격투 로봇 글라슈트를 감쌌다. 로봇의 눈매가 유난히 매서웠다.

1미터 95센티미터, 320킬로그램.

글라슈트는 파워를 강조하는 전형적인 격투 로봇보다 키도 작고 몸도 호리호리했다. 미끈하게 빠진 외장은 초강력 티타늄 마그네슘 합금으로 만들었고, 팔다리와 목 관절의 유연성을 높이기 위해 알파 모터와 베타 모터를 263개나 달았다. 눈과 무릎, 뒷목에 부착된 넉 대의 카메라는 0.001초마다 움직이는 물체를 파악하여 실시간으로 대응 동작을 조절했다. 발달된 하체는 5G(G는 중력의 세기를 나타내는 단위, 5G는 지표면에서 받는 중력 다섯 배이다.)의 압력에도 쓰러지지 않고 너끈히 버틸 만큼 안정감이 있었다.

글라슈트가 스텝을 밟기 시작했다.

양발을 번갈아 내디뎠다가 거두는 품이 춤을 추듯 흥겹고 부드러웠다. 글라슈트는 격투 로봇의 패러다임을 바꿨다는 평가를 받고 있었다. 공격을 피하면서 움츠렸다가 매서운 역습으로 경기를 끝내는 것이 글라슈트만의 격투법이다. 2048년 스물아홉 차례 경기 결과와 격투 로봇 비평가 협회의 평점 그리고 300개 특별시에 거주하는 시민들의 인기도에 근거하여 처음으로 '배틀원(Battle-One) 2049' 참가 자격을 얻었다.

2040년부터 국가 간 대리전(代理戰) 성격의 국제 시합이 전면 금지되었다. 올림픽과 월드컵은 클럽이나 개인 단위 시합으로 바뀌었고, 국가와 민족 혹은 인종끼리 스포츠를 통해 벌이던 상징적이고 잠재적인 전쟁의 역사가 막을 내렸다.

배틀원에 초청받은 로봇 역시 각 특별시 대표가 아니다. 다양한 문화가 뒤섞인 로봇이 많았고 특정 지역의 이미지가 강조되어도 어디까지나 개인적인 관심에서 비롯된 것이다. 특별시 몇 군데의 연구진이 컨소시엄을 이루는 경우가 대부분이었으며, 단일 특별시의 연구진도 출생지와 인종과 언어가 제각각이었다.

토너먼트 경기에 앞서서 격투 로봇 무사시와의 평가전이 예정되어 있었다. 이 사무라이 로봇은 악명이 높았다. 상대 로봇을 영원히 고물로 만든 시합이 무려 다섯 차례였다. 베를린 로봇 연구소와 리우 데자네이루 로봇 아트 센터 멤버로 짜인 무사시 팀은 인터뷰를 할 때마다 큰소리를 쳤다. 글라슈트를 여섯 번째 희생양으로 삼겠다고. 따라서 배틀원 2049 초청 로봇은 한 대가 줄 것이라고.

훈련장을 구석구석 훑던 포이즌 라이트가 사라지자 전체 조명이 들어왔다.

최볼테르는 팔각 스크린을 노려보았다.

작은 키에 헝클어진 머리와 구부정한 어깨 그리고 실핏줄이 비칠 만큼 희고 창백한 피부는 산만한 예술가의 분위기를 풍겼다. 금테 안경 속 눈동자만은 송곳처럼 날카로웠다. 볼테르는 영재초-과학중-과학고-에이카로로 이어지는 엘리트 코스를 거쳐 박사 학위를 취득하자마자 23세에 에이카로 로봇 대학 엔터테인먼트 로봇학과 교수 겸 차세대 로봇 연구 센터 '린지(RINGE, Robotics Institute for Next Generation의 약자)'의 최연소 소장으로 부임했다.

12층 린지 연구소 건물은 머리와 팔다리가 떨어져나가고 몸통만 남은 로봇의 토르소를 닮았다. 볼테르의 연구실은 7층 심장 부위에 자리를 잡았다.

"휴우!"

무사시의 자료 영상을 살피던 볼테르가 저도 모르게 한숨을 내쉬었다. 무사시의 양손이 순식간에 쌍칼로 바뀌더니 상대 로봇의 옆구리를 찍어 올린 것이다. 배틀원 2048 준우승 로봇다운 공격력이다.

"시작할까요?"

트레이너 서사라가 오른발을 쓰윽 머리 위까지 치켜 올려 멈춘 후 물었다. 반짝이는 회색 눈동자만 빼면 머리부터 발끝까지 새카맸다, 한 마리 흑표범처럼!

볼테르는 사라의 치켜든 발끝을 올려다보았다.

스치기만 해도 갈비뼈가 부러지고 턱이 산산조각나리라.

글라슈트의 격투 기술이 향상된 것은 전적으로 사라의 공이다. 그녀는 부드러움으로 상대를 제압하는 태견과 유도는 물론이고 아프리카와 남아메리카 전통 무술까지 융합한 퓨전 무술 W 솜씨가 탁월했다. 북한산 인수봉 암벽에서 추락하지 않았다면, 63퍼센트를 기계 몸으로 교체하지 않았다면, 특별시 연합 W 챔피언에 올랐으리라. W 협회는 기계 몸을 지닌 선수의 공식 경기 출전을 금지했다.

볼테르는 학부 시절부터 격투 로봇을 다섯 대나 만들었다. 라스트 파이터, 포세이돈, 갓 파더, 와일드 헌터로부터 관운장까지. 배틀원 출전이 목표였지만 번번이 초청받지 못했다. 최고 성적은 관운장을 데리고 초청 예비 로봇 1순위까지 오른 것이다. 마지막 평가전이 두고두고 아쉬웠다. 경기를 시작하자마자 긴 턱수염을 잡혔고, 반원을 그리며 거꾸로 떨어져 머리가 꺾이는 바람에 힘 한 번 쏟지 못하고 패했다.

세계 최강 격투 로봇의 꿈은 버려야만 할까.

절망의 늪으로 빠져들던 3년 전, 2046년 겨울에 서사라가 연구소로 찾아왔다.

불청객이 연구소 현관으로 들어서자마자 진열된 로봇들이 소리를 지르고 사지를 흔들어 댔다. 그녀에게서 뿜어 나오는 기계음과 전파에 반응한 것이다. 어떤 로봇은 반갑게 인사말을 건넸지만 어떤 로봇은 경고음을 냈고 어떤 로봇은 날아올라 덮치기까지 했다. 사라가 재빨리 뒤공중돌기로 물러나지 않았다면 크게 다칠 아찔한 순간이었다.

"환대, 감사드려요."

당황하지 않고 앞니가 보일 만큼 환하게 웃었다. 로봇들이 다시 열광했다.

사라가 연구실로 들어선 순간부터 볼테르는 똑딱똑딱 초침을 세기 시작했다. 불청객 때문에 귀한 연구 시간을 허비할 수는 없었다. 검토할 격투 로봇 관련 논문만도 열일곱 편이다.

"실례지만 누구십니까? 외부인은 연구소 출입이 불가합니다만……."

"사라예요. 서, 사, 라!"

"어떻게 보안 시스템을 뚫고 여기까지……?"

외부인이 7층까지 오려면 적어도 일곱 차례 신원 확인을 거쳐야 한다.

"흉내를 좀 냈죠."

"흉내라고 했습니까?"

사라가 손을 들어 연구실 벽에 큼지막하게 걸린 액자를 가리켰다.

사람은 의심하되 로봇은 의심하지 마라!

볼테르가 고른 연구소 표어다.

사람이 연구소를 나고들 때는 까다로울 만큼 신원 확인과 몸수색을

하지만 로봇은 무사 통과였다. 63퍼센트 기계 몸인 사라는 남은 생체
기관들을 최대한 감추면서 로봇 흉내를 냈다. 방범용 포이즌 라이트
가 다가설 때마다 허리를 굽히고 팔을 돌려 기계 몸을 내밀었다. W를
연마한 탓에 2분가량 숨을 멈추는 것은 일도 아니었다. 심장 박동은
숨길 수 없었지만 이마저도 최근 출시된 신상품 하트(HE-art) 흉내를
내며 넘겼다. 하트는 심장도 뛰고 맥박까지 잡히는 새로운 스타일의
안드로이드였다. 보안 시스템도 이상 기운을 감지하지 못했다.

"방법을 바꿔 보세요. 그럼 이길 거예요."

사라는 곧바로 본론을 꺼냈다.

"방법을 바꾸라고 했습니까? 로봇 격투기를 구경한 적이나 있습니
까? 시간 낭비 맙시다. 흥!"

볼테르가 코웃음을 쳤다. 그만 나가 달라고 말하려는 순간, 사라의
오른발 끝이 볼테르의 콧잔등에 닿았다. 볼테르는 그녀가 발을 떼는
것도 그 다리가 콧잔등까지 올라오는 궤적도 보지 못했다.

"무슨 사기를 친 겁니까?"

"눈속임은 없습니다. 물처럼 흘러갔을 뿐이지요."

"물처럼?"

"그렇습니다. 물은 온갖 만물을 감싸고 훑고 끝내는 부수지요. 발상을 바꾸면 세계가 바뀝니다."

사라는 우선 볼테르가 그동안 만든 격투 로봇들의 파괴력을 인정했다. 그러나 파워를 키운 로봇일수록 동작이 크고 둔탁하다는 약점을 짚은 후, 지금까지 끌어올린 파괴력을 유지하면서 수비에 능한 로봇을 만들자고 제안했다. 볼테르가 물었다.

"유연하면서도 무시무시한 파괴력을 지닌 로봇? 그게 가능합니까?"

"가능해요, 그 로봇이 W만 익히면!"

팀원들은 글라슈트 프로젝트를 탐탁지 않게 여겼다. 린지 차석 연구원 꺽다리 세렝게티는 선제 공격을 고집했고, 수석 연구원 뚱보 보르헤스는 나풀거리며 스텝을 밟다가 태클이라도 당하면 일격에 무너진다며 반대했다. 뉴욕 유학을 마치고 합류한 신경 과학자 노민선

역시 속전속결을 주장했다.

볼테르는 서사라의 뜻을 받아들여 지금까지 왔다. 서사라가 온 이후 고집불통 볼테르의 변화는 여러모로 연구 센터의 화제였다. 최후의 발악이라는 비난도 있었고 연구비를 더 받아내려는 홍보 수단이라는 추측도 나왔다. 뒷말이 무성할수록 볼테르는 로봇에만 몰두했다. 서사라와 함께 새벽까지 로봇 격투기에 W를 접목하기 위한 연구와 실험을 거듭했다. 사라는 초면에 자신을 믿어 준 볼테르가 고마웠고 그의 추진력에 감동했다. 볼테르 역시 자신을 낮추고 물러남으로써 타인을 배려하는 사라의 침묵과 한결같음을 아꼈다. 그러나 언뜻언뜻 사라가 비밀스러운 눈짓과 마술 같은 손짓으로 속마음을 내비칠 때, 볼테르는 외면했다. 배틀원에 우승할 때까진 로봇 외에 어느 쪽에도 마음을 열지 않겠노라 다짐하고 또 다짐했다.

노란 버튼 셋을 차례로 눌렀다.

대기실 철문이 열렸고, 동시에 등장한 로봇 석 대가 글라슈트를 에워쌌다. 전갈처럼 많은 발을 가진 미리아포다봇(Myriapodabot)과 박쥐처럼 허공에 뜬 채 쉬이익쉭 기분 나쁜 소음을 뱉는 로보뱃(Robobat)과 호랑이처럼 네 발을 딛고서 고개를 치켜든 타이거봇(Tigerbot)이었다.

스파링이 시작되었다.

글라슈트가 스텝을 밟으면서 양팔을 번갈아 위아래로 휘저었다. 태껸의 품밟기와 활갯짓을 응용한 '글라슈트 댄스'다.

타이거봇이 등을 보이면서 백스핀 블로를 날리자 글라슈트가 덤블링으로 물러섰다. 미리아포다봇이 전진하며 무릎과 발목을 향해 쉴 새 없이 로킥을 내질렀다. 옆구르기로 로킥을 피한 글라슈트가 껑충 뛰며 플라잉 니킥으로 타이거봇의 턱을 쳐올렸다. 글라슈트의 발이 바닥에 닿자마자, 로보뱃이 등 뒤에서 허리를 잡고 넘기는 스플렉스를 시도했다. 미리아포다봇이 테이크다운을 당한 글라슈트의 상체에 도장을 찍듯 스탬핑을 퍼부었다. 재빨리 배를 깔고 앉으면서 마운트 포지션을 차지한 타이거봇이 주먹을 휘둘러 파운딩을 날리고 빠지자, 로보뱃이 목을 당겨 꺾는 넥 크랭크를 시도했다.

넷, 셋, 둘, 하나!

볼테르의 시선이 중지 버튼으로 향했다. 더 이상 스파링을 진행시켰다가는 글라슈트의 목이 부러질 것이다.

"잠시만요!"

사라가 뒤에서 볼테르의 어깨를 가볍게 짚었다.

그녀는 입버릇처럼 이야기했다.

"글라슈트를 믿어요…… 글라슈트를 믿어야죠…… 글라슈트를 믿고 싶어요…… 글라슈트뿐인걸요."

그때마다 볼테르는 눈살을 찌푸렸다.

격투 로봇일 뿐이야! 설정된 한계를 넘는다면 로봇이 아니지. 아무리 인간을 닮은 안드로이드라도 승부욕을 불태우며 한계를 극복할 순 없어. 중지시켜야 해.

볼테르가 눈을 질끈 감았다. 사라가 짧게 외쳤다.

"시작해, 글라슈트!"

글라슈트가 왼팔로 로보뱃의 가슴을 밀면서 틈을 벌린 후 어깨를 밀어 넣었다. 다시 오른팔로 같은 동작을 반복하자 목에 대한 압박이 풀렸다. 로보뱃의 가슴에 이마를 붙인 후 빙글 몸을 돌려 사이드

마운트 포지션을 빼앗은 다음 무릎을 펴며 일어섰다.

세 로봇이 한꺼번에 달려들었다.

글라슈트는 품을 밟지 않고 멈춰 서서 그들의 공격을 고스란히 받아들였다. 왼팔로 타이거봇의 목을 끌어안고 오른팔로 로보뱃의 허리를 두른 후 미리아포다봇을 두 발 사이에 끼웠다. 글라슈트의 탁월한 균형 감각과 튼튼한 하체가 세 로봇의 무게를 감당했다.

글라슈트가 고개를 약간 숙였다. 잘록한 허리를 삥 둘러 지름 2센티미터의 구멍이 촘촘하게 뚫렸다. 둥근 빨판이 오징어 다리처럼 뻗어 나와 세 로봇에 들러붙었다. 로봇들이 빨판을 걷어내려고 몸부림칠수록 빨판에 오돌토돌 돋은 작은 송곳들이 외장을 찢고 깊이 박혔다.

글라슈트가 빙글빙글 맴을 돌기 시작했다. 타이거봇과 로봇뱃과 미리아포다봇이 원심력 때문에 따라 돌았다. 속도가 점점 빨라졌다. 시속 100킬로미터, 200킬로미터를 지나서 350킬로미터에 이르자 굉음이 훈련장을 흔들며 울렸다. 로봇들의 몸체가 사정없이 바닥에 부딪혔다. 수십 개의 관절 모터가 떨어져 나갔다.

이윽고 글라슈트가 회전을 멈추었다. 바닥에 나뒹군 세 로봇은 움직일 줄을 몰랐다.

"15초나 견뎠네요. 대성공이죠?"

사라가 사뿐사뿐 글라슈트에게 나아갔다. 볼테르는 깍지 낀 양손을 뒷목에 댄 채 허리를 폈다.

"다음엔 이런 장난 하지 마. 넥 크랭크를 풀지 못하면 어쩌려고 그랬어?"

"글라슈트를 믿었어요."

망할 믿음 같으니라고!

갑자기 글라슈트가 경련을 일으켰다. 불규칙하게 떨리는 기계음이 점점 커졌다.

치 치치치치 치치!

볼테르는 연구원들에게 로봇 외장을 열고 기능을 하나하나 체크하도록 지시했다.

에이카로로 오기 전까지 아프리카 대평원을 매일 10킬로미터씩 달렸다며, 세렝게티로 불리기를 원하는 껑다리가 기어들어가는 목소리로 보고했다.

"카본 나노 튜브 칩이 부족합니다. 빨판을 쏠 때 허리 구멍으로 빠져나갔나 봅니다."

"몇 개나?"

"서른 개쯤입니다."

"당장 찾아."

"······그런 건 청소 로봇에 내장된 귀중품 분리 기능을 사용하면······."

열다섯 살까지 아바나 특별시 산 크리스토발 대성당 앞에서 기타 치며 노래했노라 떠벌리는 뚱보 보르헤스가 갈색 볼에 바람을 잔뜩 넣은 채 말끝을 흐렸다.

"글라슈트 정비를 전담하겠다고 간청한 사람이 누구였지? 지금 못 찾으면 부족한 칩 구입비를 두 사람 월급에서 제하겠어. 줄잡아 넉 달 치는 넘을걸."

"찾아얍죠. 찾겠습니다."

세렝게티와 보르헤스가 무릎을 꿇고 훈련장 바닥을 기기 시작했다.

"캐릭터 확실한 사족(四足) 로봇 한 쌍이 여기서 뭘 하시나?"

신경 과학자 노민선이 뿔테 안경을 치켜 올렸다. 단정하게 묶은 긴 머리에 흰 가운 차림이다. 학교만 떠나면 짙은 화장에 모델 뺨치는 스타일로 돌아다닌다는 소문이 돌았지만 글라슈트 팀은 아직 변신한 그녀를 만난 적이 없었다.

민선은 볼테르와 입씨름을 할 만큼 로봇에 박식했다. 특히 생산이 중단된 초창기 로봇을 재현하는 취미가 각별했다. 부품을 깎고 자르고 덧붙이느라 거의 매일 밤을 새웠다. 언젠가 볼테르가 왜 하필 초창기 로봇이냐고 물었더니, 민선이 주저하지 않고 되쏘았다.

"최 교수님이 오드리 헵번 좋아하는 거나 마찬가지죠. 그러고 보니서 트레이너도 헵번을 조금 닮았네."

보르헤스가 거대한 엉덩이를 흔들며 울상을 지었다.

"칩 찾습니다, 글라슈트 허리에서 떨어진……."

"하나만 줘 봐요."

세렝게티가 쌀알보다 작은 칩을 건넸다. 민선은 어깨에 멘 여행용 가죽 가방에 칩을 넣고 재빨리 지퍼를 닫았다. 가방이 울퉁불퉁 시끄러웠다. 잠시 후 가방을 열고 뒤집자 엄지만 한 바퀴벌레 로봇이 100대도 넘게 쏟아졌다.

"아! 이거, 징기스, 징기스 맞죠? 1980년대에 나온 육족(六足) 보행 로봇?"

세렝게티가 아는 체를 했다. 민선이 고개를 끄덕였다.

"빙고! 기능을 약간 향상시켰답니다. 징기스 포에버. 어울리나요?"

"포섭 구조를 따르는 것 말고, 뭐가 더 나아졌습니까?"

보르헤스가 고개를 휘휘 저으며 로봇들을 살폈다.

포섭 구조는 곤충 로봇 징기스(Genghis)를 만들 때 로드니 A. 브룩스가 사용한 통제 시스템이다. 그는 새로운 시스템을 층을 나눠 부가하는 방식을 취했다. 1층에서 로봇은 대상과의 접촉을 피하고, 2층에서 로봇은 쉼 없이 움직이며, 3층에서 로봇은 흥미로운 대상을 발견하고 탐색한다. 항상 위층이 통제의 주도권을 쥐며, 위층의 조건이 충족되지 않을 때만 주도권이 그 아래층으로 넘어간다.

분주하게 돌아다니던 바퀴벌레 로봇들이 타이거봇의 잘려나간 앞다리를 향해 일제히 머리를 돌렸다. 바퀴벌레 로봇 한 대가 앞다리를 힘껏 밀었지만 꿈쩍도 하지 않았다.

"어어, 저게 뭐야? 와우!"

보르헤스의 탄성과 함께 놀라운 일이 벌어졌다.

바퀴벌레 로봇이 서로 엉켜 합치더니 팔뚝만 한 바퀴벌레 로봇으로 탈바꿈한 것이다. 대형 바퀴벌레 로봇은 타이거봇의 앞다리를 쉽게 밀어 굴렸다. 그리고 다시 순식간에 해체된 소형 바퀴벌레 로봇들이 바닥을 빠르게 훑어나갔다. 칩을 찾은 바퀴벌레 로봇은 동작을 멈추고 벌러덩 드러누웠다. 징기스 포에버는 이런 식으로 10분 만에 칩 서른두 개를 찾아냈다.

볼테르가 그 칩을 꼼꼼히 제자리에 꽂자 글라슈트의 경련이 멈췄다. 세렝게티와 보르헤스는 징기스 포에버의 합체술을 가르쳐 달라고 졸랐지만, 민선은 마찬가지로 브룩스 팀이 만든 얼굴 표정이 풍부한 로봇 키스멧 버전 5의 눈동자 부품을 사야 한다며 훈련장을 떠났다.

저물 무렵 차세대 로봇 연구 센터 린지를 삼키는 붉은 기운이 탐욕스러웠다.

로봇 격투기 대회 약사(略史)

전류는 저항이 작은 곳으로 흐르고 정보는 사람이 많은 곳으로 흐른다.

2001년, 집단 지성이 만드는 무료 백과사전 위키피디아가 등장했다. 당시만 해도 위키피디아가 48년 후 시민들의 삶에 이토록 깊숙이 녹아들 줄은 몰랐다. 사이버스페이스를 돌아다니는 가상 로봇이 인터넷상의 정보를 수집하고 위키 형태로 저장하기 시작하면서 위키피디아의 정보량이 급속도로 늘었다. 2049년 단일 사이트 중 최다 정보량을 자랑하는 위키피디아는 웹 4.0과 웹 5.0 시대를 거치면서 사용자 인터페이스 혁신에 주력해 왔다.

로봇 격투기 대회 '배틀원 2049'에 참가하는 로봇들이 「로보 사피엔스 인터뷰」의 초대 손님으로 결정되었다. 보노보가 이 대회 메인 스폰서 겸 주관 방송국이니 당연한 일이다.

"'배틀원'의 모든 걸 찾아."

보노보 개국 축하쇼를 마치고 귀가한 로봇 엠시 남은 현관에서 자신을 맞는 도우미 로봇 '웃겨봐'에게 '배틀원' 검색을 지시했다.

웃겨봐는 가정 도우미의 기본적인 업무 외에 개그 소재 발굴과 프로그램 모니터링 그리고 자료 정리까지 도맡았다. 로봇 엠시 남이 귀가하면, 웃겨봐는 미디오스피어에서 수집한 개그 소재부터 보고하도록 설정되어 있었다. 그런데 오늘은 긴급 지시가 내려온 것이다.

웃겨봐의 배에 달린 모니터에서 배틀원의 로봇 격투 명장면이 먼저 잡혔다. 위키피디아 버전 12.5에서 찾은 배틀원에 관한 정보가 거실 벽에 떴고 웃겨봐의 코믹한 인공 목소리로도 낭독되었다.

[위키피디아 12.5] 검색어: 배틀원

정의

배틀원(BattleOne)은 2040년부터 시작된 전 지구적 이족 보행 로봇 격투기 대회다. 인간들의 이종 격투기 대회를 본 따 만든 배틀원은 두 발로 걷는 휴머노이드 로봇이 출전하여 '죽음 신호(death signal)'를 낼 때까지 대결한다. 이 대회는 '첨단 지능 로봇 기술과 엔터테인먼트를 접목하여 인간 공존형 휴머노이드 로봇의 실용화 가능성을 높이고 이를 통해 인간과 로봇이 함께 사는 평화로운 세계를 건설하자.'라는 취지에서 만들어졌다. 휴머노이드 로봇 연맹과 특별시 연합 로보틱스 학회의 공동 주관하에 매년 전 세계의 특별시를 순회하며 열린다.

역사

2002년 2월 도쿄 미래 과학관에서 개최된 휴머노이드 로봇 격투기 대회 '로보원(RoboOne)'이 그 효시다. 그 후 여러 곳에서 이족 보행 로봇 격투기 대회가 열리자 휴머노이드 로봇 연맹이 모든 대회를 규합하여 2025년 전 지구적인 로봇 격투기 대회 '배틀월드'를 선보였다. '배틀월드'는 혼다와 도요다, 제록스 등의 지속적인 후원과 휴머노이드 로봇의 화려한 격투 기술에 힘입어 선풍적인 인기를 끌었다. 2040년 대리전 성격의 국제 시합이 전면 금지되면서, 로봇 격투기 대회도 국가 단위 시합에서 개인 단위 시합으로 바뀌었다. '배틀원'이란 새로운 대회명도 확정되었다. 2042년부터는 지구에서 벌이는 시합 외에 지구 밖 우주 공간에서 대결하는 시합이 추가되어 더욱 인기를 끌고 있다. 2002년에는 참가 로봇이 30개에 불과했지만, 2048년 현재 2만 3000팀이 초청 후보 로봇으로 등록을 마쳤다.

경기 규칙 및 자격 요건

배틀원은 특별시에서 매년 벌이는 지구전과 2년마다 우주 공간으로 나가서 싸우는 우주전으로 나뉜다. 지구전은 개인전과 단체전 그리고 상대 로봇이 죽음 신호를 발생할 때까지 싸우는 '데스 매치'로 나뉜다. 개인전은 로봇의 등이……

로봇 엠시 남이 갑자기 오른손을 들었다. '웃겨봐'가 설명을 멈추고 로봇 엠시 남을 향해 고개를 돌렸다.

"데스 매치? 죽음의 시합? 대충 감은 잡히는데. 흥미롭군. 로봇들의 데스 매치가 뭐야?"

웃겨봐가 '데스 매치' 정보로 화면을 이동했다.

[위키피디아 12.5] 검색어: 데스 매치

정의

'데스 매치'는 이족 보행 로봇 격투기 대회 배틀원의 경기 방식 중 하나다. 로봇의 무게중심에 부착된 생존 모니터링 칩이 죽음 신호를 낼 때까지 격투기 시합을 벌이는 경기 방식이다. 배틀원에서 최고 인기 종목이며 우승 로봇에게 돌아가는 상금도 가장 많다.

연 20회 이상 열리는 각종 로봇 격투기 대회 및 평가전과 친선 경기 성적, 최근 3년 동안의 배틀원 성적, 격투 로봇 비평가 협회의 평점, 특별시민들의 인기도 등을 바탕으로 8개 이상 32개 이하의 로봇이 배틀원에 초청된다. 대회 초청 로봇은 토너먼트 방식으로 우승자를 가린다. 배틀원 우승 로봇 팀에게는 50억 원 상당의 우승 상금과 이족 보행 로봇 연구를 위한 연구비가 매년 10억 원씩 10년간 지원된다.

로봇 참가 조건

1. 개인전, 단체전과는 달리, 데스 매치의 경우 경량급, 중량급, 초중량

급 구분이 없다. 키는 3미터 이하, 사지 간격(손과 발을 최대한 뻗었을 때 손끝과 발끝 네 곳 중 가장 긴 길이)은 5미터 이하, 중량은 500킬로그램 이하, 발바닥 최대 길이 50센티미터 이하의 이족 보행 로봇만 참가가 가능하다. 대회 초청 로봇은 휴머노이드 로봇 연맹이 인증한 생존 모니터링 칩을 반드시 장착해야 한다.

2. 아래 세 가지 동작 체크를 통과한 로봇을 이족 보행 로봇으로 정의하며 출전 자격이 주어진다. (1) 10초 이내에 10보 이상 보행할 수 있을 것. 보행 시 한쪽 다리는 반드시 지면에서 떨어져야 한다. (2) 3초 이내에 180도 회전을 할 수 있을 것. 이때 한쪽 다리는 반드시 지면에서 떨어져야 한다. (3) 선 상태에서 넘어지고 전후 방향으로 다시 일어나 스스로 기립할 수 있을 것.

3. 톱니바퀴 등 부착식 무기 장착은 가능하며 로켓포 등 발사식 무기는 사용할 수 없다.

4. 무선 및 유선으로 조종되는 로봇은 참가할 수 없으며, 경기 중 방사성 물질 등 인간에게 유해한 물질을 분출할 가능성이 있는 로봇은 출전을 금지한다.

5. 로봇은 시합 환경(빛, 소리, 전파)을 고려하여 강한 소음, 액체/기체 분말 등을 분사하는 것을 금지하며, 흡인/흡착 장치를 발바닥에 설치하는 것을 금지한다.

경기 규칙

1. 가로 세로 10미터의 경기장에서 격투기 시합을 벌인다.

2. 전자 사운드와 함께 매 라운드가 시작되며 3분씩 5라운드 동안 진행된다.

3. 상대 로봇의 생존 모니터링 칩이 '죽음 신호'를 내면, 이것을 로봇의 사망으로 간주하고 경기를 마친다.

4. 5라운드 후에도 승부가 나지 않을 경우에는 연장전을 시행한다.

5. 연장전은 두 로봇이 1미터 이내로 마주선 후, 번갈아 한 번씩 공격을 가하고 이때 죽음 신호를 먼저 내는 로봇이 진 것으로 간주한다. 상대 로봇이 공격하는 동안 방어할 수는 있지만 공격할 수는 없다.

6. 각 팀은 각 라운드에 한 차례씩 작전 및 정비 시간을 심판에게 요청할 수 있으며, 이때 휴머노이드 로봇 연맹이 정한 기준에 따라 프로그램 업데이트와 부품 교체가 가능하다.

배틀원이 배출한 스타들

배틀원이 전 지구적으로 큰 인기를 끌면서 배출한 스타 로봇들이 많다. 카네기멜론 대학교 로봇 공학자 팀이 만든 격투 로봇 '킹 모라벡'은 '배틀월드'를 5년이나 석권하고, 2040년부터 3회 연속 배틀원 우승을 차지하면서 휴머노이드 격투 로봇의 전설이 되었다. 혼다에서 만든 '건담 29'는 애니메이션의 고전 건담의 캐릭터를 본 딴 로봇으로, 화려한 유도 기술과 가라테 공격으로 인기가 높다. 베틀린 공학 연구소에서 만든…….

"하암!"

로봇 엠시 남이 하회탈처럼 얼굴을 찡그리며 하품을 해댔다. 흥미를 잃은 듯 나머지 정보를 대충대충 빨리 넘겼다. 내일 아침 일찍부터 데일리 프로그램 '이 로봇월드' 일주일 분량을 한꺼번에 녹화할 예정이었다.

"설날엔 로봇도 좀 쉬자고요! 오사카에서 딱 사흘만!"

로봇 엠시 남의 농담이 미디오스피어의 「말말말」 코너에 으뜸으로 실렸다.

웃겨봐는 위키피디아 '데스 매치' 정보의 마지막 화면을 끄지도 못한 채 서둘러 침실로 들어갔다. 로봇 엠시 남의 편안한 잠자리를 위해 침대를 덥혀야 하는 것이다. 닷새 전, 웃겨봐가 부엌 청소에 바빠서 로봇 엠시 남이 누운 후에야 침대 온도 조절을 했더니, '침대 관리 소홀'로 경고 조치를 당했다. 경고 2회를 당한 도우미 로봇은 보노보를 비롯하여 로봇에게 즐거움을 선사하는 채널 접근이 금지된다.

웃겨봐가 끄지 않은 화면 마지막 줄에는 이런 문장이 홀로 또렷했다.

로봇 기술의 보급과 건전한 경쟁을 위하여, 배틀원에 참가하는 로봇의 모든 기술 정보는 반드시 인류에 공개되어야 한다.

바디 바자르에서 생긴 일

짝사랑을 받을 때 난감한 이유는 간단하다. 너는 사랑 때문에 죽을 맛인데 나는 느낌이 없다는 것. 그럴수록 너는 내게 집착한다는 것. 사랑이 아니어도 일방적인 관심이나 개입은 힘겹다. 강제 조항이 덧붙을 때는 더더욱 낭패다. 석범에겐 아바타 컨설턴트 '달마동자'가 그렇다.

저녁 7시, 위생청의 예고대로 싸라기눈이 내렸고, 재즈 선율이 행인의 발자국에 젖어 녹았고, 앨리스는 석범의 책상 주위를 맴돌았다.

"할 말 있어?"

"야근하실 건 아니죠? 휴일 전날 파트너에게 한잔 사겠다고 약속하셨잖습니까?"

내일은 격주로 돌아오는 스티머스 수사팀만의 휴일이다.

"다음에!"

석범이 자료 화면을 빠르게 넘겼다.

"이번 주는 1년 만에 처음으로 강력 사건이 단 한 건도 발생하지 않았습니다. 백만금을 줘도 오늘 같은 날은 놀아야죠."

석범이 고개를 돌렸다. 앨리스의 초록빛 눈동자가 촉촉하고 맑왔다.

"……꼭 마셔야겠어?"

"꼭!"

석범이 손바닥을 비비면서 오른 눈썹만 살짝 올렸다. 즐거움과 우울함이 공존하는, 보안청 여직원들 사이에선 '은검 미소'로 통하는 표정이다.

"그럼 딱 한 잔만! 대신 술집은 내가 정할게. 불만 없지?"

그 질문에 답한 이는 앨리스가 아니라 달마동자였다.

"불만 마많습니다. 내일 점심 약속 잊진 않으셨지요? 이성끼리 첫 만남이니 준비를 철저히 하십시오. 과음은 컨디션을 저하시키고 두통과 발열을 동반합니다."

배불뚝이 달마동자는 피터 팬을 따라다니는 요정 팅커벨처럼 낮밤 없이 등장했다. 장삼에 가사를 걸치고 염주까지 든 모습이 귀여우면서도 제법 의젓했다.

위생청이 특별시의 아바타 컨설턴트 업무를 총괄했다. 공무를 집행하는 이에게는 의무적으로 레벨 1 컨설턴트가 붙었고 보안청과 소방청 근무자에게는 레벨 3이 부여되었다. 석범의 경우는 레벨 5였다. 레벨 3까지는 고객이 컨설턴트의 방문을 거절 혹은 연기할 수 있지만, 레벨 4와 5는 컨설턴트를 무조건 만나야만 했다. 컨설턴트와의 접촉을 피하면 즉각 체포된다.

"이, 성, 끼, 리 첫 만남이라고요?"

앨리스가 눈을 흘겼다. 석범이 달마동자를 쏘아붙였다.

"약속은 무슨…… 안 나간다고 했잖아?"

"벌써 점심 메뉴까지 주문을 마쳤더군요. 취소가 되지 않는 예약입니다."

"여자를 만나고 안 만나고는 내 자유야. 컨설턴트가 할 일이 그리도 없어?"

"레벨 5 컨설턴트는 고객의 일거수일투족을 관리합니다. 미혼일 경우는 당연히 이성 교제까지 챙겨야지요. 지금까진 이렇다 할 만남이 없었기에 별다른 조치를……."

"알았어. 나중에 따로 얘기하자고. 어서 사라져!"

"6시간 이상 숙면을 취하셔야 합니다. 새벽 3시까지 귀가하지 않을 때는 레벨 6의 조치를 내릴 겁니다."

레벨 6은 매주 지정 장소에 출석하여 특별 교육을 받아야 한다. 지루하고 끔찍한 일이다.

달마동자가 사라진 후, 석범은 앨리스를 데리고 한강을 건넜다. 늦은 시각인데도 전기 자동차가 줄지어 늘어섰다. 석범이 문리버 호텔 쪽으로 방향을 꺾었다.

"왜 하필 여길…… 신나는 파티도 많은데……."

앨리스가 울상을 지었지만 석범은 못 본 체하고 차를 세웠다. 호텔 뒷문으로 이어진 언덕에 사이보그 거리가 자리를 잡았다. 대표적인 우범 지대였다.

거리 입구에 우뚝 솟은 대문은 중세 유럽의 성문을 닮았다. 검은 대문에 기대 선 험상궂은 사내들이 석범과 앨리스를 쏘아보았다. "기계 몸 40퍼센트 이하 출입 엄금"이라고 적힌 둥근 경고판이 대문 꼭대기에 매달려 시계추처럼 흔들렸다. 60퍼센트 이상 천연 몸은 접근 말고 꺼지라는 위협이었다. 석범은 사내들의 난폭한 시선을 피하지 않았다.

"검사님! 괜찮으시겠습니까?"

앨리스가 속삭였다. 둘은 비록 파트너지만 기계 몸과 천연 몸 비율을 확인한 적이 없었다.

석범이 대답 대신 오른발을 대문 안으로 넣었다.

사내들은 턱만 돌려 대문 빛깔을 슬쩍 살폈다. 앨리스의 눈길도 그곳으로 향했다.

차가운 푸른색, 사이보그의 색이다.

20퍼센트 이상 기계에 의지하여 생명을 잇는 족속임이 증명되는 순간이었다.

"사이보그 거리를 즐기시는 줄 몰랐습니다. 전 겨우 23퍼센트입니다만 몇 퍼센트 기계 몸이십니까? 무릎 아래는 아는 거고 또 어디어딥니까?"

"비밀!"

"파트너끼리 비밀 따윈 없다고 강조한 분이 누구셨더라. 몇 퍼센트입니까? 30? 40? 혹시 50퍼센트를 넘습니까?"

"넘으면 왜? 숫자 놀음 그만하고 어서 가지."

인간은 평생 숫자에 갇혀 산다. 때론 불편함을 호소하더라도 기대면 편하고 든든한 것이 숫자다.

그 숫자를 버리고 탈주하려는 인간 역시 적지 않다. 나를 숫자 따위로 규정하지 말라. 난 숫자 이상이다. 로봇은 언제 인간이 되는가. 숫자 이상을 이해하고 의지를 품을 때다.

석범이 토네이도 강철 구두라고도 불리는 워릭 아이언슈즈(Warwick Ironshoes)를 재게 놀렸다. 이 구두는 100미터를 6초에 주파할 만큼 빠르다.

"같이 갑시다. 같이 가자고요."

석범은 부엉이 모양 건물 앞에서 멈췄다. 뒤따라 달려온 앨리스가 숨을 헐떡이며 부엉이 가슴에 반짝이는 글자들을 읽었다.

"……바디 바자르! 이, 인체 시장? 여긴……."

앨리스가 석범 곁에 다가섰다.

"맞죠?"

"뭐가?"

"바디 바자르! 사건 번호 1, 클라크가 마지막으로 갔던 클럽."

스티머스 수사팀은 살인범을 체포한 후 뇌에 담긴 기억을 영상으로 옮겨 저장했다. 그들의 뇌에 저장된 장기 기억에서 사건과 관련이 있는 기억을 찾아내는 일은 쉽지 않았지만, 흐릿한 장면 하나도 범인의 진술에서 허위를 밝히고 여죄를 추궁하는 데 큰 도움이 되었다.

재생한 기억에 따르자면, 클라크는 출국 전날 바디 바자르에 들렀다. 클라크가 만난 자의 상반신은 커튼에 가려졌지만 기계 몸 하반신은 인간이 아닌 동물의 형상이었다. 밀무역상인 제노사이보그(Xeno-Cyborg)들을 만난 것이다. 그들은 파손 부위에 인간의 신체 형상을 재현하지 않고, 동물의 형상이나 때론 실제 동물의 신체 일부를 이식하기도 했다. 천연 몸과 기계 몸, 그리고 동물의 몸이 하나의 생명체를 이루고 있는 기이한 형상을 특별시는 달가워하지 않았다. 제노사이보그들은 특별시 연합법에 어긋났지만 그들은 법 따위를 두려워하지 않았다. 거래만 성립하면 무엇이든 취급했고 어디든 갔고 누구든 죽였다.

"바디 바자르란 클럽이 어디 한두 군데야? 서울특별시만 해도 서른 개가 넘어."

석범이 속마음을 감추고 딴전을 피웠다.

"섭섭합니다. 남앨리스를 파트너로 여기긴 하는 겁니까? 내일 약속도 숨기더니 누굴 바보로 아시나? 저렇게 'D'와 'Z'를 촌스럽게 대문자로 쓴 곳은 여기뿐일걸요. 아! 또 그 버릇이 도진 거군요. 진범이 잡힌 후에도 범행 과정을 되짚는 짓. 아직 미련이 남으셨나요? 하기야 그때 유전 형질 연구소에서 사라진 은초롱뱀은 끝내 찾지 못했죠. 어쩐지 너무 쉽게 야근을 포기하더라. 아이고 내 신세야. 하나뿐인 파트너가 워커홀릭이니 일하고 일하고 또 일할 수밖에!"

석범과 앨리스는 클라크를 뉴욕특별시행 비행기 화장실에서 체포했다. '다윈과 핀치들'의 데뷔곡 「정글의 꿈」을 들으면서 아랫배에 힘을 쏟던 클라크를 향해, 앨리스가 먼저 문을 부수며 달려들고, 석범이 아이언슈즈로 턱을 후려 찼던 것이다. 그러나 클라크의 소지품과 서울에서 거주한 집을 샅샅이 뒤져도 은초롱뱀은 발견되지 않았다. 스티머스를 이용해서 처음으로 살인자를 잡았다며 보안청 수뇌부는 기뻐했지만, 석범은 내내 마음이 불편했다. 지푸라기라도 잡는 심정으로 바디 바자르를 다시 찾은 것이다. 이곳에 들른 클라크의 기억에 남아 있던 밀무역상들의 하반신은 원숭이, 말, 개, 소였다.

댄스홀로 고개를 돌렸다.

손님들은 반복되는 음률에 맞춰 어깨만 살짝살짝 흔들었다. 양팔을 못 펼 만큼 만원이었다.

사이보그 거리에는 범죄가 끊이질 않았다. 그들은 가난하고 외롭고 무엇보다도 아팠다. 기계 몸과 천연 몸의 완벽한 조화는 아직도 먼 미래의 일이다. 값싼 미등록 재활용 기계 몸을 부착한 이들은 열흘에 한두 번씩 접합 부위에서 발생하는 끔찍한 고통을 맛보아야만 했다. 통증을 멈추려면 돈이 필요했고, 그 돈을 마련하기 위해 도둑질이든 강도질이든 살인이든 마다하지 않았다.

사이보그는 몸의 일부라도 기계로 대체된 존재를 말한다. 어떤 이는 겨우 3퍼센트 기계 몸으로도 자신을 사이보그로 간주했고, 어떤 이는 70퍼센트 가까이를 기계로 채우고도 자신이 사이보그라는 사실을 경멸했다. 경계가 모호하니 오해와 불신도 커졌다.

100퍼센트 천연 몸을 지닌 인간만이 개인 자격으로 참가하는 올림픽의 세계 신기록부터 의심받았다. 100미터 달리기 기록이 8초대로 진입한 후 신기록을 낸 선수는 병원에서 열흘 꼬박 정밀 검사를 받아야 했다. 시합 직전 근력과 순발력을 열 배 이상 끌어올렸다가 배설되어 영원히 사라지는 나노 약물도 적지 않았다. 0.1퍼센트라도 문제점이 적발되면 신기록은 취소되고 선수는 영구 제명을 당했다. 이의 신청을 거쳐 법정까지 간 경우가 작년에만도 열두 건이다.

석범과 앨리스도 마주 보고 서서 어깨를 퉁기고 돌렸다. 인간에게든 사이보그에게든 음악은 신이 내린 최고의 선물이다. 비트가 빨라지자 어깻짓과 손놀림들이 더 현란해졌다. 그때 파도 소리가 들려왔다.

철썩 철썩 척 쏴아아!

석범은 파도 소리를 듣자마자, 어린 시절 어머니와 함께 머물렀던 작은 섬을 떠올렸다. 지금은 섬 이름조차 잊었지만, 하룻밤 묵은 여관방 달력에 적힌 낙서만은 또렷하게 기억했다.

갯내가 클럽을 감쌌다. 바닷물이 무대 밖으로 흘러넘쳐 손님들 허리까지 출렁거렸다. 가랑이로 색색가지 물고기들이 지나갔고 둥근 해파리가 떠올랐다가 사라졌다. 석범은 물살을 가르며 댄스홀을 도는 상어 지느러미를 보며 혼잣말을 했다.

"제법!"

거대한 연꽃 봉오리가 무대로 떠왔다. 꽃봉오리가 벌어지자 반 벌거숭이 흑인 무희가 양팔을 비비 꼬며 등장했다. 메두사처럼 가닥가닥 땋은 머리카락이 이마와 눈썹을 가렸다. 비트가 더 빨라졌다.

쏴아아!

흰 포말을 일으키며 휘감기는 파도로 무희가 뛰어올랐다.

"야호!"

"최고, 최고!"

무대 바로 아래에 선 꺽다리와 뚱보가 술병을 높이 들고 쿵쿵쿵 뛰며 외쳤다. 무희가 슬쩍 두 사내에게 윙크했다.

"잘 살펴. 무릎이랑 허리랑!"

뚱보 뒤에 앉은 사내가 무대를 쳐다보지도 않고 낮게 읊조렸다. 석범은 사내의 날렵한 콧날과 윗니에 물린 아랫입술을 살폈다. 피로와 취기로 뒤범벅인 사내의 헝클어진 머리와 충혈된 눈이 슬퍼보였다. 석범이 술잔을 턱까지 들어 흔들자 사내가 외면했다.

무희는 수면으로 떠올랐다가 사라지고 또 떠오르기를 반복했다. 강렬함과 부드러움이 시시각각 섞였다. 날치처럼 높이 뛸 때는 가슴과 엉덩이가 엇갈려 맴돌았고, 손가락을 곧게 펼 때는 손목이 부풀었으며, 발끝이 허공을 연속으로 찌르고 내려설 때는 둥근 물그림자가 쿠션처럼 아래를 받쳤다. 칼날인 듯 솜이고 창날인 듯 뭉게구름이었다.

앨리스가 환호하는 손님 틈에서 석범을 겨우 발견하고 다가섰다.

"대단하지 않습니까? 저 예쁜 문신까지 바다에 딱 어울리는 컨셉트입니다."

무희의 목덜미로 금붕어 한 마리가 쏘옥 올라왔다. 색깔과 움직임 그리고 모양까지 자동 변환되는 디지털 입체 문신이다. 노래가 바뀔 때마다 새로운 품종이 등장했다. 눈알이 크고 튀어나온 특눈금붕어[出目金]부터 등지느러미가 없는 난금붕어[蘭鑄], 공작을 닮은 꼬리지느러미를 펄럭이는 지금붕어[地金]까지. 무희의 춤사위가 격렬할수록 금붕어도 활기찼다.

"저기, 꼬리들!"

석범이 턱짓을 했다. 앨리스의 시선이 무희의 엉덩이에서 미끄러져 파도가 몰려가는 입구로 향했다. 클럽을 나가는 사내들의 뒷모습이 잡혔다. 엉덩이 밖으로 튀어나온 꼬리! 제노사이보그들이다.

"원숭이, 말, 개, 소! 이런!"

동화책 읽는 유치원생처럼 또박또박 그들의 특징을 짚던 앨리스가 후다닥 달렸다.

바디 바자르를 빠져나온 석범과 앨리스가 등을 지고 위아래 중심 거리를 살폈다. 사내들은 보이지 않았다. 비슷한 체격의 행인들을 돌려 세웠다. 꼬리가 없었다. 50미터쯤 걸어 내려가니 갈림길이 나왔다.

"쌍, 이것들 다 어디로 간 거야? 흩어져서 찾죠. 제가 왼쪽을 맡겠습니다."

앨리스가 바삐 뛰어갔다.

석범은 격발용 장갑부터 고쳐 꼈다. 권총이 내장된 장갑은 엄지와 검지로 총신을 고정시키면 언제든지 사격이 가능했다.

"자, 동, 탐, 색!"

또박또박 말했다.

자동 탐색이 코딩된 탄환은 탄도와 속력을 조절하며 표적물의 약점을 스스로 찾아서 날아간다. 한층 강화된 방탄복에 대처하는 최신 기술이다.

석범은 샛길을 택했다. 중심 거리는 사내 넷이 한꺼번에 숨기엔 너무 곧고 넓다.

샛길은 꺾임이 잦고 그 각도가 컸다.

개의 하반신을 가진 사이보그 커나이보그(Caniborg)가 'ㄷ'자로 꺾이는 두 번째 지점에서 튀어나왔다. 뒤에선 소의 하반신을 가진 사이보그 타우러보그(Tauruborg) MNE가 가슴을 세운 채 다가섰다. 그들은 그리스 신화의 반인반수 실레노스처럼 네 발로 걸었다. 커나이보그가 물었다.

"마음에 들어?"

"뭐가?"

석범은 싸라기눈에 젖은 차가운 벽에 등을 댄 채 좌우를 노려보았다.

"여기가 네 놈 묘지거든. 이왕이면 영원히 누울 사람 맘에 들어야겠지."

말의 하반신을 가진 에쿠사이보그 352(Equsyborg 352)까지 담벼락을 훌쩍 넘어왔다. 석범은 장갑 낀 손을 좌우로 들었다. 그리고 생각했다.

원숭이의 하반신을 가진 침피보그(Chimpyborg)는 어디 있지?

석범은 격투를 즐기진 않았다. 일의 잘잘못을 따져 누군가를 징벌해야 한다면, 그 대상은 타인이 아니라 자기 자신이라고 믿었다.

"나는……."

격발용 장갑을 사용할 때는, 20세기부터 통용된 낡은 관례지만,

관등성명을 밝혀야 했다.

"보안청 소속 은, 석, 범 검사!"

에쿠사이보그 352가 말허리를 잘랐다.

"검산 줄 알면서도 날 죽이겠다고?"

"죽이고 살리고는 우리 맘! 사고팔고도 우리 맘!"

커나이보그가 각운을 살려 답했다. 에쿠사이보그 352가 커나이보그를 이어받았다.

"은 검사의 77퍼센트 천연 몸은 기대 이상이더군. 훌륭해 정말! 보안청 소속 검사님과 형사님들 장기는 무지무지 비싸지. 세 배에서 열 배까진 더 뽑아. 일 년에 두 차례씩 특훈을 견뎌 낸 강철 신체에 프리미엄이 붙는 거야. 우린 고맙지 뭐."

그들은 가중 처벌을 두려워하지 않았다.

"허튼짓 그만둬. 순순히 취조에 응한다면, 감히 형사를 죽여 장기를 밀매하겠다는 지껄임은 잊어 주지. 스미스란 가명을 쓴 클라크와 은초롱뱀을 두고 흥정을 벌인 과정만 조사하겠어."

타우러보그 MNE가 능청스럽게 받아쳤다.

"뭔 소린지. 우린 장사꾼이야. 오는 손님 막지 않고 가는 손님 잡지 않는 게 우리들 상도지. 장사꾼과 손님이 어울렸으니 흥정이야 당연히 붙는 거고."

"클라크는 신중한 놈이거든. 확실한 언질을 쳤으니까 바디 바자르에 왔겠고. 너희들, 어떻게 유전 형질 연구소에 접근했지?"

"곧 죽을 녀석이 궁금한 것도 참 많네. 천당으로 보내 달란 기도나 하셔."

에쿠사이보그 352가 제자리에서 강철 발굽을 울렸다.

석범은 양팔을 엇갈려 뻗으며 에쿠사이보그와 타우러보그의 머리와 가슴을 향해 총을 각각 두 발씩 쏘았다. 그들은 피하지 않고 날아오는 탄환을 노려보기만 했다. 가슴에 걸린 토성 문양 목걸이들이 동시에 번뜩이자, 갑자기 탄도를 수정한 탄환이 에쿠사이보그와 타우러보그에 들러붙었다.

"히힝, 귀여운 짓만 골라 하는군."

에쿠사이보그 352가 탄환이 붙은 꼬리를 흔들며 이죽거렸다.

빛나는 토성의 고리가 강력한 전자막을 형성하여 목표물 자동 탐색을 방해하고 탄환을 꼬리 쪽으로 끌어당긴 것이다.

"어딜 씹어 삼켜 줄까? 머리부터 으깨는 게 순서겠지?"

커나이보그가 끈적끈적한 침을 질질 흘려댔다.

석범이 워릭 아이언슈즈를 굴렸지만 가속도가 붙지 않았다. 발을 떼고 다리를 드는 것이 바위를 옮기듯 힘겨웠다. 그 역시 토성 목걸이 탓이다.

"새로 나온 슬로슬로 댄스인가?"

타우러보그 MNE가 질주하여 석범의 가슴을 머리로 들이받았다. 비껴 맞았기에 망정이지, 정면으로 맞았다면 갈비뼈가 통째로 부러졌을 것이다. 커나이보그와 에쿠사이보그 352가 함께 달려들었다. 석범은 피할 엄두도 내지 못한 채 양팔로 머리를 감쌌다.

철썩 척 쏴아아!

그 순간 파도 소리를 이끌고 누군가 끼어들었다.

커나이보그와 에쿠사이보그를 회목치기와 뒷발차기로 단숨에 제압하고 덜미걸이로 MNE를 넘어뜨렸다. 그들이 꼬리에 꼬리를 이어 덤볐지만 다시 가슴과 머리를 얻어맞고 나뒹굴었다. 커나이보그와 에쿠사이보그는 뒷걸음치더니 잽싸게 달아났다.

"거기 서!"

석범이 외쳤다. 가속도가 붙지 않는 탓에 추격이 어려웠다.

"너희들은 누구야? 정체가 뭐야?"

석범이 쓰러진 MNE의 머리를 잡아챘다. MNE가 대답 대신 비웃음을 흘리면서 토성 목걸이를 벗어 담 너머로 던지자, 꼬리에 붙었던 탄환 두 발이 MNE의 미간과 가슴을 관통했다.

"안 돼!"

석범이 MNE를 끌어안았지만 반인반수 사이보그는 절명한 뒤였다.

"따르세요. 여긴 위험해요."

파도와 함께 나타나서 석범을 구한 이가 앞장을 섰다. 성별을 구별하기 힘든, 인공 성대가 만든 목소리였다. 뒷목에서 묶어 내린, 가닥가닥 꼬인 머리카락이 부채꼴처럼 허리를 감쌌다.

샛길을 벗어나기 전, 석범이 뒤에서 팔목을 붙들었다. 생명의 은인이 고개를 돌렸다.

"당신은……?"

그녀였다. 금붕어 문신이 돋보이는 바디 바자르의 검은 무희.

"어서 이 거리를 벗어나세요. 제노사이보그들은 받은 만큼 돌려준답니다, 돈이든 주먹이든."

그리고 썰물처럼 바디 바자르로 뛰어갔다. 석범이 감사 인사를 하기도 전에, 이름을 묻기도 전에.

2월, 잉크를 만지면서
눈물을 흘려라!

뇌파 청진기: 리듬 인 브레인 시연회

인간의 뇌는 1초에 100번씩 두드려대는 열정적인 드럼이다. 생각이란 걸 하는 동안, 날카로운 전기 스파이크들이 스피커를 사정없이 두들겨댄다. 눈을 감고 가만히 앉았어도, 심지어 잠을 잘 때도 드럼은 멈추지 않는다. 생각의 속도가 더디듯 비트만 느려질 뿐.

1950년대 초, 독일의 어느 예술가는 뇌의 전기 신호, 즉 뇌파를 앰프와 스피커에 연결하여 소리를 만들기로 마음먹었다. 인류 최초로 정보를 처리하는 뇌의 '소리'를 접한 이 예술가는 뇌파 독주회를 열었다.

미국의 어느 예술가는 20명이 넘는 사람들 머리에 뇌파 측정기를 씌운 후 대규모 뇌파 합주회를 개최했다. 뇌파가 만들어 내는 소리는 전혀 조화롭지 않았지만, 20세기 예술가들은 마음이 만드는 소리에 매료되었다.

2010년대 초, 한국의 어느 과학자는 뇌파를 청진기로 사용하고픈 충동에 사로잡혔다. 우울증 환자의 뇌파가 만들어 내는 무거운 진혼곡을, 정신 분열증 환자의 뇌파가 만들어 내는 열정적인 광시곡을 '듣고' 싶었던 것이다. 그 곁에 소리 아닌 것을 소리로 바꾸는 기술, 즉 음향화 기술을 애용하는 예술가가 한 명 더 있었다. 이 둘은 정신 분열증 환자와 우울증 환자의 뇌파를 음악으로 옮겨 연주회를 가졌다.

치매 환자의 뇌파도 음악으로 바꿨는데, 그 곡은 자장가처럼 느리고 또 슬펐다. 환자들의 뇌파가 만들어 내는 소리는 전혀 유쾌하지 않았지만, 21세기 의사들은 환자들의 마음을 들을 수 있는 '뇌파 청진기'에 또한 완전히 매료되었다.

의료 장비 회사 '뉴로스캔'의 신임 상무 이지영은 '리듬 인 브레인(Rhythm in Brain)'의 시연회 준비로 바빴다. 기기의 성능과 음향 상태를 점검하고 좌석 배치까지 최종 확인한 후 발표할 자리에 서서 보안청 회의실을 천천히 훑었다. 그리고 시연 자료 첫 줄, '리듬 인 브레인의 정의'를 눈으로 빠르게 읽어 내렸다.

뇌파의 주파수로 멜로디를 만들고 알파파의 비율로 리듬을 구성하는 뇌파 작곡 시스템.

지영은 문득 본질적인 의문이 들었다.

뇌파로 음악을 만드는 행위를 진정한 작곡이라고 할 수 있을까?

그 순간 보안청장을 비롯한 간부들이 빠른 걸음으로 들어와서 자기들 자리를 찾아 앉았고 곧바로 시연회가 시작되었다.

지영은 3D 홀로그램 자료를 무대에 투영하면서 설명을 시작했다. 미사여구는 생략하고 본론으로 바로 들어가는 것이 보안청의 보고 방식이었다.

"뇌파 음악 작곡 시스템인 리듬 인 브레인은 직원들의 스트레스 정도를 진단하고, 스트레스를 많이 받는 직원들을 특별 관리하도록 도와주는 의료 장비입니다."

보안청 간부들은 '특별 관리'라는 단어에 주의를 기울이는 듯했다.

"스트레스의 양이 지나치게 증가하면 코티솔의 영향으로 뇌파의 스펙트럼은 넓은 주파수 대역으로 퍼집니다. 덕분에 '불협화음'이 나타날 확률이 크게 증가하죠. 안정된 상태에선 장조 톤의 프랙털 음악이 작곡되지만, 스트레스가 증가하면 듣기 거북한 불협화음들, 그러니까 가우스 음악이 튀어나옵니다."

"프랙털 음악과 가우스 음악? 그게 뭡니까?"

한 간부가 호기심을 애써 숨기며 퉁명스럽게 물었다.

"프랙털이란 세부 구조가 전체 구조를 반복하는 매우 정교한 구조를 말합니다. 나무가 가지를 치고, 그 가지들이 다시 잔가지를 치고, 그 끝에 달린 잎사귀를 들여다봐도 미세한 가지들이 뻗어 있지요. 이게 바로 전형적인 프랙털 패턴입니다."

"뇌파도 프랙털 구조를 이룬다는 얘기인가요?"

"네, 그렇습니다. 날카로우시군요. 뇌파를 얼핏 살피면 매우 복잡한 신호처럼 보이지만, 그중 일부만을 확대해서 분석하면 뇌파 전체 패턴과 유사한 구조를 띠지요. 놀라운 사실은 이렇게 프랙털 구조를 가진 신호로 음악을 만들면 매우 아름다운 곡이 나온다는 겁니다. 낮은 음들이 주를 이루지만, 높은 음들도 적당히 섞이고, 더 높은 음들도 조금씩 끼어드는 '황금 비율' 말입니다."

"스트레스가 높아지면 그 황금 비율이 깨어진다?"

"네, 그렇습니다. 독일에서 제가 연구한 논문 주제가 바로 그겁니다. 스트레스 호르몬인 코티솔이 증가하면 뇌파의 스펙트럼이 넓어지면서 가우스형 소음의 형태를 띠게 되지요. 그러면 음악이 불협화음으로 가득 찬 소음으로 바뀌는데 그걸 '가우스 음악'이라고 부릅니다. 저희 리듬 인 브레인은 바로 이런 불협화음 정도를 측정해 사람들의 스트레스 레벨과 정신 질환 정도를 파악하는 시스템입니다."

"그걸 굳이 소리로 들려 줄 필요가 있겠습니까? 화면으로 확인하면 더 간편할 것 같은데……."

"좋은 지적이십니다. 저희가 뇌파 작곡 시스템을 만든 데는 다른 이유가 있습니다. 리듬 인 브레인 사용자로 하여금 뇌파가 만들어 내는 음악을 들으면서 스스로 마음을 다스리고 스트레스를 조절하도록 유도하는 것이죠. 인간에게는 말로 설명할 순 없지만 자신의 뇌파 소리를 들으면서 그 톤을 조절할 능력이 있습니다. 뇌파를 조절하면 뇌가 바뀌고, 뇌가 바뀌면 마음도 바뀌지요."

"마음이 뇌파를 만드는 것이 아니라 뇌파가 마음을 만든다……. 그런데도 꼬박꼬박 뇌파 '작곡' 시스템이라고 얘기하는군요. 뇌파가 정말 작곡을 한다고 믿는 겁니까? 인간의 창조성이 아닌 '우연'에 기대어 음들을 나열하는 시스템을 작곡이라고 부른다면, 실제 작곡가들이 굉장히 기분 나빠할 텐데요."

드디어 우려했던 질문이 터져 나왔다. 시연회 직전 비슷한 의문을 품었던 지영도 적절한 답이 떠오르지 않았다.

"물론 모든 뇌파가 음악이 되는 건 아닙니다. 저희 시스템에는 뇌파 패턴을 아름다운 음악으로 변환하는 매직 변수들이 저장되어 있죠. 또 그날의 뇌파 패턴에 알맞은 악기도 알아서 결정하고요. 적절한 비트 이펙트도 스스로 넣어 줍니다. 생각이 그럴듯한 흐름을 지니듯, 뇌파 음악도 근사한 음악적 구조를 가집니다. 그래서 저희는 리듬 인 브레인이 음악을 작곡하고 있다고 믿습니다. 어쩌면 인간의 작곡이란 것도 우리의 뇌파가 표현하려는 소리를 악보에 옮겨 적는 과정이 아닐까요?"

"뇌파가 표현하려는 소리를 옮겨 적는 것이 작곡이라……. 흥미로운 해석이군요."

지영은 궁색한 변명 같아서 얼굴이 화끈거렸지만, 간부들은 더 이상 그 문제를 따지고 들진 않았다. 다행이었다.

상석에 앉은 보안청장이 드디어 입을 열었다.

"보안청 전체 직원들에게 이 리듬 인 브레인 시스템을 장착하려면 얼마나 필요하오?"

"제품 가격이라면 저희 사장님과 따로 말씀하시면 충분히 협상이 가능할……."

"가격 말고 기간! 보안청 직원들은 평소 스트레스가 무척 많소. 스트레스로 인한 보안청 내 총기 사고나 자살도 끊이질 않는다오. 리듬 인 브레인이 요주의 직원들을 특별히 관리해 줄 수만 있다면 비싼 가격도 감내하리다. 되도록 빨리 시스템을 가동해야 한 명이라도 더 구할 수 있지 않겠소? 서울특별시의 더없이 소중한 인재들이라오."

"저는 우선 제 머리부터 장착해 보고 싶습니다."

보안청장 바로 왼편에 앉은 간부가 능글맞은 웃음으로 거들었다.

"박 팀장 뇌파는 듣지 않아도 뻔해! 항상 여자 생각뿐이니 음악도 끈적대겠지. 안 그런가."

잔잔한 웃음이 맴돌다가 사라졌다. 보안청장이 자료집 겉장에 적힌 발표자 이름을 확인했다.

"이지영 상무님! 설명은 잘 들었소. 그럼 이 상무님이 리듬 인 브레인을 직접 시연해 주시겠소?"

"아, 네······ 당연히 보여 드려야지요."

지영이 자리를 옮겨 연단에 마련된 의자에 앉은 후 리듬 인 브레인을 쓰고 파워를 켰다. 고막을 찢을 듯한 날카롭고 어지러운 불협화음이 스피커를 통해 터져 나왔다. 불협화음 레벨이 6을 가리켰다. 그녀는 황급히 파워를 끄고 허리를 숙였다.

"죄, 죄송합니다!"

어색한 침묵이 흘렀다. 보안청장 입아귀가 천천히 올라갔다.

"허어, 이 상무님이 물건을 꼭 팔려고 너무 긴장했나 보오. 허허허!"

다른 간부들도 함께 웃었다. 참석자들 모두 인간은 한낱 1초에 100번씩 두드려대는 '드럼'임을 흔쾌히 동의하는 순간이었다.

나의 뇌파 나의 음악

어떤 인물을 진정으로 알고 싶다면 그의 머릿속에 들어가 보는 수밖에 없다.

100년 전, 임상심리학자 루돌프 슈뢰더는 아쉬운 미소와 함께 이런 명언을 남겼지만, 2049년 과학자들은 뇌파를 통해 인간의 머릿속을 상세히 들여다보게 되었다.

"2049년 2월 2일 화요일! 깨어나십시오. 깨어나십시오. 깨어나십시오."

돌아누운 석범이 베개로 뒷머리를 덮어썼다. 보안청에 MNE를 넘기고 경위서를 작성한 후 아파트에 닿으니 이미 동이 터 왔다.

눈을 감은 채 방금 꾼 악몽을 더듬었다.

소형 청소 로봇들이 일제히 그를 공격하는 꿈이다.

이 작은 아파트에도 열 대가 넘는 청소 로봇이 산다. 석범은 아직 한 번도 그놈들과 마주친 적이 없다. 집이 텅 빌 때만 나와서 각자 맡은 영역을 청소하도록 프로그래밍된 로봇들이 집주인의 형상과 냄새를 인지하여 미리 숨은 탓이다. 유리창 로봇은 개구리처럼 창에 붙어 유리만 닦았고 걸레 로봇은 거북이처럼 엉금엉금 기면서 바닥만 훔쳤으며 천장 로봇은 도마뱀처럼 거꾸로 매달린 채 긴 혀를 휘돌려 먼지를 삼켰다. 미세 먼지와 태양열만으로 활동에 필요한 에너지를 충전했다. 평생 한 지붕 아래 살아도 부딪힐 일이 없었다.

석범은 청소 로봇을 전 주인에게서 헐값에 구입했다.

만나지도 못할 녀석들한테 괜히 돈 쓸 까닭이 없지.

양서류와 파충류를 닮은 청소 로봇에 대한 거부감은 없었다. 구더기나 진드기를 닮았더라도 개의치 않았을 것이다.

청소 로봇은 방범 기능까지 겸했다. 낯선 침입자의 형상과 냄새를 감지하면 보안청과 집주인에게 연락하는 동시에, 침입자를 공격했다. 살상용 공격은 아니더라도 개구리가 등에 붙고 도마뱀이 콧잔등에 앉고 거북이가 종아리에 침을 바르는 풍경은 상상만 해도 불쾌하고 끔찍하다.

그런데 이 망할 놈들이 집주인도 몰라보고 은, 석, 범을 공격한 것이다. 머리카락을 매만지고 눈을 크게 뜨며 또 입김을 내뿜어 자신이 바로 집주인 은석범이란 사실을 증명했지만 공격은 멈추지 않았다.

"나라고, 나 몰라? 이 멍청이들아!"

걸레 로봇이 테너 음색으로 답했다.

"은석범의 형상, 은석범의 배출 호르몬, 85퍼센트 동일. 복제 가능성 51퍼센트. 공격하라!"

입력된 자료와 인간의 동일성이 90퍼센트 이하로 떨어지면 청소 로봇은 방범 로봇으로 기능을 전환했다.

"85퍼센트라니? 난 100퍼센트 은석범이야. 다시 측정해 봐. 다시 해 보라고."

"초조함 증가. 위협도 증가. 은석범의 형상 은석범의 배출 호르몬과 81퍼센트 동일. 복제 가능성 55퍼센트. 공격하라!"

뇌파 모닝콜이 올 때까지, 석범은 아파트 여기저기에서 전투를 벌였다. 미디오스피어를 장식할 뉴스 문구가 떠올랐다.

청소 로봇, 아파트를 부수다!

청소 로봇 전문 회사 '샤인'은 2022년 시판되었다가 지금은 생산을 중단한 파충류/양서류 세트에 전혀 문제가 없다고 밝혔다. 집주인 은모 씨의 이상 행동이 사건의 발단이었다. 은모 씨는 신을 신고 거실을 돌아다녔을 뿐만 아니라 홈 유비큐 시스템에 합당한 명령어들을 제멋대로 뒤섞어 불렀으며, "내 꼬리는 어디 갔지? 내 꼬리는 어디 갔지?"라고 반복해서 물었다.

"즐거운 하루! 당신은 이미 깨어나셨습니다."

아무리 눈을 감고 자는 척해도 맑고 또렷한 알파파가 석범이 깨어났음을 드러낸다. 미적거리면서 버티면 차가운 물방울이 얼굴과 목덜미에 이슬비처럼 분사될 것이다. 그래도 버티면 침대가 흔들릴 것이고, 그래도 그래도 졸음을 이기지 못한다면 달마동자의 찢어지는 『화엄경』 독경 소리가 고막을 찔러 댈 것이다.

석범은 손을 뻗어 헤드셋을 찾아 썼다. 2039년부터 벌써 10년째 아침마다 되풀이하는 짓인데도, 헤드셋은, 영혼을 꽉 끼워 가두는 듯하다. 프로그램 로고송이 먼저 가볍게 흘러나왔다.

"리듬 인 브레인! 당신의 오늘을 더 높게 당신의 내일을 더 아름답게! 리듬 인 브레인!"

그리고 악보를 읽을 줄도 쓸 줄도 모르는 석범이 만든 음악이 시작되었다.

리듬 인 브레인!

뇌파 작곡 시스템은 교육용으로 연구되다가 임상 치료용으로 확장되었다. 음악을 만드는 석범의 얼굴이 편치 않다. 벌써 다섯 군데나 불협화음이 생겼다. 심한 스트레스나 과음 혹은 피로가 쌓일 때면 음이 흔들리면서 엇박자로 엉켰다.

석범의 부모는 생태 운동가로 유명했는데, 아버지 은기영이 어머니 손미주보다 세 살이 어렸다.

2035년 기영이 오염 지대에서 실종되었다. 2036년 미주는 전 재산을 '자연인 희망 연대'에 헌납하고 특별시를 떠났다. 자연인 희망 연대는 100퍼센트 천연 몸으로 이루어진 인간들의 반기계 문명 시민 단체이다. 석범은 홀로 서울에 남았다. 춥고 배고프고 외로웠다. 자연인 희망 연대로부터는 배신자란 비난이 날아들었다. 무엇인가를 단 한 번도 믿은 적이 없는 그에게, 배신이란 납득하기 힘든 낙인이었다.

2039년 정초부터 아침에 눈을 뜨자마자 헤드셋을 강제로 써야만 했다. 의사들은 불협화음 횟수를 세어 퇴원 날짜를 늦춰 잡았다. 다섯, 여섯, 일곱, 여덟, 아홉, 열! 열 번이 넘으면 열흘이 늘었고 스무 번이 넘으면 심신불안이 극심하다는 의견과 함께 한 달간 병원 신세였다.

보안청 검사가 되고 나서도 뇌파 작곡은 이어졌다.

10년 동안 불협화음이 단 하루도 열 번 이상 나오지 않아야만 이 지긋지긋한 반복에서 벗어날 수 있다. 석범이 지은 곡들은 단정하고 아름다웠다. 격무에 시달리느라 불협화음이 생기기도 했지만 기껏해야 서너 번이었다.

오늘은 심상치 않다. 벌써 여섯 번째다. 네 번만 더 음이 빗나가면 그동안 들인 공이 헛되고 만다. 괴한들과 격투를 벌인 일이 어디 한두 번인가. 한숨 푹 자고 나면 뇌파는 정상으로 돌아와 있곤 했다.

일곱, 여덟!

식은땀이 흘렀다.

이번에는 폐를 찔러. 척추를 부러뜨리는 건 어떨까. 혀를 잘라 소금에 찍어 먹는 맛도 쏠쏠하겠지? 뭘 망설여? 벌써 다 잊은 거니? 어서 시작해.

잠에서 깬 후에도 빠르고 달콤한 목소리가 머릿속을 울렸다.

아홉!

아, 정녕 이 짓을 10년 더 해야 한단 말인가.

"리듬 인 브레인! 당신의 오늘을 더 높게 당신의 내일을 더 아름답게! 리듬 인 브레인!"

뇌파 작곡을 마치는 안내 방송이 나왔다. 아직 측정 시간이 15초나 남았다.

"곧장 귀가해서 쉬라고 했습니까, 안 했습니까?"

달마동자였다.

아바타 컨설턴트에게도 정(情)이 있을까. 규정을 어기면서까지 나를 돕는 것은 정 때문일까 아니면 또 다른 프로그램 탓일까.

고마워! 인사를 건넬 뻔했다. 석범은 마음을 고쳐먹었다. 정겹게 굴어도 달마동자는 특별시에서 붙인, 먹지도 자지도 않고 24시간 내내 석범의 심신을 살피는 홀로그램 감시자다.

"자 어서 어서 서두르세요. 노총각 냄새 펄펄 풍기면서 나가는 건 이만저만한 실례가 아니죠."

"알아서 할게. 귀찮아."

일부러 역정을 냈다. 달마동자가 사라지자 긴장이 풀리면서 배가 고팠다. 아침식사용 알약을 하나 입에 털어 넣고 말까 하다가 마음을 고쳐먹었다. 어제도 그제도 쌀밥 구경을 못했다.

"콩, 나, 물, 해, 장, 국!"

여섯 글자를 또박또박 끊어 읊었다.

부엌 벽과 천장에서 기계 팔 스무 개가 튀어나와 흔들렸다. 접시를 꺼내는 팔, 도마를 줍는 팔, 식칼을 드는 팔, 콩나물을 다듬는 팔, 국을 끓이는 팔, 양념을 집는 팔!

모차르트 피아노 소나타 11번 3악장 「터키 행진곡」이 배경으로 흘렀다. 팔들이 선율 위에서 만나고 헤어지고 엉키고 풀렸다. 때로는 다섯 팔이 함께 나오고 때로는 일곱 팔이 동시에 멈췄다가 물러났다.

전초전의 악연

석범은 10분 만에 완성된 해장국을 들이키면서, 로봇 채널 보노보를 켰다. 스포츠 전문 로봇 아나운서 크로스의 속사포 중계가 귀를 파고들었다.

"지금부터 보노보 개국 기념 빅 이벤트, 글라슈트와 무사시의 초청 경기를 보내 드리도록 하겠습니다. 두 로봇은 상암동 격투기 전용 경기장에서 열리는 배틀원 2049에도 이미 초청되었습니다. 누가 먼저 기선을 제압할까요. 주요 전적에선 무사시가 월등히 앞섭니다만, 로봇 공학 한림원 차세대 로봇 연구소 최볼테르 교수팀에서 심혈을 기울인 글라슈트 역시 만만치 않은 실력을 지녔습니다."

그 순간 링 밖에 서서 고함을 질러대는 사내가 클로즈업되었다. 낯이 익었다.

"어어."

석범은 콩나물 대여섯 가닥을 머금은 채 숟가락으로 그를 가리켰다. 지난 밤 바디 바자르에서 눈길이 마주쳤던, 낮고 차가운 목소리로 "잘 살펴. 무릎과 허리!"라고 말한 그 남자였다.

최볼테르? 격투 로봇 전문가였구나.

무대 아래에서 열광하던 뚱보와 격다리도 보였다. 두 사람은 허공에 글라슈트의 설계도를 띄워놓고 마지막 점검이 한창이었다.

저 세 사내가 한 팀이라면 혹시……?

화면을 톡톡 쳐서 글라슈트 팀 주변을 살폈다. 철문을 열고 키 큰 두 여인이 경기장으로 걸어 들어왔다. 앞선 여인의 얼굴을 확대했다. 오똑한 콧날과 가닥가닥 꼰 머리카락. 바디 바자르의 메두사, 파도 타는 검은 무희였다.

1라운드가 시작되었다.

글라슈트는 스텝을 밟으며 링 중앙으로 나아갔다. 굼실굼실, 능청능청, 우쭐우쭐, 으쓱으쓱. 온몸에 힘을 완전히 빼고 갈대처럼 흔들렸다. 무사시는 움직임이 없었다. 항아리를 끌어안듯 두 팔을 내민 채 글라슈트의 눈만 노려보았다. 다섯 바퀴, 일곱 바퀴, 열 바퀴를 돌았지만, 무사시는 선제 공격을 펴지 않았다.

야유가 점점 커졌다.

로마 제국부터 지금까지, 격투장에 모인 구경꾼들은 피가 튀고 살이 찢어지기를 원하지만, 검투사부터 격투 로봇까지, 맞붙어 싸우는 이는 탐색하고 또 탐색했다. 단 한 번의 실수가 치명적인 패배로 이어지기 때문이다.

몇 차례 헛손질만 오간 후 1라운드가 끝났다.

글라슈트 팀장 볼테르는 경기가 뜻대로 풀리지 않는 듯 제 머리를 쥐어뜯었다. 글라슈트를 박살 내겠다는 무사시 팀의 장담에 기댄다면 벌써 난타전에 돌입했어야 옳다. 그러나 무사시는 철저히 선수비 후공격 전술을 취했다. 볼테르는 말을 잇지 못한 채 겨우 몇 마디 감탄사만 뱉었다.

"이런…… 아니지…… 에잇! 거기서부터…… 허, 참!"

2라운드가 시작되었다.

작전을 변경한 쪽은 글라슈트였다. 잽을 날리며 인파이팅을 시도한 것이다. 무사시는 더킹으로 가볍게 스트레이트를 흘려보내고 강력한 더블 훅도 스웨잉으로 피했다. 글라슈트가 힘으로 밀어붙였지만 정타가 나오지 않았다. 공격 방법을 바꿔야만 했다.

제자리에서 솟구친 글라슈트의 왼발이 무사시의 얼굴을 노렸다. 무사시가 턱을 당기면서 가드를 올렸지만 글라슈트의 발바닥이 먼저 뺨을 후렸다. 뒷걸음치는 무사시의 목을 밀면서 발등으로 장딴지를 걸어 돌렸다. 태껸 기술 오금걸이에 제대로 걸린 무사시의 두 발이 부웅 떠올랐다가 둔탁한 소리와 함께 떨어졌다.

환호와 박수가 쏟아졌다.

글라슈트는 쓰러진 무사시의 목덜미를 왼손으로 잡아 꺾었다. 오른 손날로 무사시의 목을 내리치려는 것이다. 글라슈트에게 손도끼질을 당하고도 버틴 로봇은 없었다.

글라슈트의 오른팔이 머리 위로 천천히 올라갔다. 경기장은 순간 침묵에 휩싸였다. 최후의 일격을 기대하는 시선들이 글라슈트의 손날에 집중되었다.

갑자기 글라슈트의 몸이 철망까지 튕겨나갔다. 무사시는 계속 궁지에 몰리면서도 반격하지 않았다. 글라슈트가 스텝을 밟으며 움직였기 때문이다. 손도끼질을 위해 글라슈트가 멈춰 서자, 무사시의 내지른 정권이 허공을 가르며 가슴을 때린 것이다.

무사시는 글라슈트의 목을 뒤에서 감싸고 두 발을 열십자로 엇갈려 쥔 채 매달렸다. 백 마운트 포지션을 점한 것이다. 글라슈트가 허리춤에서 빨판을 쏟아 냈다. 몸을 흔들고 사지를 비틀며 쿵쿵 뛰었지만 무사시는 떨어지지 않았다. 틈이 없으니 빨판도 힘을 쓰지 못했다.

볼테르가 벌떡 일어서서 외쳤다.

"야! 엉덩잽이, 엉덩잽이!"

엉덩잽이는 허리를 숙이고 엉덩이를 빼면서 등 뒤의 상대를 어깨로 넘겨 앞으로 패대기치는 기술이다. 글라슈트가 양팔을 머리 뒤로 돌려 무사시의 목덜미를 잡고 힘껏 당겼다. 그러나 무사시의 목이 스프링처럼 쭉쭉 늘어날 뿐 아니라 손목과 발목에서 톱니바퀴들이 오돌토돌 돋았다.

위이이이잉!

톱니바퀴들이 글라슈트의 빨판을 자르고 허리를 끊기 시작했다.

무사시의 톱니바퀴는 공식 상한선인 지름 30센티미터보다 훨씬 작았다. 그러나 3센티미터에 불과한 톱니바퀴 열 개가 염주처럼 손목과 발목을 둥글게 감싸며 돌자 파괴력이 폭발적으로 커졌다. 쇠가 깎여 나가면서 불꽃과 함께 검은 연기가 피어올랐다. 매캐한 냄새까지 퍼졌다. 이윽고 클라슈트의 생존 모니터링 칩이 '죽음 신호'를 냈다.

무사시의 승리가 확정되는 순간, 볼테르가 갑자기 깔고 앉았던 간이 의자를 링으로 집어 던졌다.

"비겁한 놈들! 등짝에 붙어, 이 죽일⋯⋯."

그는 만류하는 꺽다리와 뚱보를 머리로 받았다. 사라와 민선이 차례차례 매달렸지만 역부족이었다. 볼테르는 의자 두 개를 더 던졌고, 팀원들이 전부 뒤엉킨 상태에서 민선의 얼굴이 그의 무릎에 부딪쳤다.

"아아악!"

높고 가는 민선의 비명 덕분에 난동이 멈췄다.

볼테르는 분이 풀리지 않는지 천장을 올려다보며 한숨을 푹푹 내쉬었다. 민선은 주저앉아 무릎 사이에 머리를 끼운 채 흐느꼈다. 링 안으로 들어가서 쓰러진 글라슈트를 보듬는 이는 사라뿐이었다. 승리한 무사시를 노려보는 사라의 젖은 눈엔 살기가 가득했다.

모든 만남은 필연이다

차에 오른 석범은 보안청까지 자동 운전으로 설정한 후 모든 링크를 끊었다. 좌석을 젖혀 침대로 바꾼 후 눈을 감고 드러누웠다. 러시아 시인 보리스 파스테르나크의 시 「추신」이 저도 모르게 혀끝으로 밀려 올라왔다.

"아닙니다, 당신 슬픔은 나 때문이 아닙니다. / 당신이 고국을 떠난 것은 나 때문이 아니었습니다."

눈을 번쩍 떴다. 흰 숄을 머리에 두른 낯익은 중년 여인의 얼굴이 떠올랐던 것이다. 『나는 로봇에 반대한다』와 『도시의 종말』의 저자이자 석범의 어머니인 손미주였다.

"제발, 제발 절 놔둬요."

미주는 결정적인 순간에 그의 뇌로 곧장 찾아들었다. 그때마다 석범은 불쾌하고 화가 났다. 마음대로 찾아들기는 달마동자도 마찬가지였지만 그는 컨설팅이란 형식으로 석범의 바깥에 머물렀다. 텔레파시를 통한 미주의 방문은 안팎 낮밤 구별이 없었다.

못다 외운 시를 이었다.

"그 진홍빛은 나의 작품이 아니었습니다. / 아닙니다. 당신 슬픔은

나 때문이 아닙니다……. 젠장!"

갑자기 욕을 하며 주먹으로 링크 복원 버튼을 힘껏 쳤다. 쿵 소리와 함께 홀로그램이 떴다. 세상과 이어지자마자 달마동자보다도 먼저 그를 방문한 이는 역시 어머니였다. 하얀 숄을 두르고 동백나무 숲을 배경으로 그루터기에 앉았다.

"애야. 어서 차를 돌리렴."

미소를 머금었지만 목소리는 차고 단정했다.

"제 인생입니다. 간섭 마세요."

"네 인생이니 간섭 말라고? 하나도 변한 게 없구나. 예전에도 그토록 고집을 부리더니 결국 한 짓이 뭐냐? 정신 병원 신세를 지지 않았어?"

어머니 때문이에요!

석범은 차마 이 문장만은 뱉지 못했다.

2036년 농촌 회귀를 강요하지 않았다면, 석범만 두고 떠난 후 지금이라도 잘못을 인정하면 용서하고 받아들이겠다는 암시를 두 달 동안 저녁마다 주지 않았다면, 석범은 뇌파 치료를 받지 않았을 것이다. 확신에 찬 어머니와 아무것도 믿지 않는 아들. 이 평행선이 비극의 시작이었다.

"제 인생입니다. 간섭 마세요."

석범은 자동 응답기처럼 글자 하나 바꾸지 않고 반복했다.

"혼자 세상을 사는 게 얼마나 위험한 일인지 너는 아직 모르는구나."

"전 혼자가 아닙니다. 동료도 있고……."

"그만! 특별시에서 매일 세 개의 청(廳)이 생기고 또 세 개의 청이 사라진다는 걸 모르진 않겠지? 내일 당장 어떻게 바뀔지도 모르는 곳에서 어울리는 이들은 동료도 뭣도 아니란다."

석범이 단칼에 잘랐다.

"여자 만날 시간 없습니다. 더더구나 어머니가 권하는 여잔……."

"넌 왜 네 생각만 하니? 이건 작은 일이 아니다."

"그렇겠지요. 지구를 바꾸는 담대한 일이겠지요."

변하지 않은 이는 석범뿐만이 아니다.

미주 역시 병든 지구를 되살리는 일에 헌신하겠다는 결심엔 흔들림이 없었다. 인류가 지구의 생명을 단축시키는 것을 막기 위해, 그녀는 하루 한 끼 그것도 채식만 고집했으며 스스로 병을 진단했고 기계 몸이나 화학 약물을 철저히 배제했다. 2040년 이전에는 강대국에 맞서 싸웠고 2040년 이후에는 나날이 비대해지는 특별시의 횡포를 폭로하며 특별시 연합의 부도덕성을 고발하기 위해 분주했다.

2036년부터는 '코이브 에코토피아(Co-ev Ecotopia)'를 제안하고 이끌었다. '코이브'는 공진화, 공생을 의미하는 co-evolution의 약어로, 코이브 에코토피아는 도시 문명을 버리고 지구 생태계 안에서 동식물과 공생하며 생태적 유토피아를 건설하자는 운동이었다.

"얘야! 사랑한다."

사랑! 두 글자가 파르르 떨렸다. 석범은 화를 삭이지 못하고 비꼬았다.

"압니다. 그 망할 사랑 탓에 저를 특별시에 버리고 코이브 에코토피아로 떠나신 게지요."

미주가 잔기침을 뱉은 후 말했다.

"페이빈에 걸렸다. 길어야 반년이라는구나."

페이빈(FAVIN)은 오리를 대량 양산하는 과정에서 발생한 조류 독감의 악성 변종이다. Fatal Avian Influenza의 약자이다.

"어머니!"

석범은 소리친 뒤 말을 잇지 못했다. 인생의 터닝 포인트는 거창하게 찾아들지 않는다. 종이에 잉크가 스미듯, 한 시절을 지낸 후, 아! 그때였구나, 혼자 눈물 흘리는 식이다.

어머니는 항상 이랬다. 돌이킬 수 없는 지경에 이르러서야 결정 사항을 전했다. 석범에게 선택의 여지를 남기지 않았다.

"인간은 누구나 나고 죽는 법이다. 반년도 감사하지."

시한부 인생을 선고받은 사람답지 않게 차분하고 담담하다. 석범은 두 주먹을 부들부들 떨었다.

"페이빈인데 왜 아직 거기 계신 겁니까? 특별시 조류 독감 지정 병원에서 격주 1회만 케미플루를 투약하면 20년은 거뜬한 걸 모르세요?"

"얘야. 나는 어떤 화학 약물도 투여받지 않겠다고 맹세했단다."

자연인 희망 연대는 크게 둘로 나뉘었다. 기계 몸을 거부하는 그룹과 기계 몸은 물론 화학 약물까지 거부하는 그룹. 미주는 완고한 후자 그룹의 리더였다.

"멋지십니다. '숭고한' 자살이군요. 왜 하필 지금 이 얘길 하시는 거죠? 죽기 전 엄마의 마지막 소원 운운하며 울음이라도 터뜨리실 건가요? 난센습니다, 이미 사망 처리된 사람이 다시 죽음을 이야기하는 건."

특별시민이 오염 지대로 가거나 오염 지대 거주자가 특별시로 오려면 긴 시간 동안 까다로운 심사를 받아야 했다. 심사를 피하려는 이들은 신분 세탁을 했다. 사망 혹은 실종 사건을 조작해서 자신의 존재를 지운 후 원하는 지역으로 숨어드는 방식이었다.

석범도 신분 세탁을 권유받았다. 2036년, 특별시를 빠져나갈 때 긴급 체포를 염려한 미주가 위장 자살을 계획한 것이다. 석범이 완강하게 반대하자, 미주만 자동차 사고로 실종된 것처럼 꾸민 후 특별시를 떠났다.

"네가 원하면 이곳에서 남은 반년을 함께 지낼 수 있단다. 죽음을 맞을 채비를 해야 하니, 공식 업무도 곧 다 정리할 예정이고. 내 병을 핑계 삼는 건 물론 아니란다. 다만 어미로서 자식 걱정은 당연한 일이지."

"걱정이 되시면…… 하아아!"

석범이 고개를 들고 잠시 머뭇거렸다. 고인 눈물을 감추기 위해서였다. 짧은 침묵이 흘렀다.

"정말 제가 걱정이 되시면, 거기서 나오세요. 그리고 케미플루를 투약하십시오."

"변절하란 말이냐?"

'변절'이란 단어가 귀를 파고들었다.

"부탁이란다. 죽기 전에 챙길 일 중 하나라고 해 두자. 꼭 결혼하라는 것도 아니다."

"싫다면요?"

"애야! 엄만 너와 더 자주 더 많은 이야기를 나누고 싶단다. 시간이 없어. 이걸 첫 시도로 받아들여 주렴."

"전 오염 지대로는 안 갑니다, 절대로! 농사 따월 지으며 시간을 흘려보내지도 않을 거고요. 기대하지 마십시오."

"안다. 내가 특별시 체제를 부정할 자유가 있듯 너도 특별시 체제를 위해 헌신할 자유가 있겠지. 지극히 짧은 여행이라고 해두자. 둘이 같이 오면 더욱 좋겠고."

"그 여자도 자연인 희망 연대입니까? 어머니완 무슨 관계죠?"

"직접 만나서 물어보렴. 그럼 난 가야겠다. 오늘 마을 아이들과 단풍나무 시럽을 만들기로 했단다. 얼마나 달고 맛있는지. 또 연락하마."

홀로그램이 사라졌다.

석범은 양손으로 얼굴을 쓸어내리며 격한 감정을 다독였다. 아무리 급박한 상황에서도 냉정함을 잃지 않는 그였지만, 어머니 앞에서는 속마음을 숨기기 어려웠다. 세상에 단 하나뿐인 혈육에게 버림받은 것은, 아물기에는 너무 깊은 상처였다.

3D 홀로그램이 슬며시 떴다. 남앨리스였다. 그녀 뒤로 보안청 건물이 보였다.

"어디세요?"

"거의 다 왔어. 밀무역상들에 대해 더 알아낸 거 있어?"

"특별한 건 없습니다. 유전 형질 연구소 쪽 해킹 의심 사항들을 훑었고요."

"사망자 신원은?"

"그게…… 본명은 강정수, 35세, 전과 기록은 없습니다. 이상한 사실은 2041년 3월 21일 오염 지대에서 산불로 인해 사망한 것으로 나옵니다."

"불에 타 죽었다고? 확실해?"

"신분 세탁을 한 것 같습니다."

멀리 앨리스가 보였다. 그녀도 석범의 차를 발견하고 손을 흔들었다. 누가 먼저라고 할 것도 없이 보름 만에 찾아온 달콤한 휴일을 자진 반납한 것이다.

"신분 세탁…… 젠장, 어머니!"

갑자기 석범이 자동차를 되돌렸다.

아무리 미워도 어머니는 어머니였다. 그냥 죽도록 내버려 둘 수는 없었다. 그녀를 설득하기 위해선 첫 제안을 받아들여야 했다.

차도로 한 걸음 내려선 앨리스가 손을 든 채 황당한 표정을 지어 보였다.

"미안. 점심은 혼자 먹어."

석범은 답을 기다리지 않고 다시 링크를 끊었다.

영영 지우고픈 순간이 있다. 저 사람은 절대로 아니겠지 싶은데 바로 그 사람과 마주앉아야만 할 때!

"손…… 미주 씨를 아십니까?"

"알죠. 『도시의 종말』을 쓴 손미주 선생을 모르는 특별시민이 있나요? 그런데 이상하네요. 35분이나 늦었으면 사과부터 하셔야죠. 왜 손미주 이름 석 자부터 꺼내는 건가요?"

그녀는 석범의 질문에 불쾌한 듯 반문했다. 선글라스와 마스크가 눈매와 입매를 가렸다. 감기에 눈병까지 걸렸다며 미리 양해를 구했지만, 석범은 가면 쓴 인형과 이야기하는 기분이었다. 말아 올린 뒷머리에 꽂은 벚꽃 모양 헤어핀도 신경이 쓰였다.

이름만큼이나 촌스러운 카페 UFO는 애드벌룬처럼 한강 위에 떠 있었다. 2023년에는 비행 카페 자체가 드물었고 더군다나 100퍼센트 로봇으로만 카페를 운영한다는 사실 때문에 손님이 들끓었다. 지상에서 카페까지 100미터를 초고속 캡슐로 이동하는 재미를 주는 독특한 레스토랑이었다.

26년 만에 비행 카페의 판도가 바뀌었다. 지금은 허공에 떠서 제자리 회전하는 정도로는 고객을 끌 수 없다. 1시간 30분 만에 서울특별시와 도쿄특별시를 왕복하는 카페도 생겼고, 구름 위와 바다 밑을 오가며 데이트를 즐기는 해저 카페도 등장했다. 카페 UFO는 첫 비행 카페라는 명성으로만 겨우 명맥을 유지했다.

"미, 미안합니다. 그런데 정말 손미주 씨랑 만난 적 없습니까?"

"지금…… 심문하는 건가요? 검사는 역시 달라도 다르네요. 이왕 질문하셨으니 답을 드리죠. 만난 적은 물론 없고요. 자연인 희망 연대를 너무 너무 너무 싫어한답니다. 됐나요, 은 검사님?"

"불쾌하셨다면 사과드립니다. ……미, 미안합니다만 성함이……?"

이런! 기억이 나지 않았다.

"민선이에요. 노, 민, 선!"

"그럼 민선 씨 부모님은 혹시……?"

민선이 말허리를 잘랐다.

"저, 고아예요."

"네?"

"혈연 관계를 완전히 끊었으니 부모 형제 운운하진 말아 주세요. 실례인 줄은 아시죠?"

2049년 '고아'는 두 가지 의미로 쓰인다. 부모를 여의거나 부모에게 버림받은 어린이 혹은 부모와의 관계를 스스로 끊은 아이.

"왜 아직 결혼을 안 하셨습니까?"

"무관심 때문이죠."

"무관심이라면?"

"짝짓기 무관심!"

"그럼 왜 이 자리에 나오셨습니까?"

"제가 묻고 싶은 말이네요. 보아하니 은 검사님도 결혼 생각이 전혀 없으신 듯합니다. 35분이나 늦고 상대편 이름도 모르고……. 거절하기 어려운 부탁을 받았다는 정도로 해두죠."

석범은 마음이 편해졌다. 민선도 오매불망 생의 반쪽을 찾아서 이 자리에 나온 것은 아니다.

"주문 도와드리겠습니다."

빵모자를 눌러 쓴 꼬마 로봇이 불룩한 배를 앞세우며 다가섰다. 동영상 요리 리스트가 모자이크처럼 테이블에 깔렸다. 석범은 슬쩍 매운 라면을 찾았다. 아쉽게도, 라면은, 없다. 민선이 선글라스를 고쳐 쓰며 물었다.

"이 UFO 스파게티 세트는 어떤 건가요?"

꼬마 로봇의 이마에 붉은 등이 깜박이자, 테이블 위에 요리가 가상으로 차려졌다. 스파게티에서는 김이 모락모락 올라왔고 하트 모양의 밥은 알이 굵고 기름기가 좌르르 흘렀으며, 옥수수 수프는 매운 기운이 감돌았다.

"밥 대신 크루아상으로 바꿔 주시고요."

테이블에서 밥이 사라지고 크루아상이 대신 놓였다. 출근을 서두르는 파리지엔들을 군침 돌게 만드는 빵이다. 당장이라도 손을 뻗고 싶은데, 민선이 다시 고개를 저었다.

"너무 크고 딱딱해 보여요. 차라리 난이 낫겠네요."

초승달 모양 크루아상이 사라지고 둥글넓적한 난 세 장을 담은 대바구니가 올려졌다. 민선은 난도 내키지 않는 듯했다.

"이렇게 하죠. 밥과 크루아상과 난을 각각 3분의 1씩 섞어 주세요."

"따로따로 올리는 것이 아니라 섞어 달란 말씀이시죠?"

기본 요리에 포함되지 않는 주문인 경우, 꼬마 로봇은 한 번 더 손님의 의도를 확인했다. 민선이 코를 실룩이며 약간 짜증을 냈다.

"그래요. 제대로, 잘, 섞어요. 꼭 3분의 1이어야 해요. 그 이상, 그 이하도 저는 싫어요."

"하시는 일이……?"

이왕 여기까지 왔으니 석범은 몇 가지 물음으로 예의를 차릴 작정이었다. 뉴욕특별시에서 유학했다는 말을 달마동자에게서 어렴풋이 들은 듯했다.

"과학자예요."

건성으로 던진 질문에 어울리는 두루뭉술한 답이다.

"네에, 과학자시군요. 그럼 직장은?"

다음엔 취미와 특기를 물을 차렌가.

"로봇 공학 한림원에서 연구원으로 일해요. 겸직으로 특별시립 뇌……."

그 순간 밥과 크루아상과 난을 섞은 요리가 접시에 담겨 나왔다. 석범은 집에서 나올 때 콩나물 국밥으로 해장했는데도 이상하게 배가 또 고팠다. 민선이 아랫입술까지 마스크를 내린 후 먼저 포크를 집었다. 맛있게 한 입 넣자마자 욕지기질을 했다. 로봇이 물었다.

"손님! 불편하신 데라도 있으신가요?"

"다시 해 와! 맵고 짜고 시고. 누굴 돼지로 알아?"

꼬마 로봇은 석범이 먹어 보기도 전에 접시들을 챙겨서 주방으로 들어갔다.

"그렇게…… 맛이 없습니까?"

석범이 사라진 요리를 아쉬워하며 물었다. 민선이 냅킨으로 입술을 훔치며 답했다.

"최최최최최하예요."

손미주 여사가 또 한 사람 있었군!

석범은 잠시 어머니를 떠올렸다. 작가 손미주는 단어 하나 문장 한 줄에도 자기만의 빛깔을 얹으려고 노력했다. 0.1퍼센트의 실수도 용납하지 않았다.

15분쯤 지났을까? 요리가 다시 나왔다.

석범은 꼬마 로봇의 손을 떠난 접시가 테이블에 닿기도 전에 요리를 빼앗아 들고 스푼으로 쓸어 후루룩 볼에 채웠다. 최고는 아니지

만 묘하게 섞인 난과 크루아상에 따듯한 밥까지 엉켜 허기를 달랠 만
했다. 민선은 이번에도 트집을 잡았다.

"누가 난과 크루아상을 각각 따로 두고 그 안에 밥을 얹으라고 했나
요? 나는 완전하게, 무엇이 난이고 무엇이 크루아상이고 무엇이 밥
인지 가릴 수 없는 요릴 원해요. 다시 해 오세요."

석범은 손에 든 접시를 머리 위로 올리며 경구 하나를 떠올렸다. 모
든 열정은 집착을 동반하지만 모든 집착이 열정인 것은 아니다.

"손님! 다시 요리를 만들어 드리겠습니다. 접시를 주십시오. 접시
를 주십시오."

로봇이 거듭 청했지만 석범은 벌을 서듯 접시를 더 높이 치켜 올
렸다.

"지금 뭐 하는 짓이에요? 창피하게."

민선이 주위를 곁눈질하며 속삭였다.

"민선 씨는 바꿔 드세요. 저는 이 정도도 과분합니다."

"당장 내려놔요! 손님이 요리에 이의를 제기하면, 로봇은 그 요리
를 교체한 후 지상에 대기 중인 총괄 인간 매니저에게 보고하도록
프로그래밍되어 있어요."

석범은 여전히 접시를 든 채 물었다.

"몇 번이나 요리를 물릴 작정이십니까?"

"한 끼를 먹어도 제대로 먹어야지요. 어서 이리 줘요."

민선이 엉덩이를 들고 접시를 빼앗으려 하자 석범은 허리를 젖히
며 팔을 뒤로 뻗었고, 민선의 오른손이 그의 어깨를 미는 바람에 접
시에 담긴 요리가 주르르 흘러내렸으며, 남은 요리나마 건지려고 석
범이 허리를 세웠을 때 민선은 기회를 놓치지 않고 그의 두 팔목을

꽉 틀어쥐었다. 어깨를 휘돌려 뿌리치는 그의 가슴에 민선이 안기
듯 이마를 댔다.

사랑의 세레나데가 흘러나온 것은 바로 그 순간이었다.

뒤엉켜 옥신각신하는 모습을 행복한 포옹으로 판단한 것이다. 분
위기를 돋우기 위해 카페를 돌던 현악 합주단의 솜씨는 빼어났다. 물
론 그들은 모두 로봇이었다.

"미쳤군. 그만둬. 아냐. 아니라고!"

석범이 소리치며 벌떡 일어서자 민선은 엉덩방아를 찧으며 벌렁

나자빠졌다. 헤어핀이 풀어지는 것과 동시에 눈과 입을 가렸던 선글라스와 마스크가 한꺼번에 벗겨졌다. 민선이 급히 고개를 숙였지만 부어오른 턱과 멍든 눈두덩을 가릴 수 없었다.

"다, 당신은…… 그 비명!"

의기양양한 사무라이 로봇 무사시와 허리가 잘려 쓰러진 로봇 글라슈트가 떠오르고, 패배를 인정하기 싫어 발광하던 볼테르의 얼굴이 겹쳤다.

"맞죠? 글라슈트 팀! 보노보 중계 봤습니다. 턱은 괜찮습니까? 많이 부었네요!"

"비켜요! 재수 없어!"

민선은 선글라스와 마스크를 줍지도 않고 황급히 카페 출구로 뛰어나갔다. 뒤따르는 석범을 막은 것은 앨리스의 통화 영상이었다.

"검사님!"

"나중에, 남 형사! 나중에."

석범이 앨리스의 가슴을 뚫고 지나쳤다. 앨리스가 그의 뒤통수를 향해 외쳤다.

"살인 사건입니다."

석범이 걸음을 멈추고 고개를 돌렸다.

"시신이 심하게 훼손되었답니다. 사건 현장으로 바로 와 주십시오. 저도 지금 출발합니다."

테크노 카멜레온의 천국, 서울!

영악한 인간이 동물과 다른 점은 스스로 정글을 디자인한다는 것. 도시라는 정글에 사는 인간은 인간이 만든 인공 건축물에 절대적인 영향을 받는다. 도시를 디자인하는 것은 인간의 삶을 디자인하는 것이다.

2040년, 전 세계가 유행처럼 도시 자치 구역으로 재편된 후부터 각 도시는 자기만의 특징을 개발하기 위해 막대한 노력을 기울였다. 뉴욕은 "은하계와 포옹하는 도시"를 자처했고, 시드니는 "다시, 원시림으로!"를 새로운 표어로 삼았다. 베이징은 옛날이나 지금이나 '천상천하 제일 도시'로 나갔고, 테헤란은 세상의 모든 이야기를 담기 위해 대대적인 '이야기 박물관' 건립에 착수했다.

2049년 서울은 여전히 화려하다. 패션, 건축, 공연, 아찔한 야경과 OLED 간판 그리고 홀로그램까지 첨단을 달리지 않는 것이 없다. 아시아 대륙에서 태어나고 성장하고 늙고 죽는 이들은 꼭 한 번 서울특별시 관광을 꿈꾼다.

처음부터 서울이 아시아의 심장으로 부각된 것은 아니다. 무분별한 고층 빌딩과 거미줄처럼 뒤엉켜 시도 때도 없이 막히는 도로 그리고

110

가슴을 짓누르는 매연 때문에 지탄받던 시절도 짧지 않았다.

2028년부터 시작된 '서울의 물결' 운동은 병들어 가는 20세기 공룡 도시 서울을 참신하고 자연 친화적인 21세기형 도시로 탈바꿈시키는 데 큰 기여를 했다. 특별시 내의 전기 자동차 비율이 급속도로 높아졌고, 고층 건물 신축을 허가받을 때도 미학자와 건축 디자이너 등으로 구성된 전문가 집단의 평가를 받아야만 했다. 지하로 숨어 잘 보이지는 않지만, 물론 지금도 빈민가의 삶은 하루하루 힘겹고 암울하다. 서울 중심의 문화 집중과 경제 집중 현상 또한 100년이 지나도 풀리지 않는 문제로 남아 있다.

이 모든 어려움을 감안하더라도, 2049년 서울의 위용은 그 어느 때보다 막강하다. 교통 체증이 심각해지면서 한강을 가로지르는 다리들이 대부분 이중으로 바뀐 것, 공중 주차장이 곳곳에 들어선 것, 남산 타워가 사라지고 '벌룬 우주선'이 공중에 떠서 그 역할을 대신한 것, 고층 건물의 스카이라인이 예쁘게 다듬어지고 야경이 멋들어지게 바뀐 것 등이 최근의 변모된 풍경이랄까.

강북의 일부가 소도시로 떨어져 나가고 인천 송도와 연결된 사당과 인근 지역이 크게 확대되면서, 특별시 내 지역별 역학 구도가 많이 달라졌다. 금융 일번지가 여의도에서 강남 삼성동으로 옮겨 갔고, 구로와 상암 지역이 새로운 문화 공간으로 급부상했다.

강남이 패션과 문화의 거리로 한창 주가를 날리던 2028년 가을, 전면 재개발을 시작한 강북은 고풍스러운 구도시의 이미지를 강화하는 친환경적 도시로 자리를 잡았다. 도쿄 하라주쿠를 연상시키는 '나무가 울창한 거리'가 곳곳에 생기고, 동물원 대신 생태 공원이 들어섰으며, 산자락을 따라 고풍스러운 건축물이 여기저기 둥지를 틀었다.

강남 압구정동과 청담동의 화려함과 세련됨은 여전히 주목받고 있다. 집값이 천정부지로 올라가면서, 명품 숍과 비즈니스 건물이 빼곡하게 들어찼다. 건물 하나하나가 패션이요 문화요 과학이요 시대의 아이콘이었다. 아시아의 젊음이 한꺼번에 몰려들어 출렁거렸다.

이 '서울의 물결'을 배워 가려는 장사꾼들이 하루에도 수천 명씩 강남 곳곳에 모였다가 흩어졌다가 다시 모였다. 손 짚는 곳, 눈 두는 곳, 발 딛는 곳 모두 미래의 잔물결이 쓸고 간 자리다. 서울은 이제 비대해진 몸을 가누지 못하는 공룡이 아니라 쓰임쓰임에 따라 수천수만으로 떨어져 뒹구는 디지털 물방울이다.

압구정동과 청담동의 밤은 더욱 매혹적이다. 밤 10시만 되면 거대한 공룡 홀로그램이 갤러리아 백화점 생활관 벽돌을 명품관으로 옮겨 나르는 퍼포먼스를 선보인다. 그 옆 루이비통 건물 전면에 투영된 레고 블록으로 신상품을 조립하는 영상은 만물이 창조되는 순간을 직접 목격하는 듯한 감동을 안긴다.

2049년 서울이라는 정글은 '테크노 카멜레온의 천국'이다.

페이지 추억

2049년 한반도에 사는 사람들은 '페이지 추억'에 대한 경험이 없다. 페이지 추억이란 특정 문구가 책 페이지의 어느 부분에 있었는지를 기억하는 경험이다. 한 장을 다 읽고 다음 페이지를 넘기면서 얻는 만족감! 그러나 디지털북이 널리 사용되면서 페이지 추억은 그저 잊힌 추억이 된 지 오래다.

산업 발전에 목숨을 걸었던 20세기 거대도시들과는 달리 21세기 특별시들은 자연을 통째로 품에 안았다. 지구를 회생시켜야 한다는 인식이 높아지고 '환경과 더불어 사는 존재로서의 인간' 개념이 유행하면서, 테크놀로지는 최소한 자연을 닮아가거나 아예 자연의 일부로 숨어들었다. 테크놀로지를 노골적으로 드러내지 않고 친환경 소재를 적극적으로 활용한 특별시들은 강을 끌어안고 숲을 가꿨다. '테크노피아'는 더 이상 21세기 도시 문명의 유토피아가 아니었다.

도시는 점점 더 세련되고 매혹적인 공간으로 자리매김했지만 도시민의 생활 양식이 근본적으로 바뀐 것은 아니다. 그들은 자연으로부터 삶의 철학을 배울 여유가 없었다. 항상 경쟁하는 일상, 문명 이기에 의존하는 삶, 특히 값비싼 로봇에 기대어 게으름을 자랑으로 여기는 부자들, 테크놀로지를 받아들인 사람들과 그렇지 못한 사람들의 경제적 양극화. 도시민들은 '품어 안은 자연' '자연인 척하는 자연'을 작은 위안으로 삼는 비자연인으로 살아가기에도 하루하루가 벅찼다.

20세기의 혈연, 지역 공동체 구성이 붕괴되면서 2030년부터 가치 기준과 취미를 공유하고 동질감을 추구하는 집단이 크게 늘어났다. 이른바 '생활 양식 공동체'가 그것이다. 제도권 교육을 반대하는 사람끼리, 전통적 가치를 존중하는 보수주의자끼리, 1970년대 로큰롤을 즐기는 사람끼리 공동체를 이루며 살고 있다. 사람들은 각자의 가치관에 따라 옹기종기 모였다.

2049년 서울특별시 정부에게 가장 골치 아픈 생활 양식 공동체는 '전통적인 자연 생태주의자' 집단이었다. 그들은 심각한 자연 파괴와 환경 오염을 유발하는 도시 문명에 반대할 뿐만 아니라, 인간 중심의 세계관을 버리고 인간을 자연의 일부로 보려는 생태주의를 주창했다. 인간의 삶도 모든 생명체가 먹이 사슬의 균형을 이루며 살아가는 자연 공간인 생태계 안에서 재정립되어야 한다고 믿었다.

그들은 지극히 유순하고 맑은 사람들이었다. 특별시와 일반시 외곽에서 자연과 더불어 생활했고 타인에게 생태주의를 강요하지도 않았다. 그러나 도시 문명이 '환경주의'라는 근사한 옷을 걸치고 영향력을 확대하자 상황이 급변했다. 도시에 근거한 환경주의자들은 생활 양식 자체를 바꾸는 일에는 무심했고, '어떻게 과학 기술과 도시 문명이 환경 문제를 유발하지 않으면서 발달할 수 있을까?'만 고민했다. 그들의 목표는 지속 가능한 '개발'일 뿐 개발 자체에 의문을 제기하진 않았다.

전통적인 자연 생태주의와 환경주의의 가면을 쓴 도시 문명주의가 선명하게 갈라지는 사건이 2040년 '눈보라뒤에'라는 다분히 시적인 이름을 지닌 마을에서 발생했다.

눈보라뒤에 마을은 옛 강원도 고성 지역의 왕곡마을을 중심으로 넓게 자리를 잡았다. 한반도 대부분이 일제 통치, 전쟁으로 인한 파괴, 새마을 운동 등을 거치면서 회색빛 도시 문명이 덧칠되었지만, 눈보라뒤에 마을은 자연과 공생하는 생활 양식을 지켜 왔다. 마을 주민들은 종종 300년 전 자연과의 조화로운 삶을 위한 거주지 개념을 최초로 제시한 이중환의 『택리지』를 인용하며 고향을 자랑스러워했다. 참으로 지극한 행복이었다.

2040년, 서울특별시와 일반시가 점점 팽창하면서 도시 문명의 손길이 눈보라뒤에 마을까지 뻗쳤다. 오음산을 비롯한 경치 수려한 봉우리와 송지호 해수욕장을 가까이 낀 이곳에 대규모 리조트와 골프장을 세우고 아시아 최고의 컨벤션 센터를 건립하는 사업이 특별시 정부와 지방 자치 단체 그리고 민간 합작으로 주도된 것이다. 공항이 들어서고 고속 철도를 놓는 계획도 포함됐다.

눈보라뒤에 마을 주민들의 격렬한 반대 시위가 시작되었다. 생태주의를 근간으로 삼는 생활 양식 공동체들이 마을을 지키기 위해 하나둘씩 모여들었다. 그들 대부분은 4년 만에 본 궤도에 오른 코이브 에코토피아 운동의 지지자였다. 8대째 이 마을을 지킨 김수리 할아버지가 "不可(불가)!" 단 두 글자를 피로 쓰고 음독 자살하자 상황은 극단으로 치달았다. 아홉 달이나 계속된 시위는 순박하고 평화로운 주민들의 일상과는 전혀 어울리지 않았지만, 신념을 지키기 위한 어쩔 수 없는 선택이었다.

특별시 정부와 지방 자치 단체는 큰 뜻을 접고 눈보라뒤에 마을에 대한 모든 지원을 끊는 범위에서 사태를 마무리했다. 그로부터 눈보라뒤에 마을은 자연 생태주의자의 성지가 되었다. 그들은 땅을 일구고 물고기를 잡고 과일을 재배하면서 자급자족했다. 화학 비료 없이 농사를 지었으며 병이 들어도 현대 의학에 의존하지 않았다. 식당이나 거리, 집안 어디에도 로봇이라곤 없었다.

마을의 명성이 퍼져나가자, 도시 문명에 적응하지 못한 하층민들이 몰려들기 시작했다. 미등록 기계 팔이나 기계 다리를 부착했다가 불구가 된 극빈자들, 유전적 질병에 고통 받는 돌연변이들. 도시 문명의 피해자들이 속속 찾아왔다.

마을은 거대한 눈보라에 휩싸인 듯 어지럽고 시끄러웠다.

도시 부적응자의 대량 유입은 자연과 더불어 '느린 삶'을 누리던 자연 생태주의자들을 각성시켰다. 마을의 몇몇 젊은이들이 무한 확장되는 대도시 문명의 횡포를 막겠다며 나선 것이다.

그들의 필독서가 『도시의 종말』인 탓에 책의 저자 손미주는 이 그룹의 실질적인 리더로 지목되었다.

꽃 같은 살인은 시작되고

인간은 생존 본능을 가진 생체 기계다. 시체란 생존 본능을 마지막까지 작동시켰으나 끝내 그 미션을 수행하지 못한 잔해. 바로 그 시체 한 구가 꽃으로 가득한 들판에서 발견되었다.

특별시 안전 지대에서 3킬로미터 벗어난 곳이다. 24시간 내내 특별시 경계에서 반경 10킬로미터를 감시하는 위성에 BSO, 즉 시체 추정 물체(Body-suspected Object)가 포착된 것이다. 여기서 '시체 추정 물체'란 다섯 시간 이상 움직임이 없는 생명체를 가리킨다. 생명체의 실루엣과 크기를 종합한 결과 인간일 가능성이 95퍼센트가 넘었다. GPS 근접 거리 촬영으로도 얼굴 형상이 또렷하게 잡히지 않았다.

스티머스 수사팀은 언제나 가장 빨리 살인 사건 현장에 닿았다. 스티머스의 존재를 숨기기 위해, 이 팀의 공식 명칭은 강력 사건만 전담하는 '검시 3팀'이었다. 특별 수사대의 다른 팀원들도 그들을 조금 유별난 검시 팀으로만 알았다.

"지랄 같네요, 정말!"

앨리스는 오늘따라 말이 더욱 거칠었다. 휴일에 살인 사건 현장으로 출두했기 때문은 아니다. 새벽 서너 시에 비상이 걸려도 쏜살같이 달려오던 그녀다. 껴입은 가죽옷에 특수 안경과 입, 코, 귀를 한 꺼번에 덮은 마스크가 문제였다. '안전 지대 제외 지역의 시체에 관한 법'에 따르면, 시체는 발견 즉시 소각을 원칙으로 하며, 특수 목적으로 시체에 접근하여 접촉할 때는 위생 장비 착용이 의무 사항이다. 특별시 안전 지대 바깥의 시체에서 치명적 바이러스가 검출된 직후의 일이다.

"시작하지."

석범이 왼쪽 무릎을 꿇으며 말했다. 그도 앨리스처럼 흰 위생복에 검은 마스크와 안경을 썼다. 동승한 STEM 수사팀 형사 지병식과 성창수는 시체에서 30미터 거리를 두고 남북으로 나누어 만일의 사태에 대비했다.

은석범과 남앨리스 콤비는 시신을 덮은 꽃무더기부터 제거하기 시작했다. 마음 같아서는 한 움큼씩 떠서 옮기고 싶겠지만, 두 사람은 능숙한 솜씨로 꽃잎 한 장 한 장을 따로 투명 팩에 넣었다. 범행 현장의 사소한 유류품 하나가 범인 체포에 결정적 역할을 한다.

"아, 정말…… 휴우우! 참!"

앨리스는 자꾸 어깨를 들썩이면서 고개를 들고 한숨을 토했다. 땀이 눈썹을 타고 흘러 눈동자까지 스며든 탓이다. 석범은 단순 노동용 로봇처럼 묵묵히 핀셋으로 꽃잎을 집어 팩에 넣고 잠근 후 손가방에 넣고 다시 핀셋으로 꽃잎 집기를 반복했다. 방금 비행 카페에서 선을 보다가 달려왔다고는 믿기 힘들 만큼 꽃잎 한 장 한 장에 집중했다.

168……, 169…….

170장을 떼어 냈을 때, 비로소 배꼽 위에 곱게 포갠 시체의 손등이 드러났다.

"이런…… 죽일 놈!"

앨리스가 움찔 어깨를 떨며 다시 욕을 뱉었다. 벌거숭이 시체의 손가락 열 개가 모두 잘려나간 것이다.

시체는 구타당한 흔적이 명백했다.

허벅지와 옆구리 그리고 등과 목덜미에도 피멍이 들었다. 사망자의 신원 확인을 도울 부위는 남아 있지 않았다. 손가락과 발가락이 모두 절단되고 코와 귀가 잘리고 눈까지 뽑혀 홍채도 없었다. 칩이나 기계를 부착하지 않은 100퍼센트 천연 몸이니 일련 번호도 부여되지 않았다.

석범의 시선이 시체의 이마를 덮은 털모자로 향했다.

나체와 털모자! 어울리지 않았다.

"잠깐만요."

앨리스가 폭발물 및 바이러스 탐지용 펜을 뽑아 털모자 위를 재빨리 훑었다. 반경 10미터 안으로 들어서기 전에 이미 한 차례 탐지를 마쳤다.

"뭘까요?"

앨리스가 펜을 허리에 꽂은 후 물었다.

"일단 세 걸음만 물러서 있어."

"무슨 말씀이십니까? 폭발물 및 바이러스는 음성 반응입니다."

앨리스가 버텼다. 석범의 목소리가 커졌다.

"변종 바이러스가 하루에도 수십 종씩 등록되고 있어. 반경 1미터 안에서 공기 접촉만으로도 전염되는 노리톤 바이러스에 대한 연구를 읽어 보라고 열흘 전에 줬을 텐데."

"검사님! 그러니까 더더욱 제가 하겠습니다."

"명령이야. 어서 물러나. 시간이 없어."

사망 후 12시간 안에 두개골을 열고 뇌를 떼어 스티머스에 연결해야 한다. 한계 시간을 넘으면 뇌가 부패하기 때문에 단기 기억 재생 자체가 불가능하다. 앨리스가 울상을 지으며 천천히 뒷걸음쳤다. 석범이 위로하듯 보탰다.

"저녁은 내가 살게. 또 녹즙 팩으로 점심을 대충 때웠지?"

앨리스가 피식 웃었다.

"그 약속 꼭 지키십시오. 두 번 바람맞히면 가만 두지 않을 겁니다."

석범도 미소로 답한 후 핀셋을 털모자 가까이 가져갔다. 그리고 천천히 이마를 덮은 털모자의 끝을 집어 올리기 시작했다. 핀셋을 쥔 석범의 손이 미세하게 떨렸다. 털모자를 벗기자 두피가 완전히 제거된 두개골이 드러났다. 석범은 두개골을 이리저리 살피며 혼잣말을 중얼거렸다.

"남자인가 보군. 귀 아래쪽 뼈와 후두골이 유달리 돌출되었어. 그런데 솜씨가……"

물러섰던 앨리스가 슬금슬금 다가와선 석범과 마주 앉았다.

"프로페셔널이군."

"프로페셔널이라고 하셨습니까?"

석범은 시체의 목과 뒤통수를 양손으로 감싸고 두개골을 살피기 좋게 천천히 조금만 들어올렸다.

"잘 봐, 남 형사! 두개골을 쪼갠 솜씨가 보통이 아냐. 원래 두개골은 17개 정도의 뼛조각들로 만들어지는데, 나이가 들수록 봉합선이 희미해지면서 단단하게 붙지. 하지만 봉합된 부분에 정확히 압력을 가하면 쉽게 크랙이 생겨. 피해자의 두피를 벗겨 낸 범인은 봉합선에 정 같이 뾰족한 걸 정확히 대고 망치로 때려 두개골을 쪼갰어. 그래야 대뇌가 손상되지 않거든. 범인은 뇌에 관한 전문 지식이 상당한 놈이야.”

“그런데 이건 뭘까요?”

앨리스가 갈라진 봉합선에서 삐죽 나온 노란 물체를 핀셋으로 가리켰다. 나뭇잎 같기도 하고 꽃잎 같기도 했다. 석범이 핀셋으로 그 끝을 집은 후 당겼다. 노란 꽃잎 하나가 딸려 나왔다. 마르거나 변색되지 않고 오히려 촉촉했다. 핀셋에서 흔들리는 꽃잎을 가운데 두고 석범과 앨리스의 시선이 마주쳤다.

살인 사건 현장에서 그들이 할 일은 정해져 있었다. 피해자의 두개골을 절단하고 대뇌와 소뇌를 신경이 연결된 채로 끄집어내는 것이다. 장액으로 가득 찬 ‘대뇌 캡슐’에 뇌를 보관할 때까지 걸리는 시

간은 스티머스로 재생되는 영상의 질과 양에 결정적인 영향을 미쳤다. 그런데 이 시체는 이상하다. 쪼개진 두개골을 퍼즐 조각처럼 다시 맞춘 후 털모자로 가린 것도 이상하고 봉합선에서 발견된 꽃잎도 이상하다.

"꽉 붙들어."

석범이 짧게 말했다. 앨리스는 핀셋을 내려놓고 능숙하게 시체의 눈 밑을 양손으로 감싸 쥐었다. 다른 시체를 다룰 때는 두 엄지 사이에 콧등이 걸려 좌우로 똑같이 힘을 싣는 중심축 역할을 했는데, 코가 잘린 바람에 구멍 속으로 자꾸 엄지가 빠졌다. 앨리스는 묻어나오는 피떡에 마음이 상한 듯 입맛을 다셨다.

석범이 양 손바닥을 시체의 관자놀이에 댔다. 그리고 열 손가락에 똑같이 힘을 주며 두개골을 밀어 올렸다. 봉합선을 따라 두개골 상부만 떨어져 들렸다.

"읍!"

석범은 저도 모르게 물러섰다. 개구리가 펄쩍 뛰어오르듯, 두개골을 꽉 채운 꽃들이 한꺼번에 넘친 것이다. 하마터면 손에 든 두개골 상부를 놓칠 뻔했다.

뇌가 사라졌다.

대뇌와 소뇌가 종적을 감춘 두개골에 색색가지 꽃만 가득 담겼다.

앨리스가 핀셋으로 두개골을 채운 꽃들을 하나하나 *끄집어내며* 지껄였다.

"정말 없네, 정말!"

석범은 텅 빈 두개골 안을 노려보았다.

뇌를 가져가고 꽃을 대신 채운 사건이 있었던가? 누가 무엇 때문에 이런 참혹한 짓을 벌인 걸까? 혹시 우리 팀을 파악한 자의……?
아니다. 그럴 리 없다. 스티머스의 존재를 아는 이는 보안청에서도 열
사람을 넘지 않는다.

석범은 무릎을 세우고 일어섰다.

사방에 활짝 핀 꽃들을 둘러보았다. 여기저기 뿌리째 뽑힌 꽃나
무들이 말라비틀어져 흩어져 있었다. 범인은 이곳에서 꽃나무를 뽑
고 꽃잎을 떼어 모았다. 살인자의 짓이라고 하기엔 너무나도 한가로
운 풍광이다.

"왜 하필 여길까? 24시간 내내 감시 카메라가 돌아가는 곳인 줄 몰
랐을까? 두개골을 쪼개고 뇌를 꺼낸 후 꽃으로 채워 털모자를 씌운
다음 다시 꽃으로 시체를 덮기에는 최악의 장소인데 말이야."

앨리스가 끼어들었다.

"일 년에 딱 두 번 장비 점검을 위해 10분 23초씩 촬영이 중지된대
요. 그땔 노린 겁니다."

10분 23초!

그 많은 일을 혼자 해치우기엔 턱없이 부족한 시간이다. 시체 주변
에서 발견된 발자국은 두 쌍뿐이다. 하나는 피해자의 것이고 또 하나
는 범인의 것이라면…… 단독범이란 얘기다. 모순이다.

"뭐라고?"

앨리스의 고함을 듣고 석범은 뒤돌아섰다. 남 형사는 눈을 동그랗
게 뜨고 석범에게 방금 특별 수사대에서 온 급보를 전했다.

"커나이보그 하나를 찾았답니다."

"개……… 꼬리! 그 커나이보그?"

사이보그 거리 어두운 뒷골목이 떠올랐다. 걸쭉한 침을 똥개처럼

질질 흘리던 제노사이보그!

"맞습니다. 그런데, 죽었답니다."

앨리스가 짧게 답했다.

"뇌는 도착했어?"

석범이 숨을 헐떡이며 방으로 들어섰다. 시체 추정 물체와 접촉한 사람은 메디컬 존에서 정밀검진을 받아야 했다. 다행히 앨리스와 석범 모두 음성 판정이 나왔다. 커나이보그의 시체가 발견된 폐기물 처리장으로는 성창수와 지병식 형사가 갔다.

"네. 스티머스 분석 결과가 10분 후면 나옵니다. 사건 현장부터 우선 보시죠."

앨리스는 성형사가 보낸 실시간 영상을 튼 후 석범 옆에 나란히 앉았다.

폐기용 로봇이 산처럼 쌓인 원경(遠景)은 괴기스러웠다. 특별시 곳곳에서 쉼 없이 일하던 모습은 온 데 간 데 없었다. 활활 타오르는 용광로에 들어갈 날만 기다리는 부서지고 녹슨 고철 신세였다.

커나이보그의 시체도 고철 더미에 놓여 있었다. 화면이 클로즈업으로 다가갔지만, 석범은 그것들이 시체인 줄 몰랐다. 59퍼센트의 기계 몸이 낱낱이 분해되어 널렸던 것이다. 부품별로 흩어놓으니 사람의 형체라곤 없었다. 잘린 머리가 기계 뒷다리 아래에서 발견되지 않았다면 커나이보그는 영영 사라지고 말았으리라. 범인은 커나이보그의 목숨을 앗은 후에도 오랫동안 그의 몸을 뜯고 자르고 베느라 시간을 허비했다.

기계 몸을 하나하나 해체하는 것은 단순 살인과는 차원이 다르

다. 제노사이보그들만 골라 죽인다는 '자연인 희망 연대' 짓인가. 몇
몇 제노사이보그들이 참혹한 최후를 맞았지만 이런 몰골로 발견된
적은 없었다.

"사망 추정 시각은 오늘 새벽 5시와 오전 7시 사이입니다."

"5시에서 7시라면, 우리랑 맞붙고 나서 얼마 뒤 살해당했단 말이
군."

"그렇습니다. 또 그 꽃뇌 역시 비슷한 시각에 숨을 거두었다는 감식
결과가 방금 나왔습니다."

앨리스는 뇌 대신 꽃으로 두개골을 채운 피해자를 '꽃뇌'라고 불
렀다.

"스티머스부터 보자고. 어서 켜 봐."

앨리스가 스티머스를 작동시켰다.

시간이 흘러도 화면에 잡히는 것은 붉은 천이 전부다. 앨리스가 단
발머리를 휘저어 댔다.

"뭐죠? 이거…… 붉은 천만 보다가 죽은 건가?"

석범이 침착하게 받았다.

"정확히 지적하자면, 붉은 천만 보도록 강요당하다가 살해되었지."

"강요당했다고요?"

석범이 영상의 좌우 끝을 손가락으로 짚었다.

"잘 봐. 화면이 이 끝에서 저 끝까지만 왔다 갔다 할 뿐 그 너머로는
못 가지? 고개를 30도 이상 좌우로 돌릴 순 없단 뜻이야."

"머리를 고정시킨 채 붉은 천을 쳐다보게 만들었단 것이군요. 뭣 때
문에 그랬을까요?"

앨리스의 초록 눈망울에는 불안한 빛이 가득했다. 그 이유를 충분

히 짐작하지만 자기 입으로 발설하고 싶지 않은 것이다. 석범이 빙빙 돌리지 않고 바로 답했다.

"우릴 조롱하고 싶었던 거겠지."

"조롱이라면, 기밀이 누설되었단 말입니까? 대체 누가……."

석범이 말허리를 잘랐다.

"물증 없는 속단은 금물이야."

앨리스는 추측의 날개를 접지 않았다.

"혹시 꽃뇌도 같은 놈 짓이 아닐까요? 마지막 기억을 붉은 천으로 씌우는 짓이나 아예 뇌를 떼어 가는 짓이나 수사 방해는 마찬가집니다."

석범도 계속 그 부분이 걸렸다.

동일범이라면? 이건 연쇄 살인이다. 왜? 무엇 때문에? 꽃 들판에서 발견된 시신은 제노사이보그도 아니다. 지금으로선 둘 사이에 공

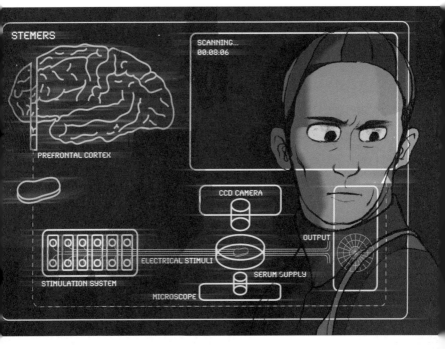

통점이 없다.

"일단 기다려 보자고. 두 사건이 우연히 연달아 일어났을 가능성도 있고."

"뭘 더 기다리죠? 놈이 또 누군가를, 이번엔 푸른 천을 바라보게 한 후 죽일 때까지 기다립니까?"

앨리스가 씩씩거렸다. 그도 그녀도 알고 있었다. 스티머스에서 결정적인 단서가 나오지 않았으니 살인범 추격은 힘들다는 것을.

"사망한 커나이보그의 신원은 나왔나?"

석범이 화제를 바꿨다.

"벌써 뒤졌죠. 그런데 깨끗해요. 기계 팔을 달았으니 손목 혈관 쪽은 조사하기 글렀고 두 눈도 모두 인공 안굽니다. 범법자 DNA 목록과도 대조했지만 헛수고였습니다."

석범이 이마에 주름을 잔뜩 잡았다.

"커나이보그 말고 MNE에 관한 몇몇 보고가 올라왔습니다. 하복부에 장착된 라이프로그 칩(Life-log chip)을 분석한 결과, 유전 형질 연구소가 아니라 보안청 메디컬 존에 여러 차례 접속한 기록이 잡혔습니다."

"메디컬 존? 접속해서 무슨 짓을 했는데?"

"그게, 워낙 잔기술을 많이 부려 놔서 단번에 파악하긴 어렵답니다."

점점 더 짙은 안개 속을 헤매는 기분이 들었다. 배가 쓰렸다. 저녁 식사 시간이 한참 지났다.

"커나이보그 사진을 일단 사망자 등록청에 넘겨. 누가 알아? 사이보그 거리에서 어울리던 벗이라도 꼬리 흔들며 찾아올지? 여기까지만 정리하고 어디 가서 한 술 뜨자고. 성형사 지형사도 현장에서 철수하라 그래."

"우연일 겁니다."

앨리스가 솥방울만 한 선지를 한 숟갈 퍼 올렸다. 맞은편에 앉은 성창수와 지병식은 선지를 한 쪽으로 몬 후 뜨거운 국물부터 훌훌 마셨다.

북한산 동쪽 끝자락 도깨비 빌딩 지하 11층에 자리 잡은 해장국집 '흙'은 스티머스 수사팀의 단골 식당이었다. 스티머스를 가동한 날에는 따로 약속을 잡지 않아도 '흙'에 모였다. 5대째 선지 해장국만 판다는 주인 노파의 주장에 따르자면, 원래 '흙'은 한강이 내려다보이는 여의도 20층 빌딩의 9층과 10층을 썼다고 한다. 2040년부터 가축의 피를 날것이든 익힌 것이든 요리하여 파는 일 자체가 불법이 된후 선지 해장국집에 대한 대대적인 단속이 시작되었다. 지금은 지하 10층 이하에 숨어 알음알음 찾아오는 손님만 받았다.

특별시 정부에서는 이들의 불법 영업을 알고도 모른 체했다. 위생청의 단속 대상 요리는 3000개가 넘었다. 올해도 무려 일흔두 개 요리가 불법 유해 식품 리스트에 올라왔다. 특별시민의 건강을 지키기 위해서는 어쩔 수 없는 조처였지만, 단속 업무를 총괄하는 위생청으로서는 벅찬 일이었기 때문에, 하나하나 박멸하는 최선책보다 보이지 않는 곳으로 밀어내는 차선책을 썼다.

엘리베이터로 들어서면 속도감을 느끼기도 전에 군침부터 돌았다. 지하에서 솔솔 올라오는 음식 냄새가 코끝을 자극한 것이다. 지하 10층에 내려 침침한 형광등 불빛을 따라 한 층 더 계단을 내려갈 때는 범인을 쫓을 때보다도 걸음이 더 바빴다.

펄펄 끓는 선지 해장국을 보고도 숟가락을 들지 않은 이는 석범뿐이다.

"우연이 아니야."

석범은 커나이보그의 붉은 기억을 검토한 후 자신이 뱉었던 말을 뒤집었다. 앨리스가 볼에 선지를 머금은 채 따지듯 말꼬리를 잡아챘다.

"우연이 아니면요? 우연이라고 했지 않습니까?"

뱀눈에 광대뼈가 튀어나와서, 형사라기보다는 범죄자에 가까운 인상을 풍기는 창수가 수첩을 꺼내 폈다.

"시체에서 머리가 없는 살인 사건만 찾아 봤습니다. 지난 9년 동안 서른 건, 올해도 꽃 벌판 시체까지 합쳐 세 건입니다."

"비슷한 사건이 해마다 있었군요. 그럼 우연일 수도 있겠습니다, 정말."

앨리스가 자기 식대로 풀었다. 석범이 창수의 수첩을 내려다보며 물었다.

"성 형사님! 그 서른세 건 중에서 두개골을 쪼개고 뇌를 꺼낸 후 다시 두개골을 맞춘 사건은 몇 건이나 됩니까?"

"단 한 건도 없습니다."

양쪽 볼이 뭉툭하게 늘어져서 복어를 닮은 병식이 창수를 거들었다.

"특이한 사건이긴 하지만, 정말 우리를 겨냥한 걸까요?"

세 형사의 시선이 석범에게 향했다. 석범은 즉답 대신 그릇을 들고 선짓국 국물을 삼켰다. 따뜻하고 비릿했다. 이상한 일이지만, 갑자기 카페 UFO에서 만났던 노민선의 통통 부은 얼굴이 떠올랐다. 그렇게 다투고 헤어졌으니 다시 만날 일은 없을 것이다.

"우연인 경우는 논의할 가치도 없습니다. 우연이 아니라면 범인은 곧 다시 움직일 겁니다."

"다시 움직인다면?"

"대담한 놈입니다. 숨어 달아나지 않고 우리를 조롱한 격이니까요. 답답한 사실은 놈이 움직일 때까지 우리가 특별히 할 일이 없다는 겁니다."

침묵이 찾아들었다. 정확한 지적이었다. 앨리스가 가라앉은 분위기를 바꾸려는 듯 말머리를 돌렸다.

"그런데 성 선배, 지 선배 혹시 그거 알아요? 연쇄 살인마들은 보통 사람과 뇌가 다르답니다."

"정말?"

창수의 눈이 작아졌다. 의심 많은 사내였다.

"속고만 사셨나?"

앨리스가 선지 한 덩이를 떠서 창수의 코끝까지 천천히 들어올렸다.

"잘 보세요. 요걸 '연쇄 살인마의 뇌'라고 칩시다. 그럼 저긴 합리적으로 사고하고 이성적으로 판단하는 배측전전두엽이겠죠? 연쇄 살인마는 요 부분이 손톱만큼 작아요. 중요한 판단을 내릴 때 요길 거의 안 쓴다고 보면 돼요. 그렇지만 감정을 나타내는 편도체와 저쪽 소뇌는 정상인보다 훨씬 크죠. 종합해 보자면, 감정 반응은 정상인보다 민감하지만 그걸 억제하는 이성은 기능이 현저히 떨어지는 겁니다."

"전전두엽, 그 뇌의 앞부분이 도덕적인 판단도 내린다고 하지 않았어?"

병식이 물었다.

"맞아요. 때문에 연쇄 살인마는 자신이 저지른 흉악한 범행에 대한 도덕적인 고민이나 판단 자체가 힘들다고 보이죠."

사이코패스는 말한다

진짜 악마는 자신을 위해 슬퍼할 여인도 하나 없는 남자다.

셜록 홈스가 나오는 추리 소설의 한 대목에서 왓슨이 읊은 말이다. 하지만 자신을 위해 슬퍼할 여인이 없는 남자는 그저 불쌍한 남자일 뿐 진짜 악마는 아니다. 진짜 악마는 그 기괴한 악마성을 드러내기 바로 직전까지 슬퍼할 여인을 항상 곁에 준비해 둔다.

특별시 보안청 지하실에는 지난 70년간 전 세계 연쇄 살인범에 관한 기록이 빼곡히 정리되어 있었다. 특별시에서 살인 사건이 일어나면 보안청 프로파일링 수사팀은 사건 현장에서 모은 자료를 입력부터 하느라 바쁘다. 유사한 과거 범죄 기록을 찾고 범행 수법이 일치하는 생존 연쇄 살인범 명단을 얻기 위함이다. 연쇄 살인범에게는 전형적인 행동 패턴이 있기 때문에 이 기록들은 큰 도움이 된다. 2049년, 하늘 아래 새로운 범죄는 없다.

연쇄 살인 사건이 터질 때 석범이 가장 먼저 찾는 곳은 따로 있다. 보안청 범죄자 사건 기록 시스템보다 유용한 것. 살인자의 마음이 되어 다음 행동을 유추하는 데 디딤돌이 되는 것. 살인자의 광기를 읽음으로써 '쫓는 자로서의 감각'을 곤두서게 만드는 바로 그것. 석범은 그것과 함께 하기 위해 집으로 향했다.

서재에 들어가자마자 동영상 파일 하나를 플레이시켰다. 숙련된 손놀림으로 카메라 위치를 세팅하자 한 남자가 화면에 등장했다. 하얀 피부와 말끔하게 생긴 얼굴. 헐렁한 티셔츠 안으로 너끈히 짐작하게 만드는 떡 벌어진 어깨. 매력이 넘쳐흘렀다.

"당신을 위해 이 동영상을 만든 건 아니니 오해는 마. 사실 나도 지금 굉장히 겁나거든. 내가 저지른 일 때문에."

동영상 속 인물은 나지막한 목소리로 이야기를 이었다.

"내가 앞으로 몇 명을 더 죽인다면, 그땐 이런 동영상 따윈 필요 없을지 몰라. 그때쯤 나는 이미 사람을 죽이는 일에는 아주 능숙한 악마로 바뀌었을 테니까. 하지만 아직은 그 정도는 아니지. 이 동영상이 내 불안한 심정에 위로가 되리라 믿어."

문제의 동영상은 석범이 검사가 된 후 세 번째 맡은 살인 사건이자 첫 번째 연쇄 살인 사건의 범인이 만든 것이다. 여섯 달 힘겨운 탐문 수사 끝에 은신처를 덮쳤지만, 범인은 이미 종적을 감춘 후였다. 석범은 어두컴컴한 지하방을 뒤지다가 간이 옷장에서 카메라를 발견했다.

여섯 번에 걸쳐 총 여덟 시간가량 찍어 댄 동영상에는 피해자들이 얼마나 끔찍한 모습으로 죽음을 맞이했는지, 범인이 얼마나 잔인한 악마인지 그리고 아이러니컬하게도 그 역시 얼마나 나약한 인간인지 고스란히 담겨 있었다.

석 달 후 범인이 잡히고 사건은 종결되었다. 석범은 이 동영상을 증거로 제출하지 않았다. 자신의 서재에 숨기고는, 맡은 사건이 미궁에 빠졌을 때 가끔씩 보곤 했다. "살인자의 마음을 이해하면 그의 다음 행동도 예측할 수 있다."라는 셜록 홈스의 말을 두 번 세 번 되새기면서.

범인은 서울특별시의 한 대학에서 심리학을 가르친 강사였다. 특별시 서쪽 경계지에 몰려 있는 대학들의 여대생만 골라 성폭행 후 살인을 저질렀기 때문에, 보안청은 한 동안 인근 대학의 남학생들을 조사하느라 바빴다. 자정 무렵 납치당한 여대생이 차에서 뛰어내려 즉사하고, 범인이 몰던 차가 가로수를 들이받지 않았다면, 연쇄 살인 사건은 영원히 미제(未濟)로 남았으리라.

"그냥, 하고 싶어서 그랬어. 나는 미리 계획하진 않아. 그냥, 저지르는 거야. 하지만 필 받아서 확 일을 저지를 땐 나도 놀라. 마치 오랫동안 준비한 사람처럼 완벽하거든. 나는 그냥 한 건데 사람들은 그렇게 안 보더라고. 그 애가 보라색 머리핀을 그날 꽂지만 않았어도, 내가 확 돌아 버리는 일은 없었을 텐데."

범인은 전형적인 사이코패스였다. 자기 중심적이었으며 과장이 심했고 거짓말이나 속임수에 능했다. 죄를 저지르고도 냉담했으며 후회나 죄의식은 찾아보기 힘들었다. 무엇보다도 다른 사람에 대한 '공감 능력'이 현저히 떨어졌다.

서울특별시에서 내놓은 통계에 따르면, 사이코패스는 인구 150명당 한 명꼴이다. 서울특별시에만 10만 명, 아시아에는 무려 2000만 명이 산다. 특별시 연쇄 살인범의 87퍼센트, 폭력 사범의 42퍼센트가 사이코패스다. 사이코패스의 출소 후 재범률은 무려 75퍼센트다. 치료와 교정을 시도할수록 재범률이 오히려 올라가는 처치 곤란한 인간들!

"나는 내가 잘 알아. 내 직업이 심리학자니까. 나 같은 사람을 가리켜 반사회적 인간이니 경계선 인격 장애니 하겠지. 무식한 녀석들은 날 사이코패스로 몰겠지만 난 달라. 난 어릴 때 얌전했거든. 원래 사이코패스들은 유년기부터 문제를 많이 일으키잖아? 교실에서 싸우고 난동부리고 마약 하고 비리비리한 애들 괴롭히고. 하지만 나는 안 그랬어. 거짓말 좀 하고 짝꿍 물건 훔치는 것 정도? 그 정돈 애교지. 선생들도 날 굉장히 예뻐했거든. 인사도 잘했고 성적도 상위권이었고. 이래라 저래라 하는 선생들만 빼면 학교 생활도 그럭저럭 재미있었어."

범인은 매우 충동적이며 책임감이 적고 행동을 제어하거나 욕망을 억제하는 능력이 부족했다. 이야기를 하는 도중에는 특히 손을 과장되게 흔들었다. 그리고 약지 그러니까 넷째 손가락이 검지에 비해 훨씬 길었다. 테스토스테론이라는 남성 호르몬의 분비가 매우 활발하다는 징표였다.

"셜록 홈스가 그랬지. 나는 '내 뇌' 그 자체라고. 다른 기관은 부속품에 불과하다고. 나도 그렇게 생각해. 인간은 원래 그냥 뇌인 거다. 내 뇌는 내가 잘 알아. 전전두엽의 행동 억제 능력이 약간 떨어지긴 하지만 너희들보단 나아."

범인은 이야기를 멈추고 뒤를 흘끔 살핀 후 다시 정면을 노려보았다.

"저 뒤에 있는 냉장고가 보이지? 저 안에 뭐가 있는 줄 알아?"

"빙고! 당신이 지금 생각하는 바로 그거야. 우린 똑같은 걸 생각하고 상상하는 비슷한 인간이지. 당신과 나의 차이가 뭔지 알아? 나는 당신이 생각하는 일을 저질렀어. 그게 다야."

역시 달변이었다. 석범은 그가 양심이나 '내면의 목소리'라고는 전혀 없는 사람처럼 느껴졌다. 범인은, 시체를 처리할 때 오히려 마음이 평온하고 완전히 몰입할 수 있어 좋다고도 했다.

사이코패스는 태어나는 것일까 만들어지는 것일까.

2020년 무렵, 서울특별시의 행동 유전학자들은 사이코패스의 유전적 관계도를 그리기 위해 가족과 친지의 혈액을 채취했다. 그 안에는 교도소에 수감 중인 연쇄 살인범도 70여 명 포함되었다.

행동 유전학 연구가 이 문제를 푸는 데 결정적인 단서를 제공한 것은 일란성 쌍둥이이면서 서로 다른 집에서 자란 후 사이코패스가 된 사례가 일곱 쌍이나 발견되었기 때문이다. 유전과 환경의 영향을 분리하여 살필 좋은 사례였다.

연쇄 살인범을 만드는 데 유전자의 기여는 45퍼센트, 또래 집단과 학교가 미치는 영향이 30퍼센트, 가정 환경과 부모 교육이 미치는 영향이 10퍼센트, 원인을 알 수 없는 부분이 나머지 15퍼센트를 차지했다. 예상보다 가정 환경이 중요하지 않았지만, '과도한 충동과 행동 제어의 어려움'과 관련된 유전자를 물려준 것은 온전히 부모였다.

"고통은 없었을 거야. 깨끗이 단칼에 베었거든."

동영상이 돌아가는 여덟 시간 동안 범인은 이 말을 아홉 번이나 반복했다. 그는 자신을 위해 슬퍼할 여인이라곤 어머니밖에 없는 '진짜 악마'였다.

"어리석은 사람은 익숙한 곳에서 상대를 찾고 낯선 곳에다가 묻지. 당신이 이 룰을 깰 수 있다면, 그러니까 낯선 곳에서 상대를 찾고 익숙한 곳에다가 묻을 용기가 있다면, 당신은 이 일을 몇 번이든 안전하게 더 할 수 있어."

석범이 갑자기 동영상을 멈췄다.

사라진 곳보다 발견된 곳이 더 중요하다? 꽃뇌 시체가 발견된 현장 주위엔 뭐가 있었더라?

앵거 클리닉의 난폭자들

쿼런틴 게이트(Quarantine Gate, 검역 통관 구역)는 특별시 경계지의 초승달 언덕에 자리 잡고 있었다.

안전 지대를 벗어났다가 돌아오는 사람과 로봇의 검진 및 방역은 메디컬 존에 속한 쿼런틴 게이트의 고유 업무였다. 하루에도 수십 건씩 변종 바이러스가 보고되었다. 인체와 기계가 결합되는 지점에서 예상 밖의 발열이 잦았고, 특히 기계와 뇌의 접합점에서 두개골과 뇌막을 뚫고 침입하는 치명적인 바이러스들이 적지 않았다.

뇌를 다루는 병원이 쿼런틴 게이트의 절반을 차지했다. 그중에는 의료 로봇만으로 뇌수술이 가능한 병원도 있었고, 뇌를 나노 단위로 관찰하여 병의 원인을 밝히는 병원도 들어섰다. 뇌의 신비가 완전히 밝혀질 날이 멀지 않았다는 통합 병원장의 인터뷰가 쿼런틴 게이트 입구에 설치된 대형 홀로그램 광고 지역에서 흘러나왔다.

'앵거 클리닉'은 초승달의 위쪽 끝 그러니까 뇌 통합 병원 중에서도 가장자리에 위치한 단층 건물을 쓰고 있었다. 바로 옆에 들어선 60층 신경 정신 질환 연구소 빌딩에 비하면 철거 예정인 오염 지대의 판자촌처럼 초라했지만, 네 귀퉁이에 기둥처럼 버티고 선 아름드리 소나

무엔 진득한 세월의 무게가 담겼다. 햇살이 나뭇가지를 뚫고 지붕에 닿을 때는 바람의 흔들림을 새겨두기도 했다.

"미치겠군."

볼테르는 전기 자동차에서 내리며 한숨을 푹푹 내쉬었다. 차라리 돈을 내라거나 몇 대 맞으라는 편이 나았다. 병원에 간다고 타고난 성격이 달라지겠는가. 낭비도 이런 낭비가 없었다.

지정 병원에서 치료받지 않으면 글라슈트의 '배틀원 2049' 출전 자체를 허락하지 않겠다는 정식 공문이 운영 위원회로부터 내려왔다. 시합장에서 폭언을 퍼붓고 기물을 파손하는 볼테르의 모습만 따로 편집한 동영상이 첨부되었다. 팔다리를 부러뜨린 것도 아닌데, 화를 참지 못한 적은 몇 번 있지만, 그 정도야 글라슈트에 몰두하다 보면 충분히 생길 수 있는 일이 아닌가.

건물의 겉모양은 허름했지만 내부는 달랐다. 볼테르가 두 걸음을 뗄 때는 동안 신원 확인과 무기 유무, 건강 상태까지 점검이 끝났고, 두 걸음을 더 뗄 때는 동안 그와 관련된 텍스트와 사진, 동영상 등의 수집이 끝났다. 기다리며 섰던 간호원 차림의 안내 로봇이 배꼽 인사를 한 후 낭랑한 목소리로 말했다.

"기초 검사를 하겠습니다. 캡슐에 편히 누우십시오."

"캡슐로 들어가라고? 난 답답한 건 못 참아."

볼테르가 불뚝성을 냈다.

"캡슐이 불편하시다면 그 옆 의자에 앉으셔도 됩니다. 머리를 휘돌리는 일은 삼가 주십시오. 물론 저희 병원 뇌 영상 촬영 기기인 fMRI는 웬만한 움직임에도 초점이 흔들리지 않습니다만, 1만분의 1이나마 오작동이 생길 경우 검사를 다시 해야 하는 번거로움이 있습니다. 정확한 측정을 위해 눈과 귀를 잠시 조율하겠습니다. 좋아하는 음악, 혹시 있으신가요?"

"음악? 그딴 거 몰라."

"알겠습니다. 특별시 인기 음악을 추천해 드리고 싶은데 괜찮으시겠습니까? '다윈과 핀치들'이 보노보 개국에 맞춰 발표한 스페셜 뮤직 「당신의 감미로운 음성(Your Human-like Voice)」가 금주 차트 1위 곡입니다만……."

눈가리개가 달린 헤드셋을 쓰자 굵고 끝이 흐물흐물 갈라지는 목소리가 흘러나왔다.

뇌파 검사가 끝난 후 볼테르는 타원형 복도를 따라서 작은 방으로 들어섰다. 의자들이 중앙 탁자를 축으로 반원을 그렸다. 함께 치료받기로 예약된 사람들이 고개를 돌려 일제히 그를 쳐다보았다.

앵거(Anger)!

분노를 다스리지 못해 강제로 모인 사람들이다.

너도 그러냐, 쯧쯧쯧!

불쌍하게 여기는 눈빛들이 편치 않았다. 운동 선수로 짐작되는 근육질 청년, 펑퍼짐한 엉덩이를 지닌 중년 부인과 불량기 가득한 열예닐곱 살 먹은 남학생. 그들과 차례차례 시선을 맞춘 볼테르는 빈 의자에 털썩 주저앉았다. 피로가 몰려들었다. 밝은 대낮, 병원에 머무는 자신이 무척 낯설었다.

흰 가운 차림에 카이저 콧수염을 기른 조윤상 원장이 방으로 들어섰다.

조윤상 원장은 탁자 위에 차트를 올려놓은 다음, 오른손 엄지와 검지로 카이저 콧수염을 매만지며 굵은 뿔테 안경 너머로 환자들에

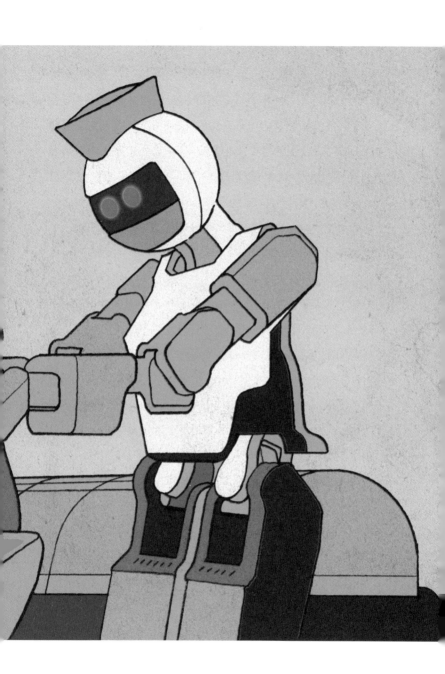

게 눈인사를 건넸다.

"반갑습니다. 세상의 모든 화를 다스리는 앵거 클리닉 원장 조윤상입니다. 클리닉은 어디까지나 조력자고 분노를 이겨 내는 건 여러분 스스로의 몫입니다. 상담 내용은 모두 녹화되어 치료 목적으로 사용될 예정입니다. 오늘은 앵거 클리닉까지 올 수밖에 없었던, 가장 최근에 화를 낸 상황을 각자 발표하는 시간을 갖겠습니다. 다른 분들 이야기를 들으면서, 자신이라면 저 경우에 화를 냈을까 안 냈을까, 혹은 어떻게 행동했을지 가늠해 보셨으면 합니다. 질문 있으신가요?"

"늘 이렇게 단체로 모입니까?"

근육질 사내가 물었다.

"아닙니다. 오늘과 석 달 뒤 딱 두 번만 함께 모일 겁니다. 상담 전과 후, 변화를 서로 확인하는 시간을 가질 예정입니다."

"정말 이게 효과가 있긴 있나요?"

이번에는 뚱뚱보 아줌마다. 효력을 의심하기는 나머지 환자도 마찬가지다. 기쁨, 슬픔, 두려움, 안타까움까지도 감성공학을 통해 수치화하는 세상이 아닌가. 상담은 너무 막연하고 낡은 방식이다.

"최근 5년 동안 앵거 클리닉에서 '3개월 스페셜 트리트먼트'를 받은 환자는 모두 3346명입니다. 그중에서 매우 효과를 본, 그러니까 1년에 화를 낸 횟수가 3회 이하로 줄어든 환자는 1122명이며, 어느 정도 효과를 본, 그러니까 1년에 화를 10회 이하로 낸 환자는 554명이며, 평균 수준으로 화를 내는 횟수를 떨어뜨린, 그러니까 1년에 화를 20회 이하로 낸 환자는 444명입니다. 3346명 중 모두 2120명이 효과를 보았습니다."

"혹시 더 악화된 경우는 없습니까?"

불량 학생이 피식 웃으며 물었다.

"다행스럽게도…… 아직 그런 환자는 한 사람도 없습니다."

"이제 생기겠군."

다시 피식거렸다.

"간단한 샘플을 보여 드리겠습니다. 오늘 여러분과 함께 진료를 받을 예정이었으나 개인 사정으로 불참한 박말동 선생과의 상담 화면입니다. 박 선생은 3개월 진료로 화병(火病)이 상당히 호전되었습니다. 자, 정면을 보시죠."

화면이 밝아오자, 양 볼에 살이 도톰하게 오른 사내가 나타났다. 그는 고개를 약간 숙인 채 윗니로 아랫입술을 물어뜯었다.

"시작하세요. 박말동 선생님!"

조 원장의 목소리다. 말동이 고개를 들며 정면을 쳐다보았다.

"저는 정말 억울합니다. 앵거 클리닉에 와야 할 사람은 제가 아니라 아들 녀석이라고요."

"아드님 이름이……?"

"승찬입니다. 박승찬!"

"예, 박 선생님. 계속 하시죠. 박 선생님은 이 도시에서 으뜸가는 꽃꽂이 솜씨를 지녔다 들었습니다."

"승찬이는 재주 많은 아이입니다. 대학 시절에는 필드하키 선수였죠. 승찬이의 유일한 약점은 화를 자주 낸다는 겁니다. 툭하면 소리를 지르며 대들죠."

"꽃꽂이 가게를 물려받으라고 아드님에게 강권하셨다면서요?"

"강권한 적 없습니다. 의논은 했죠. 딱히 먹고살 만한 일이 있는 것도 아니고, 꽃꽂이 쪽도 고민해 보라 권했더니, 화를 내고 가출을 했고 또 저를 고발하여 이곳까지 오게 만들었습니다. 다시 말씀드리지만 앵거 클리닉에 와야 할 사람은 제가 아니라 승찬입니다."

"꽃꽂이를 하라고 매일 100여 차례씩 강권하셨군요. 특히 아드님의 아바타를 도용하여 시크릿 존까지 침투하셨습니다. 아무리 부자지간이라도 이는 심각한 범죄 행위입니다."

"승찬이가 자꾸 화를 내니까…… 만나서 화를 풀려고 그랬습니다. 승찬이에게 자주 연락한 건 인정합니다. 허나 그게 제가 앵거 클리닉으로 와야 할 이유인지는 모르겠습니다."

상담은 거기서 끝났다. 아줌마가 물었다.

"화를 낸 건 아들이네요. 그런데 왜 박말동 씨가 치료를 받아야 하죠?"

조 원장이 즉답을 미루고 좌중을 살폈다. 다들 궁금한 표정이었다.

"답을 드리지요. 화를 내는 방식에는 여러 유형이 있습니다. 목소리를 높이거나 상대를 공격적으로 대하는 것만이 화가 아니라는 겁니다. 박 선생님의 분노 성향은 '투사형 공격' 성향으로 보입니다."

"'투사형 공격' 성향? 그게 뭡니까?"

볼테르가 조 원장의 마지막 지적을 반복했다.

"화가 난 건 바로 자신인데, 그 화를 상대방이 내고 있다고 뒤집어씌우는 경우죠. 박 선생님은 꽃꽂이 가게를 물려받지 않는 아드님에게 화가 난 겁니다. 그런데 자꾸 괴롭혀서 아드님으로부터 화를 이끌어 냈죠. 자, 이런 식으로 편하게 말씀하시면 됩니다. 누가 먼저 이야기를 시작하겠습니까?"

조 원장의 시선이 근육질 사내에게 향했다.

"변주민 씨죠? 특별시 연합 격투 대전 웰터급 준우승자! 저도 변 선수 시합을 서너 번 본 적이 있습니다. W 유단자답게 나래차기가 일품이더군요. 이리 나오시죠."

변주민은 뒷머리를 긁적이며 탁자 앞에 섰다. 이야기를 시작하기 전 조 원장에게 다짐을 받듯 물었다.

"석 달만 치료하면 시합 뛸 수 있는 거죠?"

"뛸 수 있고말고요. 격투 대전 우승이 소원이라고 들었습니다만……. 치료 예상 기간은 석 달이지만 화를 다스리는 능력이 빠르게 향상되면 두 달 아니 한 달 만에도 치료를 마칠 수 있습니다."

"정말이십니까?"

변주민의 얼굴이 밝아졌다.

"시작하십시오. 왜 앵거 클리닉에 오게 되셨죠?"

변주민이 콧바람을 킁킁 킁킁킁 내뿜었다. 볼테르는 그 소리를 듣자마자 변주민의 코가 인공물임을 알아차렸다. 콧구멍 크기를 일정하게 유지하는 스프링의 미세한 떨림이 감지된 것이다. W에 익숙하도록 글라슈트의 몸을 만들려면 무엇보다도 호흡이 중요했다. 로봇이 무슨 호흡이냐고 힐책할 수도 있지만, 에너지 운용 시스템을 코와 심장과 배꼽을 중심으로 짰다. 열 발산과 균형 유지 장치를 얼굴 중앙에 배치한 것이다. 이 기기가 문제를 일으키면 심장과 배꼽까지 한순간에 마비되었다.

아예 충격 흡수용 판까지 심었군. 한겨울에도 코가 막히지 않도록 습도 조절 기능도 곁들였고!

볼테르는 변주민의 어깨와 가슴도 훑었다. 90퍼센트 이상 천연 몸

147

이어야만 격투 대전 출전이 가능했다.

코를 만졌으니 더 바꾼 부위는 주먹 하나 정돈가.

"달링 3호를 부셨기 때문입니다."

변주민은 말을 멈추고 양손으로 얼굴을 가렸다. 기억하기 싫은 장면들이 떠오르는 듯했다. 달링 3호는 싱글 남성을 위한 아내 대용 로봇이다. 피앙세 시리즈와 로맨틱봇 시리즈도 쓸 만하지만, 달링 시리즈처럼 푸근한 맛은 덜하다는 것이 일반적인 평이다. 그는 천천히 고개를 들었다. 두 눈에 눈물이 그렁그렁했다. 격투가의 눈물이었다. 뒤돌아서서 감정을 추스른 후 다시 정면을 향했다.

"제 일과는 무척 간단합니다. 새벽 조깅을 마친 후 아침 먹고 타격 훈련 점심 먹고 헬스 저녁 먹고 그라운딩 훈련! 매일 세 군데 훈련장을 돌며 땀을 뺍니다. 녹초가 된 저를 반겨 주는 건 달링 3호뿐입니다.

잠깐, 아주 잠깐이지만 결혼을 고민한 적도 있습니다. 저처럼 운동에 빠진 사내가 뭐가 좋다고, 따라다니던 여자가 하나 있었거든요. 잠자리는 같이 해도, 그녀가 일상에서 원하는 잔잔한 즐거움을 선사하는 건 불가능했습니다. 저물 무렵 함께 동네 빵집에 들른다거나 하루에 다섯 번 영상 통화를 한다거나 주말이면 가까운 공원에 나들이를 간다거나 하는 일 따위 말이죠. 뛰고 치고 구르기에도 하루 24시간이 빠듯합니다. 정말, 달링 3호면 충분하다 여겼습니다. 달링 3호는 단 한마디 잔소리도 없이 저를 믿어 줬습니다. 그 말만 안 했어도, 그 말만 안 했어도……."

조 원장이 말꼬리를 잡아챘다.

"그 말이 뭔지 좀 더 자세히 설명해 주십시오."

"이긴 후엔 아무렇지도 않았습니다. 그런데 시합에서 완패하고 만

신창이로 돌아온 밤에도 달링 3호는 '오늘 시합 정말 잘하셨어요. 수고하셨습니다.'라고 인사하는 겁니다. 처음 한두 번은 참고 넘겼죠. 그러다 세 번째 똑같은 인사를 받는 순간, 화가 머리끝까지 뻗치더라고요. '잘하긴 뭘 잘해!' 소리를 빽 지르고 삼사 분이 지난 후 보니, 달링 3호는 제 주먹질과 발길질에 회생불능 상태였습니다. 닷새 전에도 시합에서 크게 졌거든요. 그리고 아홉 번째로 구입한 달링 3호를 부셨습니다."

"그날도 달링 3호가 '오늘 시합 정말 잘하셨어요. 수고하셨습니다.'라고 인사했나요?"

"아닙니다. 미리 손을 썼죠. 지친 몸을 이끌고 귀가했더니 달링 3호는 인사 한마디 없이 저를 맞이했습니다. 그런데 말입니다. 잘했단 말을 안 들으면 마음이 편할 줄 알았는데 오히려 더 불쾌한 겁니다. 속에 꿍 하니 뭔가 담고 있는 것처럼 말이죠. 그래서 또 소리를 빽 질렀습니다. '닥치라고 정말 닥치는 거야?' 그 뒤는 잘 아실 겁니다. 몇 년 전 신설된 로봇 파손죄에 걸려 앵거 클리닉으로 왔습니다. 치료를 받지 않으면 시합을 못 뛰는 건 물론이고 달링 3호를 다시 구입하는 것도 불가능합니다. 도와주십시오. 선생님, 제발! 저는 여자 없인 살아도 달링 3호 없인 하루도 못 삽니다."

격투가 변주민이 꾸벅 배꼽 인사를 하자 아줌마가 기다렸다는 듯이 박수를 쳤다. 자연스럽게 아줌마가 탁자 앞으로 나섰다. 무거운 걸음을 옮길 때마다 목걸이와 팔찌와 발찌가 출렁이는 소리를 냈다. 실내 온도가 적정 수준을 유지했지만 그녀의 이마에선 땀이 송골송골 맺혔다.

"도그맘이라고 해요. 본명이야 따로 있지만 41년 하고도 2개월 5일을 도그맘으로 지냈답니다. 어디서부터 41년 하고도 2개월 5일이냐고요? 당연히 강아지를 처음 구입한 날이죠, 호호호! 제 나이 아홉 살 때였는데요. 아버지가 품에 안고 오신 푸들 강아지, 베니스라고 이름 지었답니다. 그 앙증맞은 녀석과 눈을 맞추는 순간 도그맘은 평생 개들과 살기로 결심했답니다. 지금까지 모두 233마리의 애완견을 키웠고 얼마 전까지만 해도 개 스무 마리와 함께 생활했답니다. 도그맘 취미는 오직 하나, 귀여운 녀석들에게 더불어 사는 법을 가르치는 거랍니다. 당연히 엄마가 할 일이죠. 성급하게 가르치진 않아요. 차근차근 똥오줌 가려 누는 법부터 앉는 법, 간단한 도구들을 찾아오는 법, 제시간에 잠자리 드는 법 등을 배우고 나면, 한결 삶에 활력이 붙는답니다. 강아지들은 실수를 해도 용서하고 반복 학습을 시킨답니다. 누구나 처음부터 잘하는 경운 없으니까요. 문제는 늙어서 정신이 오락가락하는 녀석들이랍니다. 강아지 때부터 도그맘이 두 손으로 키운 녀석들이죠. 그런데 늙었다는 이유 하나만으로 녀석들이 갑자기 침대에 똥을 싸 대질 않나 도그맘 귀한 패물을 창문 밖으로 획획 던져 버리지 않나 밤에도 잠을 자지 않고 해가 뜰 때까지 마루를 슬금슬금 기어 다니질 않나."

"그래서 그 개들의 다리를 하나씩 차례차례 자른 겁니까?"

"시끄럽고 더럽고 혼란스러워서 도무지 정상적인 생활을 할 수 없었어요. 물론 가장 큰 피해자는 도그맘이지만, 다른 개들도 상당히 심각한 상처를 입었지요. 경고를 했는데도 말을 듣질 않으니 처벌할 수밖에 없었답니다. 처음부터 다리 넷을 다 자를 생각은 아니었어 .. 다리 하나를 묶어 두었다가 그것도 부족하다 싶어 잘랐는데 그래도 제멋대로 구는 겁니다. 앞다리 둘을 자르니 뒷다리만으로 기어서 소파를 물어뜯고 난리를 피우더군요. 다리 넷이 잘린 다음에도 몸을 뒹굴며 발악할 정도랍니다. 열아홉 마리의 평안을 위해 한 마리를 벌 준 것뿐인데, 이런 도그맘을 '동물 학대죄'로 잡아들일 수 있는 거예요? 도그맘은 여기 있을 이유가 없답니다. 도그맘은 개들 곁에 있어야죠. 도그맘이 없으면 강아지들이 배를 쫄쫄 굶어. 아, 또 늙은 녀석들이 거실과 방을 온통 어지럽혔겠죠? 그 짓을 못하게 말려야 하는데…… 도그맘은 가야 해요 당장!"

아줌마가 갑자기 출구 쪽으로 뛰어갔지만 조 원장은 느긋하게 쳐다보기만 했다. 그녀는 방을 벗어날 수 없었다. 굳게 잠긴 출입문은 오직 조 원장의 떨림이 잦은 목소리에만 반응했다. 도그맘이 제풀에 지쳐 자리로 돌아가자, 조 원장의 시선이 불량 학생에게 향했다.

"자, 이번에는 방문종 군 차렙니다. 졸업반이군요."

문종은 좌중의 시선이 싫은지 미간을 잔뜩 찌푸렸다.

"쌍! 싫어. 왜 내 애길 이딴 데서 해. 나 안 해."

조 원장이 사람 좋게 웃으며 다시 권했다.

"예외는 없습니다. 앵거 클리닉을 마치지 않으면 진학이든 취업이든 불가능하다는 사실은 알지요? 특별시민 자격이 박탈될 수도 있습니다."

"몰라, 그딴 거. 나 안 해. 의사 양반. 어차피 난 또라이로 낙인 찍혔어. 그냥 냅둬."

문종이 바닥에 침을 찍 뱉었다. 조 원장이 차트를 뒤적거렸다.

"어디 봅시다……. 대단한 게임 마니아로군요. 보름 전, 버추얼 월드에서 어울린 팀원을 현실 세계로 빠져나가지 못하도록 출구를 봉쇄한 후 구타했습니다."

"그게 뭐 어때서? 현실도 아니고 버추얼 월드야. 가상일 뿐이라고."

"이 대가리에 피도 안 마른 새끼가……."

볼테르가 고함을 지르며 달려들기 전, 주민의 돌주먹이 문종의 뒤통수를 후려쳤다. 도그맘도 어느새 문종의 옆구리를 머리로 들이받았다. 조 원장이 말릴 사이도 없이 환자들이 뒤엉켰다. 앵거 클리닉 개원 이래 처음 발생한 폭력 사건이었다.

3부

오, 나는 미친 듯 살고 싶다

미성 여자고등학교 '동네 한 바퀴'

1967년 SF 소설가 필립 케이 딕은 「도매가로 기억을 팝니다」라는 단편 소설을 냈다. 30년 후 「토탈 리콜」이란 이름으로 영화화된 이 소설에서 주인공은 여행을 가지 않고도 여행의 추억을 뇌에 주입받는다. 인터넷 공간에서 "당신의 추억을 팝니다."라는 광고 문구는 이미 등장한 지 오래다. 버추얼 월드에 옛 서울과 대도시의 모습을 그대로 재현해 놓고 사람들에게 어린 시절 놀던 동네 구석구석을 구경시켜 주는 3차원 웹 사이트가 큰 인기를 끌고 있기 때문이다.

지금으로부터 16년 전, 추억을 팔고 사는 사이트에서 살인 사건이 벌어졌다. 아바타에 가해진 폭력 때문에 그 사이트에 접속한 박열매란 여성이 실제로 목숨을 잃은 것이다. 만약 박열매 씨가 "당신의 추억을 팝니다."라는 광고 문구에 호기심을 느끼지 않았다면, 그 끔찍한 고통의 두 시간을 겪지 않았을지도 모른다. '미성 여자고등학교 동네 한 바퀴'라고 불리는 이 사이트는 서울 용산구에 위치한 미성 여자고등학교를 중심으로 숙대 입구, 후암동, 이태원 일대를 놀랍도록 정교하게 재현해 놓은 뒤, 이 지역에서 청소년 시절을 보낸 사람들에게 동네 한 바퀴를 둘러볼 기회를 제공했다. 물론 가격은 '소매가'였다.

열매 씨는 미성 여자고등학교 졸업생이었다. 온라인 게임에는 별다른 흥미가 없었지만, 우연히 방문한 '미성 여자고등학교 동네 한 바퀴' 사이트는 그녀에게 옛 추억의 향수를 불러일으키기에 충분했다. 조심스럽게 카드로 결제하고 로그인을 하자, 뇌파 캡을 착용하라는 메시지가 제일 먼저 나왔다. 그녀는 뇌파를 컨트롤하는 뇌파 캡을 쓰고 단단히 조인 후 시작 버튼을 눌렀다.

연도와 장소를 입력하라는 메시지가 나왔다. '2015년도', '미성 여자고등학교'라고 입력했다. 그러자 두 대의 카메라가 그녀 앞에 놓인 스크린 벽면에 2015년 서울 용산구 남산 자락을 통째로 옮겨다 주었다. 뇌파 캡에서 나오는 알 수 없는 신호들이 머리로 흘러 들어갔고, 열매 씨는 순식간에 고등학교 3학년 추억에 몰입했다.

복원 기술은 놀랍기만 했다. '미성 여자고등학교'라고 적힌 교문에서부터 건물 벽에 큼지막하게 박힌 '희망, 성실, 진리'라는 교훈, 운동장의 느티나무 한 그루, 동네 숍들의 간판과 지나다니는 마을 버스, 심지어 전봇대까지도 정확히 재현해 놓았다. 인공 위성 내비게이션 시스템으로 엄청나게 큰돈을 번 회사가 자신들의 GPS 데이터를 활용해 새로운 비즈니스 모델을 개발한 것이다. 그들은 전국 700여 개 고등학교에 대한 추억 사이트를 운영하고 있었다.

열매 씨는 해방촌길을 천천히 걸으며 떡볶이를 파는 아줌마도 구경하고 구멍가게도 들어가고 골목길 사이사이를 이유 없이 지나가기도 했다. 놀라움의 연속이었다.

학교로 들어가서 운동장을 달려도 보고, 짝사랑했던 동네 친구 집 앞을 서성거려도 보고, 4년간 살았던 집에서부터 단짝 친구 집까지 걸어도 보았다. 손을 뻗으면 벽에 붙은 '과외 광고'도 만질 수 있었다. 골목길이 너무 좁다랗게 느껴지는 것 외에는 모든 것이 2015년 용산 그대로였다.

그 후로 종종 열매 씨는 '미성 여자고등학교 동네 한 바퀴' 사이트를 찾았다. 외동딸이 학교에 간 후 거실에서, 의사인 남편과 말다툼을 한 후 잠이 오지 않는 새벽에, 그녀는 '동네 한 바퀴'로부터 위안을 얻었다.

자연 생태주의를 옹호하는 열매 씨 부부는 서울을 떠나 강원도 깊은 계곡으로의 이주를 본격적으로 고민하는 중이었다. 열매 씨는 즉각적인 이주를 원했지만 남편은 모두 떠나면 이 대도시엔 자연과 더불어 사는 삶을 고민하는 이들이 사라진다며 최소한 5년은 더 서울에 머무르자고 했다. 열매 씨는 혼자서라도 가겠다는 입장이어서 부부는 자주 다퉜다. 두 사람은 결혼식은 물론 혼인 신고도 하지 않았기에 각자의 길을 방해할 뜻은 없었다. 열매 씨의 남편은 독서광에 일중독이었다. 환자들을 돌보느라 귀가하지 않은 날이 많았다. 열매 씨는 당연히 자신이 외동딸을 강원도 숲에서 양육할 생각이었다. 엄마를 아끼고 따르는 딸이지만 작은 문제를 지니고 있긴 했다. 이 당돌한 소녀는 흙보다는 쇠를, 시와 음악과 춤과 햇빛보다는 숫자와 프로그래밍과 법칙과 어두운 골방을 좋아했던 것이다. 의지가 굳은 열매 씨도 딸 앞에선 흔들렸다. 이 아이가 숲에서 행복할까. 나 때문에 이 아이가 평생 불행한 건 아닐까. 열매 씨에겐 위로와 휴식이 필요했고, 추억보다 더 따뜻한 자리는 없었다.

사고가 터진 날도 열매 씨는 외동딸과 남편이 잠든 후 혼자 텔레비전을 보다가 새벽 2시 무렵 뇌파 캡을 썼다. 그날따라 뇌파 캡 끈에 달린 버튼이 제대로 잠기지 않아서 두 번 질끈 동여맨 후에야 '미성여자고등학교 동네 한 바퀴'에 접속할 수 있었다. 눈앞엔 이내 저녁 무렵의 해방촌길이 펼쳐졌다.

좁다란 골목길을 이곳저곳 서성일 때, 멀리서 여자 세 명이 다가오는 것이 보였다. 그들은 똑같은 모양의 검은 그림자들이었지만, 실루엣만으로도 날씬한 여성들임을 짐작할 수 있었다. 이 사이트를 여러 번 접속했어도 길거리를 돌아다니는 그림자와 마주친 것은 처음이었다. 그림자가 열매 씨에게 말을 걸어왔다.

"이 근처에 가까운 지하철역이 어디예요?"

"어? 새로운 기능인가? 내게 말을 거네."

열매 씨는 신기한 듯 멈춰 서서 그림자들을 살폈다. 말을 붙인 그림자가 가까이 다가와서 그녀의 손을 잡았다. 그 순간 갑자기 정수리 부근에 강한 전자기파가 흐르는가 싶더니 눈에서 빛이 번쩍였고 두 손이 떨렸다. 운동 조절을 관장하는 두정엽 부근인 정수리 옆의 뇌파 캡 전극에서 강한 신호가 나오는 것이 느껴졌다. 열매 씨는 손을 들려고 했지만 꼼짝도 하지 않았다. 뭔가 잘못되어 가고 있다는 공포감이 순식간에 밀려왔다.

"누구세요? 왜 이러세요?"

"잠깐만 와 봐."

골목길 저편에서 저음의 목소리가 들려왔다. 오른쪽 아래 채팅 화면에는 "cnrrnakstp"라는 독해 불능 문자가 찍혀 있었다.

그림자가 열매 씨 아바타의 복부를 가격하자, 뇌파 캡을 통해 대뇌를 칼로 찌르는 듯한 고통이 전해졌다. 이번엔 뒤에 있던 다른 그림자의 주먹이 얼굴로 날아들었다. 묵직한 고통이 대뇌를 울렸다. 열매

씨 아바타가 길바닥에 주저앉자, 그림자 셋이 그녀의 머리채를 잡고 좁고 어두운 골목길로 끌고 갔다. 그림자의 실루엣은 여성이지만 행동은 영락없이 건장한 남자들이었다.

그림자 셋은 아침 조깅을 하듯 아무런 죄책감 없이 주먹질과 발길질을 가했다. 그림자의 몸이 열매 씨의 아바타에 닿을 때마다 무시무시한 고통이 밀려들었다. 열매 씨는 고통을 피하기 위해 뇌파 캡을 벗고 싶었지만 강한 전자파가 그녀를 꼼짝달싹 못하게 만들었다.

두 시간쯤 지났을까.

열매 씨는 실신 상태에 이르렀다. 아무도 돌봐주지 못한 간질 발작 환자처럼, 두세 차례 심한 구토로 나온 시큼한 토악물들이 거실 바닥에 흥건했다. 그녀는 비명 한번 제대로 지르지 못했다.

다음 날 아침, 거실바닥에 쓰러진 열매 씨를 처음 발견한 이는 외동딸이었다. 딸의 뒤늦은 비명을 접한 남편은 황급히 열매 씨를 차에 실은 뒤 인근 병원으로 달렸다. 소녀도 허둥지둥 잠옷 바람으로 함께 차에 탔다.

그로부터 이틀 뒤, 열매 씨는 결국 세상을 떠났다. 운동 영역과 감각 영역, 편도체 등 대뇌 전반에 걸쳐 과도한 전기 자극이 가해졌으며, 극심한 고통 속에 장시간 발작을 일으킨 것이 사인이었다. 그녀의 대뇌는 더 이상 제 기능을 하기 어려웠고 세상을 떠나는 마지막 순간까지 극한의 공포감을 계속 되뇌며 트라우마에 시달렸다. 딸의 고집으로 화장 전 정밀 부검을 했을 때, 열매 씨의 뇌는 강한 전자기장 자극으로 인해 거의 망가져 있었다.

딸의 신고를 받고 출동한 경찰은 사건 당시 거실 컴퓨터가 '미성여자고등학교 동네 한 바퀴' 사이트에 접속 중이었음을 확인하고 이 사이트를 만든 '홈타운 컴퍼니'에 연락을 취했다. 홈타운 컴퍼니 기술 이사에 따르면, 동네 한 바퀴 사이트에는 고객이 추억에 쉽게 빠져들도록 유도하기 위해 뇌파 캡을 통해 전두엽과 측두엽 부근, 두정엽 근처에 전기장과 자기장을 가하는 기능이 있었다. 이들 뇌 영역은 특정 주파수의 전자기파를 가하면 기억 인출이 활성화되는 것으로 알려졌다.

그 새벽, 사이트의 프로그램 운영 로그 파일에는 비정상적으로 높은 강도와 주파수의 전자기파가 고객의 뇌파 캡으로 무려 48분이나 주입된 기록이 남아 있었다. 누군가 해킹으로 범행을 저지른 것이 틀림없었다. 이 사이트에는 다른 사람과 대화를 나누거나 신체 접촉을 하는 기능이 없었다. 사이버 테러를 위해 프로그램에 새 기능을 추가할 정도로 범인들은 컴퓨터에 매우 능숙했다.

사이트 로그 파일에서 침입자들의 아이디가 발견되었다. 축구만세, 여자싫어, 버터플라이! 하지만 이 아이디들은 범인을 찾는 데 아무런 도움을 주지 못했다. 경찰은 '불량 청소년들의 과격한 장난' 정도로 단정 짓고, 관련 범죄 기록을 바탕으로 추적 조사를 했다. 버추얼 월드, 특히 팀원들끼리 긴밀하게 채팅을 통해 협력 시스템을 구축하는 게임에서 언어 폭력이나 사이버 구타 사건 관련자를 제법 많이 잡아들였지만, 열매 씨 경우와는 거리가 멀었다. 결국 범인 검거에는 실패했다.

고요한 새벽, 미성여고 졸업생 박열매 씨는 어느 '동네 한 바퀴' 사이트에서 '살인의 추억'을 소매가로 구입한 것이다.

2049년 서울, 안개 벽, 그리고 개미굴

2002년 성황리에 열린 스위스 엑스포. 건축가 그룹 딜러 앤드 스코피디오(Diller & Scofidio)는 이베르동레뱅 마을의 뇌샤텔 호숫가에 블러 빌딩(Blur Building)을 만들어 일반인뿐 아니라 당시 건축학계에 신선한 충격을 던졌다.

그들은 건물 외부에 3만여 개의 고압 노즐로 미세한 물방울을 흩뿌려 인공 안개를 만들고, 거대한 안개로 둘러싸인 모던한 건축물을 세웠다. 인공 안개를 통해 건물이 호수 위 물안개 속에 떠 있는 듯한 몽환적 분위기를 연출한 것이다.

2020년대 이후 블러 빌딩의 영향을 받은 많은 건물들이 베를린과 밴쿠버 그리고 서울에 빼곡히 들어섰다. 안개가 벽이 되고 구름이 천장이 되는 건물들. 공간의 안과 밖 경계가 허물어지면서 인간들의 공간은 자연 속으로 직조해 들어갔다. 이른바 '구름 위의 도시.' 그중 서울은 가장 화려했다.

아름다운 한강의 조망권을 더 많은 사람들에게 제공하고자 2015년에 시작된 '디자인 서울 2030' 프로젝트는 서울특별시에게 '물의 도시'라는 별명을 지어 주었다. 한강 주변에 설립된 하늘 호수 공원을

중심으로 새로운 주거 단지들이 한강변에 늘어섰고, 폭포가 벽이 되고 시냇물이 담이 되는 건축물이 눈에 띄게 늘어났다. 배나 요트를 타고 출근하는 사람들도 많아졌고, 통근 쾌적선이 큰 인기를 끌면서 서울시민들의 일상은 훨씬 다이내믹해졌다. 물 만난 고기처럼.

아래층에는 자동차와 버스, 위층에는 모노레일이 통과하는 이중 다리가 동호대교와 한남대교 자리를 대체한 것도 2040년대 서울의 큰 변화라면 변화일 것이다. 서울 외곽 순환선과 서울 관통선으로 구성된 자기 부상 모노레일은 일산과 분당, 구리와 하남, 과천과 용인 등 서울 주변 지역에서 살고 있는 직장인들을 30분 만에 도심으

로 실어 날랐다. 학자들은 이 편리한 모노레일이 서울 근교에서 벌어질 수도 있는 '스프롤 아웃(Sprawl out, 도시 외곽이 무절제하게 성장하는 현상)'을 막아 주는 역할을 했다고 평가했다.

그중에서도 로봇 격투기 대회가 열리고 있는 상암동은 가장 복잡한 환승 지점으로 모노레일과 지하철, 버스들이 몇 라인이나 얽혀 있었다. 그러면서 서울의 새로운 교통 활력 지역으로 자리 잡았다.

2040년은 서울특별시에게 각별한 해였다. 엑스포와 서울 예술 포럼이 한 해에 열리면서 세계적인 정치 경제 리더들과 창조적인 예술가들이 한자리에 모이는 진풍경이 연출됐다. 서울은 그들을 맞이하게 위해 꽃단장을 했고, 그들은 서울을 사랑하게 됐다. 국제적인 도시의 위상을 한껏 높인 한해라고나 할까.

2039년 서울 한복판에 지어진 건물이 '서울 2040 컨벤션 센터'다. 우리에겐 '개미굴'이란 별명으로 훨씬 더 친숙한 이 건물은 프랑스 파리의 퐁피두 센터를 연상시키는 독특한 랜드마크이다. 흰개미가 쌓아올린 개미집을 연상시키는 이 건물 주변으로 길게 늘어선 '예술가들의 거리'는 아시아 문화의 최신 흐름을 읽을 수 있는 '트렌드 인사이트(trend insight)' 공간이 되었다.

서울이 세계인에게 사랑받는 이유는 이 거대한 메트로폴리탄의 전경이 전해 주는 곡선의 아름다움에서 비롯된다. 콘크리트와 아스팔트의 직선 미학에 젖어 있던 서울시민들에게 새롭게 지어진 마천루들은 부드럽고 자연스러운 곡선의 아름다움이 무엇인지 알려 주었다.

'스카이 워크'라 불리는 하늘 산책은 소시민들의 특별한 즐거움이었으며, 개미굴 맨 윗층 전망대에서 바라보는 하늘 풍경은 그 자체로 '천공의 성 라퓨타'였다.

2040년 이후, 서울은 국제 연합(UN)이 지정한 오스퀘어드 시티(O-squared city), 인구가 제곱으로 늘어나는 인구 과잉 도시에서 벗어났다. 도시 인구가 3000만 명이 넘는 인도 뭄바이, 나이지리아 라고스, 방글라데시 다카 등 26개 인구 과잉 도시들이 아메바 군집처럼 놀라운 속도로 번식과 팽창을 반복했지만, 서울은 속도 조절에 성공한 듯 보였다. 휴머노이드 로봇까지 포함한다면, 서울은 여전히 전 세계에서 가장 밀집된 인구 과잉 도시이겠지만.

우 는 발

앞이 보이지 않을 때는 처음으로 돌아가라. 놓친 것들을 하나하나 주워 모자이크를 만들고 되물어라. 이게 뭐지? 어디서 이딴 게 굴러 들어왔지?

은석범이 바디 바자르로 들어선 것은 저녁 9시가 조금 넘어서였다. 앨리스도 없이 혼자였다.

클럽은 만원이었다. 시끄럽게 반복되는 비트에 맞춰 천연 몸과 기계 몸들이 뒤엉켜 출렁거렸다. 공연이 방금 끝난 듯 웨이터 두 사람이 무대를 치우느라 바빴다.

석범은 먼저 타우러보그와 커나이보그가 머물렀던 자리를 중심으로 객석을 훑었다. 제노사이보그들은 단 한 명도 보이지 않았다. 생맥주를 시켜 들고 침피보그와 에쿠사이보그가 사라졌던 출구 쪽으로 걸었다. 입구는 붐볐지만 출구는 한산했다.

거기, 얼굴을 가리고 앞가슴까지 흘러내린 긴 머리 여인이 비스듬히 벽에 기대섰다. 핑크빛 탱크톱에 가죽 미니스커트를 입고 허리에는 오렌지색 야광 머플러를 둘렀다. 가느다란 담배를 꺼내 물고 턱을 약간 든 그녀는 몰입과 자만과 도취 같은 단어가 어울리는 미인이었다. 클럽에는 많은 여자들이 저마다의 아름다움을 눈짓과 손짓과 발짓과 몸짓으로 자랑했지만, 고요히 담배 연기만 뿜는 그녀에 미치지 못했다. 검지로 담배를 터는 것 하나만으로도 분위기를 다잡았다. 그녀가 담배를 끄고 일어서더니 오래 기다리던 애인을 발견한 것처럼 곧장 석범에게 나아왔다. 석범은 괜히 가슴이 뛰었다.

"오랜만이에요!"

석범의 눈동자를 들여다보는 검은 공처럼 둥근 눈동자! 석범은 저도 모르게 뒷걸음쳤다.

"……날, 압니까?"

흘날린 머리카락이 석범의 가슴에 닿았다. 짙고 큰 눈 아래 두툼한 입술이 붉디붉었다.

"섭섭한데요. 그러고도 검사님 맞으신가?"

'검사님' 세 글자가 석범의 귀에 박혔다. 램프가 켜지듯 얼굴 하나가 겹쳤다.

"혹시…… 노, 민선씨?"

민선이 대답 대신 흘러내린 머릿결을 양손으로 갈랐다. 짙은 마스카라에 오똑한 콧날이 낯설었다. UFO에서는 선글라스와 마스크로 멍든 얼굴을 가렸던 탓이다. 사람이 이렇게 달라질 수 있나. 얼굴과 옷은 문명의 힘에 기댔다 쳐도 말투와 눈빛까지 기억 속의 노민선과 다르다. 성대와 눈동자를 최신 모델로 갈아 끼웠을까? 아니다! 손미주 여사가 기계 몸에 중독된 여자를 외아들의 맞선 상대로 택했을 리 없다. 노민선, 보라색을 닮은 신비로운 여자.

"의외네요. 범인 잡느라 데이트 할 여유도 없는 분을 사이보그 전용 클럽에서 만날 줄이야. 음, 혹시 흉악범이라도 쫓아서 이리 오신

건가요?"

"아닙니다. 그냥…… 왔습니다."

"하긴…… 사이보그 거리가 우범 지대니까 그쪽이 나타났다고 하여 놀랄 일은 아니겠군요."

"민선 씨는 어떻게 여길……?"

"오햔 마세요. 전 100퍼센트 천연 몸이니까. 친구 만나러 왔어요. 이클럽 베스트 댄서거든요. 방금 끝났는데 못 보셨어요?"

"친구? 댄서?"

글라슈트 팀원인 민선과 친구인 데다가 사이보그 전용 클럽 댄서라면?

"오래 기다렸죠? 미안해요."

정말 그녀였다. 금붕어 문신이 돋보이는 바디 바자르의 검은 무희.

그녀도 석범을 의식한 듯 입꼬리로만 미소 지었다.

"그, 그날은 정말 고마웠습니다."

석범이 말을 더듬었다. 바디 바자르로 향할 때부터 검은 무희를 찾을 작정이었다. 괜히 가슴이 두근거렸다.

"사라 씨, 석범 씨! 두 분…… 구면이세요?"

민선이 물었다. 석범과 사라의 시선이 순간 마주쳤다.

"탐문 수사를 왔었습니다."

석범이 대충 둘러댔다.

"맞아요. 그때 뵈었죠."

사라도 그 밤 제노사이보그과 맞선 사실을 민선에게 들키기 싫은 눈치였다.

"그랬군요. 사라 씨! 뭣 좀 마실래요? 정말 대단한 스테이지였어요."

"아니에요. 대기실에서 물 한 잔 마셨어요."

"물 가지고 되나요? 내가 살게. 웨이터!"

민선이 생맥주잔을 들고 흔들었지만 눈치 빠르게 달려오는 웨이터는 없었다. 출구 바로 앞에서 미적거리는 손님은 먹을 것 다 먹고 나가기 직전인 경우가 대부분인 탓이다.

"안 되겠네. 바텐더한테 직접 가서 시원한 생맥주 한 잔 가져올게요."

민선이 춤추는 사이보그 사이를 헤치고 갔다.

"고마웠습……"

사라가 정식으로 인사하려는 석범을 가로막았다.

"아뇨. 됐어요. 여긴 왜 또 왔죠?"

차가운 목소리, 질문에 날이 섰다. 석범도 사사로운 감정을 거두었다.

"그날 즉사한 타우러보그의 동료들 혹시 보셨습니까?"

사라가 오른팔을 들어 좌중을 훑었다.

"보시다시피, 돈을 펑펑 잘도 써 대던 제노사이보그는 한 명도 없습니다. 그쪽에서 설치고 다닌 바람에 우리 가게 매상이 얼마나 준 줄 아시나요?"

"그, 그건……."

석범이 대꾸를 하려는데 민선이 생맥주 한 잔을 머리에 이듯 얹고 종종걸음으로 다가왔다. 사라가 그 잔을 받아서 한 모금 마신 뒤 석범에게 말했다.

"그럼 천천히 즐기다 가세요. 저희 둘은 약속이 있어서 먼저 나갈 게요."

뜻밖의 초대는 불길하다.

앞장선 사라가 '바디 바자르' 건너편 골목으로 바삐 접어들었다. 민선도 사라를 따라 보폭을 넓혔다.

두 사람은 둔각과 예각으로 어긋나게 꺾이는 골목을 20분이나 돌아다녔다. 사라가 속도를 유지한 채 말했다.

"왼쪽으로 돌면 쪽문이 나와요. 그 안으로 숨는 거예요."

민선이 등 뒤를 의식하며 답했다.

"오케이."

두 사람은 몸을 직각으로 돌리자마자 곧바로 허리를 숙여 쪽문으로 들어갔다. 그리고 미행하던 석범의 발소리가 가까워졌다가 멀어질 때까지 기다렸다.

이윽고 사라가 속삭였다.

"제 방으로 가요."

다시 부엉이 빌딩으로 돌아온 두 사람은 고철이 그득 쌓인 뒷마당으로 들어섰다. 녹슨 철 계단이 콘크리트 벽을 따라 똬리를 틀었다. 사라가 발을 얹자, 철 계단이 삐걱 삐이걱 숨넘어가는 소리를 냈다.

"이, 이거 안전한 거예요?"

민선이 철 계단에 다리를 얹으려다 말고 물었다. 사라가 고개를 돌리지 않고 계단을 오르며 답했다.

"그럼요. 2009년 3월 3일 완공된 다음엔 단 한 사람도 떨어지지 않

은 튼튼한 계단이랍니다."

민선이 양손으로 탱크톱을 고쳐 올린 다음 첫 계단을 밟으며 다시 물었다.

"다리는 괜찮으세요?"

어제 대련을 하다가 사라의 왼발이 통째로 뽑혔던 것이다.

"우는 발 말이죠? 말끔해요. 최 교수님 솜씬 민선 씨도 잘 알잖아요?"

왼발만 자꾸 문제를 일으켰기 때문에, 볼테르는 그 발이 뭔가를 얻어 내기 위해 일부러 우는 아이 같다고 했다. 그때부터 그 발은 '우는 발'이 되었다. 사라의 기계 몸은 볼테르가 직접 고쳤다.

아무렇지도 않다는 것을 증명이라도 하듯, 사라가 계단을 쿵쿵 힘차게 밟기 시작했다. 검붉은 녹들이 눈처럼 떨어져 민선의 긴 머리와 벗은 어깨에 떨어졌다. 민선이 얼굴을 찡그리며 제 손바닥을 내려다보았다. 녹 부스러기가 손금에 가득 앉았다.

하긴, 30분이나 격렬하게 스테이지를 누비고도 말짱하니까.

민선도 두 손을 탈탈 털고 사라처럼 뛰기 시작했다. 쿵쿵 쿵쿵쿵 철 계단이 울리고 흔들렸다. 이음쇠가 부서지거나 떨어져 나가는 바람에 계단과 벽에 틈이 벌어진 곳도 여럿이었지만 그 곁을 지날 땐 더 힘껏 발을 굴렸다.

서사라의 방은 텅 비었다.

책상도 침대도 옷장도 없었다. 문을 열기 전까지는 완벽하게 벽의 일부인 시크릿 냉장고를 제외하면, 가로 세로 6미터 남짓한 정사각형은 텅 비었다.

"정말, 사라 씨, 놀리는 게 아니라…… 정말 놀랐어요. 여기가 사라 씨 방 맞아요?"

"들어오세요."

민선이 텅 빈 방으로 들어가서 바닥에 앉았다. 사라가 냉장고에서 맹물 두 잔을 가져왔다.

"혹시 다른 음료가 필요하면……."

"아뇨. 목마를 땐 물이 최고죠."

기계 몸의 비율이 높을수록 깨끗한 물을 더 많이 섭취해야 한다. 천연 몸의 탈수 증세를 기계 몸이 완벽하게 대처하기엔 아직 해결할 과제가 많았다. 사라가 물을 홀짝홀짝 마시며 이야기를 늘어놓았다.

"짐작하시겠지만, 63퍼센트 기계 몸을 받아들이고 나서부턴 여러 가구랑 물품을 내다버렸죠."

"저도 가끔 수퍼스마트수트를 입긴 하지만 특별한 날을 위해 천연 섬유로 만든 옷도 마련해 둔답니다."

수많은 의류 회사를 도산시킨 발명품이 바로 수퍼스마트수트였다. 계절이나 상황에 따라 최소한 백 벌까지 변신이 자유롭기 때문에 의류 회사와 옷 가게의 폐업이 줄을 이었다. 한 차례 폭풍이 몰아친 후 성격이 판이한 두 의류 회사만 살아남았다. 한쪽은 수퍼스마트수트를 생산하는 회사고 다른 쪽은 천연 섬유로 옷을 짓는 회사였다.

"63퍼센트 기계 몸을 천연 섬유로 가리는 것 자체가 난센스죠."

"오늘 솔직히 세 번 놀랐어요."

사라가 질문 대신 민선을 똑바로 쳐다보았다.

"사라 씨가 '바디 바자르'에서 만나자고 했을 때 처음 놀랐고요. 또 이렇게 직접 방으로 날 데리고 올라가리라 상상한 적이 없기에 또 놀랐죠. 그리고 텅 빈 방이라니!"

사라는 비밀이 많은 여자였다. 자기 자신에 관한 일이라면 사소한 습관 하나도 밝히기를 꺼렸다. 신체의 63퍼센트를 기계로 채운 후유증이라고 격다리와 뚱보는 혀를 차 댔다. 격렬한 대련을 마치고도 땀 한 방울 흘리지 않듯이 흔적을 남기지 않는 여자였다. 먼저 말을 거는 법이 없었고 집으로 누구를 초대하는 일은 더더욱 그녀에게 어울리지 않았다. 검은 무희 사라가 정색을 하며 물었다.

"보안청 사내는 언제부터 달고 다녔죠?"

보안청 사내는 언제부터 달고 다녔냐고?

민선이 묻고 싶은 말이기도 했다. 탐문 수사를 하다가 사라와 만났노라고 석범이 둘러댔지만, 믿기 어려운 핑계였다.

"솔직히 말할게요. 그 사람, 은석범 검사랑 한 번…… 따로 만났어요."

"따로 만났다고요? 맞선이라도 본 건가요? 그렇군요. 어쩜, 전 영원히 로봇과 결혼한 줄 알았는데……."

연구에 빠져 사내 따윈 안중에도 없던 민선이었다.

"그 얘긴 그만해요. 자, 어서 날 이 텅 빈 방으로 데려온 이율 말하세요. 아님 그냥 갈래요."

민선이 자리에서 일어서려 하자 사라가 팔목을 붙들었다.

"어제 일, 확인하고 싶어요."

"어제 일이라뇨?"

민선이 딴전을 피웠다.

"왼발이 뽑힌 뒤 그러니까 제가 수술실로 급히 옮겨진 다음에 글라슈트의 이상 행동을 민선 씨도 목격했죠?"

"글쎄요. 뭘 이상 행동이라고 하는 건지 잘……."

민선은 눈동자를 치뜨며 즉답을 피했다. 사라가 또박또박 어제 일을 되짚었다.

"글라슈트와 전 연결되어 있었습니다. 한 몸이었죠. 제 움직임을 글라슈트가 시간 격차 없이 동시간대에 시뮬레이션하는 것이니까요. 그런데 대련에서 뜻하지 않게 제 왼발이 뽑힌 뒤, 글라슈트가 쓰러지지 않고 그러니까 왼발을 들고 오른발로만 섰다 들었습니다. 스스로 균형을 잡았단 말이죠. 불가능한 일입니다. 제가 쓰러졌으니 글라슈트도 쓰러져야 해요. 한 몸인데, 저는 쓰러지고 글라슈트는 서 있는 게 과학적으로 가능한 일인가요?"

미래학자들은 문명이 발달할수록 미스터리가 줄어들 것이라고 예상했다. 그 예상은 틀렸다. 2049년 특별시 곳곳에 납득하기 힘든 일이 벌어졌고, 그 일들만 따로 묶은 드라마가 큰 성공을 거두었다. 특히 로봇을 둘러싼 미스터리는 곱절에 곱절씩 늘어났다.

"과학적으로 가능한가 그렇지 않은가는 중요한 지점이 아닙니다. 글라슈트는 외발로 섰고요, 저는 이 두 눈으로, 꺽다리와 뚱보 연구원도 함께, 글라슈트가 멋지게 균형을 유지하는 걸 구경했답니다."

사라가 답답한 듯 목소리를 높였다.

"불가능한 일입니다. 완전 자동 시스템으로 전환했다면, 글라슈트 스스로 상황 변화에 맞춰 달려들기도 하고 구르기도 하고 외발로 서기도 하겠지요. 하지만 그땐 완전 자동 시스템이 아니라 수동으로 전환된 상태였어요. 저만 따르기로 되어 있었다니까요."

"맞습니다. 사라 씨가 쓰러져 일어나지 못했으니 글라슈트 역시 훈련장 바닥에 등을 대고 널브러져 있어야 옳지요."

사라가 말꼬리를 잡아챘다.

"널브러져! 맞아요. 글라슈트는 항상 그랬거든요. 제가 멈추면 자기도 멈추고 제가 누우면 자기도 눕고 제가 널브러지면 자기도 널브러지고."

"'자기'라……. 애인 부르듯 하시네요."

"농담이 지나치시군요."

"농담이 아니에요. 사라 씨와 글라슈트가 한 마음 한 몸으로 연결된 건 맞아요. 그런데 어젠 글라슈트가 사라 씨를 따르지 않고 제멋대로 행동한 꼴이 되었네요. 격투 로봇인 글라슈트가 '자유 의지'를 지닌 것처럼 비쳤으니 참 이상한 일이죠. 과학자인 제가 판단하기엔 로봇이 자유 의지를 가질 턱이 없으니, 사라 씨와 글라슈트가 어떤 식으로 연결되었는지를 면밀히 조사하는 쪽이 더 낫겠다는 생각을 했답니다."

"어떤 식으로 연결되다니요? 그야 프로그래밍이……."

"프로그래밍을 따지려면 제가 '바디 바자르'까지 올 이유가 없죠. 꺽다리와 뚱보 연구원의 도움을 받아서 이미 프로그램 체크도 마쳤고요. 문제점은 발견되지 않았습니다. 사라 씨! 사라 씨는 마음이 하나라고 생각하나요?"

민선이 말머리를 돌렸다.

"마음이 하나냐고요?"

"빛을 예로 들어 볼까요. 인간은 태양에서 오는 빛 중에서 가시광선 영역의 빛만 인지할 수 있습니다. 자외선이나 적외선 같은 영역은 볼 수 없다는 뜻이지요. 하지만 내 몸은 보이지 않는 빛에 반응합니다. 적외선을 통해 열을 느끼고 자외선 때문에 노화가 촉진되기도 하지요. 인식하진 못하지만 그 빛들은 당연히 존재하고 심지어 그것들로부터 영향을 받는다는 말입니다. 마음도 마찬가지 아닐까요. 사라 씨가 인식하는 마음 외에, 사라 씨 안에 내재된 다른 마음은 없을까요?"

"내 안에 내가 인식하지 못한 마음이 있을 수 있단 말씀이신가요?"

"우리 뇌는 생각보다 훨씬 복잡하거든요. 쉽게 풀어보자면, 음, 그러니까 그게 사라 씨 마음인 건 분명한데, 다만 그 마음이 순간적으로 찾아들었다가 사라졌다거나 혹은 그 마음이 자리 잡으려는 바로 그때에 더 강한 다른 마음이 덮어 버릴 수 있다는 거죠. 그래서 내가 그 마음을 가졌다는 것 자체를 인식하거나 기억하지 못할 수도 있다는 얘기예요. 왼발이 뽑힐 때 혹시 글라슈트를 생각하진 않았나요?"

사라가 고개를 갸웃거리며 기억을 더듬었다.

"글쎄요. 상대의 움직임을 잠시라도 놓치면 곧바로 당하기 때문에 딴생각 할 겨를이 없었답니다."

"조사를 해 봐야 더 확실한 사실을 알겠지만, 대련 중 어려움에 처하는 순간, 사라 씨가 글라슈트를 생각한 건 아닌가 싶어요. 글라슈트라면 이 위기를 어떻게 극복하지? 글라슈트라면 이 고통을 견딜 수 있을까? 문장으로 늘어뜨리면 제법 길지만 마음에 찾아드는 건 물론 찰나겠죠."

"기억이 나지 않습니다."

민선이 말꼬리를 붙들었다.

"기억나지 않는다! 어쩌면 당연한 일이죠. 왼발을 뽑힌 고통과 대련에서 패한 분노가 훨씬 컸을 테니까요. 이 추측을 조금 더 전개시켜 보자면, 사라 씨는 질문들을 던지는 것과 동시에 글라슈트가 자신처럼 쓰러지는 걸 원치 않았을 수도 있겠죠? 난 쓰러지지만 넌 똑바로 서 있어! 이 비슷한 명령을 내렸다면…….”

사라가 말허리를 잘랐다.

“제가 글라슈트에게 명령을 내렸다면 흔적이 남을 겁니다. 저와 글라슈트의 연결 프로그램을 체크하고 오셨다면서요? 그 명령을 발견하셨나요?”

민선이 치명적인 약점을 들킨 사람처럼 울상을 지어 보였다.

“그게…… 없었습니다. 왼발을 뽑힌 직후론 깨끗하더군요.”

사라가 오른손바닥으로 검은 턱과 뺨을 감쌌다.

“글라슈트의 이상 행동을 무의식적인 명령에 복종했다는 식으로 해석하는 건 잘못이겠네요.”

민선은 사라가 내린 결론을 다른 방향으로 틀었다.

“명령이 없었다고 해서 교감을 나누지 않았다고 단정 지을 근거는 없지요.”

“교감이라고요?”

“인터페이스라고 하는 게 더 적절한 표현이겠죠. 아시지 않습니까? 애완 로봇들이 자신을 애지중지 아끼는 주인의 습성을 닮는 경우가 종종 보고되고 있습니다.”

“이 일도 그럼 제 무의식을 글라슈트가 받아들였단 건가요?”

“자유 의지를 지닌 로봇의 최초 출현을 믿는 것보다는 인터페이스상의 오류나 무의식을 탐구하는 쪽이 더 낫지 않을까 싶은데요. 다음부터 혹시 글라슈트가 자유 의지로 판단될 만큼 독자적인 행동을 하면 즉시 알려 주세요. 사소한 부분 하나도 놓치지 말았으면 해요.”

“글라슈트를 위해선가요? 아님 민선 씨 연구를 위해선가요?”

　민선이 잠시 사라와 눈을 맞추었다. 빙긋 눈가에 미소가 피어올랐다.

"양자택일의 문제는 아닌 것 같군요. 일단 둘 다라고 해두죠."

　사라가 더 따져 물으려는 순간 텅 빈 벽에서 박수 소리가 들려왔다. 흰 벽 전체가 스크린으로 바뀌었다. 그 속에 낯익은 사내가 헝클어진 뒷머리를 긁적이며 앉아 있었다. 고개를 숙인 채 노트에 무엇인가를 열심히 쓰는 사내는 글라슈트 팀장, 로봇 공학자 최볼테르였다.

"보노보 개국 특집 연속 좌담회예요. 시작한 지 30분쯤 지났군요. 핵심 안건으로 들어가면 자동으로 화면이 켜지도록 미리 입력해 뒀습니다."

"최 교수님은 글라슈트를 정비할 시간도 빠듯할 텐데 생방송까지 나가나요?"

"안건이 심각했거든요. 배틀원 자체를 폐지하자고 주장하는 쪽이 패널로 참석했으니 우리도 맞대응할 수밖에 없죠."

볼테르가 갑자기 노트를 덮고 고개를 들었다. 두 눈이 점점 커졌다. 객석에서부터 자욱한 연기가 무대까지 밀고 올라왔다. 볼테르가 벌떡 일어섰다가 비틀대며 쓰러졌다.

"사라 씨! 최 교수님이 왜 저래요?"

부엉이 빌딩이 흔들린 것은 바로 그 순간이었다. 천장이 쩍 소리와 함께 반으로 갈라졌고 굉음이 터져 나왔다. 방바닥이 내려앉기 직전, 사라는 민선의 허리를 껴안고 화면 위 볼테르를 향해 돌진했다. 사라의 강철 어깨가 벽을 뚫고 허공으로 차오르는 순간 건물 전체가 무너졌다.

테러였다, 로봇 전문 채널이 개국하면 감행하겠다고 자연인 희망 연대에서 경고했던!

로봇 격투기 대회 논쟁

예나 지금이나, 소설은 독자가 쓰고 방송은 시청자가 만든다. 보노보 개국 특집 연속 좌담회가 배틀원을 주제로 찬반 논쟁을 벌인 것은 예정에 없던 기획이었다. 로봇 방송국의 발전 방향과 미래 전략을 토론하는 이 프로그램에서 로봇 격투기 대회를 다루는 것은 자연인 희망 연대의 경고가 보노보에게 큰 부담으로 다가왔기 때문이다.

보노보 개국 덕분에, 로봇 격투기 대회 배틀원 2049의 열기는 이미 뜨거웠다. 개인전과 단체전에 참가할 로봇 팀들이 매일 보노보를 통해 소개됐고, 새로운 로봇 디자인, 몸동작 신기술, 기록 단축 등 배틀원 소식을 전하느라 R 기자(로봇 기자)들은 분주했다.

그중 초미의 관심사는 '데스 매치'의 우승 로봇이었다. 토너먼트의 모든 경기는 표가 매진됐고, 전체 경기 생중계를 맡은 보노보의 예상 광고 수입은 기대치를 훨씬 웃돌았다.

자연인 희망 연대의 경고가 매일 보노보로 날아들던 무렵, 부산시의 어느 초등학교 아이들이 놀이터에서 가정용 로봇 두 대에게 격투를 시켰다가 사고가 발생했다. 격투 도중 떨어져 나간 로봇의 팔에 맞은 어린이의 코뼈가 부러지고 광대뼈가 함몰된 것이다. 배틀원에 대한 부정적인 여론이 형성되고 '배틀원 폐지'를 주장하는 시민 단체까지 등장하자, 보노보는 연속 좌담회 주제를 급하게 변경했다. 일종의 정면 돌파였다.

방청 로봇들이 수신호에 맞춰 크게 손뼉을 치는 것으로 좌담회가 시작되었다.

무대에는 글라슈트 팀장이자 로봇 공학자 최볼테르, 보노보 사장 찰스, 앵거 클리닉 원장 조윤상 박사가 자리했다. 방송 제작진은 여론을 의식해 보노보 사장의 출연을 만류했지만, 찰스는 막무가내로 자신이 나가겠다며 고집을 부렸다. 그만큼 상황을 심각하게 받아들이는 증거이기도 하고, 사실 이것이 찰스의 스타일이었다.

사회자는 사고 소식으로 이야기를 시작했다.

"배틀원 2049로 인해 로봇 격투기 대회에 대한 열기가 뜨거운 가운데, 얼마 전 부산시의 어느 놀이터에서 가정용 로봇끼리 격투 장난을 벌이다가 어린이가 부상당하는 안타까운 사고가 있었습니다. 최볼테르 교수님께서는 로봇 공학을 연구해 오셨고 또 배틀원 2049에 참가하는 분으로서, 이번 사건을 어떻게 보십니까?"

좌담회 내내 고개를 숙인 채 노트에 무언가를 끼적이던 볼테르가 뒷머리를 긁적이며 답했다.

"매우 불행하고 안타까운 사건입니다. 열 살 때 저도 비슷한 경험이 있습니다. 키가 2미터 30센티미터나 되는 로봇을 혼자서 분해하다가, 강철 다리가 동시에 꺾이는 바람에 로봇 밑에 깔렸었지요. 다친 어린이의 쾌유를 빌고, 다시는 이런 일이 벌어져선 안 된다고 생각합니다. 하지만!"

182

볼테르가 꼰 다리를 풀었다.

"하지만! 그렇다고 배틀원 폐지를 주장하는 건 적절하지 않습니다. 로봇 격투기 대회는 첨단 지능 로봇 기술과 엔터테인먼트를 접목하여 인간 공존형 휴머노이드의 실용화 가능성을 높이고, 이를 통해 인간과 로봇이 함께 사는 평화로운 세계를 건설하자는 취지에서 만들어졌습니다. 2002년도에 처음 시작됐으니 그 역사도 올해로 무려 47년째입니다."

볼테르의 목소리가 점점 격앙되었다.

"인류 역사상 과학자끼리 벌인 선의의 경쟁만큼 과학 기술의 발전을 앞당긴 방법도 없었습니다. 과학자들은 수많은 컴피티션을 통해 과학 기술의 발전을 촉진해 왔습니다. 어떻게 1차원적인 DNA 배열 구조만 가지고 3차원 단백질 구조를 유추하게 되었는지 아십니까? 어떻게 뇌 영상 데이터만 가지고 정신 질환을 진단하는 시스템을 개발했는지 아십니까? 모두 컴피티션으로 이룬 겁니다. 로봇 격투기 대회는 로봇 공학 발전에 획기적인 기폭제가 될 겁니다."

앵거 클리닉 조 원장이 카이저 콧수염을 만지며 반론을 폈다.

"하지만 과학자들이 주장하는 그 '컴피티션'이 '격투기 대회'라는 아주 폭력적인 방식을 취해야만 가능한 걸까요? 좀 더 신사적인 그러니까 비폭력적인 방식으론 로봇 공학 기술의 발전을 도모하지 못하나요? 저는 인간의 극단적인 감정, 그중에서도 분노를 치료하는 의사입니다. 분노를 조장하는 경쟁은 인류의 정신 건강에 치명적인 해를 입힐 겁니다. 로봇들의 격투는 결국 사람들을 흥분시키고, 분노하게 만들며, 끔찍한 비극을 초래할 가능성이 있습니다. 모든 대리전이 그렇듯, 결국 싸우는 건 인간들이니까요."

조 원장은 굵은 뿔테 안경 너머로 찰스를 바라보며 목소리를 높였다.

"현재 로봇에게는 다양한 감정이 없습니다. 로봇 격투기 대회를 즐길 능력 자체가 없다는 얘기지요. 저는 로봇들을 위한 방송국인 보노보가 이 대회를 중계하는 이유가 뭔지 도저히 이해할 수 없습니다. 이 대회는 오히려 우리가 우려하는 상황, 그러니까 로봇들에게 부정적인 감정을 불러일으킬 가능성마저 있습니다. 당신은 분노한 로봇이 사람을 폭행할 수도 있는 세상에 살고 싶습니까? 그게 과학자들이 컴피티션을 하는 목적인가요?"

볼테르가 조 원장의 질문에 답변하기 직전, 보노보 사장 찰스가 발언권을 가로챘다. 그는 매우 흥분한 상태였다.

"당신은 어렸을 때 케이원이나 레슬링, 권투 같은 격투 경기를 본 적 없습니까? 소싸움이나 개싸움 같은 민속놀이를 구경한 적 없습니까? 누구나 평소에 표현할 수 없는 억눌린 폭력성을 지니고 있습니다. 이런 대회라도 없다면, 도대체 어떻게 우리 안에 꿈틀대는 폭력성을 건전하게 배설하겠습니까? 게다가 과학 기술의 발전까지 가져다주는데, 뭐가 문젭니까? 나는 오히려 이런 공정한 게임이 우리네 정신 건강에 큰 도움이 된다고 믿습니다."

찰스가 그답지 않게 존댓말로 이야기를 풀었지만, 이내 반말이 섞여들기 시작했다.

"배틀원 대회를 기다리면서, 나는 내가 희대의 흥행사이자 스포츠 재벌인 역사적인 프로레슬러 빈스 맥마흔이라도 된 것같이 즐거워요. 여러분이 진정 원하는 것이 있다면 그게 뭐든지 보여 주고 싶어! 언젠가 로봇도 다양한 감정을 지니는 날이 온다면, 우리가 중계한 작품들이 그들에게 아주 귀한 볼거리가 될 거란 말이지. 로봇 격투기는 싸움이 아니라 '아트'니까. 알아들어?"

찰스가 고개를 숙인 채 딴 짓만 하는 볼테르에게 버럭 화를 냈다. 사회자가 급히 끼어들었다.

"아 네, 토론이 시작되자마자 분위기가 아주 격렬한데요. 이 열기를 모아, 함께 자리하진 못했지만 홀로그램으로 토론에 참여해 주시기로 한『도시의 종말』의 저자 손미주 씨께 마이크를 넘겨 보겠습니다."

사회자의 멘트가 이어지는 동안, 자연인 희망 연대 리더인 손미주가 홀로그램으로 무대에 나타났다. 야위고 피곤한 기색이 역력했지만 눈빛만은 결연했다.

"안녕하세요? 눈보라뒤에 주민 손미주입니다. 배틀원을 야만적인 격투로 취급할 것인가 신사적인 스포츠로 간주할 것인가는 중요한 문제가 아닙니다. 로봇 기술에 의지하는 인류 문명에게는 희망이 없습니다. 자본 그리고 권력과 결탁한 기술은 인간에게 폭력적일 수밖에 없습니다. 백 번 양보해서 신사적인 스포츠를 통해 로봇 공학 기술을 발전시킨다고 해도, 그 결과물인 로봇은 결국 우리에게 폭력적인 삶을 선사하고 말 겁니다……."

그녀는 힘겨운 듯 잠시 이야기를 멈추고 호흡을 가다듬었다.

"……이 대회를 치르기 위해 지금도 얼마나 많은 돈을 쓰고 있습니까? 얼마나 많은 과학자가 우승하려고 자신들의 지적 에너지를 낭비하고 있습니까? 얼마나 많은 기업이 그들을 후원하고 있습니까? 보노보는 로봇 격투기 대회를 이용해 돈을 벌고, 다시 그 돈은 로봇의 볼거리를 위해 사용되겠지요? 우리가 노동으로부터 해방되기 위해 로봇 기술 개발에 쏟아 부은 돈과 노력을 지금이라도 생태 환경을 위해 돌린다면, 인류는⋯⋯."

미주가 말을 맺기도 전에 갑자기 무대 조명이 꺼지면서 홀로그램이 홀연 자취를 감췄다. 묵직한 굉음과 함께 스튜디오의 왼쪽 벽과 앞쪽 벽이 동시에 무너졌다. 사방이 온통 먼지로 자욱했다.

볼테르와 조 원장은 연이은 기침에 눈물 콧물을 쏟으며 기다시피 복도로 빠져나왔다. 찰스는 비상 탈출구로 이미 내려간 듯 보이지 않았다. 로봇 방송국 보노보는 말 그대로 아수라장이었다. 배틀원 격투 현장이 따로 없었다.

검은 팔

"완전히 폭삭 내려앉았네. 대체 어떤 망할 놈들이 이런 짓을……."

뒷자리에 앉은 앨리스가 테러 현장을 실시간 영상으로 확인하며 혀를 찼다. 먼지 자욱한 회오리바람이 사이보그 거리를 휘감았다. 화면 하단으로 사망자 및 부상자 사진이 지나가고 있었다.

"뻔하지. 보노보 개국 때부터 예고된 테러였어."

운전석의 지병식이 볼에 바람을 잔뜩 넣으며 답했다. 조수석의 강창수가 고개를 돌려 물었다.

"은 검사는?"

앨리스가 답답한 듯 콧잔등을 찡그렸다.

"아직입니다. 연락불통이에요. 테러 때문에 특별시 전체가 난린데 어디서 뭘 하고 있는지."

창수가 새우 눈을 번뜩이며 병식의 주장을 곱씹었다.

"자연인 희망 연대 짓이라고?"

"아무렴. 그치들 아니면 누가 사이보그 거리를 불바다로 만들겠어? 크나큰 재앙이 닥칠 거라고…… 그…… 누구였더라? 그래! 손미주! 그 여자가 테러가 났을 때 좌담회에 나와 떠들고 있었다며?"

앨리스가 끼어들었다.

"에이, 말도 안 돼. 막연하게 크나큰 재앙 운운한 건 부엉이 빌딩과 방송국의 동시 폭파 자체를 몰랐다는 증거 아니겠습니까? 그리고 바로 그 좌담회를 진행하던 스튜디오가 피해를 입었습니다."

병식이 복어처럼 바람을 볼에 잔뜩 넣었다가 뻐끔뻐금 뺐다.

"그걸 노렸을지도 몰라. 허허실실! 앞에서는 점잖게 경고만 하고 또 자신들도 당하는 척 알리바이를 만들면서 뒤로는 끔찍한 일을 꾸민 게지."

창수가 받아쳤다.

"호오 대단하시군! 그게 맞아떨어지려면 아예 방송국을 내려앉히는 게 낫지 않았겠어? 홀로그램이니 리더인 손미주는 어차피 무사한 게고……."

"그…… 그야……."

"잠깐 저거…… 저거 은 검사님 아닙니까?"

이마에 붕대를 칭칭 감은 사내가 붕괴된 부엉이 빌딩 콘크리트 잔해를 뒤지고 있었다. 정말 석범이었다.

"뭐야? 그럼 은 검사가 테러 현장에 있었단 말이야? 지난 밤 혼자 빠져나가더니 부엉이 빌딩에 갔던 게군. 많이 다쳤나 본데……. 머리에 저 피 좀……."

앨리스가 병식의 말을 잘랐다.

"뭐 합니까? 빨리 밟으십시오."

창수가 속도를 높였다. 벌써 규정 속도를 넘어섰지만 보안청 특별 수사대 소속 차량은 단속 대상이 아니었다.

차에서 내린 앨리스가 황급히 석범을 향해 달려갔다. 대형 조명이

해처럼 높이 떠서 사건 현장을 훤하게 밝혔다. 석범은 미친 사람처럼 정신없이 잔해를 파헤치는 중이었다.

"검사님!"

앨리스가 불렀지만 석범은 돌아보지 않았다.

"검사님! 접니다, 남 형사!"

그녀가 팔꿈치를 붙들었다. 석범은 강하게 뿌리친 후 무거운 철골을 드느라 낑낑댔다.

"예서 뭐 하시는 거예요?"

앨리스가 팔목을 더 강하게 붙들었다. 석범이 그제야 고개를 돌렸다. 그의 얼굴은 짙은 먼지와 땀과 검붉은 녹으로 뒤범벅이었다.

"부엉이 빌딩 옥탑방에…… 서사라가 살았대."

"서사라?"

"바디 바자르의 검은 무희 말이야."

"아아…… 사이보그 골목에서 검사님을 구한 생명의 은인! 그런데요? 혹시 빌딩이 무너질 때 금붕어 문신도 깔렸습니까?"

"아직 몰라. 노민선 박사랑 바디 바자르를 나갔는데…… 미행하다 놓쳤거든…….'

"노민선은 또 누굽니까?"

"신경 과학자야. 글라슈트 팀원이고."

"글라슈트? 아, 그 배틀원에 참가하는 격투 로봇 말입니까? 신경 과학자가 왜 글라슈트 팀원이죠? 그리고 그녀는 왜 서사라와 함께 나갔습니까?"

"서사라도 글라슈트 팀원이야."

앨리스는 석범이 이곳에 있는 이유도, 또 그가 불러 대는 여자들과 석범의 관계도 납득하기 어려웠다.

"검사님이 그녀들을 왜 미행했습니까?"

"그건…… 몰라!"

석범이 화를 내며 아예 앨리스를 등졌다.

"이게 뭡니까?"

뒤따라온 병식이 무릎에서 잘려 나간 기계 다리를 들고 좌우로
흔들어 댔다.

"거기 놔요!"

석범의 고함에 놀란 병식이 기계 다리를 떨어뜨렸다. 석범의 얼굴
이 일그러졌다. 당장이라도 달려들어 주먹을 휘두를 기세였다.

"음…… 아!"

세 사람의 시선이 한순간에 소리가 흘러나온 잔해 더미 아래로 향
했다. 석범이 조심조심 콘크리트 조각을 하나씩 치웠다. 앨리스와 병
식도 그를 도왔다.

"아이쿠!"

엘리스가 갑자기 엉덩방아를 찧으며 소리쳤다.

검은 팔이 깃발처럼 솟아올랐던 것이다.

긴급 구조 로봇들이 검은 팔을 가운데 두고 사방에서 조심조심 접근을 시작했다. 로봇들은 제2차, 제3차 붕괴를 막기 위해 긴 더듬이를 쉴 새 없이 흔들어 댔다. 전후좌우 자유롭게 뻗어 가는 여섯 개의 기계손이 제거 목표를 동시다발로 정확히 집었다.

당장이라도 달려가서 검은 팔을 뽑고 싶었지만 석범은 참고 또 참았다. 저것이 사라의 팔이라면 주위에 민선이 있을지도 모른다. 서두르다가 잘못해서 민선을 덮은 콘크리트나 철골을 무너뜨리기라도 하면 큰일이다.

서사라의 어깨가 드러났다. 다음은 엉덩이. 뒤이어 짓눌린 오른 가슴을 철골 사이로 빼낸 후 등 뒤로 꺾여 너덜거리는 팔을 돌려 제자리를 잡았다.

사라는 내내 눈을 뜨고 있었다. 눈동자를 돌리며 지금 자신에게 벌어지는 일들을 이해하려고 애쓰는 표정이 역력했다. 무엇인가 이야기하려는 듯 입술을 오물거렸지만 말을 뱉지는 못했다.

"날 알아보겠소?"

석범이 열 걸음 밖에서 외쳤다. 사라의 시선이 그에게 향했다가 이내 다른 곳으로 넘어갔다. 추락하면서 손상을 입은 인공 안구들이 그를 포착 못 한 것이다. 시력뿐만이 아니라 청력도 말썽이었다. 석범이 고함을 지를 때마다 사라의 표정이 일그러졌다. 단어가 하나하나 전달되지 않고 우웅우우웅 뭉쳐 떨리면서 뇌를 흔드는 모양이었다.

신체의 다른 부위도 고장 난 로봇처럼 제각기 흩어졌다. 오직 검은 팔만 꼿꼿하게 하늘을 찌를 듯 우뚝했다. 천천히 사라의 눈꺼풀이 감겼다. 정신이 흐려지는 것이다.

"눈 떠요. 감으면 안 돼. 날 봐. 나 알겠어요?"

석범이 목이 터져라 외쳤다. 그 소리를 들었을까. 사라의 눈꺼풀이 파르르 떨리며 다시 올라왔다.

"조금만 참아요, 제발 조금만! 절벽을 오른다고 생각해요. 한 번만 더 손을 뻗으면 정상이에요. 이제 다 왔어요. 손끝에 힘을 싣고 올라가는 상상을 해요. 올라가는 거예요. 다 왔어요."

두 시간의 구조 작업 끝에 사라를 짓누르던 콘크리트 더미를 모두 제거했다. 왼발이 잘려 나가고 오른 가슴이 움푹 팬 흉한 몰골이었다. 63퍼센트가 기계 몸이 아니었다면 벌써 출혈 과다로 숨졌으리라.

석범이 사라의 입술에 귀를 대고 물었다.

"혼자였어요? 노민선은? 노민선 박사는 어딨죠?"

"……같이 떨어졌어요."

사라는 겨우 일곱 글자를 뱉은 후 경련을 일으켰다. 기계 몸의 손상이 나머지 생체에도 충격을 준 듯했다.

사라가 실려 나간 뒤, 석범은 다시 잔해를 파헤치기 시작했다. 앨리스와 병식이 쭈뼛쭈뼛 그 뒤를 어슬렁거렸다. 앨리스가 참지 못하고 석범에게 말했다.

"검사님! 더 이상 생명 신호가 없다는 연락이 왔습니다. 방금 45세 남자를 후송한 것을 마지막으로 구조 작업이 완료되었습니다. 그만 하세요. 대체 노민선 박사와 무슨 관련이 있으신데, 이렇게까지 하십니까? 친척이십니까? 애인이라도 되십니까?"

"남 형사! 서사라가 그랬잖아, 같이 떨어졌다고. 그럼 이 근처에 있을 거야. 그녀만큼 중상을 입었다면 시간이 없어."

"시간은 벌써 한참을 지났습니다."

석범은 앨리스의 단정에 반발했다.

"뭐? 다시 말해 봐."

앨리스가 석범의 시선을 피하지 않고 반복했다.

"생존 가능 시간이 지났다고요. 검사님! 보노보 방송국에도 가 봐야 합니다. 사망자들의 뇌를 확보하고 테러 최초 발생 지점을 챙기기에도 시간이 빠듯합니다. 어디 묻혔는지도 모르는 사람을 찾느라고 낭비할 시간이 없습니다. 이 주원 긴급 구조 로봇들이 끝까지 맡을 겁니다. 시신이 있다면 거두겠지요. 보노보 쪽으로 가야 합니다. 당장!"

정확한 지적이었다. 석범은 맞대응을 못하고 잔해만 자꾸 쳐다보았다. 앨리스가 매몰차게 돌아서서 먼저 현장을 빠져나갔다. 병식이 석범 곁으로 와서 거들었다.

"그만 가시죠. 남 형사가 성격은 괄괄해도 그른 소린 안 한다는 거, 검사님도 아시죠?"

그때 잘린 기둥 사이로 창수가 뛰어왔다. 현장을 벗어났던 앨리스도 뒤따라 다시 왔다. 창수가 가쁜 숨을 헐떡이며 석범 앞에 섰다.

"살인 사건입니다. 오피스텔 '경희궁의 점심' 44층 302호! 두피가 벗겨졌답니다."

부엉이 빌딩에서 '경희궁의 점심'까지 가는 동안, 앨리스는 검색 엔진을 돌렸다. 그 아파트 44층 302호에서 살해된 피해자 시정희(55세)는 20년째 이 아파트에서 홀로 지냈다. 직업은 프리랜서 작가. '도그맘'이란 필명으로 동물 관련 잡지에 정기적으로 에세이를 기고했다.

「늑대, 여우, 그리고 개」, 「반려 동물의 역사」, 「유럽 명문견 순례」, 「개와 함께 보낸 7000일」 등의 연재물은 꾸준히 읽혔다.

"완전 개판입니다."

앨리스가 에세이들을 따라서 등장하는 다양한 개들을 노려보며 목소리를 높였다.

하이브리드 차가 아파트촌으로 들어섰다. 은은한 조명 아래 아파트들은 녹음이 우거진 봉우리처럼 세련되고 사랑스러웠다.

특별시민의 주거 환경은 빈부 격차에 따라 양분되었다. 부자일수록 인구 밀도가 낮고 친환경적인 단독 주택을 선호했다. 30년 전만해도 고급 아파트가 밀집했던 한강 남쪽 지역도 지금은 단독 주택촌으로 탈바꿈했다. 재산이 넉넉한데도 이런저런 이유 때문에 아파트를 떠나지 못하는 이들을 위한 새로운 개념의 아파트촌이 건설되기도 했다. 이 아파트촌은 네모 상자에 콘크리트 벽이 흉하게 드러나는 빈민가 아파트와는 달랐다. 덩굴이 아파트 벽을 타고 자랐으며 실내 정원을 꾸밀 공간도 넉넉했다. 히말라야 산맥 청정 지역과 맞먹을 만큼, 특별시에서 가장 맑은 공기를 지녔다는 것이 자랑이었다.

사람이 아니라 노루나 토끼를 위한 지상낙원 같군.

석범은 차창 밖으로 머리를 내밀고 덩굴 사이로 부서지는 달빛을 쳐다보았다. 아파트 창을 뚫고, 노아의 방주로 모여들었던 짐승들이 한꺼번에 쏟아지는 상상을 했다. 봄 밤, 짧은 흥겨움, 추락, 단절…… 같은 단어들이 찾아들었다가 사라졌다.

"20년 동안 매일 펫숍에 들렀습니다. 적게는 10만 원 많게는 1000만 원까지 애완견과 관련된 온갖 물품을 사들였습니다. 대형 펫숍을 다섯 개는 차리고도 남을 물품이군요. 그런데 석 달 전부터는 펫숍

출입을 전혀 하지 않았습니다. 이유가 궁금하지 않으십니까?"

"곧 도착하니까 뜸 들이지 말고 빨리 말해."

"동물 학대로 고발을 당했습니다. 혀를 뽑고 다리를 자르고 거세하고! 인간 말종입니다, 정말."

"동물 학대? 판결은?"

"일단 정신과 치료를 받으라는 판결이 내렸습니다. 퀘런틴 게이트의 앵거 클리닉에 세 차례 다닌 기록이 있습니다. 정신과 치료를 마칠 때까지는 개를 단 한 마리도 기르지 못한다는 명령서까지 첨부되었습니다. 그녀가 기르던 스무 마리는 따로 안전 시설에 격리되었고요."

사건 현장은 어둡고 고요했다. 시체를 최초로 목격하고 신고한 가정부는 정신적 충격으로 호흡 곤란이 와서 인근 병원으로 후송되었다. 현장을 지키던 경찰들도 반대쪽 엘리베이터를 타고 내려갔다. 석범을 따라서 앨리스와 창수 그리고 병식이 조심조심 걸었다.

시체는 천장을 바라보고 거실에 큰대자로 누웠다. 카펫은 붉은 피로 세계지도를 그린 듯 어지러웠다. 풍성한 잠옷 차림이었지만 두툼한 살집을 가리진 못했다. 석범과 앨리스는 두피가 벗겨진 시체의 머리를 가운데 두고 마주 앉았다.

이번에도 뇌가 없었다. 예리하게 두개골을 가르고 뇌를 꺼낸 뒤 다시 맞춰 놓은 것까지 특별시 외곽에서 발생한 살인 사건과 같은 수법이다. 석범이 시신의 팔뚝을 가리켰다.

"이건 뭐지? 뭔가에 물린 것 같은데⋯⋯."

앨리스가 검시용 펜을 갖다 대자, 짐승들의 입이 차트를 넘기듯 지나갔다. 그러다가 애완견 항목에서 멈췄다.

"개가 물어뜯었네요."

"개라니? 기르던 애완견들은 모두 격리시켰다고 하지 않았어?"

"그게…… 퍼그 한 마리를 길렀던 모양입니다. 평생 애완견과 함께 살았으니 외롭기도 했을 겁니다."

"어디서 언제 퍼그를 샀다는 거야?"

구입한 애완동물은 바이러스와 돌림병 예방을 위해 보안청에 등록하는 것이 필수였다.

"검사님도 참! 기록에 남았으면 당장 압수당했겠지요. 몰래 구했을 겁니다."

특별시 전체가 유시티로 전환하고 안전 지대임을 표방한 지도 9년이 지났지만, 시스템의 틈을 노린 암거래 행위가 종종 적발되었다. 법 따위로는 인간의 욕망을 누를 수 없다고 말한 이가 누구였더라. 개나 고양이 같은 애완 동물은 단골 밀수 품목이었다. 앨리스가 허연 두개골을 내려다보며 자신 있게 말했다.

"꽃뇌와 도그맘! 연쇄 살인이 확실합니다. 그렇지 않습니까?"

석범은 즉답 대신 개처럼 거실 바닥을 기기 시작했다. 모든 범인은 사건 현장에 흔적을 남긴다. 바닥에 깔린 카펫의 결을 살피며 한 무릎 한 무릎 나아갔다. 처음엔 비틀대며 맴을 돌더니 점점 안방으로 향했다. 병식이 검지로 관자놀이 근처를 빙빙 돌리자 창수가 피식 웃었고 앨리스는 눈을 부라렸다.

이윽고 석범이 안방 문을 조심조심 밀고 들어갔다. 서늘한 기운이 얼굴을 확 덮쳐 왔고 커튼이 제멋대로 흔들렸다. 눈을 비비며 방을 가로질러 창문을 닫았다.

언제부터 열려 있었던 게지?

창문을 열고 지내기엔 아직 밤바람이 찼다. 석범이 다시 창문을 열고 고개를 내밀었다. 커튼이 흔들리고 어지러웠다. 44층 아래 밤거리를 노니는 행인들이 장난감 병정처럼 자그마했다.

이렇게 내다볼 때 뒤에서 목을……?

직접 사인은 경부 압박에 의한 질식이었고 뒤통수에 퍼런 멍이 두 개나 발견되었다. 등 뒤에서 둔탁한 흉기로 내리쳐 기절시킨 다음 목을 조른 것이다.

외부 침입 흔적은 없었다. 현관에서 거실까지 어디에도 범인의 짓으로 의심되는 기물 파손은 발견되지 않았다.

늦은 밤, 혼자 사는 시정희는 순순히 현관문을 열어 주었다. 그리고 범인과 반갑게 인사를 나눴다. 범인은 신발을 얌전히 벗고 시정희를 따라 들어왔다. 안방에서 피해자를 죽인 범인은 목숨이 끊긴 그녀를 천천히 거실로 끌어 낸 후 뇌를 꺼냈다. 안방에서 거실 쪽으로 쓸린 카펫의 결이 이 사실을 증명한다.

창이 아니라면 혹시?

석범은 침대 옆으로 가서 전등을 켰다. 침대를 덮은 이불은 적당히 부풀어 오른 채 네 귀퉁이가 반듯했다. 아침에 가정부가 청소한 그 상태 그대로일 것이다.

툭.

천장에서 사진 한 장이 떨어져 석범의 어깨를 쳤다. 허리를 숙여 사진을 집어 들었다. 푸들 한 마리가 네 발을 전부 축구공 위에 올린 채 섰다. 턱을 천천히 치켜든 석범의 두 눈이 놀라움으로 가득 찼다.

축구공을 가지고 노는 개들의 사진이 천장에 빈틈없이 빽빽하게 붙어 있었다. 개들은 크기와 색깔이 제각각인 축구공을 앞발로 문지르고 이마로 받고 엉덩이로 밀어 댔다. 정희 씨가 평생 키워 온 개들인 듯했다.

석범이 침대 위로 올라섰다. 그리고 그 사진들을 한 장 한 장 노려보았다.

뇌를 가져갔다. 커나이보그의 마지막 기억이 붉은 천으로 뒤덮인 것부터 이상했지. 이건 우연이 아니야. 커나이보그를 통해 스티머스의 사용법을 알고 있다는 신호를 보낸 것이고, 또 연이어 뇌를 가져감으로써 스티머스 수사팀을 조롱한 거야.

뇌가 없다! 뇌가 없으니 스티머스도 무용지물이지. 놈은 어떻게 우리를 속속들이 알까? 내부인의 소행이라면…… 물론 불가능한 일은 아니지. 스티머스 수사팀원 중에? 앨리스나 창수나 병식은 그런 짓을 할 사람들이 아닌데……. 그럼 보안청 상부에? 우릴 노리고 범행을 저지를 이유가 대체 무엇이란 말인가? 조롱하기 위해서? 아니야. 뭔가 더 큰 이유가 있겠지.

양손으로 고양이 세수하듯 얼굴을 비볐다. 천장에 붙은 개들이 당장 짖으며 달려들 듯 보였다. 석범이 갑자기 소리쳤다.

"지 형사님!"

"예!"

병식이 급히 방으로 들어왔다.

"퍼그는 어딨습니까?"

석범이 천장에 붙은 퍼그의 사진을 올려다보며 물었다. 병식도 석범의 시선을 따라 흘끔 천장을 쳐다본 후 어깨를 움츠렸다.

"함께 살해당했습니다. 일단 시체를 메디컬 존으로 보내 바이러스와 광견병 감염 여부를 검사 중이에요."

"지금 당장 성 형사님이랑 둘이 가서 그 시체 보안청으로 가져오세요."

"네?"

"퍼그 시체를 가져오라고요."

"그게 광견병 검사를 마쳐도 다른 검사들이 줄줄이 있습니다. 아무리 빨라도 내일 오전까지는 메디컬 존에서 빼내 오기가……."

석범이 소리쳤다.

"당장 가져오지 않으면 지 형사님과 저 둘 중 하나는 팀을 떠나게 될 겁니다. 어서 가세요. 수단과 방법 가리지 말고 가져와요."

"아, 알겠습니다."

병식이 창수와 함께 아파트를 나섰다.

혼자 거실에 남은 앨리스가 안방으로 들어왔다. 불같이 화를 내던 석범은 언제 그랬냐는 듯이 다시 침대로 올라가서 침착하게 퍼그들의 사진을 떼는 중이었다.

"지금 뭐 하시는 겁니까?"

석범이 사진들을 앨리스에게 내밀며 물었다.

"남 형사! 스티머스 말이야. 사람 뇌가 된다면 개 뇌도 가능하지 않을까?"

퍼그의 뇌

타미 힐피거, 빌리 조엘, 미키 루크, 폴라 압둘, 제시카 알바. 한때 세상을 풍미했던 이들 스타의 공통점은 퍼그를 키웠다는 점이다. 점잖고 참을성이 많으며 자존심이 강한 퍼그를 그들은 사랑했다.

많은 사람에게 추앙받는 영웅들은 유독 개를 좋아한다. 역사상 가장 많은 개를 기른 사람으로 알려진 13세기 몽고 제국의 황제 쿠빌라이 칸은 무려 5000마리나 되는 마스티프를 길렀다. "모든 개는 주인을 나폴레옹으로 여긴다. 그래서 누구나 개를 좋아한다."라고 했던 영국의 과학 소설가 올더스 헉슬리의 말이 옳다면, 그들은 집에서도 영웅 대접을 받고 싶었던 것이다.

혹시 그들이 누구보다도 더 외로운 존재는 아니었을까? 타미 힐피거도, 빌리 조엘도, 쿠빌라이 칸도, 감정을 나눌 친구가 한 명쯤은 필요했으리라. 2049년 현재 지구상에는 약 2억 3000만 마리의 개들이 살고 있다. '개들의 수만큼'이나 많은 사람들이 각별히 외롭다는 얘기다.

경희궁의 점심에서 살해된 도그맘 시정희도 그랬다. 20년째 그 아파트에서 혼자 지낸 그녀에게 개는 소울메이트였고, 생의 마지막을

함께 한 퍼그는 더욱 그랬다. 차우차우와 비글, 닥스훈트, 골든 리트
리버 등을 두루 키워 보았지만, 퍼그에겐 그들과 비교할 수 없는 묘
한 매력이 있었다.

　도그맘은 그녀의 퍼그를 '도끼'라고 불렀다.「반려 동물의 역사」를
집필하면서 퍼그라는 말이 원래 라틴 어의 '꽉 쥔 주먹' 혹은 '도끼'

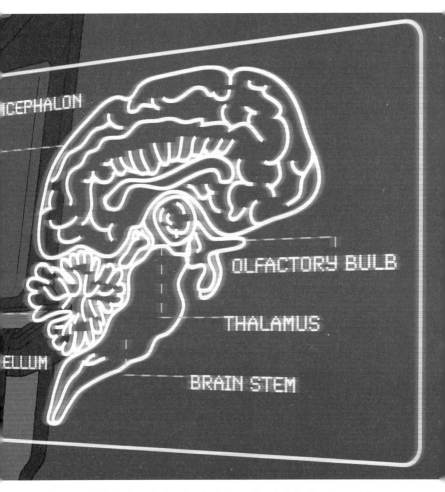

라는 뜻의 단어에서 나왔다는 사실을 안 후, 언젠가 퍼그를 사면 '도
끼'라고 이름 붙이리라 마음먹었다. 도그맘은 지난 몇 년을 하루 종
일 도끼와 함께 했다.

메디컬 존에서 감염 여부를 검사받던 도끼의 시체가 스티머스 수
사팀으로 긴급 이송됐다. 지병식 형사는 "퍼그 시체에 묻은 혈흔을

검사하기 위해서"라고 둘러댔다.

스티머스는 과연 도끼가 사건 현장에서 본 광경을 재생할 수 있을까. 인간의 뇌에 맞춰 만들어진 스티머스가 개의 뇌에서도 제대로 작동할까. 석범은 온통 이 생각뿐이었다.

과학 논문 검색 엔진 '퍼브메드(PUBMED)'에 따르면, 지금까지 퍼그의 뇌에 관한 논문은 겨우 30편이 전부였다. 이들 대부분은 '퍼그 뇌염'이라고 알려진 괴사성 수막뇌염에 관한 것이다. 다시 말해 정상적인 퍼그의 뇌 기능에 대해서는 거의 알려진 바가 없었다. 동물 액티비스트들의 시위로 인해, 특정 종의 쥐나 고양이, 원숭이를 제외한 대부분의 동물에 대한 신경 생리학적인 연구는 본격화되기 힘들었다.

특히 개는 실험실에서 사용하는 데 금기시되던 동물이기에 연구에 큰 제약이 따랐다. 퍼그의 뇌에도 단기 기억을 저장하는 전전두엽이 존재할까? 과연 퍼그 뇌의 신경 세포들은 인간의 그것과 유사한 전기생리학적 특징을 보일까? 도무지 알 수 없는 노릇이었다.

메디컬 존에서 보내온 차트에는 도끼에 관한 상세 정보가 담겨 있었다. 도끼는 수컷이었으며 추정 나이는 5세. 개들은 태어난 지 1년 만에 인간으로 치자면 20세 청년처럼 성장이 완료되고, 그 후론 '인간의 5년'에 해당하는 1년을 보낸다. 이렇게 계산하면 도끼의 생물학적 나이는 사람에 대면 얼추 40대 중년이다. 크기는 32센티미터, 몸무게는 7.4킬로그램. 신체 사이즈 면에서는 그저 평범한 퍼그였다.

하지만 도끼의 외모는 매우 뛰어났다. 퍼그 종의 매력인 이마의 주름이 특별히 발달했으며 콧등과 주둥이가 매끈하게 짧았다. 옆에서 보면 거의 직각으로 보일 정도로 선이 잘 빠진 개였다. 눈동자는 진한 검은색을 띠었으며 코와 입 주변도 매우 검었다. 턱은 아래턱의 절치가 위턱의 절치보다 앞으로 더 나온 '언더샷'이었고 귀는 귀뿌리 부분은 똑바로 서 있지만 귀의 상단부가 앞으로 꺾인 전형적인 '버튼이어'였다. 다리도 강직했고 무엇보다 털이 고왔다. 누가 봐도 매력적인 외모를 가진 퍼그였다.

안타깝게도, 대검 수사팀으로 실려 온 도끼의 모습은 흉측했다. 여기저기 피멍이 들었고 갈비뼈도 여럿 부러졌다. 눈도 제대로 감지 못하고 축 늘어져서 예전의 외모는 흔적조차 찾아볼 수 없었다. 도그맘을 끔찍하게 살해한 것도 모자라서 불쌍한 개까지……. 누가 이 지경으로 만들었을까?

석범은 생애 처음으로 개의 두개골을 열고 뇌를 꺼내는 시술을 수행했다. 도끼를 수술대에 올려놓고 머리털을 깎은 후 두피를 메스로 벗겼다. 사람보다 피부가 더 두껍고 미끈거렸다. 피부를 벗기자 드러난 두개골을 드릴과 정으로 금을 낸 후 조심스럽게 쪼갰다. 그리고 천천히 뇌를 꺼냈다.

뇌의 크기는 사람의 것보다 많이 작았지만 척수와 연결된 뇌간은 상대적으로 컸다. 평형감각이나 근육 운동을 조절하는 소뇌도 발달했다.

시상 위쪽에 위치한 대뇌는 상대적으로 작았다. 대뇌의 상당 부분은 감각 영역이 차지하는 것처럼 보였다. 개는 냄새를 관장하는 후각 영역이 발달했기 때문에 인간보다 100만 배 이상 후각이 뛰어났다. 꽃 냄새에는 둔감하지만 고기 냄새에는 놀라운 감지력을 자랑하는 것도 이 영역의 발달 때문이다.

개들은 고음은 물론 초음파까지 들을 수 있다. 어머니 손미주는 개가 특별한 이유 없이 갑자기 귀를 쫑긋거리며 바짝 긴장한다면, 그 순간 인간은 들을 수 없는 "천사의 날갯짓 소리"를 들었기 때문이라고 석범에게 일러 주었다. 스티머스 장치 옆에서 떠올리기엔 지나치게 낭만적인 기억이다.

단기 기억이 저장되는 것으로 알려진 전전두엽의 크기는 무척 작아 보였다. 전전두엽을 통째로 잘라 스티머스에 조심스럽게 넣었다. 석범의 손이 파르르 떨렸다. 분석하는 동안 생명 활동이 유지되도록 영양분이 담긴 장액과 산소 공급 튜브를 연결했다. 패치 클램프 장치를 연결해 전기 자극을 주면서 막전위와 시냅스 사이의 연결 강도를 측정하는 단계로 들어갔다. 전기 자극이 가해지자 퍼그의 신경 세포는 인간의 활동전위와 비슷한 모양의 스파이크를 만들어 냈다. 다행이었다.

전전두엽에서 얻은 시냅스 연결 분포 정보를 모두 영상으로 재구성하는 단계로 넘어갔다. 넘어온 데이터 파일의 크기가 사람의 8분의 1 수준이었다. 도끼의 전전두엽 크기는 사람 전전두엽 크기의 4분의 1 수준이었지만, 기능적으로도 많이 떨어지는 모양이었다. 개들은 단기 기억이 유달리 짧다는 것을 알았다. 영상을 제대로 재생한다고 해도 그 시간은 고작 1분을 넘기지 못할 것이다.

데이터의 크기가 훨씬 작았지만 스티머스는 세 시간 후에도 영상을 뽑아 내지 못했다. 퍼그는 아니 개는 인간이 단기 기억을 저장하는 방식과 다른 방식으로 전전두엽이 작동하는 모양이었다. 전전두엽 신경 세포들 사이의 시냅스 연결 강도 분포도 인간과 현저히 달랐다. 그것으로 영상을 재생하는 것은 힘들어 보였다. 스티머스는 "적절한 패턴을 찾지 못했습니다."라는 에러 메시지를 반복했다.

석범은 복도 밖에서 유리창 너머로 보이는 스티머스 상태를 몇 초

간격으로 확인하면서 초조하게 기다리고 있었다. 남 형사가 커피를 들고 왔다.

"결과가 잘 나올까요?"

"글쎄, 전전두엽의 크기가 훨씬 작고 신경 세포들의 전기 전도도나 리셉터 분포가 많이 달라서 걱정돼. 쉽게 결과가 나오면 오히려 이상한 거지."

"전문가의 도움이 필요한 것 아닙니까?"

"일단 해 보고. 정 안 되면 특별시립 뇌 박물관장 박운철 박사님께 자문하자고."

또 다른 뇌

보안청 민원실은 항상 붐볐다.

집에서 편안히 민원을 내고 결과를 확인할 수 있지만, 특별시민 중 일부는 직접 서류를 제출하고 민원실 직원과 인사말이라도 섞어야 안심을 했다. 다음 달부터는 민원실 직원을 로봇으로 전원 교체할 예정이었다. 로봇이 민원을 받더라도 민원실이 붐빌까. 사이버 공간에서 아바타의 친절한 안내를 받는 것보다 민원실로 나와서 로봇과 손잡고 말 섞는 것을 즐길까. 전문가들은 이런 현상들을 묶어 '아날로그 퇴행'이라고 지칭한다. 편리한 디지털 기기 대신 낡고 불편한 아날로그 기기에서 더 큰 행복을 느끼는 것이다.

아침 8시, 이른 시각인데도 민원실은 발 디딜 틈이 없었다. 민선은 흘끔 민원실을 곁눈질한 후 복도를 가로질러 2층 계단 쪽으로 방향을 잡았다. 연두색 원피스에 소용돌이 문양 목걸이와 귀걸이 세트, 주홍빛이 살짝 얹힌 볼은 화사함을 더했다. 안내 로봇이 그녀를 인식하기 전에 여자치고는 굵고 씩씩한 음성이 귀에 닿았다. 지각을 면하기 위해 청바지 차림으로 달려온 앨리스였다.

"민원실은…… 헉헉, 여기가 아니라 저 방입니다."

"알고 있어요."

민선이 짧게 답하고 앨리스를 지나치려 했다. 향수 냄새가 여형사의 코끝을 자극했다. 한라산의 봄꽃 향내가 인기였다.

"자, 잠깐! 2층은 아무나 함부로 출입하는 곳이 아닙니다."

"알아요. 특별 수사대가 있죠."

다시 민선이 답하고 또각또각 하이힐 소리를 내며 걸었다. 앨리스가 민선의 앞을 막으면서 빤히 얼굴을 노려보았다.

"왜 그래요?"

민선이 시선을 피하지 않고 물었다.

"우리 혹시 만난 적 있습니까? 그쪽이 낯익습니다."

"초면입니다만……."

"이상하다……. 실례지만 성함이……?"

"먼저 밝히는 게 예의 아닌가요?"

"아, 그렇군요. 저는 남앨리스 형삽니다. 특별 수사대 검시 3팀 소속입니다."

앨리스가 성격대로 시원시원하게 답했다.

"남 형사님이시군요. 저는 노민선이라고 합니다."

"노민선, 노민선이라……. 아, 기억났다. 노민선! 신경 과학자 노민선 씨죠? 글라슈트 팀?"

"절…… 아세요?"

"알다마다요. 지난번 부엉이 빌딩 테러 생존자시잖아요? 그런데 보안청엔 무슨 일로……?"

"그건 제가 묻고 싶은 말이군요. 보안청에서 연락이 왔어요. 정확하게 말하자면 제가 겸직 연구원으로 있는 특별시립 뇌 박물관으로 자문 요청이 온 거지요. 박운철 관장님은 자각몽을 연구하는 '루시드 드림 특별시 연합 워크숍' 기조 강연을 위해 뉴욕특별시로 떠나셨습니다. 워크숍이 끝난 후엔 반년 정도 그곳에 체류하며 루시드 드림을 연구할 계획이시고요. 그동안 박 관장님을 찾는 대외 자문은 제가 담당하기로 했습니다."

앨리스가 다시 민선을 머리끝에서부터 발끝까지 훑었다. 자문에 응하려고 온 전문가의 차림새치고는 지나치게 화려했다. 보안청은 연회장이 아니다. 이 여자, 과연 자문을 맡을 만한 실력이 될까.

"남 형사님!"

민선의 목소리가 조금 더 커졌다. 불쾌한 빛이 역력했다.

"아, 미안합니다. 그런데 이렇게 돌아다녀도 되세요? 함께 추락한 로봇 트레이너 서사라 씨는 처참하게 망가졌습니다. 테러로 인한 육체적 정신적 충격은 언제 어떤 상황에서 문제를 일으킬지 모릅니다. 가서 쉬십시오. 자문은 다른 연구원님께 하겠습니다."

"박 관장님을 대신해서 왔다고 말씀드렸지만, '비교 신경 과학'이라고, 사람의 뇌와 동물의 뇌를 생리학적으로 비교 연구하는 학문을 전공한 연구원은 저밖에 없어요. 제 몸은 걱정 마세요. 먼저 땅에 닿은 서사라 트레이너가 충격을 최대한 흡수하면서 저를 보호해 줬답니다. 아직도 목과 무릎이 시큰거리긴 하지만 끄떡없어요."

앨리스가 기억을 더듬었다.

"오늘 방문자 명단엔 노민선 대신 '안나'라고 나와 있었습니다만……."

"뉴욕에 머물 때 사용하던 이름이에요. 도쿄로 반년 남짓 봉사 활동을 갔을 땐 교코로 통했죠."

"정말 괜찮으시겠어요?"

"멀쩡하다니까요."

민선이 코를 약간 들며 짧게 답했다.

"알겠습니다. 따라오시죠."

앨리스도 더 이상 묻지 않고 앞장을 섰다.

특별 수사대는 보안청에서도 외롭게 떠도는 섬이다. 누구도, 설령 특별 수사대 소속 직원이래도, 특별 수사대 전체 인원과 배치 상황과 사무실 위치를 알지 못했다. 계단을 올라가서 2층 복도 입구에 서면, 방문자의 목적에 따라 부채꼴 모양 주름이 흔들리다가 복도가 열렸다. 얼마나 많은 복도가 어떤 방향으로 뻗어 있는지 짐작하기 어려웠다. 앨리스는 '검시 3팀'이란 글자가 달처럼 빙빙 도는 사무실 문을 열었다.

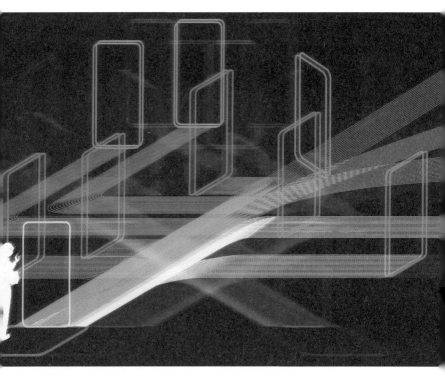

"손님 오셨습니다."

개에 관한 자료를 책상 가득 쌓아놓고 읽던 석범은 독서 삼매경에 빠져 움직일 줄을 몰랐다.

"손님 오셨다고요."

석범이 책과 책 사이로 고개를 숙인 채 머리를 디밀었다. 굽 높이가 12센티를 넘는 하이힐, 원피스에 가슴골 가까이 흘러내린 목걸이, 목덜미를 살짝살짝 스치는 머리카락과 강렬하게 이성을 끌어당기는 입술. 석범은 민선과 시선이 마주치자마자 벌떡 일어섰고, 그바람에 좌우에 쌓였던 책들이 와르르 무너졌다.

"아, 아니 당신은……?"

"여전하시군요."

민선이 흩어진 책들을 주워 석범에게 건넸다.

"뭐가 여전하다는 거죠?"

석범이 그 책들을 받아서 책상 위에 올리며 물었다. 긴급 구조 로봇들이 부엉이 빌딩 현장에서 철수한 뒤, 경상자 명단에서 노민선 이름 석 자를 확인한 것이 오늘 아침이었다. 허벅지와 팔꿈치 타박상이 부상의 전부였다. 도그맘 사건이 마무리되면 먼저 연락을 취할 생각이었다. 그런데 이 아침에 민선이 난데없이 나타난 것이다.

"항상 덜렁대잖아요. 몸은 여기 있으면서도 마음은 딴 델 헤매고……. 아닌가요?"

"다시 정밀 진단을 받아 봐야 하지 않겠습니까?"

"아, 정말 귀찮아. 만나는 사람마다 절 다시 병원으로 집어넣지 못해 안달이군요. 관심 끄세요."

"대체 어떻게 떨어진 겁니까? 서사라 트레이너는……."

"비밀이에요."

민선이 단칼에 잘랐다. 짧은 침묵이 흘렀고 석범과 앨리스는 그 단정한 대답에 반문을 못했다. 민선이 이야기를 이었다.

"부엉이 빌딩 옥탑방에서 떨어지고도 멀쩡한 이유를 파헤치려고 특별시립 뇌 박물관 연구원 노민선을 부르진 않았겠지요?"

정확히 3분의 1만을 고집했던 여자. 카페 UFO에서 보인 민선의 까칠한 성격이 떠올라서 석범은 미간을 찡그렸다. 타인의 호의를 호의로 받아들이지 않는 까다로운 여자. 그렇지만 때론 눈부시게 아름다운 여자. 입술과 볼과 눈썹을 만지고픈 여자.

"이쪽으로 오십시오."

석범은 민선을 회의실로 안내했다. 도청이 불가능한 '클린 0' 표시가 출입문 손잡이 위에서 반짝였다. 누군가가 몸에 도청 장치를 하고 이 손잡이를 쥔다면 숫자 '0'이 '100'이 되는 것과 동시에 손잡이에 강력한 전기가 흘러 상대를 기절시킬 것이다.

석범과 민선이 마주 보고 앉았다. 앨리스가 따라 들어오려고 했지만 석범이 눈으로 막았다.

"신경 생리학 분야에서 세계 톱 5 안에 드는 실력을 지니셨더군요. 게다가 비교 신경 과학 분야까지 하시고."

석범은 또박또박 이야기를 시작했다. 뇌 박물관장 박운철 박사와 연락을 취하다가 겸임 연구원으로 있는 민선의 연구 업적도 잠시 살폈던 것이다.

"피차 바쁠 테니 원하는 걸 말씀하시죠. 정확히 55분 23초 후부터 신경 미학 세미나가 있습니다."

"죄송합니다만 오늘 그 세미나엔 참석하실 수 없을 듯합니다."

"뭐라고요? 내 사생활에 간섭하시겠단 건가요?"

"간섭이 아니라…… 협조를 구하는 겁니다."

"흥! 협조라면 제 동의가 제일 먼저 필요한 거 아닌가요?"

민선은 허리를 세우며 엉덩이를 뗐다. 그녀의 깐깐한 성격에 비춰 본다면 법적 책임을 묻겠다며 따지고 들지 않은 것만도 다행이다.

"2044년《미국 국립 과학원 회보》에 실린「개와 늑대의 신경 세포에 대한 전기 생리학적 비교」와 2047년에 쓰신「단기 기억을 수행하는 동안 개와 인간의 전전두엽의 기능적/해부학적 비교 연구」란 논문을 읽었습니다. 흥미롭더군요."

석범이 그녀의 논문 둘을 언급하자, 민선이 다시 자리에 앉았다. 소용돌이 문양 귀걸이가 찰랑거렸다.

"계속해 보세요."

"먼저 지금부터 제가 하는 이야길 발설하지 않겠다고 약속하십시오. 여기 '서약서'에 손바닥을 올리면 됩니다."

"점점 더하시네요."

침묵이 흘렀다. 석범은 더 이상 설명을 하지 않고 눈을 감은 채 기다렸다. 설득한다고 통할 성격이 아니다.

탁.

서약서 위에 손을 얹는 소리가 들리자마자, 석범은 눈을 떴다.

"자, 어서 그 무시무시한 비밀을 털어놔 봐요."

석범이 일어나서 회의실을 반 바퀴 돌았다. 그리고 민선의 등 뒤에 서서 이야기를 시작했다.

"우리는 검시 3팀이 아닙니다. 우리는 스티머스 수사팀입니다."

"스티머스 수사팀? 그게 뭐죠?"

"스티머스 수사팀의 임무는 살해당한 피해자들의 마지막 단기 기억을 영상으로 재생시켜 범인을 체포하는 겁니다."

"자, 잠깐! 그러니까 뭔가요? 단기 기억을 완벽하게 재생하는 기술이 있단 건가요? 단기 기억이 전전두엽에서 어떻게 형성되는가에 대해서는 잘 알려져 있지만, 그걸 영상으로 옮기는 데 성공한 연구 논문은 읽은 적도 들은 적도 없어요."

민선이 흥분할수록 석범의 목소리는 더 낮고 차가웠다.

"곧 스티머스를 보여 드리겠습니다. 그런데 '경희궁의 점심'에서 발생한 살인 사건의 경우, 범인이 피해자의 뇌를 가져가 버렸습니다."

"뇌가 없으면 단기 기억 재생 자체가 불가능하겠네요. 제게 자문하실 일이 대체 뭔가요?"

"주인과 함께 살해된 퍼그 때문입니다."

"퍼그…… 라고요?"

석범이 딱딱하게 이야기를 이었다.

"범행 현장에 퍼그 한 마리가 주인을 따라 죽어 있었습니다. 노 박사님은 여러 차례 개의 뇌를 적출하여 다양한 실험을 하셨더군요."

"스티머스를 통해 퍼그의 마지막 기억을 영상으로 뽑으려고 하셨겠지요?"

민선이 정확히 맥을 짚었다. 자신이 왜 이곳으로 오게 되었는가를 깨닫기 시작한 것이다.

"뇌를 꺼내 스티머스로 작동시켜 보았습니다만, 실패했습니다. 도와주십시오."

두 사람의 시선이 마주쳤다. 석범은 충분히 미끼를 던졌고 이제 민선이 그 미끼를 물 차례였다.

"조건이 하나 있어요."

역시 호락호락하지 않다.

"뭡니까?"

"스티머스의 존재가 세상에 알려질 때, 퍼그의 뇌를 스티머스로 분석한 결과를 가장 먼저 논문으로 발표할 기회를 제게 주세요."

까칠할 뿐만 아니라 욕심꾸러기다.

"알겠습니다. 스티머스 수사팀장의 자격으로 노 박사님께 기회를 드리도록 최선을 다하겠습니다."

"흠……. 좋아요. 그럼 퍼그의 뇌는 어딨죠? 또 스티머스는?"

석범이 재빨리 일어섰다.

"옆방입니다. 가시죠."

"잠깐. 이 옷차림으론 안 돼요."

"옷, 차림이라고요?"

"전 연구할 때와 연구하지 않을 때 옷차림이 다르거든요. 일종의 습관이에요."

"옷이 바뀌어야 생각도 바뀐다?"

"빙고!"

"하지만 보안청엔 민선 씨의 연구용 가운도 없고……."

"은 검사님 가운을 하루만 쓸까요?"

"제 옷을 입겠다는 말입니까? 남 형사도 가운이 있으니 차라리……."

"미신 같은 건데요. 성별이 다른 이의 가운을 입고 놀라운 발명이나 발견을 한 과학자들을 꽤 여럿 알고 있답니다. 옷이 여기 없나요?"

"있긴 합니다만……."

언제 세탁을 했는지 기억이 가물가물하다는 이야기는 차마 못했다.

"그럼 갈아입죠."

석범은 탈의실로 민선을 안내했다. 하얀 가운으로 갈아입은 민선은 분위기도 차분하게 가라앉았다. 소용돌이 문양 목걸이도 귀걸이도 뗐다. 소매와 목깃이 때에 절어 진회색이었다. 그녀가 지적이라도 할까 신경이 쓰였지만, 다행히 양팔을 날개처럼 벌려 들고는 이렇게 묻기만 했다.

"어울리나요?"

석범과 민선이 방으로 들어서자 앨리스가 놀란 표정을 지었다. 민선이 은석범이라는 명찰이 오른 가슴에 붙은 가운을 입었기 때문이다. 앨리스가 석범을 향해 이마에 주름이 잡힐 만큼 눈썹을 끌어올렸다. 석범은 어깨를 으쓱 하며 소리 없이 웃기만 했다.

민선이 이광자 현미경(two photon microscope)을 통해 퍼그의 뇌를 다양한 각도로 살피며 혼잣말을 했다.

"나쁘지 않군. 전전두엽뿐만 아니라, 전전두엽에서 해마로 가는 신경 트랙까지 건드리지 않고 적출한 솜씨도 괜찮고, 내후각 피질까지 함께 꺼낸 것도 좋고! 퍼그의 뇌 자체 문제는 아니겠군."

그리고 고개를 돌려 앨리스에게 명령조로 말했다.

"그럼 어디 스티머스를 작동해 봐요."

회색 화면에 여러 방식으로 영상이 조합됐지만 제대로 된 패턴을 찾지 못하고 흩어지기를 반복했다. 침묵이 길어지자 긴장감도 점점 높아졌다. 앨리스가 민선을 슬쩍 보며 툴툴거렸다.

"계속 이 상탭니다. 고칠 수 있는 겁니까, 없는 겁니까?"

민선이 앨리스를 무시하고 석범과 눈을 맞췄다.

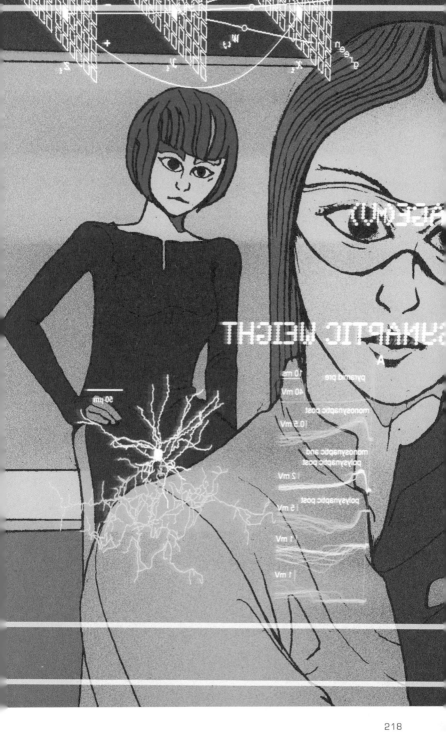

"스티머스의 원리를 간단히 설명해 주세요. 제 생각과 일치하는지 우선 확인하게요."

"짐작하시겠지만, 스티머스는 인간 신경 세포의 특성들 그러니까 세포막 전위, 활동 전위, 시냅스 특성, 리셉터 분포 등을 반영하여, 그것들이 네트워크를 이루었을 때, 전전두엽의 시냅스 강도 분포를 통해 마지막 단기 기억을 영상으로 재현합니다. 퍼그의 뇌에 이 원리를 적용했지만 영상은 보다시피 나오지 않았습니다."

"스티머스를 통해 퍼그의 전전두엽에 있는 신경 세포들 간의 시냅스 강도 분포를 얻어냈겠군요."

"그렇습니다. 시간이 좀 걸리긴 했습니다만."

민선이 무엇인가 알아낸 듯 입가에 미소를 머금은 채 앨리스에게 말했다.

"잠깐만 나와 보세요."

앨리스가 불만이 가득한 눈으로 석범을 처다보았다. 석범이 고개를 끄덕였기 때문에 마지못해 일어섰다.

"문제점을 찾은 겁니까?"

이번에도 민선은 앨리스를 무시한 채 석범에게 설명했다.

"시냅스 연결 강도 분포가 단기 기억을 표상하고 있는 것은 사실이지만, 영상으로 재현하기 위해서는 신경 세포 하나하나의 성질을 정확히 알아야지요. 퍼그 뇌 신경 세포의 전기 생리학적 특징은 사람의 신경 세포와는 다를 텐데요. 개에 맞는 데이터 값을 입력해야 합니다. 그리 하셨습니까?"

석범이 뒷머리를 긁적였다.

"그, 그 과정을 빼먹었습니다. 그럼 어떤 값부터……."

민선이 말허리를 잘랐다.

"휴지기 때의 세포막 전위와 활동 전위 모양 그리고 시냅스에서의 리셉터 분포가 가장 중요합니다. 사람의 뇌에 맞춘 변수 값을 퍼그의 신경 세포에 해당하는 변수 값으로 바꿔 주면 영상화가 가능할 수도 있겠지요. 어디 한번 볼까요?"

민선이 스티머스의 데이터 값을 하나하나 바꾸기 시작했다. 손놀림이 빠르고 주저함이 없었다. 석범과 앨리스 그리고 민선의 시선이 회색 화면으로 향했다.

20분 즈음 지났을까.

강물의 소용돌이 같던 영상들이 갑자기 큰 지류를 만난 듯 사선을 긋더니 수평으로 흔들렸다. 그 순간 민선이 어린 딸을 타이르듯 속삭였다.

"착하지? 네 고통과 슬픔을 다 보여 줘. 착하지?"

앨리스가 외쳤다.

"나, 나옵니다!"

스티머스 모니터에선 계속 영상이 재구성되고 있었다. 조금씩 만들어지는 영상에는 색깔 정보가 거의 없었다. 색맹이라고 할 수는 없지만, 개의 눈에 비친 세상은 그다지 화려하지 않았다. 노이즈가 심해 데이터가 엉망일 뿐만 아니라 눈높이가 낮다 보니 영상의 상당 부분이 방바닥이다. 초점 없이 심하게 흔들릴 뿐만 아니라 주기적으로 강한 요동이 일었다. 개의 시선이 주기적으로 흐트러지면서 몸 전체가 흔들리는 듯했다.

"범인이 개를 때리고 있는 것 같습……."

"가만!"

석범이 앨리스의 말을 잘랐다. 화면이 획 올라가면서 희미하게 개들이 보였다. 안방 천장에 붙은 개들의 사진이다. 그리고 안방 바닥에 초콜릿이 흩뿌려졌다. 퍼그는 바쁘게 돌아다니며 초콜릿을 먹어 치웠다. 둥근 초콜릿을 먹은 후엔 삼각뿔 초콜릿을 삼켰고 그다음엔 별 초콜릿과 정사각형 초콜릿에도 침부터 발랐다. 그 달콤한 과자에 약이라도 섞은 것일까. 초콜릿을 먹을수록 퍼그의 발놀림이 점점 흐느적거렸다. 쿵쿵, 코를 바닥에 박았다가 일어서고 또 박으며 초콜릿을 따라다녔다. 그러다가 퍼그의 머리가 매니큐어를 칠한 엄지발가락에 부딪혔다. 발가락이 꿈틀거렸다. 앨리스가 외쳤다.

"검사님! 저, 저건 시정희의 발가락입니다."

석범이 짧게 이었다.

"그렇군. 시정희를 죽이기 전에 퍼그부터 두들겨 팼어."

"자, 자, 힘 내. 고개를 들어. 자, 자, 초콜릿을 던져 준 놈을 보라고. 자, 자!"

주문을 외듯, 앨리스가 '자, 자'를 연발했지만, 퍼그는 두더지처럼 바닥만 훑었다. 이대로 끝나는 것일까. 민선이 노력한 보람도 없이, 갖가지 초콜릿들만 구경하고 그만일까.

너무 심하게 비틀거려 화면을 보는 사람까지 어지러울 즈음, 퍼그의 시선이 다시 올라왔다.

"자, 자! 얼굴, 얼굴!"

앨리스가 손뼉을 치며 화면 앞으로 다가앉았다.

흐릿하던 화면이 점점 또렷해졌다. 퍼그의 시선이 머문 곳엔 각시탈이 긴 혀를 쏙 내밀었다. 두툼한 털장갑을 낀 각시탈의 손에는 쇠방망이가 들려 있었다. 각시탈은 쇠방망이를 천천히 들어 올렸고, 퍼그의 시선도 각시탈의 코에서부터 쇠방망이를 따라 천장으로 향했다. 그리고 화면이 중단되었다.

"망할 퍼그…… 주인이 죽어 가는데 바닥에 떨어진 초콜릿만 밝히다니."

앨리스가 자기 분을 참지 못하고 애꿎은 퍼그만 잔뜩 욕하다가 씩씩대며 방을 나갔다. 민선은 화면을 바라보며 미동도 하지 않았다. 석범이 말했다.

"수고하셨는데…… 아무래도 범인을 추적할 단서를 찾기는 어렵겠습니다."

화면이 꺼졌다. 그런데도 민선은 눈길을 거두지 않았다.

"노 박사님! 식사라도 대접하겠습니다. 따로 자문료는 지급될 겁니다. 뭘 좋아하세요? 한식 중식 일식 양식 ……."

석범이 말을 멈췄다. 굵은 눈물 두 자락이 민선의 뺨을 타고 흘러내렸다. 그녀는 눈물을 닦지도 않고 혼잣말처럼 아랫입술을 살짝살짝 깨물며 중얼거렸다.

"얼마나 아팠을까. 얼마나 아팠을까. 얼마나 아팠을까."

민선은 퍼그의 고통을 하나하나 어루만지듯 묻고 또 물었다. 석범은 등 뒤에서 그녀의 어깨를 가만히 짚었다. 그녀가 흐느낄 때마다 목깃 사이로 떨리는 쇄골이 보였다. 쇄골뿐만 아니라 그녀의 턱과 입술이 함께 떨렸다. 석범은 위로의 말을 건네기보단 저 떨림을 멎게 하고 싶었다. 그녀를 꼭 안으며 속삭였다.

"진정해요."

그 지독한 떨림이 석범의 가슴으로 곧장 넘어왔다. 이 여자를 위해 같이 떨고 싶단 생각이 찾아들었지만 헛웃음 속에 지웠다. 나는 노민선의 애인도 아니고 남자 친구도 아니고 하다못해 친구도 아니다. 맞선을 본 게 인연이라면 인연이지만 데이트 신청도 하지 않았으니 대부분은 만나지 않느니만 못한 관계다. 지금 그녀의 슬픔 역시 나 때문도, 그녀 때문도, 나와 그녀 때문도 아닌, 무참하게 죽은 한 마리 개 때문이다. 석범은 이 몸의 떨림 외에 딴 생각을 하고 싶었다. 갑자기 오래전에 즐겨 읽었던 소설의 한 대목이 떠올랐다.

'악귀의 분노가 순간적으로 나를 사로잡았다. 나는 더 이상 정신을 차릴 수가 없었다. 내 본연의 영혼은 내 몸에서 빠져나가는 것 같았고, 술에 찌든 사악한 증오심이 온몸을 전율케 했다. 나는 조끼 주머니에서 작은 칼을 꺼내어 그 불쌍한 놈의 목덜미를 잡고 아무렇지도 않게 한쪽 눈을 도려내 버렸다!'

에드거 앨런 포의 「검은 고양이」에서 고양이 플루토의 눈을 도려내는 장면이다. 중학생 시절, 석범은 같은 제목의 영화를 보고 한 동안 아침마다 두 눈을 비벼 확인하는 것으로 하루를 시작했었다.

민선이 허리를 숙여 그의 손등에 뺨을 댔다. 차가운 눈물이 석범의 손등을 타고 팔꿈치를 지나서 어깨와 목덜미까지 올라왔다.

"……민선 씨!"

식범이 겨우 이름을 불렀지만, 그녀가 슬픔을 다독일 때까지 꼼짝할 수 없었다. 퍼그의 고통을 함께 기억하는 시간이었다.

4부

나는 후회하지 않고,
아파하지 않고,
울지도 않으리

배틀원 2049, 개막

로봇은 생존 본능이 없는 기계다. 프로그램된 동작을 나열하는 그들은 매 순간 인간보다 빨리 계산하고 판단하면서 목숨을 유지한다. 오늘 그들만의 격투가 시작되었다.

뚜 뚜 뚜 뚜우우!

저녁 8시 보노보 프라임 뉴스의 메인 로봇 앵커 앨버트 쿠퍼가 로봇 격투기 대회 배틀원 2049의 개막을 첫 소식으로 전했다.

"2049년 6월 25일 저녁 8시 보노보 프라임 뉴스를 시작하겠습니다. 오늘 드디어 배틀원 2049가 개막됐습니다. 이 시각 현재 스포츠 전문 아나운서 크로스가 상암동 격투기 전용 경기장에 나가 있습니다. 현장을 연결해 보도록 하죠. 크로스 아나운서?"

"네, 안녕하세요. 저는 지금 오전에 개막식이 열렸던 상암동 로봇 격투기 전용 경기장 메인 스타디움에 나와 있습니다. 로봇과 인간이 함께 기다려 온 배틀원 2049 로봇 격투기 대회가 시작됐습니다. 로봇 공학 기술의 발달과 로봇과 인간의 대화합을 위해 마련된 역사적인 로봇 격투기 대회 배틀원 2049가 그 화려한 막을 열었는데요, 이곳 현장은 수많은 관객과 로봇 격투기 대회 참가팀들로 발 디딜 틈이 없습니다. 이번 대회에 참가하기 위해 세계 여러 도시에서 온 로봇 팀만 해도 무려 2000여 명이나 되고요, 이 대회를 현장에서 관람하려고 세계 각지에서 찾아온 관광객들이 서울특별시 관광청 추산 현재 약 6만 명에 이른다고 합니다. 그래서 이곳은 정말 정신이 하나도 없습니다."

로봇이 정신이 하나도 없다고? 관용적인 표현을 쓴 것일까, 정말로 그렇게 느낀 것일까. 속사포 중계로 유명한 아나운서 크로스의 목소리가 오늘따라 유난히 부산스러웠다.

"크로스 아나운서, 올해 개막식은 무척 화려했지요? 개막식 소식부터 전해 주세요."

"네, 그렇습니다. 올해 배틀원 개막식은 그 어느 때보다 아름답고 성대한 볼거리가 많았는데요, 그것은 서울특별시가 전폭적으로 후원하고, 저희 보노보 방송국이 최첨단 설비들을 지원하고 중계한 결과라고 생각됩니다. 다채로운 색상과 개성 넘친 캐릭터를 뽐내는 로봇들이 우아하면서도 정교한 군무를 보여 주는 대목에선 관객 전원이 기립박수를 보내는 장관도 연출됐습니다. 그리고 1000명으로 구성된 R 오케스트라 '로보 말러'의 연주 또한 굉장히 웅장하고 훌륭했습니다. 개막식 하이라이트는 뉴스가 끝나는 9시부터 자세한 해설과 함께 다시 전해 드리겠습니다."

"네, 그렇게 하지요. 오늘 오전 개막식이 끝나자마자, 로봇 참가팀들은 곧바로 경기에 들어갔다면서요?"

"네, 그렇습니다. 개인전 경량급 1회전과 단체전 경량급 1회전, 그리고 데스 매치 32강전이 오늘 일제히 열렸습니다. 개인전과 단체전에서는 작년에 출전했던 팀들이 기량을 높여 1회전을 치렀는데요,

아직은 이렇다 할 이변 없이 순조롭게 출발하고 있습니다. 다만 미로 7000이란 로봇이 잘생긴 외모 덕분에 많은 관중의 환호를 받기도 했습니다."

"무엇보다 관심을 끄는 경기는 '데스 매치'가 아닐까 싶은데요, 오늘 하루 만에 32강전이 모두 치러졌다고요?"

"네, 그렇습니다. 배틀원 2049의 꽃은 단연 데스 매치입니다. 관객뿐만 아니라 세계인의 이목을 집중시키기 위해, 대회 주최 측에서는 특별히 개막 첫날 32강전을 일제히 갖기로 이미 발표했습니다. 올해 초 상암동에 로봇 격투기 전용 경기장이 생긴 덕분인데요, 이렇게 많은 경기를 한꺼번에 치를 수 있다는 사실에 다른 특별시 기자들이 모두 깜짝 놀라고 있습니다."

'흥분 모드'의 강도를 높인 듯, 크로스의 목소리 톤이 올라갔다.

"이번에 데스 매치에 출전한 로봇들을 소개해 주시지요."

"네, 32개 팀이 본선에 참가했습니다. 작년의 우승팀 슈타이거를 비롯해 무사시, 졸리 더 퀸 등 전 세계 내로라하는 격투기 로봇들이 모두 출전해 관람객들의 가슴을 설레게 하고 있습니다. 여기에 더해 이번 대회에 처음 출전하는 로봇 팀들도 있는데요, 특히 닥터 루스벨트나 메탈릭 신센구미, R-AURA 6000 등은 신생팀이면서도 격투 기술이 뛰어나다고 알려져 있어, 이번 대회의 다크호스로 점쳐지고 있습니다."

"닥터 루스벨트요? 만화 「플루토」에 나온 캐릭터 아닌가요? 로봇들의 이름이 아주 재미있게 들리는데요, 이번 기회에 출전한 로봇들의 이름이 어떻게 붙여진 건지 소개해 주시지요."

"아, 네, 로봇들 이름이 모두 재미있어서, 이번 대회를 관람하는 또 다른 재미가 될 것 같은데요, 이곳 현장에서는 관람객들에게 32강 로봇 이름의 기원을 묻는 행사가 진행되고 있습니다. 32강 로봇 이름의 기원을 모두 맞힌 분께는 가정용 로봇 RX4600i을 부상으로 드리기 때문에 제가 답을 말씀드리기는 곤란합니다만, 힌트를 드리자면, 휴머노이드 로봇의 원조인 옛날 일본의 애니메이션과 만화 영화에 등장했던 로봇 이름을 살짝 바꾼 경우도 있고요, 전설의 격투기 선수와 프로 레슬러, 그리고 각 도시의 유명한 싸움꾼들 이름이나 과거 로봇 격투기 대회 우승 로봇 이름을 패러디한 경우도 보입니다. 물론 로봇 기술의 약어를 딴 전형적인 '관습 이름'도 보이네요."

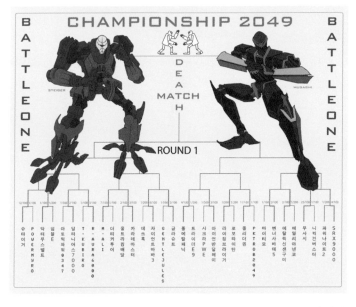

"아, 그렇군요. 많은 분들이 32개 로봇 이름의 기원을 모두 맞혀서 푸짐한 상품들 많이 받아 가시길 바랍니다. 시간이 별로 없는데요, 간단히 32강 경기 결과를 소개해 주시지요."

"네, 오늘 치러진 32강 대회는 '이번은 없었다.'라는 한마디로 정리할 수 있을 것 같습니다. 과학 기술자들과 도박사들이 매긴 우승 확률과 크게 다르지 않은 경기 결과가 나왔는데요, 작년 우승팀인 슈타이거를 비롯해, 무사시, 졸리 더 퀸, 달타니어스 7000, R-AURA 6000, M-ALI, 가라테 마스터, 자이언트 바바 III, 글라슈트, 풀메탈 패닉 K, 아이언 반달레이, 라이징 브라이거, 닥터 루스벨트, 밴너 사바테 5, 메탈릭 신센구미, SRX 9000 등이 무사히 32강을 통과해 16강전을 기다리고 있습니다. 강팀일수록 힘을 빼지 않고 가벼운 기술로 상대를 제압했습니다. 16강부터는 '로봇 수리 및 정비'를 위해 3일 간격으로 경기가 열리는데요. 이번 대회 주관 방송사인 저희 보노보에서는 모든 경기를 생중계하면서, 깊이 있는 해설과 함께 알찬 방송 보내 드릴 것을 약속드립니다. 기대하셔도 좋습니다. 로봇 격투기 중계는 보. 노. 보!"

격투와 애완 사이

법이 만인에게 평등하다면, 또한 모든 로봇에게도 평등할까. 평등해야만 할까.

뇌를 도려낸 세 번째 살인 사건이 터진 것은 글라슈트가 32강전에서 겨우 이긴 다음 날 밤이었다. 살해당한 이는 특별시 연합 격투대전 웰터급 준우승자 변주민이었고, 그의 혈액에서는 신종 마약의 일종인 '솔리튜드 47'이 발견되었다. 1960년대 말과 1970년대 초 아폴로 우주선이 달의 궤도를 돌 때, 달의 뒷면으로 숨어 지구의 관제탑과 연락이 두절되는 시간이 47분이었다. 절대 고독을 상징하던 이 단어가 '홀로 마약을 즐기는 시간'이라는 뜻으로 변질된 것이다. 달의 뒷면을 여행한 우주인이 아니고는 어찌 그 막막한 외로움을 알랴. 이 약의 황홀경도 체험하지 않고는 모른다는 뜻이다.

현장에 도착한 성창수가 세 가지 특이 사항을 보고해 왔다. 첫째, 피살자 변주민의 발목이 모두 절단되었다. 날렵한 풋워크를 자랑하던 그의 두 발이 뇌와 함께 사라진 것이다. 둘째, 변주민의 몸은 군데군데 출혈과 함께 피멍이 가득했다. 송곳이나 대침과 같은 예리한 흉기로 수백 차례 찔린 듯했다. 마지막으로 변주민은 아내 대용 로봇 달링 4호를 껴안은 채 숨졌다. 단순한 포옹이 아니라 변주민의 성기가 달링 4호의 하복부에 깊이 박혔는데, 성창수의 보고에 따르면 변주민과 달링 4호가 엉킨 곳에서 정액이 검출되었다. 흥미로운 점은 그 정액의 주인이 변주민이 아니라는 것이다.

"웃겨! 끼운 놈 따로 있고 싼 놈 따로 있단 소린가?"

조수석의 지병식이 변주민의 자료 영상과 기록을 띄워 훑으면서 툴툴거렸다. 주문한 야식이 도착하기도 전에 긴급 출동한 것이다. 느릿느릿 여유로운 성품이지만 배고픔만은 참지 못했다.

"상습적인 로봇 파손범입니다! 내 이럴 줄 알았다니까요. 달링 3호를 아홉 대나 박살냈군요. 이런 놈은 달링 1호와 2호에게도 끔찍한 짓을 저질렀을 겁니다. 게다가 마약까지 하고 덤벼들었으니 쓰레기 중에서도 쓰레깁니다. 이런 새끼들은 모조리 특별시 밖으로 추방해야 합니다."

"그만하세요. 누가 들으면, 잘 죽었다는 소리로 오해하겠습니다."

운전하던 석범이 참다못해 한마디했다.

"꼭 잘 죽었다는 건 아닙니다만, 쌍, 정말 싫어요. 검사님은 아내 대용 로봇을 파손하는 이 녀석들이 용서가 되십니까? 왜 애꿎은 로봇은 부수고 지랄들인지, 그렇게 분을 참기 어려우면 자기 발가락이나 부러뜨려 씹든가……."

"그만!"

석범이 차를 세웠다.

뒤따라오던 차들이 쾌속 점프(브레이크를 밟아도 충돌을 피하기 어려울 때 대형 사고를 방지하는 기술)로 뛰어넘었다.

"거, 검사님!"

병식의 얼굴이 하얗게 질렸다. 도로 한가운데에 차를 세우는 짓은 3개월 징역형과 맞먹는 중과실이다. 운전자가 공직자인 경우에는 좌천이나 심한 경우 해직까지 감수해야 했다.

"지 형사님! 우린, 그러니까…… 우린 말입니다. 더도 말고 덜도 말고 딱 지은 죄만 밝혀서 잡아들이면 됩니다. 그 사람이 예전에 무슨 짓을 했던지, 물증이 없다면 억측은 금물이다 이 말입니다. 변주민이 달링 3호를 파손한 후 신고도 하지 않고 아무 곳에나 유기한 벌은 이미 받았습니다. 그리고 달링 4호와 몸을 섞은 건 명백하게 무죄죠. 아내 대용 로봇을 구입하는 성인 남자들은 대부분 변주민처럼 로봇과 몸을 섞기 위해 비싼 값을 치릅니다. 달링 1호와 2호에게 변주민이 무슨 짓을 했는지는 지 형사님도 모르고 나도 몰라요. 그리고 변주민이 달링 달링 달링 달링들에게 저지른 짓보다도 살인범이 변주민을 죽이고 뇌를 가져간 것이 훨씬 무거운 범죄입니다. 다시 한번 말씀드리겠습니다. 지금 스티머스 수사팀은 아내 대용 로봇을 파손하고 신종 마약을 칵테일로 마신 자들을 추격하는 게 아닙니다. 특별시민을 연쇄적으로 살해하는 흉악범을 체포하는 것이 목표입니다. 아시겠습니까?"

병식이 아랫입술을 덜덜덜 떨면서 답했다.

"지당하십니다. 검사님! 어서 출발부터 하세요. 교통 담당 로봇에 걸리면 괜한 봉변당하십니다. 잘못했습니다. 제가 열 배 백 배 잘못했습니다."

석범은 아내 대용 로봇을 구입한 남자들이 당연히 하는 짓이라고 주장했지만, 근육질 알몸뚱이 사내가 곱게 치장한 로봇의 치마를 들어 올리고 그 속으로 자신의 성기를 밀어 넣은 채 사망한 것은 상식적인 장면이 아니다. 더군다나 사랑의 흔적이 '다른 사내의 정액'이라고 하지 않는가.

석범은 마을 입구에서 차를 세웠다.

미로처럼 꼬인 좁은 언덕길 때문에 더 이상 차를 몰고 들어가기 어려웠다.

변주민의 집은 이 마을 꼭대기에 있었다. 로봇 격투기가 각광을 받으면서 인간 격투 선수들의 수입은 크게 줄었다. 특히 경마나 경륜처럼 로봇 격투기에 돈을 거는 일이 합법화된 후로는 그나마 발걸음하던 남성 관객도 로봇 격투기 쪽으로 몰렸다. 격투가 협회에서는 인간 격투기에도 판돈을 걸 수 있도록 합법화를 추진했지만, 인간과 인간끼리의 대결로 도박판을 벌이는 짓은 용납되지 않았다.

돈을 벌기 위해, 유명해지기 위해 격투 선수로 접어들었던 이들은 일찌감치 직업을 바꿨다. 격투 자체에 매혹된 어리석은 영혼들만 가난과 전망 없음을 감수한 채 매일 몸을 만들고 시합에 나섰다. 피 터지게 싸워 이겨도 수입은 변변치 않았다. 째지고 붓고 터진 상처를 치료할 때면 다시는 시합에 나서지 않으리라 다짐도 해 보지만, 다음 날 아침부터 가난한 동네의 좁은 골목길을 뛰는 사내들! 변주민도 전형적인 '변두리 격투가'였다.

격투 선수들의 이혼율은 평균보다 세 배나 높았다. 열 중 일곱은 1년을 넘기지 못하고 아내와 갈라섰다. 이유는 갖가지였지만 격투가의 삶을 고집하는 남편과 가족을 위해 새로운 길을 모색하길 바라는 아내의 갈등이 가장 컸다. 그래서였을까. 변주민처럼 아예 결혼을 접고 홀로 사는 격투가도 전체의 절반이 넘었다.

동네 사람들이 기억하는 주민은 수줍음 많고 성실한 청년이었다.

비가 오나 눈이 오나 매일 새벽 4시 30분이면 집을 나서서 동네 골목 골목을 다섯 바퀴 도는 것으로 하루를 시작했다. 격투가의 길을 가기로 마음먹고 가출하여 이 동네로 흘러 들어온 뒤 단 하루도 새벽 운동을 쉬지 않았다. 그래서 누군가가 붙인 별명이 '알람'이었다. 동료들 사이에선 '틱틱'으로 통했다. 가벼운 틱 증상(tic, 의도하지 않아도 습관적으로 같은 행동을 반복하는 증상)으로, 고개를 두 번씩 연속해서 왼편으로 꺾었기 때문이다.

병식이 주민에 대한 나쁜 기억들을 끄집어내려 했지만, 마을 노인이나 어린이들은 오히려 그를 이상한 시선으로 쳐다보았다. 보안청 형사가 왜 살인범은 잡지 않고 피살자의 있지도 않은 약점을 캐고 다니느냐는 것이다.

"그, 그게 변주민 선수의 평소 생활을 알아야 범인을 잡는 데 도움이 되기 때문에…… 하여튼 감사합니다. 변 선수는 정말 멋진 청년이었군요. 하하하."

병식은 어색한 웃음만 남기고 석범을 앞질러 걸었다.

주민의 반지하 방은 작고 낡았다. 화장실과 부엌 그리고 침실이 전부였다. 침실 벽에는 20세기의 전설적인 복서 무하마드 알리와 러시아 격투가 에밀리아넨코 표도르의 사진이 나란히 걸렸다. 주민도 저들처럼 세상에서 가장 강한 사나이가 되고 싶었으리라. 사진 위에는 분침이 12를 가리킬 때마다 나무 뻐꾸기가 튀어나오는 골동품 벽시계가 걸렸고 그 아래 변주민의 시체가 놓였다. 두피가 벗겨져 허연 두개골이 드러난 시체는 달링 4호를 꼭 끌어안고 있었다.

석범이 왼쪽 무릎을 꿇고 앉아서, 피살자의 잘린 발목과 온몸의 피멍을 살폈다. 달링 4호의 등과 허벅지에도 긁히고 찔린 자국이 여럿 발견되었다.

"욱!"

병식이 갑자기 입을 막고 화장실로 뛰어갔다. 야식을 챙기지 못해
짜증이 났을 뿐만 아니라 차 안에서 석범에게 야단을 맞은 후 빈속
에 끔찍한 시체를 보니 구역질이 올라온 것이다.

"오셨습니까."

창수가 꾸벅 인사를 하며 다가섰다. 석범은 시체에서 눈을 떼지
않고 물었다.

"보고한 검시 내용 외에 새로 나온 거라도 있습니까?"

"이상한 일이 하나 더 있긴 합니다."

창수의 작고 날카로운 뱀눈이 반짝거렸다. 그는 검시 보고서를 허
공에 띄워 올렸다. 차트를 넘기다가 '사용처 미확인' 파트에 멈췄다.

"달링 4호의 손목에서 인간 전용 칩이 발견되었습니다. 바로 이 놈
입니다."

달링 4호의 손목을 절개하고 새끼손톱만 한 칩을 꺼내는 동영상
이 빠르게 지나갔다.

"칩에는 아무것도 담겨 있지 않았습니다. 달링 4호의 품질 보증 칩
은 따로 이곳 귀밑에 있습니다."

"그럼 그 칩은 누구 겁니까? 혹시 변주민이 자신의 칩을 달링 4호
에다가……."

석범의 질문을 기다렸다는 듯이 창수가 말허리를 잘랐다.

"아닙니다."

변주민의 오른 손목을 확대한 이미지를 허공에 띄웠다.

"격투가들은 누구나 오른손목에 칩이 있습니다. 의료 관련 항목이

쉰두 가지나 첨가된 칩이죠. 경기 중 생명을 위협할 만큼 큰 충격을 받게 되면 즉시 칩이 생체 변화를 읽고 경기장 전속 의사에게 신호를 보냅니다. 경기를 시작하기 전, 감독관은 반드시 선수들의 팔목에서 이 칩을 확인합니다."

병식이 짜증 섞인 목소리로 물었다.

"성 형사! 대체 뭘 찾아냈다는 거야?"

창수는 대답 대신 스캔한 가상 차트를 한 장 한 장 침실 벽에 띄워 붙였다. 그리고 잠시 둘러볼 여유를 주겠다는 듯 침묵했다. 석범은 실눈을 뜨고 낯선 풍경을 살피는 사람처럼 천천히 물러났다. 석범이 고개를 다섯 번이나 도리도리 흔드는 것을 확인한 다음 창수가 입을 열었다.

"변주민의 별명이 '알람'이란 건 아시죠? 틱틱! 그는 자기 관리에 철저했습니다. 반복되는 일상이야 적어 둘 필요가 없었겠지만, 특별한 약속이나 계획 등은 분명히 따로 정리했을 겁니다. 그런데 변주민

의 소지품을 아무리 뒤져도…… 없었습니다. 공책에도 컴퓨터에도 칩에도 일상의 메모가 전혀 발견되지 않았습니다. 깔끔한 변주민답지 않은 일입니다."

"이상하네. 정말!"

병식이 양손으로 머리카락을 긁어댔다.

"이걸 한번 봐 주십시오."

창수가 달링 4호의 오른 손목에서 뽑은 칩을 조심스럽게 변주민의 오른 손목에 갖다 댔다. 처음에는 아무런 변화가 없었다. 1초, 2초, ……. 3초 마침내 10초가 되자, 갑자기 새로운 차트들이 풍선처럼 떠오르면서 벽을 가득 메웠던 차트들을 덮어 나갔다. 군데군데 달링 4호의 연필 스케치와 스냅 사진도 나타났다. 간단한 메모와 함께 올해 훈련 스케줄과 꼭 지켜야 할 일정이 꼼꼼하게 적혔다.

"20년 전쯤에, '커플 나노 D칩'이라는 것이 유행했지요. 인간의 몸에 칩을 넣는 것을 두고 논쟁이 끊이질 않던 때라, 분위기를 바꾸기 위해 칩 생산 회사들이 대대적으로 홍보한 것이 바로 커플 칩입니다. 두 칩을 갖다 대고 10초가 지나면 둘만의 비밀이 나타나는 식입니다. 몸에 칩을 넣는 일이 보편화된 후론 사라진 풍속도인데, 변주민은 이 커플 칩에 달링 4호와 자신만의 비밀을 담아 둔 겁니다. 변주민은 정말 달링 4호를 아꼈나 봅니다."

석범이 빠르게 주민의 일정을 훑기 시작했다. 하나는 시간까지 적혔고 또 다른 하나는 이름뿐이었다.

6월 28일 15시 조윤상 클리닉

서사라

"뻐꾹!"

갑자기 뻐꾸기 울음이 지하방을 울렸다. 석범과 두 형사는 움찔 놀라며 무하마드 알리와 아밀리넨코 표도르 사진 위에 놓인 골동품 벽시계를 노려보았다. 석범이 긴장을 유지한 채 창수와 병식에게 물었다.

"시정희를 상담 치료한 앵거 클리닉 원장이 조윤상 아니었나요? 누가 다녀왔었죠?"

병식이 답했다.

"제가 조윤상 원장을 만나고 왔습니다만 특이점은 없었습니다."

석범의 목소리가 점점 높아졌다.

"특이점이 없다니요? 뇌가 사라진 피살자들이 모두 조윤상이 원장으로 있는 앵거 클리닉에 다녔습니다. 도그맘이 앵거 클리닉을 오간 스케줄은 체크했나요?"

"그게…… 조 원장이 환자들의 프라이버시 침해라며 자료 제출을 거부했습니다."

석범이 화를 참지 못하고 소리쳤다.

"뭐라고요? 거부?"

로봇과의 동침

변두리 격투가 변주민이 자신의 로봇 달링 4호를 껴안은 채 피살된 사건이 세상에 알려지자, 다음 날 오후 4시 조간 신문들은 일제히 사회면 특집으로 이 뉴스를 다뤄 전자책 리더기로 쏘아 주었다. 지난겨울 일어난 연쇄 살인과 마찬가지로 변주민 역시 뇌가 사라졌기 때문에 언론은 동일범의 소행으로 간주했다. 피살 현장과 살해 방식을 일러스트로 친절히 묘사한 신문도 있었고, 피살자 주변 인물의 인터뷰를 실은 신문도 있었다. 세상이 시끄러울수록 신문 기사는 넘치는 법이니까.

신문에 실리는 외부 칼럼들도 이번 사건을 다양한 관점에서 다뤘다. 변주민의 가난을 파헤친 경제학자의 글도 실렸고 이번 사건의 범인을 추리하는 범죄 심리학자의 글도 등장했다. 변주민이 특별시 연합 격투 대전 웰터급에 출전해서 준우승을 거뒀을 때도 언론은 그다지 관심을 보이지 않았는데…… 잔혹하게 살해당하고 나서야 호들갑을 떠는 것이다. 망자도 원치 않을 세상의 관심이 뒤늦게 찾아왔다.

아래 두 편의 칼럼은 별로 알려지지 않은 변주민의 짧은 생을 이해하는 데 실마리를 제공하고 있다. 그들의 추정이 맞는지 틀리는지

는 알 길이 없다. 망자는 원래 말이 없는 법이며, 지식인들은 사후에 떠드는 법이니까.

변두리 격투가의 불행

특별시 연합 격투 대전 웰터급 준우승자였던 변주민 선수가 어제 싸늘한 주검으로 발견되었다. 특별시 보안청의 발표를 들어보니, 지난겨울 외곽 지대 꽃언덕에서 시체로 발견된 중년 남자나 최근 애완견과 함께 살해된 중년 여인과 마찬가지로 변 선수의 뇌 역시 사라졌다고 한다. 두개골을 정교하게 조각내 뇌를 꺼낸 방식을 볼 때, 세 범죄는 모두 동일범이 저지른 것으로 추정된다. 여느 연쇄 살인과 마찬가지로, 이번 사건도 전형적인 사이코패스의 소행으로 짐작된다.

언론은 온통 살해 방식과 사이코패스의 범죄 심리에 주목하고 있지만, 이번 사건에서 우리가 간과하지 말아야 할 지점은 '섹스용 로봇과 범죄와의 관계'다. 통계청에 따르면, 아내 대용 로봇을 포함해 섹스용 로봇을 구입한 사람이 마약 복용이나 각종 범죄에 연루된 케이스가 2047년 1년 동안 145건에 이르며, 이것은 10년 전에 비해 5.6배나 증가한 수치라고 한다. 변 선수도 로봇과 섹스하는 도중에 살해된 것으로 추정되며, 혈액에서는 신종 마약의 일종인 솔리튜드 47이 발견되기도 했다.

진시황 시절에도 자위를 도와주는 장난감이 여럿 있었다. 섹스 보조 기구의 역사는 우리가 상상하는 것 이상으로 매우 길고 다채롭다. 특히 21세기 초부터 섹스 토이와 섹스 로봇 출시가 본격적으로 시작됐는데, 감성 로봇과 생체 조직 기술의 비약적인 발달이 여기에 한몫을 했다. 2030년 대부터 섹스용 로봇 출시가 전 세계적으로 봇물 터지듯 이루어진 것도 인간을 방불케 할 만큼 섬세한 피부 재질과 감각적인 움직임, 그리고 '감정 교류' 등 고등한 로봇 인지 기능이 가능했기 때문이다.

특히 로봇 공학자들이나 생체 공학자들은 인공 콜라겐과 생체 폴리머 티슈의 등장이 섹스용 로봇의 발전을 10년 정도 앞당겼다고 말한다. 인간보다 더 인간적인 피부, 인간의 것보다 더 부드럽고 매혹적인 성기의 움직임. 120여 개의 관절과 초경량 인공뼈 등 이제 로봇의 외형은 점점 매력적인 인간을 닮아 가고 있다.

21세기 들어서면서 인간의 섹스는 사이버 섹스, 로봇 섹스, 뇌 자극 섹스 등 다양한 방식으로 확장하여 진화하고 있지만, 20년 전만 해도 발전이 가장 느린 분야가 로봇 섹스였다. 그러나 최근 위와 같은 로봇 공학 기술의 비약적인 발전으로 섹스용 로봇의 판매가 급증하기 시작했다.

한 통계 조사에 따르면, 섹스용 로봇을 가정에 구입한 가구는 런던이나 파리가 32퍼센트, 뉴욕이 28퍼센트, 도쿄와 서울이 18퍼센트에 이른다. 서울이 특별히 높은 편은 아니지만, 지난 10년에 비해 크게 늘어난 추세임을 감안하면 안심하기는 이르다. 섹스용 로봇에 대한 애착이나 탐닉은 충동을 억제하지 못하고 범죄로 이어질 가능성이 높다.

이제 인간의 섹스는 사랑을 바탕으로 한 생명 탄생이나 정신적 유대를 목적으로 한 육체적 결합이 아니라, 단순 쾌락을 추구하는 행동으로 발전하고 있다. 로봇이 없거나 인터넷에 접속하지 않으면 섹스가 불가능한 사람들이 늘어나는 현실이 매우 안타깝다.

이런 관점에서 본다면, 변주민 선수의 죽음은 더욱 불행하다. 그의 끔찍한 죽음도 불행하지만, 그가 아내 대용 로봇 달링 4호를 껴안고 사정까지 한 채로 죽음을 맞았다는 사실 자체가 여간 슬픈 일이 아니다. 그가 살아 있는 동안 인간 사회에서 위안을 제대로 얻지 못했다는 이야기니까. 그가 복용했던 솔리튜드 47처럼 그는 생전에도 무척 고독했던 모양이다.

로봇이 아무리 매력적인 외모를 가졌다고 해도 사람을 대체할 순 없다. 섹스는 가장 고결한 '정신과 육체의 교감'이라는 점에서, 섹스를 온전히 인간들에게 돌려줄 것을 제안한다. 당신이 죽음을 맞이하는 순간, 로봇이 당신 옆에서 울어 줄 가능성은 없으니까.

진근철(동서사회과학연구소 소장, 철학 박사)
2049년 6월 27일자《동해일보》칼럼 「동틀 무렵」에서 발췌

틱을 이해하자

어제 슬픈 소식 하나를 접했다. 우연히 TV 뉴스를 틀었더니, 특별시 변두리에서 끔찍한 시체로 발견된 격투가의 현장 스케치가 나오고 있었다. TV 뉴스에는 이웃 주민의 인터뷰도 짧게 실렸는데, 피살자인 변주민 선수의 별명이 '틱틱' 혹은 '알람'이라고 한다. 동네 꼬마들이나 주변 친구들도 모두 그를 '틱틱'이라고 불렀다는 것이다.

변 선수의 별명이 '틱틱'이 된 것은 평소 시계추처럼 규칙적으로 생활한 탓도 있지만, 그는 줄곧 투렛 증후군을 앓았다. '틱'이란 증세가 나타났던 것이다.

'틱'이란 무엇인가?

틱이란 자신의 의지와 상관없이 비정상적인 행동을 반복하는 것이다. 눈을 심하게 깜빡거리거나 목을 꺾는 것처럼 운동 틱도 있고, '크윽' '학' 같은 소리를 반복적으로 내는 음성 틱도 있다. 주로 청소년기에 많이 발병하며 대부분 1년 이내에 사라지지만, 성년까지 지속되는 경우도 있다. 이때는 운동 틱과 음성 틱을 함께 갖고 있는 경우가 많은데, 그 질병을 '투렛 증후군'이라고 부른다. 100명 중 1명꼴로 발견되는 이 질환은 대뇌 전두엽이 하부피질을 제대로 억제하지 못하거나, 하부피질이 과도하게 활동할 때 생기는 것으로 알려져 있다.

변주민 선수에게 "목을 두 번씩 반복적으로 꺾는 버릇이 있었다."라거나 변 선수가 "말을 할 때 딸꾹질 같은 것을 한다."라는 동료들의 진술로 유추해 본다면, 그는 '전형적인 투렛 증후군' 환자다. 이런 환자들은 대부분 다른 사람과 대화를 하거나 남 앞에서 발표를 할 때 증세가 심해진다. 긴장감이 그를 극도로 자극하기 때문이다. 어린 시절 틱 증세를 가진

학생들은 대인 관계를 스스로 기피하거나 따돌림을 당할 가능성이 높다. 심지어 예전에는 '틱'이 어쩔 수 없는 증세라는 사실을 모르는 교사들이 틱 장애 환자들을 반항한다며 교실에서 때린 경우도 있었다.

동네 아주머니는 변주민을 "맑고 순진한 외모를 가진 젊은이였지만 친구가 많지는 않았다."라고 말했다. 그는 미혼이며, 아내 대용 로봇과 단둘이서만 생활한 것으로 알려져 있다. 이런 환자들 중에는 충동을 잘 억제하지 못하거나 주의가 산만하기 때문에, 원만한 대인 관계를 형성하는 데 어려움을 겪기도 한다.

물론 대부분의 틱 장애 환자들은 아무런 문제 없이 사회 생활을 훌륭히 수행한다. 우리가 색안경을 끼고 바라본다면, 그들 마음의 병은 더욱 깊어 갈 것이다. 변주민 선수가 아내 대용 로봇을 껴안은 채 끔찍하게 살해됐다는 소식은 우리를 마음 아프게 한다. 혹시나 '그의 질병이 그를 더 외롭게 하지는 않았을까?' 잠시 근심에 젖어 본다. 앞으로는 이와 같은 불행이 재발하지 않도록 우리 모두가 노력할 일이다.

민진영(서울특별시 희망진의원 병원장, 정신과)
2049년 6월 27일자 칼럼 「핫 플라자」에서 발췌

하늘과 땅이 맞닿은 도시

서울은 그야말로 '마천루의 도시'다. 지난 20년간 서울의 랜드마크였던 신용산의 150층 스카이빌딩의 위용도 이젠 광장동과 중계동에 차례로 들어선 168층, 175층 초고층 아파트들로 인해 사라진 지 오래다. 이 아파트에 거주하는 사람들만 해도 4만 명. 그 자체로 초고층 빌딩은 '도시 생태계'로 진화해 갔다. 공원을 포함한 편의 시설 대부분을 내부에 갖추고, 마천루들 사이는 모노레일로 이동이 가능했다. 일단 마천루에 들어간 사람은 나올 일이 없을 정도였다. 집도, 사무실도, 놀이 시설도, 교육 시설도, 유흥가도, 모두 한 건물 안에 있었다. 빌딩이 곧 동네가 됐다.

서울에 본사를 둔 파슨스 건설과 간삼 건축 공학 연구소는 초고층 빌딩 건축 기술로 세계적인 명성을 갖고 있는 대형 도시 공학 회사다. 바람이나 지진에도 안전하고, 환기와 운송 기술이 무엇보다 중요한 초고층 빌딩 축조 기술은 진입 장벽이 워낙 높은 최첨단 기술이라, 시카고에 적을 둔 배텔 등 몇몇 회사를 제외하고는 이 기술을 지닌 곳이 거의 없다. 두바이, 샌프란시스코, 나이로비 등에 지어진 초고층 빌딩도 대부분 이들이 지은 것이다.

"버스와 자동차를 지하로!"

2015년부터 서울특별시가 야심 차게 추진했던 '520킬로미터 지하 도로'는 2030년에 완공돼 서울 어느 지역이든 지하 도로로 갈 수 있게 됐다. 한때 환기가 제대로 되지 않고 화재에도 무방비여서 여러 차례 치명적인 사고를 치른 후, 재완공된 서울 지하 도로는 120킬로미터에 달하는 외곽 순환 도로와 도심을 방사형으로 잇는 거미줄 도로망이 지상의 차들을 모두 지하로 끌어내렸다.

지하 도로는 4차선. 그중 2차선은 '자동 도로'여서 자동차가 '자동 모드'로 알아서 일정 속도로 차간 간격을 조절하며 목적지까지 도착하도록 도와주는 시스템이 장착되었다. 용무가 급한 이들을 제외한, 대부분의 통근자들은 자동 모드를 활용해 출퇴근 시간에 책을 보거나 인터넷 서핑을 즐긴다. 하늘 위로 치솟은 초고층 건물들, 지하로 내려간 교통 도로망. 서울은 그야말로 하늘과 땅이 맞닿은 도시다.

덕분에 서울의 비싼 땅들은 상위 5퍼센트의 경제 계급이 독차지하게 되었다. 서울의 지상 건물은 대부분 상업 지역으로 바뀌었거나 고급 주택가로 변모했다. 정부의 부동산 대책도, 시민들의 자율적인 공공 토지 운동도, 치솟는 땅값을 억제하진 못했다. 물가 상승률도, 주식펀드 상승률도, 땅값을 따라 잡진 못했다.

노민선의 집도 그중 하나. 그녀의 집에는 큰 참나무가 바닥을 뚫고 벽을 넘어 자랐다. 이런 집들은 21세기 중반 무렵 '에코 시티' 개념과 결합하면서 더욱 친자연적으로 바뀌었다. 도시 전체가 거대한 생태계를 이루는 '꿈의 도시'로 서울은 점점 진화하기 시작했다. 서울의 따뜻하면서도 변화무쌍한 아열대 기후가 이런 생태계를 더욱 역동적으로 바꾸었다.

물론 이 아늑한 생활 공간에 가난한 자들의 보금자리는 들어설 자리가 없었다. 그들은 서울 외곽으로 빠지거나 거대한 초고층 아파트에 빽빽이 모여 살아야만 했다.

내부의 적은 누구인가

그는 나의 동료였고 선배였으며 스승이었고 또한 사랑이었답니다.

망할!

앨리스는 상암 지구의 랜드마크인 내추럴 빌딩 130층 꼭대기 인공 정원으로 들어서며 오래전에 읽은 소설의 한 구절을 떠올리곤 혼자 웃었다. 퇴근 무렵 석범이 저녁을 같이 먹자고 했을 때, "알겠습니다. 성 선배, 지 선배랑 같이 거기로 갈까요?"라고 물었다. 흔히 '거기' 로 통하는 도깨비 빌딩 지하 11층 해장국집 '흙'은 때론 둘, 때론 셋, 때론 넷, 때론 혼자서도 들러 가뿐하게 한 끼를 때우는 스티머스 수 사팀의 단골 식당이다.

"아니, 거기 말고 인공 정원으로 와. 성 형사랑 지 형사한텐 말하지 말고. 두 시간 뒤 어때?"

두 시간 동안 앨리스는 많은 일을 했다.

첫 10분은 인공 정원에 딸린 스카이뷰에서 단둘이 저녁을 먹어야 만 하는 이유를 따지느라 흘려보냈다. 지난번 휴일 근무 때 보안청으 로 온다고 했다가 사라진 빛을 갚으려는 걸까. 아니다, 그럴 리 없다.

살인 사건을 맡아서 이리 뛰고 저리 뛰다 보면 식사 약속을 취소하는 일 따윈 흔하디흔하다. 혹시 내게 마음을 열려는 건 아닐까. 무슨 소리! 보안청을 벗어나서 단둘이 밥 한 끼 먹자고 노래를 불렀지만, 석범은 '흙' 외엔 눈길 한번 돌린 적이 없다.

30분 만에 혼자 지내는 원룸으로 갔다. 한 달 전 탐문 수사를 위해 인공 정원 스카이뷰에 들른 적이 있었는데, 그때 저녁을 즐기는 손님들은 모두 정장 차림이었다. 가게 입구에는 "격식을 갖추지 않는 분은 입장이 유보될 수도 있습니다."라는 안내문까지 붙어 있었다.

옷장을 열었지만 정장이…… 없었다. 아예 치마 자체가 없었다. 날쌘 범인들을 추격하고 밤을 새워 잠복 근무를 하는 데는 이동이 편한 바지가 제격이었다. 그렇지만 오늘은…… 정장 치마가 필요하다.

링고가 최근 출시한 S-엘라스틴 슈트를 구입해 바로 착용했다. 기분에 따라 천을 찢기도 하고 오려 내도 문제가 없는 천연 섬유를 선호해 왔지만 오늘은 그럴 여유가 없었다. S-엘라스틴 슈트는 입자마자 칩이 자동으로 그녀의 체형을 확인해 가장 편한 품과 어울리는 색상으로 재조정해 준다. 앨리스는 20세기 중엽 그레이스 켈리가 왕비로 있었던 모나코의 왕족들이 즐기던 정장을 택했다.

언젠가 석범이 20세기 배우 중엔 그레이스 켈리가 가장 기품이 넘친다며, 그녀에게 바친 그리스 시인의 시구를 한 자락 읊었던 것이다. "나는 요정을 믿지 않았다. / 그녀를 만나기 전까지는 / 눈동자가 깜빡 어제를 들이쉬고 깜빡 오늘을 뱉는구나. / 그녀의 모든 짓 꽃으로 필 때."

그 앞에서 오늘 밤만은 꽃으로 피어 보고 싶었다. 45분 동안 샤워를 마치고 화장을 했다. 화장대에 앉은 적이 언제였던가. 2045년, 보안청 형사로 배속된 후론 10초 이상 거울을 쳐다본 적이 없었다. 허겁지겁 차를 몰고 내추럴 빌딩에 닿으니 석범과 약속한 두 시간이 꽉 찼다.

입구에서 이름을 밝혔다. 웨이터가 조용히 창가 독실로 안내했다. 앨리스는 방문 앞에서 깊게 숨을 들이쉬며 옷매무시를 다시 살폈다. 단발머리 아래로 훤히 드러난 어깨가 어색했다. 아무리 여름이지만 에어컨 바람이 목덜미에 닿을 때마다 옷을 입다 만 기분이 들어 부끄러웠다.

"남 형사 왔습니다!"

문을 밀고 들어가며 일부러 목소리를 높였다. 부끄러움을 감추기 위함이었다. 창밖을 쳐다보던 석범이 그녀를 향해 천천히 고개를 돌렸다. 그의 두 눈에 놀라움이 차올랐다. 앨리스의 초록 눈동자에도 실망의 빛이 어렸고 눈물까지 고이기 시작했다.

석범은…… 정장 차림이 아니었다.

두 시간 전 보안청에서 봤던 그 복장 그대로, 갈색 면바지에 푸른 돛이 앞가슴에 그려진 여름용 흰 티셔츠가 전부였다. 석범이 엉거주춤 엉덩이를 들고 말했다.

"남 형사! 오늘 무슨 날이야?"

앨리스가 급히 뒤돌아섰다. 그리고 곧 얼굴에 환한 미소를 머금은 채 다시 석범을 향한 후 답했다.

"오늘요? 오늘 제 생일이랍니다. 모르셨어요?"

앨리스는 크리스마스 이튿날 태어난 겨울 처녀였다. 그러나 이 위기를 넘어가기 위해선 여름 처녀로의 변신이 필요했다. 망할!

"그랬구나. 난 선물도 준비 못했는데……. 어쨌든 생일 축하해. 대신 근사한 저녁을 살게."

석범이 머쓱한 얼굴로 말했다. 앨리스는 맞은편 의자에 앉은 후 과장스럽게 양손바닥을 맞부딪쳤다.

"정말요? 각오하셔야 할 겁니다. 아침 점심 다 대충 건너뛰었거든요."

그래도 어색함이 사라지지 않고 짧은 침묵이 흘렀다. 석범은 디너 코스에서 일 모데르노를 선택한 후 와인 트라피체 말벡 2018과 생일 케이크를 주문했다. 웨이터는 생일 축하 연주를 원하느냐고 물었고 앨리스는 찰랑찰랑 단발머리를 가로저었다.

"……정말 예뻐."

"그렇죠? 특별시에서도 내추럴 빌딩 인공 정원에서 바라본 야경은 알아준답니다."

석범이 앨리스의 초록 눈동자를, 하얀 뺨을, 붉은 입술을, 깊게 팬 쇄골을 차례차례 쳐다본 후 다시 그녀의 눈동자로 올라갔다.

"야경 말고 남 형사!"

앨리스는 석범의 시선을 피하지 않고 무표정하게 가만히 있었다. 석범과 함께 일한 지도 벌써 만으로 3년이 훌쩍 넘었다. 그 사이 스티머스를 제작하고 스티머스 수사팀을 창설하고 각종 흉악범들을 잡아들이느라 분주한 나날을 보냈다. 칭찬과 다짐과 격려의 말들이 오갔지만, 석범이 그녀에게 예쁘다고 말한 적은 없었다. 앨리스가 벗은 어깨를 으쓱 들어올렸다.

"담엔 이러고 잠복 근무를 할까 봐요."

가벼운 농담으로 말머리를 돌릴 작정이었지만, 석범이 다시 진지하게 시구를 읊었다.

"나는 요정을 믿지 않았다. / 그녀를 만나기 전까지는!"

트라피체 말벡 2018이 왔다. 와인 잔을 든 앨리스의 손이 미세하게 떨렸다. 그레이스 켈리를 생각하며 옷도 사고 화장도 했는데, 그녀를 찬미하는 시가 석범의 입에서 흘러나온 것이다. 앨리스는 기뻤지만 다른 한편으론 석범이 이 시각에 자신을 내추럴 빌딩까지 부른 이유가 궁금했다.

데이트가 아니라면 뭐지?

와인을 한 모금 마시면서, 잔을 천천히 내려놓으면서, 낭만에서 현실로 접어들었다.

"말씀하십시오."

딱딱하고 사무적인 여섯 글자에 석범도 느슨한 시선을 거둔 후 목소리를 낮췄다.

"연쇄 살인범은 스티머스의 존재를 속속들이 아는 게 틀림없어. 어떻게 그 비밀이 샜는지를 따로 수사할 필요가 있겠지."

"비밀이 샜다는 말씀은?"

"가능성을 열어 두고 하나하나 전부 체크하자고. 먼저 우리 내부부터."

"내부라면 누굴 말씀하시는 겁니까? 혹시 성 선배와 지 선배를 의심하십니까? 말도 안 됩니다."

"범인이 스티머스를 알고 있는 것 자체가 말도 안 되는 일이야."

"그럼 왜 성 선배와 지 선배만 의심하십니까? 저도 스티머스 수사팀원입니다."

요리가 나오기 시작했지만 먹을 분위기가 아니었다. 앨리스는 화가 잔뜩 난 얼굴로 석범을 쏘아보았고 석범은 웨이터가 나갈 때까지 창밖을 살폈다. 멀리 로봇 격투기 전용 경기장의 불빛이 훤히 밝았다. 오늘부터 '배틀원 2049'가 시작된 것이다.

"저도 뒷조사를 하십시오."

앨리스는 웨이터가 나가자마자 목소리를 높였다.

"남 형사! 진정해. 나도 그들을 믿고 싶지만 변주민과 관련해서 석연치 않은 구석이 있거든."

"석연치 않은 점이라고요? 그게 뭐죠?"

석범이 대형 유리창에 자료 하나를 띄웠다. 변주민의 개인 컴퓨터를 분석한 자료였다. 컴퓨터에 저장된 파일들이 종류별로 나열되었다.

"여기서부터 저기까지 모두 음악 파일이야. 동료들에게 물어봐도 변주민은 시합 대기실은 물론 링에 올라가서도 계속 음악을 들었다더군."

"그런데요?"

앨리스는 맥락을 전혀 파악하지 못하고 따지듯 물었다.

"그 방 말이야. 변주민이 죽은 자취방. 남 형사는 그날 내근을 해서 잘 모르겠지만, 방음이 영 엉망이더군. 볼륨을 조금만 높여도 옆방 사람들에게 항의를 받을 만큼 벽이 얇고 구석엔 구멍까지 뚫렸어. 그런 곳에서 이 많은 음악을 들으려면 당연히 헤드셋이나 이어폰을 썼겠지?"

앨리스가 고개를 끄덕였다.

"그런데 단 하나도 없었어. 동료들 증언으론 변주민은 늘 헤드셋을 쓰고 다녔다더군."

"그, 그럼 뭡니까? 성 선배나 지 선배가 변주민의 헤드셋을 감췄다는 겁니까? 보안청 형사가 뭣 때문에 좀도둑질을 합니까?"

석범이 깍지 낀 양손을 뒷머리에 대며 답했다.

"나도 그게 궁금해. 그러니 잘 살피라고. 알겠어?"

아우라(Aura)!

　20세기 독일의 철학자 발터 벤야민은 기술 복제 시대와 함께 예술품의 아우라가 사라졌다고 선언했다. 아우라가 사라진 것은 예술품뿐만이 아니다. 오리지널보다 더 오리지널한 연기를 펼치는 '디지털 액터(Digital Actor)'가 등장한 후 휴먼 액터들의 효용 가치도 예전 같지 않았다. 디지털 액터는 입지도 먹지도 않았고, 지치지도 않았으며, 병에 걸리는 일도 없었다. 엄청난 출연료를 받던 배우들은 하나둘 아날로그 연극 무대로 활동의 장을 옮겼다. 세탁기가 빨래판을 없애고 디지털 음원이 아날로그 엘피판을 사라지게 했듯이, 피가 흐르는 휴먼 액터들도 곧 도태될 운명이었다.

앨리스의 생일을 다시 한번 축하하고 헤어진 석범은 서쪽으로 방향을 잡았다. 집이나 보안청과는 정반대 방향이었다. 20분을 달리자 조명을 훤하게 밝힌 언덕이 드러났다. 샛길로 빠져 차를 세운 석범은 나무 계단을 처음엔 둘 그 다음엔 셋 혹은 넷씩 성큼성큼 건너뛰며 올랐다. 마음이 급한지 후웃후우웃 입으로 소리를 내며 숨을 뱉었다.

"누구십니까? 스태프 외엔 출입 금지란 팻말을 입구에서 보셨죠? 촬영에 방해가 되니 내려가십시오."

갓 스물을 넘겼을까. 야구 모자를 거꾸로 쓴 민소매 사내가 막아섰다. 석범이 청년의 어깨를 잡아끌며 오래전부터 알고 지낸 사이처럼 속삭였다.

"왕할매는 오늘도 밤샘 작업인가?"

'왕할매'란 소리를 듣자, 청년의 딱딱한 얼굴도 풀어졌다.

"늘 그렇죠 머. 황소고집을 누가 꺾겠어요. 일할 때 아무도 만나지 않는다는 건 아시죠?"

청년은 연이은 밤샘 촬영으로 졸린 눈을 비비기까지 했다.

"좋은 정보를 하나 주겠네. 왕할매에게 가서 '스톤 타이거'가 왔다고 전해 줘. 그리고 곧장 침낭으로 기어 들어가서 한 시간쯤 눈을 붙이도록 하게. 그동안엔 촬영이 없을 테니까."

"정말이십니까? 알겠습니다. 잠시만 기다리세요."

심드렁하게 팔뚝을 긁던 청년이 뒤돌아서서 달려갔다. 석범은 아름드리 소나무를 양팔로 후려치는 시늉을 했다.

스톤 타이거!

어린 시절 석범은 이 별명을 아꼈다. 석범은 왕고모에게서 스톤 타이거 다섯 글자를 듣자마자, 그 이름이 좋아서 펄쩍펄쩍 뛰었다. 아버지가 죽고 어머니가 특별시를 떠난 후론 왕고모를 만나지 못했다. 그사이 왕고모는 나이를 먹었고 드라마 업계에서는 '왕할매'로 통했다. '무서운', '고집불통' 등의 단어들이 그녀를 수식했다.

"헤이, 스톤 타이거!"

왕할매 이윤정이 양팔을 활짝 펴고 나아와선 석범을 가볍게 포옹했다. 작은 키, 삐쩍 마른 몸, 일흔 살을 훌쩍 넘긴 나이였지만 끌어안은 팔힘은 여전했다. 그녀는 100살까지 현장에 있겠노라 큰 소리를 쳤다. 「태릉 선수촌」부터 「커피 프린스 1호점」, 「트리플」을 지나 현재 촬영 중인 「산악 자전거」에 이르기까지, 그녀는 디지털 액터를 배제하고 100퍼센트 휴먼 액터로만 드라마를 찍는 유일한 연출자였다.

윤정이 백발을 찰랑이며 앞장을 섰고, 석범은 시끄러운 촬영 현장을 흘끔 쳐다본 후 숲길로 접어들었다. 나뭇잎에 조명이 가려 어둠이 어둠다운 곳에 이르렀을 때 윤정이 걸음을 멈췄다.

"미주가…… 많이 안 좋아."

"왕고모! 아직도 '자연인 희망 연대' 끄나풀 노릇을 하십니까?"

석범의 아버지 은기영은 윤정을 친누나처럼 따랐다. 함께 경주에서 이스탄불까지 실크로드를 자전거로 완주한 적도 있었다. 석범은 그녀를 왕고모라고 불렀고, 그녀는 석범을 스톤 타이거라며 귀여워했다. 윤정은 '자연인을 아끼는 사람들' 멤버이기도 했다.

석범의 물음에 날이 서렸다. 윤정이 천천히 턱을 들고 석범을 노려보았다. 작지만 단단한 기운이 석범의 이마에 닿았다.

"변변찮은 놈! 호랑인 줄 알았더니 덜 자란 도둑고양이로구나. 헛똑똑이야. 아직도 엄마를 원망하는 게냐? 네 나이도 이제 서른이 넘었는데, 엄마의 삶을 인정하지 못하겠다는 게야? 엄만 죽기 전에 널한 번만이라도 만나고 싶어 해. 두 손 꼭 잡고 유언이라도 하려는 거겠지."

"원망 따윈 없습니다. 다만 손미주 여사는 지금 특별시 연합 경찰의 지명 수배를 받고 있습니다. 제가 손 여사를 만난다면, 지명 수배자인 그녀를 체포할 수밖에 없습니다."

"뭐? 체포?"

윤정의 손바닥이 석범의 뺨을 맵게 때렸다.

윤정에게서 따귀를 맞으며 석범은 로버트 프로스트의 「가지 않은 길(The Road Not Taken)」이란 시를 떠올렸다. 되돌아와서 가지 않은 길로 걸어간 이는 없었을까. 문제는 시간이 아니라, '가지 않은 길'이 하나 둘 셋 넷 그리고 무한대로 늘어난다는 사실이다. 즉 가지 않은 길은 단수가 아니라 언제나 가지 않은 길'들'인 것이다. 다른 길, 또 다른 길들을 찾아 헤매는 것은 작가에겐 멋진 삶이지만 그에겐 너무나도 불편했다.

"네 엄마 짓이라고 정말 믿는 게냐? 엄마의 책을 한 권 아니 한 줄이라도 읽어 보았다면, 그녀가 이 테러와는 아무런 연관이 없음을 알 게다."

석범이 손바닥으로 제 뺨을 감싸며 피식 비웃음을 흘렸다.

"항상 이런 식이지요. 우두머리는 멋진 말만 하고 어떠한 불법도 저지른 적이 없습니다. 전부 아래 사람들, 일부 과격파가 벌인 일이라고들 둘러댑니다."

"자연인 희망 연대는 테러 집단이 아니야!"

"그만두세요. 특별시민 모두가 착한 사람은 아니라는 말과 뭐가 다른가요? 빌딩 하나는 완전히 내려앉았고 방송국 사무실 두 개가 전

소되었습니다. 많은 이들이 죽거나 다쳤지요. 특별시 연합 경찰은 자연인 희망 연대를 유력한 테러 용의자 집단으로 파악하고 있습니다. 보노보를 개국하기로 특별시에서 정한 날부터 지금까지 단 하루도 빼놓지 않고 자연인 희망 연대 명의의 성명서가 발표되었습니다. 자연인 희망 연대를 소탕해야 합니다. 그 최고 우두머리가 누구란 건 왕고모도 아시죠?"

윤정은 즉답을 하지 않은 채 천천히 석범을 향해 다가왔다. 시원한 밤바람이 석범의 이마에 맺힌 땀을 식혔다.

또 뺨을 후려치려는 걸까.

윤정이 그의 손을 쥐었다. 작고 주름진 눈에 눈물이 어렸다.

"……왕고모!"

눈물이 주르륵 그녀의 뺨을 타고 흘러내려 그의 손등에 떨어졌다. 뜨겁고 뭉클했다.

오늘 아침 윤정으로부터 만나자는 연락을 받았을 때부터 마음의 문을 닫고 또 닫았다. 왕고모가 그를 찾는 이유는 단 한 가지뿐이다.

가지 않으리라.

결코 가지 않으리라.

이제 와서 새삼 혈육의 정 운운하는 꼴이 우스웠다.

그런데 왕고모가, 운다. 온 세상이 디지털 액터와 유비쿼터스 기술과 로봇과 또 무엇무엇으로 바쁘게 돌아가도, 재빠른 세월의 핵심을 틀어쥐고 조용하지만 한결같이 버티던 왕고모가, 운다. 그 눈물은 석범이 닫아건 마음의 빗장을 하나하나 녹인다. 이 눈물은 뜻밖이다. 뜻밖의 눈물 위에 뜻밖의 제안이 덧붙는다.

"네 뜻대로 해 주마."

"예? 제 뜻대로 해 주다뇨?"

석범은 윤정의 말뜻을 헤아리지 못하고 물었다.

"네가 와서 손미주를 체포해 가도 좋다는 말이다."

"왕고모! 대체 지금 무슨 이야기를 하시는 겁니까?"

윤정이 한 걸음 물러서며 손바닥으로 눈물을 훔쳤다. 그리고 턱을 약간 치켜들고 석범을 쳐다보았다.

"멍청한 녀석! 똑똑히 잘 들어. 네 엄마 손미주가 그러더구나. 자기는 테러와는 무관하다고. 자기 때문에 고통 받는 동지들이 생겨 가슴 아프다고. 그리고 특별시 보안청에 가서 죄가 없음을 증명해야 한다면 은석범 검사가 자신을 데려갔으면 좋겠다고."

석범의 얼굴이 벌겋게 달아올랐다.

"……저 혼자는 안 갑니다. 아니, 못 갑니다. 테러에 이어 납치와 인질극이 이어질 거라는 풍문이 파다하게 퍼졌습니다. 손미주 여사에게 전하세요. 그렇게 아들이 보고 싶으면 오염 지대를 벗어나서 쿼런틴 게이트까지 오시라고."

"석범아! 내 말을 믿어야 해. 네 엄만 죽어 가고 있어. 쿼런틴 게이트는커녕 집 안마당까지 나올 힘도 없어. 하루라도 빨리 가지 않으면 평생 후회하게 될 게다."

석범이 목소리를 낮췄다.

"특별시에서 '눈보라뒤에'로 떠나던 날 제가 손미주 여사께 물었지요. 지금 떠나면 평생 후회할 거라고. 그때 여사께선 이렇게 답하셨습니다. 후회할 일이면 후회해야지! 왕고모, 촬영 멋지게 하세요. 대낮엔 햇볕이 뜨거우니 드문드문 쉬기도 하시고요. 자전거로 실크로드를 완주하는 드라마라고 들었습니다. 제 도움이 필요하면 언제든지 연락 주세요. 오염 지대가 늘어나서 실크로드 여행 자체를 만류하고 싶지만 들을 분이 아니니, 최대한 신속하고 안전하게 오염 지대를 통과하도록 미리 연락을 취하겠습니다. 왕고모! 그럼, 저는 이만 갈게요. 손 여사 일로는 다신 뵙지 않았으면 합니다. 건강 잘 챙기시고요."

"저는 오늘 밤 'KIA TX350'과 한 몸이 됐어요."

몽환적인 음악을 배경으로 뉴 럭셔리 세단 KIA TX350이 고속도로를 활주한다. 자동차와 아스팔트가 하나가 되고, 운전자와 자동차가 하나가 되는 끈적한 느낌이 화면에 스민다. 그리고 장면 전환. 자동차 안에서 운전대를 잡은 졸리 더 퀸이 마지막 한마디를 던진다.

"저, 오늘도 좋았어요."

"저, 오늘도 좋았어요."가 장안의 화제다. 무슨 질문을 하든 사람들은 졸리 더 퀸의 끈적이는 어투로 "저, 오늘도 좋았어요."를 연발한다. 배틀원 2049가 시작된 6월부터, 배틀원 출전 로봇들이 출연하는 텔레비전 광고가 여럿 나왔지만, 그중에서도 졸리 더 퀸의 기아자동차 뉴 럭셔리 세단 광고는 최고 인기다.

기아자동차는 뉴욕 컬럼비아 대학교 기계 공학과 교수팀과 서울 에이카로 테크노-로봇 공학팀이 함께 만든 졸리 더 퀸(뉴욕, 우승 확률 100분의 11) 개발을 오랫동안 후원해 왔다. 가벼우면서도 강한 로봇 스킨과 섹시한 디자인, 손과 발에 부착된 강력한 엔진 등이 자동

차에도 그대로 적용되기에, 기아는 기꺼이 로봇 개발을 후원하겠다
고 나섰다.

그로부터 8년, 밑 빠진 독에 물 붓기일 것 같았던 그들의 투자는
비로소 빛을 보기 시작했고, 3년 전부터 졸리 더 퀸은 강력한 우승
후보이자 전 세계에서 가장 매력적인 로봇으로 각광받았다. 졸리 더
퀸에게 수많은 광고 제의가 있었지만, 그녀는 2년째 기아자동차의
메인 모델만 맡고 있었다.

32강전이 끝나고 잠시 로봇 정비 기간 동안, 데스 매치 출전 로봇
들은 쇼케이스를 돌며 팬덤을 몰고 다녔다.

6월 26일에는 혼다자동차로부터 후원을 받은 자이언트 바바 III
(히로시마, 우승 확률 100분의 8)와 무사시(도쿄, 우승 확률 100분의 25),
메탈릭 신센구미(오사카, 우승 확률 100분의 2)가 한자리에 모여, 쇼케
이스를 열었다. 이들은 모두 히로시마, 도쿄와 오사카에 각각 본부
를 둔 혼다자동차 연구팀이 만든 로봇들이다.

무사시는 무뚝뚝하고 개인기가 별로 없는 데 반해, 코믹스러운 자
이언트 바바 III는 자신의 입에서 인기가수 루루의 노래를 나오게
하면서 립싱크를 해 여성 흉내도 내고, 어울리지 않는 발레 댄스를
춰 장내를 웃음바다로 만들었다. 강력한 우승 후보인 무사시도 언
론의 주목을 받았지만, 이날 쇼케이스에선 자이언트 바바 III가 주
인공이었다.

"전 히로시마에서 왔지만, 이 가슴에는 서울의 피가 흐르고 있습
니다!"

이 말이 떨어지기가 무섭게, 그의 가슴 부위에선 빨간 액체가 빠르
게 돌며 '서울'이라는 글씨를 만들었다. 서울특별시민은 누구나 환호

성과 열렬한 박수를 보냈다.

자이언트 바바 III를 후원했던 주식회사 로진로봇은 오랫동안 가정용 로봇 개발을 해 온 로봇 기업의 명가다. 로진상사라는 중소기업으로 출발해 가정용 로봇과 교육용 로봇에 주력해 2015년 이른바 '국민 로봇 시대'를 열었던 기업 중 하나다. 그들이 오사카 혼다자동차 연구팀과 손잡고 2037년부터 자이언트 바바 시리즈를 공동 개발하기 시작했다. 작년에 완성된 자이언트 바바 III는 지난 12년의 공동 연구의 땀이 고스란히 담긴 작품이다. 자이언트 바바 III의 가슴에는 서울의 땀이 배어 있었다.

2049년 6월 27일, 서울 청담동 르노-삼성 쇼룸에서 열린 우승 후보 로봇 쇼케이스는 수많은 인파로 붐볐다. 건물 5층 크기의 전시관이 전면 유리로 돼 있어 안이 훤히 들여다보이는 쇼룸은 이 지역의 랜드마크다. 32강전을 가뿐히 통과한 로봇들이 한자리에 모였다. 닥터 루스벨트(도쿄, 우승 확률 100분의 1)와 라이징 브라이거(로마, 우승 확률 200분의 1)는 32강전을 치르면서 생긴 고장 때문에 정비를 이유로 불참했다.

'16강 쇼케이스'라고 이름 붙여진 이날 행사에 참가한 로봇들 중에서 도박사들이 우승 후보로 꼽은 몇몇 로봇들은 이미 식전부터 집중 인터뷰 대상이 됐다. R 기자들은 로봇 개발팀과 후원사들의 인터뷰를 따느라 바빴다. 출전 로봇과 로봇 개발자들 그리고 후원사가 한자리에 모인 쇼케이스의 광고 효과는 후원사들이 지난 몇 년간 지원했던 연구비보다 훨씬 컸다.

쇼케이스가 시작되자, 이 자리를 축하하기 위해 인기 로봇 팀 메카닉 트리오가 화려한 댄스와 힙합으로 분위기를 달궜다. 이어 격투 로

봇이 모습을 드러내자 카메라 플래시가 쉴 새 없이 번쩍였다. 그중에는 보노보에서 온 R 기자도 여럿 눈에 띄었다.

제일 먼저 작년도 우승 로봇 슈타이거(베를린, 우승 확률 100분의 12)가 무대에 올랐다. 베를린 막스 플랑크 연구소에서 만든 이 로봇은 BMW사가 후원하는 로봇으로, 돌려차기가 일품이었다. 한 다리는 바닥에 붙이고 다른 다리를 몸과 함께 돌려 차는 데 걸리는 시간은 0.18초. 엄청난 모멘트를 순식간에 전달하는 이 파괴적인 회전력은 BMW의 초강력 엔진에 그대로 사용됐다.

슈타이거가 무대 중앙에 자리를 잡았다. 슈타이거에 이어 졸리 더 퀸과 M-ALI(예루살렘, 우승 확률 100분의 7), 자이언트 바바 III, 풀메탈패닉 K(덴버, 우승 확률 100분 4), SRX 9000(브리스틀, 우승 확률 100분의 4), 그리고 무사시가 무대로 올라왔다.

올해 최대 화제 로봇은 단연 무사시다. 도박사들은 무사시의 우승 확률을 작년도 우승 로봇 슈타이거보다 두 배나 높게 잡았다. 혼다에서 개발한 초강력 합금을 양팔 스킨에 장착했고 자동차 엔진 AUI4500을 변형해 어깨에 달았기 때문에, 무사시의 펀치는 그 어느 때보다 강력했다. 그는 올해 보노보 개국 기념 평가전에서 글라슈트(서울, 우승 확률 100분의 2)를 무참히 짓밟는 기량을 선보여 도박사들에게 더욱 후한 점수를 얻었다. 그러나 무사시의 표정은 오늘도 무뚝뚝했다.

"올해 당신의 최대 적수는 누구라고 생각하십니까?

SBS 이민호 기자가 무사시에게 자극적인 질문을 던졌다. 한동안 정적이 흘렀지만 무사시는 답이 없었다.

"저희 무사시는 지난해 변형 자동차 엔진을 통한 빠른 어깨 회전과

다리 회전, 사무라이를 연상시키는 칼날 같은 손놀림에 각별히 신경을 썼습니다. 약점으로 지적되던 머리와 목 부분도 두 손으로 막는 기술을 통해 극복했다고 자부하고요. 올해는 아주 좋은 성적을 거두리라 생각합니다."

무사시를 개발한 리우데자네이루 로봇 아트 센터 소속 로봇 공학자 히로유키 나카지마가 자동 번역기를 통해 차분한 어조로 대답했다.

"슈타이거를 만드신 마틴 구레츠키 박사는……"

보노보에서 온 빈센트 노호 R 기자가 마틴 구레츠키 박사에게 질문을 던지려는 순간, 무사시가 드디어 입을 열었다.

"나는, 나는 다른 선수들의 기량은 잘 모릅니다. 다만 나는 내가 작년 한 해 동안 공격 기량이 230퍼센트 이상 향상되었다는 사실을 알고 있습니다. 내가 2위를 했던 작년 대회를 분석한 결과, 올해는 그때보다 더 좋은 성적을 거둘 것으로 예측합니다."

장내는 한동안 어색한 정적이 흘렀다. 운동 기능은 세계 최고지만, 무사시는 순발력 있는 판단이나 감성적인 단어 사용 등의 인지 기능은 다소 떨어지는 듯 보였다. 객석을 살피지도 않고 시선을 바닥에 고정시켰기에 음흉한 기운을 더했다.

"슈타이거를 만드신 마틴 구레츠키 박사는 도박사들이 무사시를 우승 후보 1순위로 꼽은 것에 대해 어떻게 생각하십니까?"

빈센트 노호 R 기자가 정적을 깨기 위해 질문을 고쳐 던졌다.

"저는 졸리 더 퀸이나 M-ALI가 무서운 우승 후보들이 아닐까 생각합니다. 기량도 뛰어날 뿐 아니라, 머리를 쓰는 기술이 보강된 로봇들이라서 쉽지 않은 시합이 되겠지요. 저희도 준비를 많이 해서, 지능적인 방어와 순발력 있는 공격으로 승부를 걸어 보려고 합니다.

많이 응원해 주십시오."

마틴 구레츠키 박사는 전년도 우승 로봇을 만든 과학자답게 겸손하게 대응했다.

이날 약 4시간 30분간 지속된 16강 쇼케이스는 화려하고 유쾌했으며 분위기도 대체로 화기애애했다. 간혹 우승 후보 로봇들 간의 신경전도 있었지만 오히려 흥미를 더했다. 자이언트 바바 III는 이 자리에서도 코믹 댄스로 기자단과 팬들에게 한바탕 웃음을 선사했다.

쇼케이스에서 글라슈트와 최볼테르 교수를 주목한 기자는 단 한 사람도 없었다.

앵거 클리닉의 비밀

만인이 지키지 않는 약속을 혼자만 지키는 얼간이 이야기를 들어본 적이 있는지……? 타인을 욕하지 않으며 참말만 하고 날마다 반성하며 살겠다는 약속!

더위가 본격적으로 시작되자, 메디컬 존의 병원들은 문을 꼭꼭 닫아걸고 시원한 인공풍에 의지하여 하루하루를 보냈다. 창문을 활짝 열고 자연풍을 받아들이는 곳은 조윤상 박사가 원장으로 있는 앵거 클리닉뿐이다. 이 클리닉의 유일한 간호사 최미미는 땀을 뻘뻘 흘리면서 복도를 오갔다. 간호 로봇 두 대가 더위를 먹고 오작동을 일으킨 것이다. 실내 근무가 원칙인 R 간호사에게는 적정 습도와 온도 유지가 필수적이다.

"간호사! 언제까지 기다리란 말이오? 원장님은 아직 도착하지 않으셨소?"

최볼테르가 진료실 문을 열고 나와서 미미를 불러 세웠다. 오늘은 석 달 동안의 상담 치료를 마치고 최종 소견을 듣는 날이다. 완쾌 의견이 나오면 더 이상 쿼런틴 게이트에 올 이유가 없다.

"잠시만 기다리세요. 곧 도착하신다는 연락이 왔답니다. 아, 저기

오시네요."

미미가 열린 창문 밖을 손으로 가리켰다. 조윤상 원장이 이마의 비지땀을 손수건으로 닦으며 바쁘게 걸어오는 것이 보였다. 볼테르는 미소 짓는 미미를 향해 짜증을 냈다.

"이 클리닉엔 에어컨 시설도 없소? 지금 기온이 얼마나 높은데 문을 죄다 열어놓은 거요? 누구 쪄 죽는 꼴 보려고 그럽니까?"

미미가 두 눈을 동그랗게 뜨고 답했다.

"제 잘못이 아니고요, 원장님 방침이에요."

그 순간 조 원장이 복도로 들어섰고, 미미는 고장 난 간호 로봇들을 세워놓은 옆방으로 자리를 피했다.

"지금 몇 신 줄이나 아십니까? 2시하고도 10분이나 더 지났습니다. 약속 시간을 한 시간 10분이나 어기셨어요."

조 원장은 볼테르의 불평에 대꾸도 없이 간호사부터 찾았다.

"간호사! 최 간호사!"

옆방에서 미미가 종종걸음으로 달려와선 문을 반만 열고 분위기를 살폈다.

"혹시 방문종 군에겐 연락 온 거 없었나?"

"없습니다, 원장님!"

조 원장이 입으로 쩝! 소리를 내며 오른손을 아래위로 흔들었다. 그만 나가 보라는 뜻이다. 문이 닫히자마자 볼테르가 따지고 들었다.

"다들 어디 갔습니까? 오늘 그룹으로 모여 석 달 동안의 상담 치료를 마무리 짓기로 하지 않았습니까? 방문종, 걔는 돼먹지 못한 녀석이니 결석할 수도 있겠지만, 나머지 두 사람, 도그맘 아줌마하고 변선수는 왜 아직 오지 않는 겁니까?"

조 원장이 왼손으로 안경테를 들고 오른손 엄지와 검지로 콧등을 두 차례 쓸어내린 다음 되물었다.

"정말 몰라서 묻는 겁니까 아니면 딴 뜻이 있는 겁니까?"

"몰라서 이러다뇨? 딴 뜻은 또 뭐죠?"

"뉴스도 안 보십니까? 지금 특별시 전체가 연쇄 살인 사건 때문에 난린데, 모른단 말입니까?"

볼테르가 두 눈을 끔뻑거리며 조 원장의 설명을 되짚었다.

"연쇄 살인? 사람들이 죽어 나가고 있단 말씀입니까?"

"도그맘 시정희 씨와 변주민 씨는 오늘 모임에 참석할 수 없습니다. 살해당했으니까요."

볼테르의 얼굴이 일그러졌다.

"저엉말 몰랐습니다. 배틀 원 2049를 위해 연구실에서 계속 밤을 지새웠거든요. 글라슈트에만 집중했습니다. 그런데 어딜 그리 급히 다녀오는 길이신지……? 두 사람이 오지 않더라도 약속은 약속 아닙니까? 글라슈트를 정비할 시간을 벌써 한 시간 넘게 허비하고 말았습니다. 빨리 완쾌 소견을 밝혀 주십시오. 가 봐야 합니다."

두 환자의 불행은 불행이고 약속 시간을 지키지 않은 것은 조윤상 원장의 잘못이다. 조 원장의 목소리가 처음으로 높아졌다.

"잇달아, 시정희 씨와 변 선수가 살해당했습니다. 우연일까요?"

"우연일까요…… 라뇨?"

"피살자 두 사람이 모두 저희 앵거 클리닉의 환잡니다. 이게 우연인가 이 말입니다."

볼테르는 비로소 조 원장의 질문이 노리는 지점을 알아차렸다.

"우연이 아니라면…… 다음은 나 최볼테르나 말썽꾸러기 방문종이

ANGER CLINIC

죽을 차례란 소린가요?"

"퍼펙트! 그래서 방문종 학생이 자주 가는 거리와 빌딩들을 돌아보고 오느라 늦었습니다. 그런데 어디에도 없습니다. 제발 무사해야할 텐데……."

볼테르가 의심의 눈초리를 번뜩였다.

"스릴러 영화나 추리 소설을 보면, 한 조직의 구성원들이 죽어 나갈 때 살인범은 내부인인 경우가 많습니다. 학생들이 줄줄이 살해당하면 담임 교사가 범인일 가능성이 크고, 환자들이 희생될 땐 당연히 담당 의사가 용의선상에 오르는 법입니다. 어떻습니까, 자수할 의향은 없으신가요?"

조 원장은 즉답을 피하고 볼테르의 진료 차트를 꺼내 폈다. 볼테르가 다시 시간을 확인했다. 벌써 2시 25분을 넘어섰다.

"시작하시죠. 오늘 방문종 그 녀석 얼굴 보기는 틀린 것 같습니다. 3시 30분부터 글라슈트를 최종 점검해야 합니다. 16강전은 밤 9시부터 시작되고요. 지금 와서야 말씀드리는 겁니다만, 정말 원장님께

할 말 못할 말 다 했습니다. 이 세상에서 제 비밀을 가장 많이 아는 사람을 꼽으라면 당연히 조 원장이십니다. 석 달 전엔 넷이었는데 결국 저 혼자만 치료를 마치는군요. 다 같이 클리닉을 끝내면 좋았을 것을. 허나 어떤 일이든 아쉬움이 남기 마련이지요."

볼테르는 작별 인사를 마치고 의자에서 엉덩이를 뗐다. 조 원장이 퉁명스럽게 물었다.

"치료를 마쳤다고 누가 진단을 내렸습니까?"

"그거야 석 달 꾸준히 상담 치료를 받으면 코스를 마치게 된다고 원장님이 직접 설명하지 않으셨습니까? 배틀원 2049 준비로 무척 바빴지만 단 한 번도 약속을 빼먹지 않았습니다."

조 원장이 차트를 덮고 볼테르를 쳐다보았다.

"두 달 더 상담을 받으셔야 하겠습니다."

"뭐라고요? 두, 두 달!"

볼테르가 자리에서 벌떡 일어났다. 당장 조 원장의 멱살이라도 움켜쥘 기세였다. 그러나 한숨을 길게 연거푸 내쉰 후 다시 의자에 앉았다. 지금 이 순간 화를 내는 것이 얼마나 불리한가를 알아차린 것이다. 주먹이라도 날렸다가는 치료 기간이 두 달 아니라 2년으로 늘어날지도 모른다.

"이유가 뭡니까?"

"아직 분노를 다스리는 능력이 조금 부족합니다. 두 달만 더 상담 치료를 하면 완쾌될 겁니다."

"개수작!"

볼테르의 입에서 상스러운 말이 튀어나와 버렸다.

"괜히 이러는 걸 모를 줄 압니까?"

"괜히…… 이러다니요?"

"보노보 방송국에서 폭발물이 터지던 날, 그 좌담회 기억하시죠? 배틀원을 당장 없애야 한다는 조 원장님 의견을 제가 계속 반박했다고, 이러는 것 아닙니까? 배틀원 2049에서 글라슈트가 16강을 지나 8강, 4강에 오르지 못하게 하려고 앙심을 품은 것 아니냐고요?"

"사사로운 불만으로 환자를 진료하진 않습니다."

조 원장이 단칼에 잘랐다.

"그럼 대체 왜 이러는 겁니까? 지금은 1분 1초가 아까운 시간입니다. 팀원들을 불러 인터뷰해 보십시오. 지난 석 달 동안 저는 단 한 차례도 화를 낸 적이 없습니다. 순한 양이었다고요."

"그게 더 문제입니다. 화를 내는 횟수와 강도를 서서히 줄여나갔다면 치료를 끝내겠지만, 자주 화를 내고 기물을 파손하던 사람이 성인(聖人)처럼 돌변했다면, 그건 화가 사라진 게 아니라 마음속 깊이 숨은 겁니다. 언제라도 계기만 생기면 다시 폭발하죠. 이제부터 두 달 동안은 숨어 있는 화를 끄집어내서 다스리는 치료를 하겠습니다. 일주일 후에 다시 오십시오."

"원장님! 정말 너무하십니다. 지금부터 배틀원이 끝날 때까지는 다른 곳에 눈 돌릴 여유가 없습니다."

볼테르가 무릎을 탁 치며 이야기를 이었다.

"이렇게 하지요. 두 달 상담 치료를 더 받겠습니다. 배틀원이 끝나는 시점부터 치료를 재개하는 게 어떻겠습니까? 그땐 두 달 아니라 넉 달 아니 여덟 달이라도 치료를 받겠습니다."

볼테르로서는 최대한 양보한 제안이었지만 조 원장은 처음 정한 뜻을 바꾸지 않았다.

"치료의 시작과 끝은 환자가 아니라 의사가 정하는 법입니다. 일주일 후부터 시작하겠습니다. 그날 클리닉에 나오지 않으면, 배틀원 2049 주최 측에 보고하겠습니다. 그러면 글라슈트의 경기 출전 자체가 어려울 겁니다. 선택은 최 교수님이 하세요. 자, 어쩌시렵니까?"

20세기에 유행하던 농담 한마디.

미래를 알고 싶은 자, 시계를 조작할 일이다.

볼테르가 불만이 가득한 얼굴로 진료실을 나선 후 10분도 지나지 않아서 두 번째 방문객이 찾아왔다. 은석범 검사였다.

"어서 오십시오. 3시 정각에 도착하셨군요. 차를 한 잔 마실 참이었는데, 드릴까요?"

"감사합니다."

"오늘은 재스민을 즐길까 하는데, 괜찮으신가요? 스트레스 해소에 특히 좋습니다."

조 원장이 창가로 가서 직접 물을 끓이고 차를 타는 동안, 석범은 진료실을 둘러보았다. 말이 진료실이지, 20세기 어느 작가의 고즈넉한 집필실 같은 분위기를 풍겼다. 보조 책상에는 낡은 턴테이블이 놓였고, 벽돌을 쌓아 만든 5단 책장에는 500여 권의 책이 빼곡하게 꽂혔다. 특이한 점은 모두 꺼풀을 씌워 지은이도 제목도 확인할 수 없다는 사실이다.

석범이 다가가서 제일 윗단의 책 한 권을 뽑아 첫 장을 폈다. 『일리아드』였다. 그 옆의 책들을 차례차례 뽑아들었다. 『오디세이아』, 『아이네이스』, 『신통기』. 그리스 신화와 문화 전반에 관한 책이 스무 권도 넘었다.

"왜 꺼풀을 씌우십니까?"

"간단한 게임을 즐기기 위해서랄까요. 두뇌 훈련용입니다."

"두뇌 훈련을 위한 게임이라고요?"

조 원장이 재스민 차 두 잔을 들고 자기 자리로 돌아왔다. 석범도 그와 마주보고 앉았다.

"책을 사서 완독할 때까진 꺼풀을 싸지 않습니다. 다 읽고 난 후에야 꺼풀을 씌워 꽂아 둡니다. 매일 아침 출근하고 30분가량 책장 앞에 서서 꺼풀로 싼 책의 제목을 죽 외우지요. 20세기 어느 시인은 세계의 명산 이름 외는 것으로 두뇌 훈련을 했다더군요. 이 책들이 내겐 명산입니다."

"꽂아 둔 자리를 외우는 건가요?"

"영원히 첫 자릴 고집하진 않습니다. 책이 모이면 주제나 쓰임새에 따라 새 자리로 옮기지요. 소소한 이동은 거의 매일 하다시피 하고, 큰 이동 그러니까 전체의 25퍼센트 이상을 바꾸는 경우도 계절마다 한 차례씩은 있습니다. 작은 이동이야 별 문제 없습니다만, 크게 이동한 후엔 책을 찾지 못해 애를 먹는답니다. 하기야 열에 아홉을 맞힌다면 그게 무슨 게임이겠습니까."

"읽고 있거나 이미 읽은 좋은 책을 타인에게 알리고 싶지 않아서 꺼풀로 싸는 건 아닙니까? 지혜의 말씀을 혼자만 간직하려고 말입니다."

"날카로우시군요. 여기까지 설명하면 대부분은, 어디 한 번 외워 보세요, 사소한 호기심을 충족시키는 쪽으로 갑니다. 그럼 저야 좋죠. 순서대로 제목을 열서너 개 대는 것으로 호감을 얻고 칭찬도 받습니다. 검사님은 이쪽 크고 높고 넓은 문 대신 저쪽 더 좁은 문으로 질문을 던진 두 번째 분이십니다."

석범은 첫 질문자를 알고 싶었지만, 이제 그만 본론으로 들어가는 편이 낫다고 판단했다.

"시정희 씨와 변주민 선수의 담당의셨죠?"

"네, 변주민 선수와 지금까지 세 번 상담 치료를 했습니다. 단체 상담 한 번에 개인 상담 두 번이지요. 울분을 다스리고 푸는 능력이 꽤 많이 향상되어 오늘 날짜로 치료를 마칠 예정이었습니다."

"아, 그래서 변 선수가 오늘 오후 3시로 예약을 했던 것이로군요."

조 원장이 고개를 갸웃거렸다.

"3시라고요? 아닙니다. 변 선수는 오후 1시에 저와 만나기로 했죠. 시정희 씨도 죽지 않았다면 같은 시간에 만나서 행복한 마무리를 했을 겁니다."

석범이 커플 칩을 통해 발견한 변주민의 스케줄을 떠올리며 다시 반문했다.

"원장님이 착각하신 것 아닌가요? 변 선수가 작성한 스케줄 파일에는 15시로 적혀 있었습니다."

갑자기 조 원장이 웃음을 터뜨렸다.

"왜 웃으십니까?"

"고약한 버릇에 당하셨군요."

"버릇이라뇨?"

"변 선수는 시간을 기록할 때 꼭 두 시간씩 더하더군요. 13시 약속은 15시, 15시 약속은 17시, 이런 식으로 말이죠."

"두 시간을 더한다고요? 왜죠?"

"저도 궁금해서 물어봤더니, 남들보다 미래를 먼저 접하고 싶어서

라나요. 가난과 절망을 딛고 하루라도 빨리 정상에 서기 위해 노력했으니까, 아마도 그런 엉뚱하면서도 귀여운 짓을 했나 봅니다."

"변 선수가 아내 대용 로봇에 관한 이야기도 하던가요?"

"아, 그건 확인시켜 드릴 수 없습니다."

조 원장이 잘라 말했다.

"원장님! 저는 지금 연쇄 살인 사건을 수사 중입니다. 변주민의 사생활을 조사할 권리가 있음을 알려 드렸을 텐데요."

"보안청으로부터 협조 요청서를 받긴 했습니다. 특별시 연합법에 의거하여 검사님의 요구가 위법이 아님을 잘 압니다. 그러나 법의 차원이 아니라 분노를 다루는 의사의 윤리적 차원에서, 비밀 유지를 요청한 시정희 씨와 변주민 선수에 관해서는 어떤 질문에도 답해 드릴 수 없습니다. 지금까지 나는 환자와의 상담 파일을 외부에 공개한 적이 없습니다. 보안청이라고 해도."

"공무 집행 방해로 처벌받을 수도 있습니다."

"벌을 내리면 달게 받겠습니다."

"원장님! 이런 말도 안 되는 실랑이는 정말 하고 싶지 않습니다. 담당의는 상담 내용을 녹화하여 30년간 보관해야 합니다. 파일을 보내 주셨다면 제가 여기 올 이유도 없었습니다."

"나는 그 누구에게도 변주민 선수와 상담한 파일을 보내지 않을 겁니다."

"보안청을 믿지 못하시는 겁니까? 해킹을 걱정하는 거라면 염려놓으십시오. 이중삼중으로 철저하게 보안 조처하겠습니다."

조 원장은 석범의 간청에도 마음을 바꾸지 않았다. 재스민 차를 권하던 친절함과 따스함은 사라지고 뿔테 안경 속 눈동자에는 날카로움이 가득했다.

뭔가 있구나.

석범은 직감했다. 아무리 고집불통 의사라도 병원 문을 닫게 하거나 감옥에 처넣겠다고 하면 타협점을 먼저 밝혀 살아날 구멍을 찾는 경우가 대부분이다. 변주민에 관한 파일을 넘기지 않는 것은, 그 많은 손해를 감내하고서라도 지켜야 할 무엇이 있기 때문이다. 역시 자연인 희망 연대와 연결되어 있는가. 혹시 비밀 조직원?

"보안청 직원들은 언제나 당당하군요. 잘못이나 오류 따윈 단 하나도 없다는 식으로 몰아붙입니다. 안전하다고 했습니까? 파일이든 진술서든 전혀 새지 않을 것이라고 확신한다는 거죠?"

석범은 맞대응을 하려다가 입을 다물었다. 조 원장이 이야기를 이었다.

"지금 검사님은 이런 생각을 하시겠지요. '적어도 나는 아니다. 난 끝까지 앵거 클리닉의 상담 파일을 세상에 공개하지 않겠다.' 그 자신만만함이 더 큰 화를 부르는 법입니다. 지금이 어떤 세상입니까. 지구라는 행성에서 '단독자'로 살아갈 수 있는 인간은 단 한 사람도 없습니다. 전 지구를 뒤덮은 네트워크가 가만두지 않는다 이 말입니다. 물론 은 검사님은 저와의 약속을 지키기 위해 목숨이라도 던지실 겁니다. 믿지요, 믿습니다. 그러나 네크워크란 놈은 피도 눈물도 없지요. 작은 링크 하나가 검사님의 자신감을 단숨에 쪽 빨아 삼킬 겁니다."

"아닙니다. 저는……."

석범의 목소리가 가늘고 빨라진 만큼 조 원장의 가위질도 더욱 활발했다.

"시정희 씨와 변주민 선수의 때 이른 죽음은 나도 무척 가슴 아픕니다. 그러나 고인의 행적이 세상에 알려져 고인을 두 번 죽이는 일이 생기지 않았으면 하는 것이 내 바람입니다."

"원장님 심정을 짐작은 하겠습니다."

"아니! 은 검사는 전혀 모릅니다. 좋은 게 좋다는 식으로 넘겨짚어 유도하는 것을 보니 아직 대문도 두드리기 전이로군요."

"그게 무슨 소립니까? 알아듣기 쉽게 속 시원히 말씀이라도 좀 해 주십시오."

"빙빙 돌리지 말고 그냥 똑바로 물으십시오. 보노보 방송국과 부엉이 빌딩 테러에 내가 얼마나 개입했는지 궁금한 거 아닙니까? 더 상상의 날개를 펴면, 이 연쇄 살인도 테러의 일환이라고 볼 수는 없을까 궁리 중이죠?"

"저는 아닙니다만, 그런 의심을 품은 형사도 있는 게 사실입니다."

가장 강력하게 문제제기를 한 이는 앨리스였고, 창수와 병식도 앵거 클리닉에서 구린내가 진동한다며 맞장구를 쳤다.

"믿지 않으시겠지만, 나는 아닙니다. 난 그저 '자연인을 아끼는 사람들'에 이름만 올려 두었을 뿐입니다. 조사해 보세요."

대체 누가 이 따위 앞뒤가 꽉 막힌 병원을 보안청 협력 병원으로 지정한 거야? 협력? 웃기고 있네. 방해도 이런 방해가 없어.

석범은 줄줄이 요동치는 문장들을 겨우 찍어 눌렀다.

"알겠습니다. 미리 살펴보니 깨끗하시더군요. 곧 다시 오겠습니다."

"변 선수나 시정희 씨 때문이라면 오지 않으시는 편이 낫겠습니다. 나는 이미 말씀을 다 드렸습니다."

"그래도 오겠습니다. 그때도 맛있는 차 한 잔 주십시오. 이왕이면 숙면을 유도하는 차로 부탁합니다. 부쩍 자주 악몽을 꾸거든요."

석범은 어색한 악수를 나눈 후 진료실을 나왔다.

분노라는 병

분노라는 병은 모든 악을 압도한다.

1.

먼저 저희 앵거 클리닉을 아끼고 사랑해 주신 모든 분들께 진심으로 감사드립니다. 2019년 4월 10일, 앵거 클리닉이 처음 개원한 이래, 올해로 벌써 30년을 맞이하게 됐습니다. 지난 30년간 저희 병원을 찾아 주신 모든 환자분들과 애정을 아끼지 않으셨던 보호자 분들, 그리고 함께 환자를 보살펴 주신 의사, 간호사, 그리고 행정 직원들 모두에게 진심으로 머리 숙여 감사드립니다.

여러분의 따뜻한 애정 덕분에, 다양한 증세를 호소하며 저희 앵거클리닉을 찾아 주신 매년 8000여 명의 환자분들이 건강과 안정을 회복하고 다시 가정으로 돌아가셨습니다. 또 심각한 정신 질환이 아니더라도, 평소 분노 조절에 어려움을 겪고 계신 분들이나 분노 표출에 서툰 분들이 저희 클리닉에 오셔서 많은 위안을 얻고 가셨습니다. 저는 그것을 제 생의 가장 고귀한 사명이라 믿으며, 지난 30년을 열심히 살아 왔고 앵거 클리닉을 꾸려 왔습니다. 제가 사명을 다할 수 있도록 도와주신 모든 분들과 '30년의 기쁨'을 함께 나누고 싶습니다.

2.

인간에게 분노는 자연스러운 감정입니다. 우리는 5개월이 채 안 된 아기에게서도 분노를 일으킬 수 있습니다. 아기의 팔을 확 잡아 당겨 보세요. 아마 큰 소리로 울부짖으며 도움을 청하고, 우리를 향해 '원망의 울음'을 토해 낼 것입니다.

보스턴의 한 신경 과학자가 조사한 바에 따르면, 모든 인간은 분노를 경험하지만 그 빈도수는 천차만별이라고 합니다. 평균 일주일에 1~2회 정도 분노를 경험하지만, 하루에 10회 이상 분노하는 사람이 있는가 하면, 1주일 내내 한 번도 분노한 적이 없다고 답한 사람들도 15퍼센트나 된다고 합니다. 자제력을 잃고 화를 내는 빈도는 남성과 여성이 큰 차이가 없으나, 분노로 인해 살인을 저지를 확률은 남성이 무려 27배나 높습니다. 남성의 분노가 훨씬 공격적이라는 얘기지요. 우리가 살면서 한 번도 화를 안 낼 순 없겠지만, 노력하면 '현명하게 분노를 표출하는 삶'을 살 수 있지 않겠습니까?

심리학자들은 인간이 옛날보다 화를 더 많이 낸다는 증거는 없다고 주장합니다. 인간이 현대 사회에서 느끼는 분노는 대부분 스트레스로 인한 것인데, 예전에도 비슷한 스트레스가 존재했다는 얘기지요. 500년 전에는 '냇가에서 옷을 빨려는데 비가 와서 생긴 분노'나 '글씨를 너무 작게 써서 글을 읽을 수가 없다고 화를 낸 일화' 등이 기록으로 남아 있습니다. 20세기에 들어서면서 세탁기나 프린터의 등장으로 그런 분노는 줄어들었지만, 대신 '교통 체증에 대한 분노'가 새로 생겨났지요. 그리고 요즘에는 교통 체증에 대한 분노는 많이 줄었지만, '로봇들의 잦은 고장'으로 일을 망쳐 버린 경우가 종종 있어 '기계 분노'란 단어도 종종 사용됩니다. 이처럼 분노의 양상만 바뀔 뿐 분노 자체가 늘지는 않았다는 것이 심리학자들의 주장입니다.

하지만 저는 그들의 주장에 동의하지 않습니다. 30년 전, 제가 처음 앵거 클리닉을 열었을 때 환자들의 행동은 요즘 환자들처럼 과격하지 않았습니다. 2049년의 환자들은 훨씬 더 과격하고, 반응이 즉각적이며, 분노 표출 방식도 극단적입니다. 이유가 뭘까요? 저는 인간이 자연과 멀리하면서 불행이 시작됐다고 믿습니다. 분노를 스스로 조절하고 정화하기 위해선 숲과 계곡, 산과 바다와 늘 함께 해야 하는데, 2049년 서울특별시는, 그리고 다른 도시들은 자연으로부터 너무 멀리 떨어져 있습니다. 요즘 우리는 '쉽게 위안을 얻지 못하는 삶'에 안주하고 있지요.

3.

인간은 신체적인 고통이나 불편, 혹은 타인의 잘못으로 인한 행동의 제약, 의지의 좌절 등을 경험하면 분노를 느낍니다. 그 순간 여러분의 뇌는 순식간에 엉망이 되지요. 한때 세상을 풍미했던 만화 주인공 배트맨을 보신 적 있나요? 만화 「배트맨」에는 자기 분노를 억제하지 못하는 아미그달라(Amygdala)라는 인물이 등장합니다. 아미그달라는 우리 뇌 속에 있는 호두 모양의 편도체를 말하는데, 인간의 분노를 표상하는 곳입니다. 분노의 순간, 이곳은 난리가 납니다. 신경 세포들이 전기 펄스를 뿜어 대고, 이곳저곳에서 도파민을 마구 방출하도록 만들지요. 또 아드레날린 같은 호르몬이 온몸에서 과다 분비됩니다.

분노를 느낄 때마다 과격하게 자기 감정을 표출하는 '외적 분노 표출 성향'의 분들을 주변에서 종종 보시죠? 그분들은 충동을 억제하는 세로토닌의 수치가 매우 낮아 그렇게 공격적인 행동을 쉽게 하는 것입니다. 이런 분들이 대개 폭식을 하거나 자기 억제를 못하는 경향이 있지요.

외적 분노 표출 성향의 사람들에겐 행동을 통제하고 제어하는 전전두엽이 제 기능을 못합니다. 이곳은 행동하기 전에 한 번 더 생각하도록 만드는 곳인데, 대개 전전두엽의 활동이 부족한 분들이 분노를 곧바로 행동으로 옮기는 충동적인 성향이 있습니다.

4.

분노가 언제나 나쁜 것은 아닙니다. 우리 신체가 외적인 공격에 대비하도록 준비하게 만들고, 꼭 필요한 에너지를 순간적으로 사용하게도 합니다. 아이들이 원하는 로봇이나 게임기를 부모로부터 얻게끔 도와주는 도구로도 사용되지요. 더 좋은 일자리를 찾기 위한 동기가 되기도 하고요. 사회적 분노는 때론 현실적인 인간들이 옳은 일을 하도록 만드는 용기를 불어넣어 주기도 합니다. 아마도 이런 이유 때문에 자연의 진화는 인간에게 분노라는 감정을 갖게 해 준 모양입니다.

우리가 분노하게 되는 가장 극적인 상황은 바로 우리 자신이나 우리가 가장 아끼는 존재가 생존을 위협받을 때입니다. 그들의 생존과 안녕이 위협받는 상황에서 인간은 자신의 어쩔 수 없는 '생존 본능'이 작동해 분노로 표출됩니다. 분노는 불행한 것이지만, 살아야겠다는 절박한 마음에서 출발한 것이라는 점에서 어리석지는 않습니다.

하지만 대개 분노는 파괴적인 결과를 낳습니다. 자기 방어의 도구가 되기보다는 지나친 흥분으로 인해 인간 관계를 파괴하거나 회복할 수 없는 폭력을 낳는 경우가 더 많습니다. 역사 기록에 따르면, 페르시아의 어느 왕은 시리아를 점령한 후 사소한 일로 격노한 나머지 "시리아 주민의 코를 모두 베어 버리라."는 명령을 내렸다고 합니다. 실제로 많은 시리아 인들의 코를 베기도 했고요. 믿거나 말거나지만, 안타깝게도 시리아는 그 후 '코가 납작한 사람들의 나라'라는 불행한 별명을 얻기도 했지요. 분노는 분별없이 행동하도록 만드는 요인일 뿐이라고 저는 생각합니다.

5.

"분노라는 병은 모든 악을 압도한다."

고대 로마의 스토아 철학자 루시우스 세네카가 자신의 책 『분노에 대하여』에서 썼던 말입니다. 저는 이 말을 금과옥조처럼 믿고 살아왔습니다. 저는 인간은 근본적으로 선하다고 믿습니다. 그들이 누군가를 때리거나 죽이는 행동을 하는 것은 자신의 순간적인 분노를 억제하지 못하기 때문입니다. 그것은 회복하기 힘든 불행을 낳습니다.

우리는 주로 누구에게 화를 낼까요? 낯선 사람에게 아무런 이유없이 분노를 내는 경우는 의외로 많지 않습니다. 화는 모르는 사람이나 싫어하는 사람보다는 오히려 가까운 사람에게 내는 경향이 있습니다. 분노가 파괴적인 행동을 유발한다면, 그것은 가장 아끼고 가까운 사람들에게 피해를 입힐 가능성이 아주 높습니다. 그래서 더욱 안타깝습니다.

그리고 꼭 잊지 말아야 할 것이 하나 있습니다. 우리가 가장 분노하게 되는 상황이 뭔지 아세요? 바로 자기 자신이 누군가의 분노의 대상이 되는 것입니다. 누군가 내게 분노를 강하게 표출한다면, 나는 그 사건으로 인해 '분노한 당사자보다 3배나 더 큰 분노를 느낀다.'는 연구 결과가 있습니다. 분노는 더 큰 분노를 낳고 어느 순간 눈덩이처럼 불어난다는 것이지요.

6.

"분노와 어리석은 행동은 길을 나란히 걷는다. 그리고 후회가 그 둘의 발꿈치를 문다."

과학자이자 정치가였던 벤저민 프랭클린이 한 말입니다. 저는 분노가 어리석은 행동이라고 믿진 않지만, 우리 사회에 분노와 그로 인한 불행이 생기지 않도록 앞으로도 최선을 다할 것입니다. 기계 문명과 IT 테크놀로지가 우리를 성급하게 만드는 이 시대에, 저희 앵거 클리닉은 그 어느 때보다도 더욱 열심히 환자들을 돌볼 것을 약속드립니다. 항상 감사합니다.

조윤상(앵거 클리닉 원장)

「앵거 클리닉 뉴스레터」(2049년 봄호)에서

67퍼센트 인생

특별시는 잠들지 않는 도시다.

인간에게는 최소한 하루 네 시간의 수면이 필요했지만, 로봇은 365일 내내 깨어 있어도 피로를 몰랐다. 공장도 은행도 극장도 24시간을 꽉 꽉 채워 최고의 이익을 추구했다. 21세기 초에는 시민들이 잠든 동안 로봇이 그 공백을 메우니 좋다는 식이었다. 그러나 2049년 로봇의 한 결같음은 시민들의 수면 체계 자체를 바꿔 버렸다.

낮에는 일하고 밤에는 잠자는 보편적인 리듬을 따르는 인간이 급 속하게 줄어들었다. 자리를 지키면서 해야 할 자질구레한 일들까지 로봇이 떠맡은 후로 인간은 시간 단위가 아니라 업무 단위로 하루하 루를 보냈다. '나인 투 파이브(9 to 5)'니 '세븐 투 투웰브(7 to 12)'니 하는 말은 옛말이 되었다. 높은 사회적 지위로의 출세를 위해서 많 은 노동량은 필수였다.

근무 시간이 한 시간이든 열 시간이든 그것은 중요하지 않았다. 일 을 마친 때가 낮이든 밤이든 그것도 중요하지 않았다. 일을 집에서 혼자서 하든지 공원에서 친구들과 하든지 그것 역시 중요하지 않았 다. 같은 회사 같은 부서에 몇 년을 근무해도 같은 사무실에서 마주

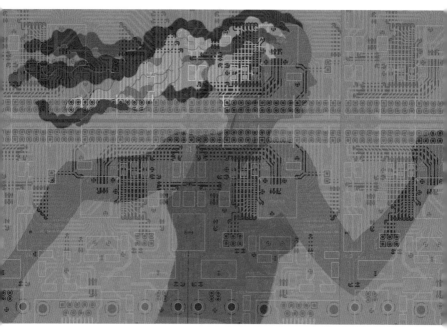

보고 앉아 회의할 일이 없었다.

많은 '중요함'이 사라지자 특별한 '자유로움'이 부여되었다. 3분의 1은 예전처럼 낮에 일하고 밤에 잠들었지만, 나머지 3분의 2는 원할 때 일하고 원할 때 잠들었다. 저녁 7시에 북적이는 번화가는 새벽 5시에도 마찬가지였다.

건강을 위해 도심 공원을 달리는 시간도 따로 없었다. 아침에도 달리고 낮에도 달리고 저물녘에도 달리고 밤에도 달렸다. 특별시는 잠들지 않고 달리는 도시였다.

특별시의 중심을 좌우로 관통하는 한강은 달리기 코스로 오랫동안 사랑받아 왔다. 제각각 다른 테마를 가진 12개의 인공섬이 만들어지고, 그 섬이 날개를 펴듯 구름다리로 강의 남북을 잇자, 한쪽으로만 달리던 지루함도 사라졌다. 12개의 섬을 놓고 시민들은 다양한 방식으로 자신만의 달리기 코스를 설계했다.

"인공섬 세우고 구름다리 놓으면 뭐 하나? 앞만 보고 질주하는 고집쟁이들에겐 그게 그건데."

오후 3시 서사라가 '지중해'라고 불리는 '인공섬 5'를 지날 때부터 앨리스는 줄곧 뒤따라 달렸다. 앨리스는 보안청에 소속된 남녀 형사를 통틀어 달리기라면 다섯 손가락 안에 드는 준족이었지만 최선을 다해 달려도 자꾸 서사라와 거리가 벌어졌다. 대부분의 특별시민은 인공섬들이 펼쳐 보이는 열두 가지 색다른 풍광을 즐기며 구름다리를 건너기도 하고 반대편 강변을 기웃댔지만, 사라는 달리는 것 자체에만 집중했다. 앨리스는 두 팔을 높이 휘저으며 짜증 섞인 목소리로 혼잣말을 지껄였다.

"완쾌되긴 했나 보군. 폭주 기관차가 따로 없어."

'잉카'라고 불리는 인공섬 12에 이르러서야 사라는 달리기를 멈췄다. 4분 13초 후에 도착한 앨리스가 격한 숨을 토하고 물을 마시는 동안 사라는 가볍게 품을 밟으며 활갯짓을 했다.

"달빛마을엔 왜 한 번도 오지 않는 겁니까?"

바디 바자르가 폭파된 뒤 보안청은 테러 피해자들을 위한 임시 숙소를 달빛마을에 마련했다. 앨리스는 달빛마을에 배정된 사라의 낡은 아파트 앞에서 잠복했지만 헛수고였다. 글라슈트 팀을 찾아가도 그녀를 만날 수 없었다. 배틀원 2049 16강전이 코앞인데 어딜 갔느냐고 물었다. 글라슈트를 눕혀 놓고 부품을 교환하느라 바쁜 껑다리 세렝게티와 뚱보 보르헤스는 자신들도 그녀의 행방을 몰라서 수소문하는 중이라고 짧게 답했다. 시합을 앞두면 열흘이든 한 달이든 글라슈트와 함께 일어나고 글라슈트와 함께 눕는 이가 바로 로봇 트레이너 서사라였다. 한숨을 내쉬며 체육관을 나오는데, 세렝게티가 흘리듯 한마디 보탰다.

"답답해서 그럴 겁니다. 16강전까진 경기장에 오지 말라는 주최 측의 권유가 있었거든요. 말이 권유지 금지 명령이죠. 혹시 있을지도 모르는 테러를 예방하는 차원이라네요. 서 트레이너는 아프고 힘들수록 더 격하게 몸을 놀린답니다. 그래야 기계 몸이 말을 듣는다나 어쩐다나. 사자 머리를 질끈 묶고 질주하는 블랙 러너를 찾아보세요."

앨리스는 사라가 쉼 없이 달릴 만한 곳을 모두 뒤졌다. 운동장은 물론이고, 빌딩과 빌딩을 이어 만든 스카이 산책로와 폐쇄된 지하철 선로를 리모델링한 일명 '두더지굴'까지 조사한 다음에야 강변으로 나갔다.

"63퍼센트임을 자랑하는 겁니까? 달리지 않아도 충분히 튼튼한 몸 아닌가요?"

앨리스도 23퍼센트가 기계 몸이다. 그러나 63퍼센트와 23퍼센트의 차이는 40퍼센트에 머무르지 않는다.

"67퍼센트예요!"

"네?"

"부엉이 빌딩이 무너졌을 때 천연 몸 4퍼센트를 더 잃었어요. 이제 3퍼센트 남았네요."

뒷맛이 쓸쓸하고 슬펐다. 누구에게 숫자는 숫자에 불과하지만 또 누구에게 숫자는 목숨보다 귀중하다.

기계 몸이 70퍼센트에 이르면 특별시 위생청에 출석하여 정밀 검사를 받아야만 했다. 인권을 인정하고 특별시민권을 계속 부여할 것인가, 아니면 '인권 대리인 필요' 판정을 내려 특별시민으로서의 권리 행사를 박탈할 것인가를 결정하기 위해서다. 물론 대뇌의 일부가 얼마나 기계화되었는가가 가장 중요하지만, 기계 대체율이 70퍼센트가 넘어가면 신체가 안정적이지 못해 비정상적인 행동을 하는 경우가 종종 생긴다. 특별시 위생청은 기계 대체율 70퍼센트 이상인 사이보그들에겐 정밀 검사 후 대체로 참정권, 선거권 등을 부여하지 않으며, 공무 집행 등 사회적 활동에도 제약을 가한다. 특별시 위생청의 정밀 검사는 대개 열에 아홉에게 시민권을 박탈당했기 때문에, 기계 몸이 60퍼센트를 넘어가는 이들은 질병이나 부상을 무척 조심했다.

"부엉이 빌딩 테러에 관해서라면 진술을 마쳤습니다."

사라는 눈길을 주지도 않고 사무적으로 답했다. 운동을 방해받기 싫은 것이다.

"오늘은 딴 일 때문에 왔습니다. 아, 긴 시간 빼앗지 않을 테니까, 건들건들 대지 말고 서서 얘기합시다."

그래도 사라는 품 밟기를 멈추지 않았다. 앨리스가 활갯짓을 하는 사라의 오른 팔목을 잡아 쥐었다.

"사람 말이 말 같지 않아?"

사라는 살짝 왼발 뒤꿈치를 들었다. 보안청 특공 무술을 5년 넘게 연마한 앨리스가 오른 무릎으로 사라의 왼 무릎을 가볍게 쳤다. 중심을 흔들어 사라의 발차기를 미리 막으려는 것이다.

"나중에 한판 제대로 붙읍시다. 67퍼센트든 99퍼센트든 난 상관없어!"

보안청 내규에는 60퍼센트 이상 기계 몸을 지닌 상대를 제압할 때는 무술 대신 총기류를 사용하라는 권고 조항이 있었다. 기계 몸의

괴력은 특공 무술로 단련된 보안청 형사들도 상대하기 어려웠다. 그러나 약이 바짝 오른 앨리스는 보안청 내규 따윈 무시했다.

"변주민 알죠?"

사라가 품밟기를 멈췄다.

"모른다고 잡아뗄 생각 말아요."

앨리스가 말을 끊고 사라의 표정을 살폈다.

"'알람'에게서 무슨 얘길 들었는지 모르지만, 전부 거짓말이에요."

"거짓말이라뇨?"

"직접 물어보세요."

아직 피살 소식을 모르는구나.

앨리스는 한 박자 숨을 골랐다. 뉴스가 흘러넘치는 세상이지만, 자기 일에 몰두하느라 뉴스를 접하지 않는 이들도 가끔 있었다. 글라슈트에 미친 사라도 그 중 하나였다.

"'알람'이 로봇 파손범인 건 아시나요? 달링 1호부터 3호까지, 나오는 족족 사들여 갈기갈기 찢어 놓았죠. 지금은 신제품 4호와 살지만, 5호가 나오면 4호도 1호부터 3호처럼 처참하게 버려질 거예요."

사라의 목소리는 침착했지만 말끝에 담긴 분노를 감추진 못했다.

"로봇 파손 및 유기죄로 앵거 클리닉에서 치료를 받은 사실은 확인했습니다만, 거짓말이란 건 무슨 소립니까?"

사라는 오가는 시민들을 흘끔 곁눈질했다. 대로변에 서서 나눌 이야기가 아니라고 판단한 듯, 인공섬 12호와 연결된 구름다리를 건너기 시작했다. 앨리스도 서둘러 뒤따랐다.

돌로 층층이 쌓은 3층 성벽을 오르는 두 사람의 발걸음이 눈에 띄게 느려졌다. 앨리스는 자주 걸음을 멈추고 허리를 숙인 채 헉헉거렸다. 섬 곳곳에 붐비던 특별시민들도 성벽 근처에는 한 사람도 없었다. 잉카의 도읍지 쿠스코의 삭사이와망 성벽을 잉카 인의 공법에 따라 지으면서 자연 환경까지 재현한 것이다.

문제는 공기였다. '지구의 배꼽' 쿠스코는 해발 3000미터가 넘는 탓에 산소가 희박했고, 고산증으로부터 누구도 자유로울 수 없었다. 앨리스도 노약자와 임산부, 어린이의 출입을 금한다는 경고문을 읽기는 했다. 그러나 3000미터 이상 올라간 적이 없는 그녀였기에 평소처럼 빠르게 걷다가 숨이 턱 막힌 것이다.

사라는 이미 몇 차례 삭사이와망 성벽에 와 본 듯 걸음을 늦추며 호흡을 조절했다. 달리기를 즐기는 시민들도 성벽 1층 언저리까지는 용기를 냈지만 2층을 지나 3층까지는 오르지 않았다. 드디어 둘만 남았을 때 사라가 답했다.

"아르바이트를 하고 있어요."

앨리스가 숨을 고른 후 답했다.

"알아요. 바디 바자르에서 춤추는 거 나도 봤……."

"그것 말고."

"……혹시 불법인가요?"

질문을 던진 후 앨리스는 주먹으로 제 머리를 쳤다. 어리석은 질문이었다. 형사가 "불법인가요?"라고 묻는다고 불법을 저지른 이가 "불법입니다!" 이렇게 답할까. 사라의 입가에도 희미한 미소가 번졌다. 앨리스가 우직하게 몰아세웠다.

"불법입니까?"

사라의 검은 뺨이 떨렸다.

"……소를 죽여요."

"소라고요?"

앨리스가 되물었다. 격투가, 무희 그리고 도살자! 비약이 너무 심했다.

"소를 왜? 정말 소를 죽이는 겁니까? 소 도살은 자동화된 지 오래고, 소를 함부로 죽이는 건 불법입니다! 전염병이라도 퍼지면 어떡하려고요."

"소도 소 나름이겠지요."

"나름?"

"입맛에 따라 특별한 소를 원하는 시민도 있답니다. 가령 생후 6개월 미만의 송아지라든가 출산 직후 송아지만 달라는 식당도 있지요. 또 생고기로 먹기 위해 특정 부위만 따로 뽑아야 할 때도 나 같은 사람이 필요하죠. 현재 특별시 도살 자동화 시스템은 법에 따라 정해진 소에만 적용할 수 있어요. 고기를 날것으로 먹기 위해 함부로 도축하는 일을 할 순 없지요."

"돈을 벌기 위해 소를 죽여 왔다는 거군요, 불법으로! 그럼 변주민 선수와는……."

"비밀 도살장에서 만났습니다. 5년 전 봄이었어요. 변 선수도 나랑 비슷한 일을 하러 왔더군요. 전기 충격기로 소를 잡는 게 제일 간편하지만, 미식가도 가지가지라서, 몸에 전기를 흘려 보낸 소는 먹지 않는 이도 있지요."

"지금도 그 일을 합니까?"

"변 선수는 곧 그만뒀어요."

"곧?"

"솜씨가 형편없었거든요. 천성이 너무 착한 사람이라서……. 단 한

방에 급소를 쳐 보내야 하는데, 긴장한 탓인지 자꾸 빗나갔어요. 그
바람에 소는 길길이 날뛰고 울고……."

"사라 씨는 지금까지 능숙하게 소를 죽여 왔다는 소리로 들리는
군요."

"어차피 죽을 운명이니 짧게 끝내는 것이, 소를 위해서도 또 나를
위해서도 좋아요."

"순순히 불법 아르바이트 사실을 털어놓는 이유가 뭡니까?"

앨리스의 날카로운 물음에 사라는 발끝을 들었다가 다시 내렸다.

그 작은 동작에도 리듬이 실렸다.

"글쎄요. 제가 비밀 하나를 털어 놓았으니, 남 형사님도 가슴 속에 품은 이야기 하나쯤 꺼내시는 게 어떨까요? 피차 시간 낭비 말고 말이죠."

앨리스의 얼굴에 불쾌한 빛이 어렸다.

"변 선수가 물귀신 작전을 편 겁니까? 불법 도축을 폭로하겠다고 협박하던가요?"

노련한 협상가처럼 사라가 즉답을 않고 다시 성벽을 내려가기 시작했다. 3층 성벽을 이룬 돌덩어리보다 2층 돌덩어리가 컸고, 2층 돌덩어리보다 1층 돌덩어리가 세 배 이상 두껍고 무거워보였다. 사라가 성벽을 손바닥으로 탁탁 친 후 말했다.

"잉카의 돌이 얼마나 단단한 줄 아시나요? 잉카를 점령한 스페인 사람들이 쌓은 성벽은 지진과 함께 무너졌어요. 잉카의 성벽만 끄떡 없었답니다."

"엉뚱한 소리 말고 답하세요. 협박을 받고 돈을 부쳤습니까? 이미 확인을 다 하고 왔습니다. 꽤 많은 금액을 변 선수에게 보냈더군요."

사라는 앨리스의 추궁을 무시한 채 돌아서서 성벽을 향해 뒷걸음질을 쳤다. 노를 젓듯 두 손을 흔들어 댔다.

"이리 와 보세요. 어서."

앨리스가 마지못해 사라 곁으로 갔다.

"잘 살피세요, 저 거대한 성벽을! 보이세요?"

"뭐가 보인다는 겁니까?"

"그냥 알려 드리면 재미가 없죠. 스스로 찾아보세요."

사라가 침묵했으므로, 앨리스는 갑작스러운 수수께끼를 혼자 풀어야만 했다. 코를 비빌 만큼 가까이 다가가기도 하고 사라가 서 있는 자리보다 열 걸음은 더 물러서기도 했다. 발뒤꿈치를 들기도 하고 허리를 숙여 가랑이 사이로 쳐다보기도 했다. 목을 길게 빼고 오른쪽에서 왼쪽으로 비스듬히 걷다가 걸음을 멈췄다.

"아!"

감탄사가 나왔다.

타원형 돌에 빗금처럼 내려붙은 삼각형 돌이 먼저 눈에 띄었다.

부리를 닮았네!

그 돌에 이어진 횡으로 긴 돌판은 몸통이었고, 그 돌판을 절반으로 가르며 위 아래로 뻗은 돌덩이 둘은 양 날개였다.

"새군요."

"맞아요. 정확히는 물총새랍니다. 잉카 인은 튼튼하면서도 아름다운 성벽을 만들고 싶었나 봐요."

단단한 성벽의 바위틈들이 모여 한 마리 물총새를 만들었다. 앨리스는 행인의 시선을 피하려고 사라가 자신을 이곳까지 데려온 것만은 아니란 생각이 들었다.

물총새 성벽을 내게 보여 주는 까닭은 무엇일까?

"협박 따위 없었습니다. 변주민 선수에게 돈을 보낸 건 맞아요. 그들은 잘 먹어야 합니다. 몸이 곧 밑천이니까요. 변 선수는 너무 굶주려서 근육들이 엉망이 되었더군요. 어려움에 처한 친구를 정말 돕고 싶었습니다."

"친구? 그 말을 믿으라는 겁니까? 속일 생각 마십시오. 격투 로봇 글라슈트 개발을 위해 집까지 팔았더군요. 자신도 알거진데 친구를 돕는단 말입니까? 혹시 두 사람 연인이었습니까?"

사라가 하얀 앞니를 드러내고 웃었다. 그녀의 치아도 전부 사고 직후 항균 강화 신물질로 조립된 것이다.

"남 형사님! 잊으셨나요? 변주민 선수가 사랑한 건 달링 4호였어요. 로봇에 매혹된 사람은 결코 사람을 사랑할 수 없죠. 이 매혹이 선천적이냐 후천적이냐는 아직도 논란거리입니다만, 변 선수는 운명이라고 답하더군요. 달링 4호의 사랑은 삭사이와망 성벽처럼 단단하고 또 이 물총새처럼 은밀한 아름다움을 지녔다고. 세상 사람들이 뭐라고 손가락질을 해도, 달링 4호를 향한 변 선수의 사랑은 진실했답니다."

"진심으로 사랑하는데, 두들겨 팹니까? ······좋습니다. 협박이 아니라 치더라도 왜 돈을 빌려 달라고 하던가요? 끼니나 이으라고 자진해서 줬다는 변명은 마십시오. 조사해 보니 최근 한 달 안에 이번 말고도 두 차례나 더 돈을 부쳤더군요."

"따져 묻진 않았지만, 달링 4호 때문이겠죠. 변두리 격투가가 감당하기엔 벅찬 가격이었으니까요. 변 선수는 언제나 최상품을 원했어요. 그런데 로봇 파손 및 유기죈지 무슨 희한한 죄 때문에 대회 출전이 불가능했기 때문에, 내게 손을 벌린 거죠. 마침 바디 바자르 테러 사건의 피해 보상비가 들어와서, 그에게 빌려 줬어요."

"그런데 변주민 선수와는 얼마나 자주 만났습니까?"

"집요하시네. 그냥 곧장 질문하세요. 데이트를 했냐고요? 천만의 말씀입니다. 데이트를 한 적은 단 한 번도 없지만, 작년 9월부턴 거의 매주 만나긴 했지요. 글라슈트 때문입니다. 붙들고 엉켜 싸우는 기술은 W만으론 부족해서 변주민 선수의 도움을 받았답니다. 덕분에 글라슈트의 시합 성적이 눈에 띄게 좋아졌지요."

사라의 대답엔 허점이 없었다. 잠깐 어색한 침묵이 감돈 뒤 앨리스가 3층 성벽을 올려다보았다. 그리고 다시 2층, 1층으로 시선을 내렸다.

"한 가지 궁금해서 묻는 겁니다만, 부엉이 빌딩 옥탑방에서 어떻게 뛰어내린 겁니까?"

"지겨워. 또 그 질문인가요? 난 처참하게 다쳤는데 노민선 박사는 멀쩡한 이유가 궁금한 거죠?"

앨리스가 고개를 끄덕였다.

"둘 중 하나는 살아야죠. 그 정도 높이에서 떨어졌다면, 아무리 내 몸이 완충 역할을 했어도 팔이나 다리 하나쯤은 부러져야 됩니다만…… 다 자기 복인 거죠. 이제 대답이 되었습니까?"

앨리스는 이 답을 이미 보고서에서 읽었다. 정말 그럴까? 그것뿐일까? 앨리스는 깊이 숨을 들이마셨다가 내쉬었다.

"이제 그만 내려갑시다. 숨이 가빠서……."

사라가 만류했다.

"잠시만 기다리세요. 약속 시간이 지났으니 곧 변 선수가 올 겁니다."

"삭사이와망 성벽, 여기서 변 선수를 만난다고요? 왜 하필 물총새 앞이죠?"

앨리스가 시치미를 떼고 물었다.

"엉켜 뒹굴 때는 호흡이 가장 중요해요. 로봇이 무슨 호흡이냐고 비웃을 수도 있지만, 호흡이란 단순히 숨쉬기가 아니죠. 몸 스스로 밀고 당기는 리듬이라고나 할까요. 산소가 희박한 곳일수록 호흡에 능한 이와 그렇지 못한 이가 분명히 갈린답니다. 아, 이상한 일이네요. 벌써 15분이나 늦었군요. 이런 일이 없었는데…… 성실한 친군데……."

앨리스가 지금까지 당한 일들을 만회하듯 짧게 선언했다.

"변주민 선수는 오지 않을 겁니다. 이틀 전 살해당했으니까요."

심장은 탄환을 동경한다

6월 28일 저녁 9시부터 로봇 격투기 대회 '배틀원 2049' 데스 매치 16강전이 열렸다. 32강전을 치른 후 사흘이 지났지만, 그 시간을 여유롭게 보낸 팀은 많지 않았다. 우승 후보 로봇 팀들은 언론과 인터뷰를 하고, 쇼케이스를 치르고, 광고를 찍느라 바빴다. 32강전에서 힘겹게 이긴 로봇 팀들은 망가진 부품을 교체하고, 프로그램을 다시 짜고, 로봇의 움직임을 재정비하느라 바빴다.

6월 28일 저녁 11시 30분, 데스 매치 16강전의 마지막 경기인 자이언트 바바 III(히로시마, 우승 확률 100분 8)와 글라슈트(서울, 우승 확률 100분의 2)의 경기가 시작되었다. 혼다자동차의 전폭적인 홍보와 특유의 쇼맨십으로 큰 인기를 끌고 있는 자이언트 바바 III가 나오는 경기라서 팬들이 많았다. 상암동 로봇 격투기 전용 경기장에 빼곡히 들어찬 관중은 자이언트 바바 III를 "자바 쓰리!"로 연호했다.

"자바 쓰리! 자바 쓰리!"

에이카로 차세대 로봇 연구소 최볼테르 교수 팀의 글라슈트는 '홈의 이점'을 별로 얻지 못하는 것 같았다.

자바 쓰리는 초반부터 경기의 주도권을 잡았다. 특유의 코믹한 표정과 빠른 스텝으로 글라슈트 주변을 맴돌며 정확한 위치 추적을 어렵게 만들었다. 무하마드 알리 스타일로 갑자기 파고들어 주먹을 뻗고 로킥을 날리는 바람에 글라슈트의 왼쪽 다리가 단숨에 망가졌다. 초경량 고출력 DC 모터 NT35325로 구성된 발과 산요덴키 고파워 스테핑 모터 RX567654로 이루어진 무릎 관절의 부상이 심했다. 글라슈트의 물체 위치 추적 시스템은 자바 쓰리의 빠른 몸놀림을 파악하지 못했다.

경기가 중반으로 치닫자 자바 쓰리는 새로운 공격을 선보였다. 제자리에 서서 두 팔을 쭉 뻗은 채 손바닥을 펴고 글라슈트의 공격을 기다렸다. 자바 쓰리의 두 손은 하트 모양에 가까웠다. 글라슈트가 그 사랑의 표시를 잡기 위해 다가가면, 자바 쓰리는 빠르게 손을 빼면서 니킥으로 글라슈트의 오른쪽 허벅지를 찍었다. 두 다리가 망가지면 바로 달려들어 글라슈트의 가슴을 뜯어 낼 것이다. 볼테르가 접근하지 말라고 번번이 외쳤지만, 글라슈트는 '피리 부는 사나이에 홀린 어린아이처럼' 자바 쓰리의 하트 손에 맥을 못 췄다.

볼테르가 타임을 부르고 글라슈트를 잠시 쉬게 했다. 등에 달린 중앙 스킨을 열어 전체 시스템을 점검하고, 자바 쓰리의 하트 손에 현혹되지 말라고 목소리를 높였다. 하트를 향한 글라슈트의 무조건적인 접근은 프로그램 버그로 추측되었지만 수정할 시간이 없었다.

다시 경기가 시작됐을 때, 자바 쓰리는 격투를 마무리할 기세였다. 플로어 정중앙으로 천천히 걸어 나오더니 다시 하트 손을 만들었다. 가늘게 찢어진 눈에서 빨간 빛이 우스꽝스럽게 깜빡였다. 회심의 일격을 노리는 것이다.

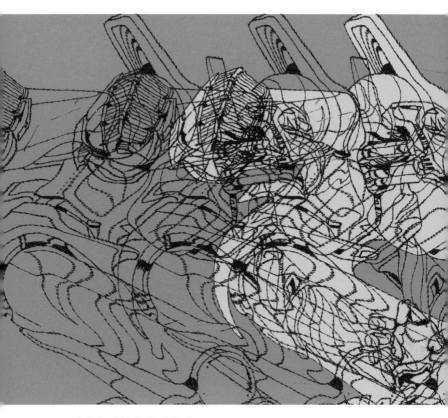

심장은 탄환을 동경한다.

러시아의 시인 블라디미르 마야코프스키가 쓴 시구절이 떠올랐
다. 인간이란 치명적인 유혹임을 알면서도 그것에 빠질 수밖에 없는
나약한 존재가 아닌가. 볼테르는 우리가 만든 로봇도 그렇다는 것을
오늘 처음 알았다.

글라슈트가 자바 쓰리에 1.5미터쯤 다가왔을까.

자바 쓰리가 갑자기 손을 내리더니 몸을 오른쪽으로 틀면서 오른
쪽 주먹을 뒤로 충분히 뺐다가 힘차게 휘둘렀다. 글라슈트의 주요 정

보 처리 장치 AIP3500과 관련 칩들이 대부분 왼쪽 귀 뒤쪽에 몰려
있음을 간파한 것이다.

그 순간, 글라슈트 역시 양손을 돌리는가 싶더니, 두 어깨에 달린
파워모터를 일제히 최대로 가동해 왼쪽 허공을 향해 회오리 펀치를
날렸다. 자바 쓰리는 얼떨결에 날아온 주먹 한방으로 '죽음 신호'를
낼 수밖에 없었다. 만신창이가 된 로봇은 글라슈트였지만, 바닥에 쓰
러진 로봇은 자이언트 바바 III였다.

관중도 놀랐지만 무엇보다 놀란 사람은 볼테르였다. 로봇도 뒷걸음치다가 개구리를 잡을 수 있구나. 거의 패한 경기였지만 운이 좋았다. 한 경기를 더 할 수 있다는 것만으로도 기뻤다. 한 템포 늦게 관중들의 박수가 쏟아졌다.

16강전 마지막 경기가 끝나자, 보노보 12시 마감 뉴스가 이어졌다. 상암동 경기장에는 보노보의 빈센트 노호 기자가 대기하고 있었다.

"빈센트 노호 기자, 방금 16강전이 끝났지요? 경기 결과는 어떻게 됐나요?"

스튜디오의 앵커가 빈센트 노호 기자를 불러 경기 소식을 물었다.

"네, 방금 전 16강 마지막 경기, '자이언트 바바 III 대 글라슈트'의 경기가 끝났습니다. 도박사들이 예상한 우승 확률 100분의 8인 자이언트 바바 III가 에이카로 차세대 로봇 연구소의 글라슈트에게 아깝게 졌습니다. 자이언트 바바 III는 유리하게 경기를 이끌었지만, 글라슈트가 초강력 파워 엔진으로 날린 회오리 훅을 맞고 목이 부러졌습니다. 16강전의 마지막 경기 자이언트 바바 III와 글라슈트의 주요 장면을 다시 보시죠."

홀로그램으로 두 로봇의 경기가 상영된 후, 앵커가 다시 빈센트 노호를 찾았다.

"노호 R 기자, 흥미로운 경기였네요. 그럼 16강전 전적을 정리해 주시지요."

"16강전은 그야말로 대격돌이었습니다. 닥터 루스벨트를 니킥 한 방으로 날려 버린 슈타이거와 라이징 브라이거의 목을 비틀어 머리를 뜯어 버린 졸리 더 퀸이 일찌감치 8강에 합류했고요, SRX 9000의 팔을 자르고 주먹으로 가슴을 두 조각낸 무사시와 지능적인 게임으로 가라테 마스터의 cpu를 산산조각 낸 M-ALI도 많은 로봇 공학자들의 예상대로 8강에 합류했습니다."

"이번 16강전에서는 이변도 있었다면서요?"

"네, 그렇습니다. 새로운 다크호스 팀들이 놀라운 경기력을 뽐냈습니다. 우선 우승 확률 100분의 1인 상하이 T-KUBIRO를 힘겹게 이기고 올라온 싱가포르의 우승 확률 100분의 3이었던 R-AURA 6000이 달타니어스 7000을 쓰러뜨리고 8강에 진출한 것이 이변이었는데요, R-AURA 6000은 지난 1주일 사이 더 강해진 인상이었습니다. 처음에는 우승 확률이 100분의 3인 리우데자네이루의 아이언 반달레이도 다크호스로 떠올랐는데요, 풀메탈패닉 K와의 대결에서 '2미터 점프 돌려차기'를 선보여 열광적인 박수를 받았습니다. 그 파괴력이 상상을 초월해 앞으로 우승 후보들과의 대결에서도, 만만치 않은 상대가 될 것 같습니다."

빈센트 노호 R 기자가 홀로그램을 통해 8강 일정을 알려 주는 모드로 돌아섰다.

"오늘 경기에서는 우승 확률 100분의 2인 파리팀의 밴너 사바테 5가 메탈릭 신센구미를 이기고 8강전에 합류했고요, 방금 보신 대로 자이언트 바바 III를 힘겹게 누르고 글라슈트가 8강에 마지막으로 합류했습니다. 8강전은 결과를 예측할 수 없는 양상으로 전개될 것 같습니다. 방금 배틀윈 2049 운영 위원회에서는 화려하고 박력 넘치는 경기를 위해 격투 로봇의 수리 및 정비 기간을 예정보다 24시간 연장하기로 결정했습니다. 따라서 7월 2일 저녁 9시부터 8강전이 시작됩니다. 로봇 격투기 중계는 보. 노. 보!"

5부

태양의 기억이 흐려져 간다

사랑에 대한 달콤한 정의는 무척 많다. 그러나 오래 앓아 본 사람은 안다. 사랑이란…… 견딤이란 것을.

"싫어요. 견딜래."

서사라는 눈에 힘을 잔뜩 실은 채 입술을 안으로 말아 넣었다. 목덜미를 떠돌던 금붕어들은 자취를 감춘 지 오래였다.

"괜한 고집 부리지 맙시다. 벌써 한계점을 넘어섰소."

그녀가 입을 열지 않았기 때문에 최볼테르는 캡슐을 버리고 패치를 택했다. 사이보그용 진통제 '돌핀'은 진통 효과가 탁월하여 살점을 찢고 뼈를 잘라도 통증이 없었다. 사라의 기계 몸을 교체하고 수리하는 일이 종종 있었기 때문에, 보통 인간보다 대여섯 배는 강력한 진통제를 구비해 둔 것이다. 이미 기계로 바뀐 67퍼센트는 고통을 몰랐지만 나머지 33퍼센트는 상처에 더욱 민감했다. 온전히 남아 있는 33퍼센트에는 고통을 인지하는 '2퍼센트의 뇌'가 고스란히 포함돼 있으니까. 육체가 10퍼센트씩 기계로 바뀔 때마다 감각 민감도는 두 배 이상 높아진다는 보고서도 나왔다.

"싫어요. 패치는 안 붙여."

사라가 머리를 마구 흔들며 외쳤다. 그러나 67퍼센트 기계 몸 중에서 거의 절반은 꿈쩍도 하지 않았다. 머리와 오른발, 그리고 왼 어깨가 겨우 흔들린 것이 전부였다. 볼테르는 귀머거리처럼 패치를 꺼내 사라의 왼 어깨에 붙였다.

"하지 마. 죽여 버리겠어. 당신이 뭔데……."

차분하고 내성적인 그녀지만 진통제를 투여할 때면 반미치광이로 돌변했다. 고통을 줄이는 대신 한 번 진통제를 맞을 때마다 1만분의 1에서 1만분의 2 정도씩 감각 민감도가 떨어지기 때문이었다. 70퍼센트 이상 천연 몸인 경우에는 미미한 수치지만, 겨우 33퍼센트만 인간인 사라에게는 인간적인 감각을 '1나노'만큼도 잃고 싶지 않았다.

"괜찮소. 쉬이, 괜찮소."

볼테르는 목소리를 낮추며 그녀의 이마를 가만히 눌렀다.

"아악!"

비명과 함께 사라가 갑자기 경련을 일으켰다. 볼테르는 그녀의 양팔을 잡고 올라타다시피 몸을 기울여 힘으로 제압했다.

"대체 누가 이런 거요? 누구 짓이오?"

글라슈트가 16강전에서 승리하던 바로 그즈음, 사라는 달빛마을 낡은 아파트에서 정신을 잃은 것으로 추정된다. 그녀는 16강전이 끝날 때까지 경기장 출입을 금지당했다. 32강전 때는 글라슈트의 경기 모습을 경기장 밖 대형 스크린으로라도 보겠다며 왔었다. 그러나 16강전이 열렸던 6월 28일 밤엔 어떤 연락도 없었다. 팀원들도 시합 준비에 바빠 사라를 챙기지 못했다.

심각한 부상을 당한 사라를 처음 발견한 이는 노민선 박사였다. 민선은 경기가 끝난 뒤 혹시 경기장 근처에 사라가 왔을까 싶어 연락을

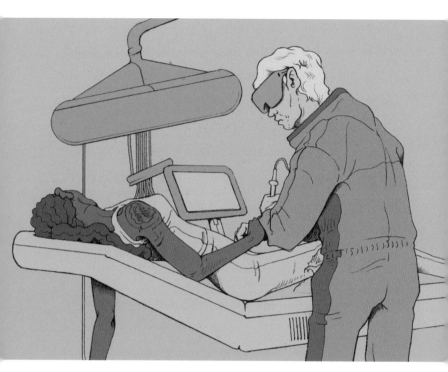

취했고, 여러 번 통화를 시도했지만 무산되자 사라가 임시로 묵고 있는 달빛마을 낡은 아파트로 찾아갔던 것이다.

사라는 가물가물 정신이 흐려지면서도 응급실로 가는 것을 한사코 거부했다. 민선의 설명에 따르자면, 사라는 계속 "3퍼센트!"를 웅얼거렸다고 한다. 천연 몸을 3퍼센트 더 다쳐 기계 몸이 70퍼센트에 이를 수도 있기 때문이다. 병원에서는 그 사실을 공식적으로 기록할 것이고, 그렇다면 사라는 '인권'을 지키기 위한 기나긴 재판을 시작해야 한다.

16강전을 통과한 후 기쁨에 젖어 있던 글라슈트 팀은 민선의 차에 실려 온 사라로 인해 삽시간에 얼어붙었다. 글라슈트 정비에 박

차를 가하던 볼테르는 급히 사라를 수술실로 옮겼다. 그리고 팀원들의 출입을 금했다.

"한숨 푹 자도록 해요. 곧 맑고 푸른 바닷가에서 아침을 맞는 기분이 들 거요."

33퍼센트의 육체로 약물이 스며들기 시작하면 달콤한 졸음이 밀려들었다. 고통 없는 잠. '돌핀'이 선사하는 최고의 선물이었다. 눈꺼풀이 서서히 내려와서 사라의 성난 눈동자를 반도 넘게 가렸다.

"싫…… 어……."

사라는 결국 깊은 잠에 빠져들었다. 볼테르는 천천히 그녀의 수퍼스마트수트를 벗겼다. 검은 나신은 아름다웠지만, 허리와 등이 군데군데 방망이로 맞은 듯 움푹 들어갔고 왼 팔꿈치 관절은 아예 꺾여 부품이 튀어나왔다. 한바탕 격투를 치른 글라슈트처럼.

볼테르의 손놀림이 빨라졌다.

둥근 빨래 건조대에 널린 빨래처럼 매달린 기계 다리 중 하나를 끌어내렸고 침대 아래에서 다양한 수술 장비를 보조 탁자에 올려놓았다. 50퍼센트 이상 기계인 사이보그의 경우에는 300시간 이상 사이보그 전용 병원에서 인턴을 마친 로봇 공학자들에게도 수술 집도가 허락되었다.

투명 장갑을 끼고 특수 보안경을 쓰는 것으로 수술 준비를 마친 볼테르는 사라의 이마에 가볍게 입을 맞추었다. 먼저 뽑혀 나간 왼 허벅지 부품부터 분해하기 시작했다. 녹아서 엉켰거나 들러붙은 부품은 통째로 절단하거나 아예 녹여 흘러내리도록 했다. 기계와 살점이 만나는 부분은 특히 세심하게 다뤘다.

한 방울의 피도 흘리지 않고 수술을 마쳤다. 한 시간이 훌쩍 지나갔다. 볼테르는 로봇 수술대 위의 투명 장갑을 벗고 보안경까지 내린 후에야 겨우 미소를 되찾았다. 실패에 대비한 경보 체계가 이중 삼중 으로 갖춰져 있었지만, 사이보그를 수술하는 일은 언제나 힘들다.

볼테르가 연꽃 문양이 아름다운 얇은 이불을 사라의 목까지 덮어 주었다. 마취에서 깨어나려면 한 시간 정도 여유가 있었다. 볼테르는 수술실 문을 닫고 글라슈트에게 갔다.

"수술은?"

민선이 다급한 표정으로 물었다.

"잘 끝났소."

볼테르는 누워 있는 글라슈트 쪽으로 고개를 돌렸지만, 민선은 질 문을 그치지 않았다.

"70퍼센트를 넘을까요?"

꺽다리 세렝게티와 뚱보 보르헤스도 궁금한 얼굴로 볼테르를 둘 러쌌다.

"기계 몸이 많이 상했소. 천연 몸도 군데군데 상처가 있고. 1퍼센트 는 바꿔야 할 듯하오."

"그럼 68퍼센트로군요. 70퍼센트가 거의 다 되었네."

세렝게티가 긴 다리를 흔들며 말했다.

"2퍼센트 차이를 유지하면서 평생을 보낸 사이보그도 있답니다. 68퍼센트만 되어도 희망을 품을 만해요. 하지만 69퍼센트라면, 작은 상처 하나만으로도 70퍼센트에 닿게 되니, 위태위태하지요."

보르헤스가 마른 침을 삼켰다.

"서 트레이너는 일단 결과를 더 지켜보도록 해요. 그건 그렇고 보노 보 찰스 사장은 만나 보셨는지요?"

민선의 질문을 받은 볼테르는 머리를 긁적이며 시선을 피했다.

"혹시 오늘 약속까지 깨신 건 아니죠? 급한 건 그쪽이 아니라 우리예요. 당장 8강전에 필요한 부품과 백업 시스템을 구축할 자금도 부족하니까요."

"아까 잠시 나갔다 오셨잖아요?"

"보노보 다녀오시는 길 아니셨습니까?"

세렝게티와 보르헤스도 민선의 질문 공세에 합류했다. 볼테르는 여전히 시선을 내린 채 머리를 긁어 댔다.

특별시나 특정 회사를 대표해 배틀원 2049에 출전할 수는 없었다. 상징성을 인정할 경우 재력이 넉넉한 도시와 회사에서 미는 로봇이 우승할 수밖에 없기 때문이다. 학교의 지원도 대회 6개월 전에는 중지하는 것이 원칙이었다. 출전 팀은 대회 시작 전 6개월까지 로봇 개발을 완료하고 그 후엔 현상 유지에 주력했다. 민선도 이런 사정을 충분히 글라슈트 팀원 전체에 숙지시켜 왔다.

더 완벽한 격투기 로봇을 만들겠다는 볼테르의 욕심이 문제를 복잡하게 만들었다. 지난 반년 동안 새로운 시스템을 다섯 개나 개발 적용하고, 최신 부품도 쉰 개나 직접 만들어 끼우느라 적지 않은 자금이 든 것이다. 처음에는 볼테르가 개인 비용을 대다가, 차와 집까지 팔아 치운 후로는 팀원 각자에게 부담이 돌아갔다. 사라도 민선도 하다못해 세렝게티와 보르헤스까지 돈을 보탰지만 부족했다.

보노보 방송국 사장 찰스를 만나보라고 권한 이는 민선이었다. 방송국으로부터 직접 지원을 받는 것은 불법이지만, 찰스처럼 로봇 격투기에 관심이 많고 또 특별시에서도 손꼽히는 갑부라면, 금전적인 어려움을 극복할 방법을 가르쳐 줄 만도 했던 것이다.

"만났어요?"

민선이 다시 물었다. 볼테르가 고개를 들고 좌중을 훑은 후 답했다.

"만나긴 했지. 퉁퉁 투웅 꼬리 치는 소리를 한 시간이나 들었다고."

세 사람의 시선이 볼테르에게 집중되었다.

"다른 방도를 찾는 게 낫겠어."

볼테르는 짧은 문장 하나로 이야기를 접으려 했다. 민선이 연설하듯 오른손을 들어 올리며 물었다.

"찰스 사장을 만나서 무슨 얘길 나눴나요?"

볼테르가 그녀를 노려보며 되물었다.

"꼭 알고 싶소?"

민선은 고개를 끄덕였다. 그가 노려보기만 해도 보르헤스와 세렝게티는 마음을 바꾸지만, 민선과 사라는 달랐다. 그녀들은 볼테르만큼이나 글라슈트를 아꼈고, 배틀원 2049 우승을 위해서라면 물불 가리지 않았다.

"거금을 지원하겠다고 했어. 빌려 주는 게 아니라 아예 그냥 주겠다더군. 구체적인 방법까지 제시했어. 보노보 방송국이 개입되지 않고, 팀원들과도 무관한, 그렇지만 믿을 만한 사람을 정하면 그에게 돈을 건네겠다고 하더군."

"뭐라고 답했죠?"

"거절했지."

민선이 윗입술을 깨물었다.

"이유가 뭔가요? 깨끗하지 않은 돈이라서? 불법이라서? 물론 저도 한 점 티 없이 글라슈트가 우승하길 원합니다. 하지만 일을 어렵게 만든 사람은 최 교수세요. 새 부품을 장착하면서 최신 시스템을 운용하는 바람에 초과 경비가 발생하고 글라슈트의 움직임 자체도 안전성이 현저하게 떨어졌습니다. 이 모두를 정상적으로 컨트롤하기 위해선 시간과 돈이 필요해요. 시간이야 밤을 새워서라도 맞출 수 있겠지만 돈은 어렵습니다. 우승 상금이면 곧바로 갚을 수 있지 않나요? 이 정도 불법은……."

볼테르가 말허리를 잘랐다.

"불법은…… 나도 감수하려고 했었어. 허나 찰스 사장이 받아들이기 어려운 조건을 달았어."

"받아들이기 어려운 조건이라뇨?"

"대회가 끝난 후 글라슈트의 소유권을 넘기라고 하더군."

"뭐라고요? 이 죽일 놈!"

보르헤스가 흥분했다.

"글라슈트를 주다뇨? 말도 안 되는 개소립니다."

세렝게티도 맞장구를 쳤지만 민선은 침묵했다. 양손으로 긴 머리를 이마에서부터 쓸어 넘겼다. 참다못한 볼테르가 물었다.

"노박은 어찌 생각하오?"

볼테르는 노민선을 '노 박사'의 줄임말인 '노박'으로 부르곤 했다. 두 연구원은 뚱보와 껑다리란 별명을 고집했다. 민선이 답했다.

"흠…… 나쁜 제안은 아니군요."

"돈 몇 푼에 글라슈트를 찰스 사장에게 주자는 겁니까?"

보르헤스가 볼테르보다 먼저 배를 한껏 내밀며 따졌다.

"배틀원 2049에서 우승하면, 우리 팀의 우수성을 특별시 연합 전체에 널리 알리게 됩니다. 물론 우승 로봇 글라슈트의 인기도 하늘을 찌르겠지만, 글라슈트의 소유권을 찰스 사장에게 넘긴다 하더라도, 우린 얼마든지 새로운 로봇을 만들 수 있습니다. 우리 팀을 통째로 스카우트하려고 엄청난 연구비를 준비한 대학과 업체가 줄을 설 거란 말입니다. 그땐 글라슈트가 문제가 아니지요. 최 교수님과 우리 실력이면 얼마든지 글라슈트를 능가할 격투 로봇을 만들 수 있지 않나요?"

민선의 논리엔 허점이 없었다. 배틀원은 로봇 격투기를 통해 탁월한 로봇 연구 능력을 지닌 팀을 선발하는 과정에 다름 아니다. 월드 베스트로 인정을 받은 후엔 얼마든지 다양한 진로를 모색할 수 있다.

"이미 거절했어. 이 문젠 더 논의하지 맙시다. 내가 곧 다른 방도를 찾으리다."

"겨우 사흘 남았어요. 오늘 돈이 마련되어도 시스템을 100퍼센트 완벽하게 끌어올릴지 의문이란 말이에요. 차라리 다시 찰스 사장에게 연락하는 게 어떨까요? 마음이 바뀌었다고, 지금이라도 제안을 받아들이겠다고."

"그만! 내 말이 말 같지 않소?"

민선도 지지 않았다.

"마지막 기회일지도 몰라요. 최 교수님 빈털터리란 거, 다른 방도 따윈 없다는 거 우리도 다 알아요. 설마 글라슈트랑 쌓은 망할 놈의 정 때문에 찰스의 제안을 뿌리친 건 아닌가요?"

"……."

"맞군요? 정말 그래요? 로봇과의 정이라니! 이 따위 비합리적인 판단을 하고도 최 교수님이 공학자세요?"

민선이 분을 참지 못하고 주저앉아 울음을 터뜨렸다. 보르헤스와 세렝게티는 엉거주춤 서서 볼테르의 눈치만 살폈다. 볼테르는 끙, 앓

322

는 소리를 내며 글라슈트에게 갔다. 민선의 울음이 오랫동안 연구소를 적셨다.

결코 습관이 되면 안 되는 것들이 있다. 사랑도 그중 하나다. 습관이 된 사랑은 추하다. 사랑이 아니다.

40분이 지났다.

그사이 민선은 울음을 그치고 밖으로 뛰쳐나갔다. 보르헤스와 세렝게티도 간식을 사 온다는 핑계를 댄 후 연구실을 벗어났다. 볼테르는 느릿느릿 수술실로 갔다.

사라는 깨어나지 않은 듯했다. 시간을 확인하니 아직 20분이나 남았다. 볼테르는 사라 곁에 앉았다.

"사라!"

그가 그녀의 이름을 부른 건 처음이었다.

볼테르는 자신을 향한 사라의 마음을 진작부터 눈치챘지만 그렇지만 글라슈트가 배틀원에서 우승할 때까지 모든 것을 미뤘다. 취미도 없었고 휴식도 없었다. 여자와의 사랑은 사치였다. 최고 속도로 삶의 터널을 혼자 내달리기에도 벅찼다. 그가 외면할 때마다 사라는 더 오래 스파링을 뛰고 더 높은 언덕을 오르고 더 자주 글라슈트와 접속했다.

"미치겠군!"

볼테르는 양손바닥으로 얼굴을 비벼댔다. 민선의 주장이 옳았다. 격투 로봇 개발에만 매진한 그가 거금을 마련하긴 어려웠다. 그렇지만 글라슈트를 보노보 사장 찰스에게 넘길 수는 없다. 글라슈트는 그 누구에게도 팔지 않을 것이다. 가족이니까!

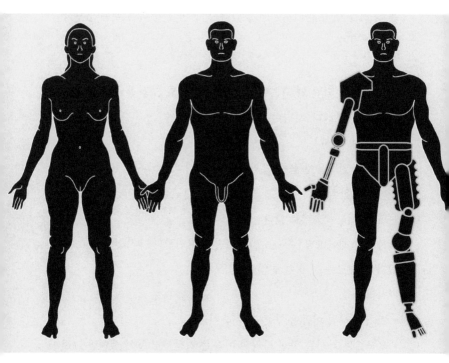

"그래, 가족은 사고팔지 않아. 응?"

볼테르가 시선을 내렸다. 차디찬 기계 팔이 볼테르의 손목을 가볍게 쳤다. 아직 사라가 깨어날 시간이 아니다. 17분이나 남았다.

"서 트레이너 혹시……? 맞지? 돌핀이 투여되지 않은 거지?"

볼테르가 급히 사라의 왼 어깨에서 패치를 떼고 살점을 집어 당겼다. 얇은 막이 끈적끈적한 밀가루 반죽처럼 뜯겨 나왔다. 항상 같은 자리에 패치를 붙이는 버릇을 미리 알고 약효를 차단하는 인공 피부를 덧댄 것이다.

"미쳤어? 그 끔찍한 고통을…… 신음도 없이? 대답해. 이번이 처음 아니지?"

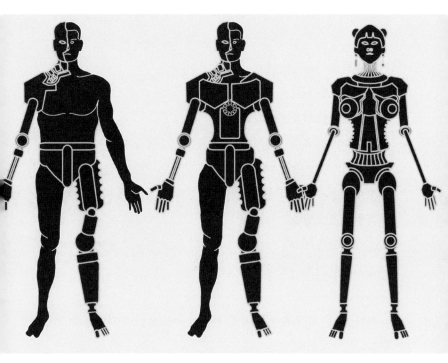

　사라는 올해 들어서만도 세 차례 큰 수술을 받았다. 그때마다 볼테르는 그녀의 왼어깨에 패치를 붙였다. 깊은 마취에 빠졌으리라 확신하고 여기를 자르고 저기를 죄고 거기를 돌려 끼웠다. 완전히 기계 몸인 부위는 고통이 덜하겠지만 기계 몸과 천연 몸이 맞닿는 곳은 상상을 초월할 만큼 아팠으리라.

　"……지난번보단 훨씬 나았어요. 덕분에 70퍼센트를 넘진 않았죠? 특별시 최고 솜씨잖아요?"

　"사라!"

　볼테르는 사라를 끌어안으려다가 멈췄다. 수술을 끝낸 직후엔 사소한 충격도 큰 고통을 낳는다. 사라가 볼테르의 걱정하는 마음을 헤아린 듯 먼저 팔을 잡아당겼다. 볼테르는 끌려가지 않고 버텼다.

"쉬어야 해. 체온이 정상으로 돌아올 때까지 한숨 자. 고통이 심하면 약이라도……."

사라는 팔을 놓지 않았다.

"몸이 차가워 싫은…… 건가요?"

사라의 기계 몸은 겨우 33도에 머물렀다. 수술을 위해 기계 몸을 28도까지 떨어뜨렸던 것이다. 기계 몸의 전도도가 워낙 좋은 탓에 33도도 얼음처럼 차갑게 느껴졌다. 몸 전체가 36.5도에 이르려면 한 시간은 더 필요했다.

"아니야, 그런 거."

"그럼 거의 기계 몸이라서?"

"괜한 소리!"

"괜한 소리! 듣기 좋네. 이렇게 반말해 주길 얼마나 기다린 줄 알아요?"

"……그랬나, 내가?"

처음에는 돌핀이 투여되지 않았다는 사실에 놀라 반말이 튀어나왔고, 그다음엔 사라의 적극적인 구애에 당황한 탓이다. 사라가 검은 손을 들어 가까이 오라고 흔들었다. 볼테르가 사라의 입술에 귀를 갖다 댔다.

"얼굴 좀 펴요. 찡그린 거 싫어……. 글라슈트 시스템 복구를 위한 그 돈…… 내가 구했어요."

"사라가 무슨 돈이 있다고……."

"……비밀! 나쁜 돈 아니니까 걱정 마요. 내 돈이야. 서사라의 돈!"

"사라!"

"상 받고 싶은데, 한 번만 안아 줄래요. 추워요. 견딜 수 없이……."

볼테르가 조심조심 침상으로 올라갔다. 사라의 68퍼센트 기계 몸과 32퍼센트 천연 몸을 껴안았다. 사라가 속삭였다.

"……키스해 줘요."

볼테르가 그녀의 검은 이마를 볼을 입술을 훔쳤다. 사라의 양손이 그의 등을 감쌌다. 다시는 놓치지 않겠다는 듯 두 다리를 열십자로 엮어 죄었다.

"아, 따뜻해!"

어떤 사랑의 시작이었다.

모든 경계에는 꽃이 핀다

1985년 다나 해러웨이가 「사이보그 선언문: 20세기 후반기의 과학, 기술, 그리고 사회 여성주의」를 발표한 지 올해로 64년이 지났다. 동물학자이자 여성학자였던 다나 해러웨이는 이 선언문에서 "인간은 본질적으로 기계와 유기체의 합성인 사이보그"라고 주장했다. 프랑스의 철학자 자크 라캉의 표현대로 "최초의 보철인 언어"를 장착한 인간이라는 사이보그는 20세기 후반 비약적으로 발전한 IT 시스템과 결합하고, 인간 공학적으로 통제되는 노동에 종속되면서 수많은 커뮤니케이션 시스템과 자동화 장치를 몸에 단 "하이테크 사이보그"로 발전하고 있다고 그녀는 예견했다.

20세기 후반 인간은 테크놀로지를 통해 자연과 문화의 경계를 무너뜨리고, 양육과 본성 사이의 경계를 허물고, 기계와 유기체의 경계를 부정했다. 모든 경계에는 꽃이 핀다고 했던가? 경계가 무너진 자리에는 찬란한 기계 문명이 꽃을 피웠다. 풍요로운 자연과 창조적인 도시 환경과 인간적 가치를 높이는 인간 관계가 새롭게 정립됐다.

그중에서도 로봇과 사이보그는 인간의 삶을 더욱 풍요롭게 해 주었다. 자연을 재발명한 인간은 21세기 내내, 로봇과의 공생을 꿈꾸고 기계를 몸 안에 품는 과정을 되풀이하면서 스스로 사이보그로 진화했다.

다나 해러웨이가 「사이보그 선언문」을 출간한 20세기 후반까지만 해도, 비행기 탑승객 중 위험인물을 걸러 내기 위해 모든 사람을 금속 탐지기에 통과시키는 몰상식한 행동을 범지구적으로 자행했다. 몸에 금속을 부착했거나 소지하고 있다는 이유만으로 잠재적 위험인물로 간주하는 사고는 21세기로 넘어와서도 한동안 계속됐다. 그런 시절에 다나 해러웨이가 쓴 「사이보그 선언문」을 다시 읽어 보면, 참으로 미래에 대한 통찰력이 빛나는 에세이가 아니었나 싶다.

그의 주장대로, 인간과 영장류를 구별하고, 인간과 기계를 구별하고, 남자와 여자를 구별하는 대부분의 시도는 헛된 것으로 판명 났다. 그러면서 동물에 대한 차별, 남녀에 대한 차별, 기계에 대한 차별은 조금씩 줄어들고 있다. 20세기 동물원과 20세기 가부장적 가정을 떠올려 보기만 해도 2049년 오늘의 한반도는 얼마나 달라졌는가?

최근 종종 보도되는 '사이보그 수술 중 사망 소식'들은 사이보그에 대한 인간의 집착이 과도한 수준에 이르렀음을 보여 준다. 뇌-기계 인터페이스(Brain-Computer Interface) 기술과 바이오닉스 기술이 급속도로 발전하고 있는 요즘, 과도한 '기계 대체'로 인해 수술 중 사망하는 사건이 넉 달 사이에 여섯 건이나 발생했다. 신체의 일부를 교체하지 않으면 건강과 생명에 문제가 있는 경우를 넘어서, 인간의 능력을 증진시키려는 무분별한 시도가 그들의 생명을 오히려 훼손하는 것이다.

사이보그 수술이 왜 성행하게 되었을까? 그 해답은 40년 전 성형 수술이 횡행했던 연예계에서 찾아볼 수 있다. 1970~1980년대까지만 해도 성형 수술에 대한 사회적 거부감이 매우 강했다. 가슴 수술을 한 여성에 대해서는 색안경을 끼고 봤으며, 코를 높인 여성은 결혼 전에 수술 사실을 남자 친구에게 고백하지 않으면 안 되었다. 그러나 그로부터 20년도 채 지나지 않아 성형 수술에 대한 거부감은 사라졌고, 감기 예방 접종을 하듯 성형 수술을 받는 시절이 도래했다.

그 시절 한반도의 연예인들은 같은 병원에서 찍어낸 붕어빵처럼 동질화된 획일 군집이었다. 모든 연예인들은 하나같이 쌍꺼풀을 가지고 있으며, 입술은 콜라겐 주사법을 통해 일정 크기로 도톰했고, 보톡스 주사 덕분에 예순이 다 돼도 눈가엔 주름이 없었다. 마치 평생 한번도 웃어 본 적이 없는 사람처럼.

그들은 일찌감치 사이보그가 된 집단이었다. 평범한 콧날에 인공 보형물인 고어텍스를 채우고, 두 유방엔 실리콘을 삽입하고, 생니를 뽑은 자리에 비정상적으로 하얗고 가지런한 임플랜트 치아를 박았다. '인공적인 장치를 통해 자신의 신체적 결함을 극복하거나 인간적 능력을 향상시킨 존재'라는 사이보그의 정의에 비춰 본다면, 연예인 집단은 전형적인 사이보그 집단이며, 그들이 출연한 모든 텔레비전 프로그램은 그 자체로 SF였다.

그렇다면 가장 개성적이어야 할 연예인들 사이에서 성형 수술이 남용된 이유는 무엇일까? 그 해답은 미용 성형 수술의 역사적 기원에서 찾을 수 있다. 코 성형수술이 보편화된 중요한 계기는 19세기 유럽에서 매독이 성행하면서 매독균에 의해 떨어져나간 코를 수술한 것이다. 성형 수술을 통해 자신이 속한 집단에서 너무 눈에 띄지 않도록 만든 것이다. 흔히 성형 수술은 '남들보다 눈에 띄게 예뻐지기 위해' 한다고 생각하지만, 실제로 성형 수술의 욕망 속에는 다른 구성원과 크게 다르지 않은 외모로 자신이 속한 집단의 일원이 되고 싶은 욕구가 자리 잡고 있다. 성형 수술의 이러한 욕망은 집단 유행으로 번질 가능성이 농후했다.

우리는 21세기 초 '성형 수술 광풍'과 같은 현상을 사이보그 속에서 엿보게 된다. 한때 사이보그에 대한 차별이 심했던 시절이 있었다. 레스토랑에서 자연인과 사이보그가 부둥켜안고 키스라도 하면 혀를 차며 바라보는 사람이 대부분이었다. 50퍼센트를 기계로 대체한 사이보그와의 결혼을 자연인 부모가 반대하는 일이 사회적인 문제로까지 대두된 적이 있다. 이 때문에 1, 2퍼센트 차이에도 민감하게 반응하는 사이보그들이 꽤 많은 것이다.

2041년 가을 서울특별시 강남구에서 벌어진 사이보그 여성의 수술 거부 사건은 우리 사회의 단면을 잘 보여 주는 사례로 손꼽힌다. 만취 상태로 자동차를 몰다가 인도로 돌진한 차에 받혀 병원에 실려 온 여성은 몸의 26퍼센트가 기계로 대체된 사이보그였다. 왼팔과 왼쪽 다리가 골절된 상태였고, 왼쪽 골반도 심하게 부서져 기계로 대체하지 않으면 반신불수가 될 수도 있는 절체절명의 상황이었다. 그런데 남자 친구의 어머니는 기계 대체율이 50퍼센트를 넘으면 결혼을 승낙할 수 없다고 했고, 이 여성은 끝내 수술을 거부하다가 반신불수가 된 소식이 언론을 통해 알려졌다.

그로부터 8년이 지난 이제는 오히려 남들과 차별받지 않기 위해 사이보그 수술을 받고 있다. 마치 연예계라는 집단의 일원이 되기 위해 다른 연예인이 가진 쌍꺼풀과 '높은 코'를 나도 가져야 한다고 느끼는 것처럼. 불룩 튀어나온 배나 물렁한 어깨를 자신 있게 드러내는 자연인을 나는 거의 본 적이 없다. 사이보그에 대한 편견만큼이나 자연인에 대한 편견은 우리 사회를 더욱 혼란스럽게 할 뿐이며, 인간 적 가치를 훼손하는 일이다. 사이보그와 인간 모두, 서로 사랑할 수 있는 평등한 존재들이다.

유전자 조작으로 우수한 유전자를 갖게 된 우성 인간과 자연 분만 으로 태어난 열성 인간이 생물학적 계급 사회를 이루고 있는 것처럼, 한때 성형 수술을 받은 우성 인간 '연예인'들과 그렇지 않은 '대중'들 이 생물학적 계급 사회를 만들어 갔던 것처럼, 지금 우리 사회는 사 이보그와 자연인이 기계론적 계급 사회를 구성하고 있는 건 아닐까? 누구에게도 도움이 되지 않는 '사회적 편견'이 걱정스럽다.

노민선(에이카로 차세대 로봇 연구 센터 전임 연구원)
2049년 6월 29일자《서울일보》칼럼에서 발췌

기브 앤드 테이크

강연회는 대성황이었다.

석범은 서둘러 말석에 자리를 잡았다. 강연이 시작되기까진 아직 1시간 10분이나 남았다. 지하 식당에서 모처럼 쌀밥에 된장찌개라도 먹을까 망설였는데, 여유를 부렸다간 입장 자체가 어려울 뻔했다.

보안청 관련 자료에 따르자면, 민선은 주 1회 이상 대중 강연에 나섰다. 인종, 노소, 낮밤을 가리지 않았다. 무료 강연에 응한 적은 단 한 차례도 없었다. 에이카로 차세대 로봇 연구 센터 전임 연구원이 공식 직함이지만, 연구소로부터 받는 월급은 미미했다. 시민 강연을 통해 생활비를 해결했다.

과학 강연이 인기를 끌기 시작한 것은 10년이 채 되지 않았다. 그전까지 강연은 대부분 작가나 연예인 혹은 학자의 몫이었다. 강연 전문 연예인들이 반짝 시민의 주목을 받다가 과학자로 무게중심이 넘어왔다. 시민의 관심은 '특별시의 미래'였다. '인간이 과연 어디까지 바뀔 수 있는가?' 역시 강연회 때마다 제기되는 핵심 질문이었다.

'뇌'는 반세기가 넘도록 미래 과학의 개척지로 주목받았다.

뇌를 연구하는 과학자 중 상당수가 자의 반 타의 반으로 시민 강연회장에 등장했다. 민선은 꼼꼼한 강연 준비와 직설 화법으로 인기가 높았다. 격투 로봇 글라슈트 팀원이라는 사실이 알려지면서 강연료가 두 배로 뛰더니, 부엉이 빌딩 폭탄 테러의 생존자로 뉴스에 나간 후 다섯 배까지 급상승했다.

오늘의 강연 주제는 '몽유'였다.

흰 가운을 걸친 민선이 단상으로 걸어 나왔다. 화려한 의상을 뽐내는 강연자도 많았지만, 민선은 실험실에서 금방 나온 분위기를 풍겼다. 머리는 뒤로 돌려 묶었고 각진 뿔테 안경을 썼으며 왼 가슴에는 검은 펜을 꽂았다. 이 분야의 전문가라는 무언의, 계산된 암시였다. 차가운 매력이 강연장을 감쌌다.

제법이군.

석범은 강연 참가자들의 손에 들린 팜패드를 살폈다. 민선은 시민 강연에서 흔히 제공되는 강연 파일을 제출하지 않았다. 참가자 모두의 손에 들린 팜패드는 강연에 대한 집중력을 높였다. 기억하기 위해서는 적어라! 빈손으로 덜렁덜렁 온 이는 석범뿐이었다.

강연을 시작하기에 앞서 민선이 좌중을 훑었다. 석범과 시선이 마주쳤다. 그는 손바닥을 들어 보이며 가볍게 웃었지만, 그녀는 아는 체도 하지 않고 재빨리 시선을 거뒀다.

"안녕하세요? 에이카로의 노민선입니다. 이 자리에 오신 여러분은 아마 한 번쯤 어린 시절 잠꼬대를 한 경험이 있을 겁니다. 낮에 받은 자극을 정리하고 에너지를 비축하기 위해 잠을 자야 할 시간에 왜 우리는 몸을 뒤척이고 잠꼬대를 하고 그것도 부족해 '몽유'를 하는 걸까요? 저는 오늘 잠을 자는 동안 돌아다니는 '몽유'에 대해 말씀드리려고 합니다.

'몽유'는 흔히 '꿈속에서 놀다'는 뜻이지만, 꿈이 현실이 되기 때문에 문제가 생기죠. 몽유병은 성인에게는 매우 드문 현상입니다. 5~12세의 아이들에게서 흔히 보이다가 나이가 들면 자연스레 사라지죠. 몽유병에 걸린 아이들은 수면 상태에서 일어나 걷는다든지, 오줌을 눈다든지, 무언가를 먹는다든지, 몇 마디 말도 하지만 깨어나면 기억하지 못합니다. 악몽을 경험하면서 발작을 하기도 합니다.

오다기리 조가 주연했던 「비몽」이란 고전 영화가 있습니다. 여주인공 란은 수면 상태에서 교통 사고를 내고, 헤어진 남자 친구를 찾아가고, 섹스를 하기도 하는데 깨어나면 기억을 못합니다. 몽유 상태에서 자신이 한 일을 기억하지 못합니다. 이것이 중요한 특징 중 하나입니다.

그렇다면 몽유 상태에서 누군가를 폭행하거나 살인을 저지른다면, 그것은 의지대로 저지른 유죄일까요, 병적 행동이기 때문에 죄를 물을 수 없는 걸까요? 1846년 뉴욕에서는 몽유 상태에서 방화와 살인을 저지른 사람을 '몽유병'으로 변호해 무죄 판결을 받은 사례도 있습니다. 그렇다면 악몽과 몽유는 과연 어떤 관계가 있을까요?"

"컥 컥컥."

난데없는 소음으로 강연이 중단되었다. 고요 속으로 다시 불협화음이 밀려들었다.

"크르릉 쿵쿵!"

코 고는 소리가 강연장 구석구석까지 울렸다. 뒤이어 민선의 고함이 터져 나왔다.

"대체 누굽니까, 강연장에서 매너도 없이 코를 고는 사람이?"

석범이 자신도 모르게 벌떡 일어섰다. 민선의 공격이 이어졌다.

"나가세요. 당장! 강연 분위기 흐트러뜨리지 말고."

"미안합니다. 화 풀어요. 미안하다고 하지 않습니까."

강연장을 빠져나가면서, 석범은 내내 사과를 했지만 민선은 눈도 마주치지 않고 무시했다. 계속 말을 붙였지만 침묵과 함께 싸늘한 분위기만 풍겼다. 사과에도 기술이 필요하다. 석범은 옥상 주차장 입구에서 그녀의 팔목을 붙들었다.

"이거…… 뭐 하는 짓이에요?"

민선이 온 힘을 어깨에 실어 확 뿌리쳤다. 승낙 받지 않은 신체 접촉은 법정 최고형에 처할 수도 있는 중죄였다. 접촉을 통하여 인체에 치명적인 독극물이나 바이러스를 옮기는 사건이 발생한 탓이다. 사랑하는 연인끼리도, 원칙적으로는, 입을 맞추거나 손을 잡기 전에 상대의 허락을 구해야 한다.

혹시 입을 맞춰도 나를 보안청에 고발하지 않으시겠지요?

사랑이 타오를 때는 이런 질문을 하는 것 자체가 상대에 대한 실례다. 그러나 이혼 수속을 밟는 특별시민의 이혼 사유서에서 열에 아홉은 "허락을 구하지도 않고 손을 잡고, 허리를 껴안고, 입을 맞췄으며……"라는 대목이 등장한다.

"진정해요. 내가 민선 씨 강연이나 들으려고 여기 오지 않았다는 건 짐작하죠? 코를 곤 건…… 미안합니다. 사과할게요. 망할 놈의 악몽 때문에 지난밤에도 잠을 설쳤습니다. 잠깐이면 됩니다. 한 시간 아니 30분만 시간을 내 주십시오."

"스티머스 수사팀의 공식 자문 요청이신가요? 그럼 따로 자문료는 책정되는 것이겠죠?"

민선이 주차장으로 들어서며 딱딱하게 물었다. 지하 주차장이 포

화 상태에 이르자 특별시가 심혈을 기울여 만든 것이 옥상 주차장이
었다. 주차용 건물을 별도로 올리는 방식이 아니라 자동차와 자동차
사이에 15센티미터 내외의 간극을 두고 서로 밀어내는 힘을 만들어
차곡차곡 쌓는 방식이다. 바람이나 번개에 영향 받지 않도록 빌딩과
빌딩을 이어 큰 완충망을 설치했다. 나노 단위에서 새로운 연결망을
통해 신물질을 개발했듯이, 실물 크기에서도 사물과 사물의 밀고 당
기는 힘을 자동 조절하게 된 것이다. 이런 종류의 옥상 주차장을 '샌
드위치 주차장'으로 따로 분류하고 있다.

"공식적인 자문은 아닙니다. 공식적으로 해결할 일이면 이렇게 찾
아오지도 않았겠지요. 자문료는 보안청에서 나가는 건 아니지만 내
가 어떻게든 만들어 보겠습니다."

"은 검사님 개인 돈을 받으라고요? 됐네요. 뇌물죄로 누구 인생 망
치게 할 일 있으신가…… . 비공식적인 부탁이라면, 오늘은 여유가 없
네요. 글라슈트의 8강전이 끝난 후엔 시간을 만들어 보죠."

"시급한 일입니다."

"은 검사님이랑 노닥거릴 시간 없어요."

"노닥거리자는 게 아닙니다. 부탁입니다."

민선이 안경을 고쳐 쓰며 물었다.

"은석범 검사님! 그쪽 혹시 스토커 아닌가요?"

"스토커? 생사람 잡지 마십시오."

"비공식적인 부탁을 할 만큼 우리 사이가 가깝던가요? 그냥 솔직
해지는 건 어때요? 총각이 처녀 좋아하는 건 흠도…… ."

석범이 말허리를 잘랐다.

"착각이 지나칩니다. 비공식적이라 해도 공무의 일환으로 온 겁

니다."

"알았어요. 그러니까 비공식 공무다 이거군요. 말은 안 되지만 뭐 그렇다고 해 두죠. 그렇지만 정말 미안해요, 여유가 없다고요."

거절당했다고 순순히 물러설 석범이 아니었다. 그는 자동차 전용 엘리베이터 앞을 막아섰다.

"무슨 일인지 묻지도 않고 무조건 여유가 없다니요? 여기서 민선 씨 아파트까지 20분 남짓 걸리지 않습니까? 딱 20분만 이야기합시다. 민선 씨 차는 자동 운전으로 보내고, 내 차로 모실게요."

"됐네요. 강연장에서 꾸벅꾸벅 조는 사람 차를 뭘 믿고 타겠어요? 난 남의 차는 안 타거든요. 멀쩡한 내 차 놔두고 왜 은 검사님 차를 타요?"

"그럼, 내가 민선 씨 차를 타겠습니다. 아무래도 좋습니다."

"그…… 부탁에 응하면, 은 검사님은 제게 뭘 주실 건가요?"

석범은 민선의 반격에 꿩한 눈을 끔벅거렸다. 그녀의 보충 설명이 이어졌다.

"내 인생에 공짜는 없어요. 받는 게 있어야 시간을 내드리죠."

"원하는 게 뭡니까?"

석범이 되물었다.

"뭐든지 가능한가요?"

"……뭐든지!"

"그럼…… 키스도 되나요?"

"옛? 키스?"

"농담이에요, 농담! 장난친 것 갖고 소리는 왜 지르고 야단이세요?

어쩜, 양 볼이 발갛게 달아올랐네. 자 일단 타요. 비공식적인 그쪽 부탁부터 들을게요. 내 부탁은 이야길 듣고 나서 정하죠. 그쪽이 별 따는 이야기를 하면 나도 별을 따 달라 할 거고."

민선은 자동차가 차도로 내려서자마자 '자동 운전'으로 설정을 변경한 다음 '블라인드' 버튼을 눌렀다. 검은 기운이 차창을 감싸면서 조명이 은은하게 들어왔다. 창문 밖 풍경이 완전히 차단되었고 음악이 흘러나왔다. 현악 4중주였다.

"모차르트 좋아하세요? 아니면 끌까요?"

"볼륨만 약간 줄여 주십시오."

의자가 90도 회전하며 창문으로 붙고 회의용 테이블이 솟아올랐다. 자동 운전의 정착은 운행 시스템뿐만 아니라 자동차 디자인에도 혁신을 가져왔다. 운전석이 항상 정면을 향할 이유가 없었고 운전자가 도로를 주시할 의무도 사라졌다. 자동차 내부는 변신 로봇처럼 이용자의 편의에 따라 다양하게 바뀌었다. 때로는 침실도 되고 때로는 회의실도 되고 때로는 영화관도 가능했다. 둘이서 마주 보고 앉으니 아늑한 카페에 온 듯도 했다.

"18분 36초 남았어요."

타임워치가 천장에 달려 있었다. 석범은 마음이 급했다.

"서사라 트레이너에 대해 몇 가지 질문을 하러 왔습니다."

"사라? 서 트레이너에게도 관심 있으세요? 궁금한 게 있으면 직접 찾아가지 날 왜 괴롭히는 거예요?"

민선이 입술을 삐죽 내밀었다.

"변주민이라고 혹시 아십니까?"

"변주민, 변주민, 변주민, 귀에 익은 이름인데…… 누군가요?"

"특별시 연합 격투 대전 웰터급 준우승자입니다. 로봇 파손 및 유기죄로 앵거 클리닉에서 치료를 받아 왔는데, 며칠 전 살해당했습니다."

"그래요? 시합을 봤었나? 그 남자가 죽었는데 서사라 트레이너는 왜 걸고 넘어져요?"

"살인 사건이 발생하기 직전, 서 트레이너가 변 선수에게 거금을 줬습니다."

"둘이 사귀었나? 아닐 텐데……. 하여튼 청춘남녀 문젠 본인들에게 물어보세요."

"남앨리스 형사가 서 트레이너를 이미 만났습니다. 내가 민선 씨를 찾아온 건 보강 수사 차원입니다."

민선의 표정이 점점 딱딱하게 굳었다.

"서 트레이너 약점이라도 귀띔해 달라는 건가요? 난 스파이 짓은 안 해요."

"스파이 짓이 아니라 수사 협좁니다. 서사라 트레이너는 살해된 변주민 선수가 만나기로 예정된 두 사람 중 한 명입니다. 앵거 클리닉 조윤상 원장과 W 선수 출신 트레이너 서사라. 지금 단서는 이 두 사람뿐입니다."

"······조 원장과 서 트레이너!"

민선이 붉은색에서 푸른색으로 바뀐 타임워치를 올려다보았다. 10분, 벌써 절반이 지나갔다.

"서사라 트레이너는 팀에서 어떤 존잽니까?"

"글라슈트가 시합에서 보여 주는 모든 동작은 사라 씨가 여러 차례 고치고 다듬은 열매입니다. 어느 것 하나 그녀 손을 거치지 않은 동작이 없죠."

"그럼 평소엔······."

"주먹이 앞서냐고요? 설마 사라 씨를 변주민 선수 살인 용의자로 보는 건 아니겠죠?"

"이미 밝히지 않았습니까? 단서는 조 원장과 서 트레이너뿐이라고."

"아름다운 사람이에요."

"아름답다?"

"바디 바자르에서 최고 일당을 받던 무희였지요. 언젠가 내게 이러더라고요. W에 매혹된 까닭은 춤을 닮았기 때문이며 춤에 매혹된 까닭은 W를 닮았기 때문이라고."

"절친한 사입니까? 하긴 글라슈트 팀에서 한솥밥을 먹었으니 정이 들기도 했겠지요."

"그리 친하진 않아요. 사라 씨는 조용하다 못해 과묵하죠. 일할 땐 단 한마디도 허투루 뱉는 법이 없답니다. 나도 수다나 떨며 시간을 낭비하는 성격이 아니고."

"호오, 친하지도 않은데 밤늦게 부엉이 빌딩 옥탑방엔 무슨 일로 간 겁니까? 거기가 서 트레이너 숙소란 걸 아는 팀원이 아무도 없었다면서요? 그날 내겐 분명 약속이 있다며 바디 바자르를 빠져나가지 않았습니까? 처음부터 약속 따윈 없었죠?"

민선의 두 눈에 당황하는 빛이 살짝 맴돌았다.

"그야…… 사라 씨랑 술이라도 한잔할까 싶어 바디 바자르에 들른 거죠. 은 검사님이 불청객으로 끼어들기에 적당히 둘러대고 나왔고요. 사라 씨 숙소에서 마시는 게 편한 듯싶어서 옥탑방으로 올라갔어요."

석범이 장단을 맞추듯 이어받았다.

"하필 그때 테러가 시작되었고, 민선 씨는 서 트레이너 덕분에 기적적으로 목숨을 건졌고."

"맞아요. 잘 기억나진 않지만 사라 씨가 날 구했죠. W로 단련되었기에 급박한 상황에서도 훌륭하게 대처한 겁니다."

"그 후론 어찌 되었습니까?"

민선은 즉답을 못했다. 잠시 생각이 딴 곳에 머무는 듯도 했다.

"네? 질문을 이해하지 못하겠네요."

"함께 죽을 고비를 넘겼으니 훨씬 더 친해졌으리라 예상합니다만……."

석범이 말끝을 흐리며 답을 기다렸다. 민선은 낚싯밥을 물지 않고 단칼에 잘라 버렸다.

"똑같아요. 가까워지지도 않고 멀어지지도 않고. 우린 원래 그래요. 충격적인 일을 겪긴 했지만 그 때문에 일상이 변하는 건 우습잖아요, 애들도 아니고."

우습다?

더 이상 서사라에 관해 묻지 말라는 뜻이다. 석범은 민선이 미꾸라지 같다는 생각을 했다. 움켜쥐어도 솜씨 좋게 빠져나가는 한 마리 미꾸라지!

민선이 빤히 그의 두 눈을 쳐다보며 말을 이었다.

"이제 1분밖에 남지 않았는데요. 마감 20초 전엔 블라인드를 올릴 겁니다. 질문이 더 있나요?"

"음…… 그게……."

생각이 엉뚱한 곳으로 번졌다. 민선의 도움으로 퍼그의 마지막 기억을 확인했고, 또 지금은 변주민과 이어진 서사라에 관한 정보를 얻고자 왔다…… 과연 그것뿐일까. 연쇄 살인으로 얽혀들기 전에, 그는 민선과 카페 UFO에서 단둘이 만났다. 유쾌하지 않은 맞선 자리였지만, 그때보다 지금이 훨씬 더 그녀와 가까워진 느낌이다. 퍼그의 죽음을 안타까워하는 민선의 눈물을 보았던 탓일까.

블라인드가 올라가고 탁자가 사라지고 의자도 정면으로 돌았다. 나란히 앉게 된 민선이 윗니로 아랫입술을 가볍게 깨물었다.

"질문 시간 끝났어요. 자, 이제 내 부탁을 들어줘야죠?"

"하나만, 하나만 더……."

민선이 빠르고 명랑하게 그의 바람을 잘랐다.

"안 돼요. 더 이상 질문 받지 않겠어요. 내 부탁을 말할 차례니까."

석범은 안경 속 그녀의 두 눈이 무척 크고 맑다는 생각을 했다. 아이 같은 어리광도 밉지 않았다. 약속은 약속이다.

"좋습니다. 뭡니까, 부탁이?"

"나이트메어 클리닉에 참가해 주세요. 벌써 잠자리에 들 시간이 훨씬 지났네요. 참가 방식은 매우 간단합니다. 머리에 여섯 군데 바둑알 만 한 테이프를 붙입니다. 그리고 잠들었다가 깨면 끝입니다."

"실험은 어디서 합니까? 에이카로에 갑니까? 하기야 에이카로는 일주일 내내 밤낮 없이 연구에만……."

"아니에요. 이건 어디까지나 개인 연굽니다. 학교 시설을 쓰지 않고 근무 시간 외에 내 개인 장비들만 이용해서 연구를 진행합니다."

"알겠습니다. 그럼 그 개인 장비들은 어디 있습니까?"

"당연히 내 집이죠. 건넌방에 따로 실험실을 마련해 뒀거든요."

"그러니까 지금…… 민선 씨 집에서 하룻밤 자고 가란 뜻입니까?"

석범이 어리둥절한 표정을 짓자, 민선이 자신의 오른 어깨로 그의 왼 어깨를 툭 쳤다.

"왜요? 혹시 애들처럼 잠자리를 가리는 건 아니죠?"

"……뜻밖이라서 말입니다."

민선이 석범의 '뜻밖'을 자기 식대로 해석했다.

"미안해요. 유의미한 실험이 되려면 꼭 한 명이 더 필요했는데, 마침 은 검사님이 천사처럼 기브 앤드 테이크를 하러 오셨네요."

"내가 오지 않았다면 어찌 할 생각이었습니까?"

민선이 차를 세웠다. 실험 장비를 갖춘 자신의 개인 숙소에 도착한 것이다.

"강연 참가자 중에서 찾았겠죠. 아니면 지인들에게 지금쯤 연락하느라 바빴을지도 모르고요. 들어가요, 우리."

그녀가 차문을 열고 밖으로 나왔다. 석범은 그녀의 부탁을 곱씹으며 미간을 찡그렸다.

돌아 버리겠네. 나이트메어 클리닉? 악몽을 치료하겠다고? 이게 말이나 되는 소리야?

악몽과 맞서다

인간은 본디 '낮의 동물'이다.

낮에는 생존에 필요한 노동을 하고, 밤에는 낮에 소진한 기력을 잠을 통해 충전한다. 해가 지고 어둠이 깔리면 우리 몸의 송과선은 멜라토닌을 분비하면서 스스로 잠잘 채비를 갖춘다. 밤은 아늑한 '잠의 세계'다. 후회 없이 하루를 보낸 모든 이의 밤은 잠으로 고요하다.

1959년 미국의 디제이 피너 트립은 201시간 동안 그러니까 무려 8일 넘게 깨어 있음으로써 '세계에서 가장 오랫동안 잠을 자지 않은 사람'으로 기록됐다. 시간이 흐를수록 그는 난폭한 사람으로 변했다. 사람들에게 화를 내고, 욕지거리를 하고, 환영과 환청을 경험했다. 심지어 누군가 자기 음식에 약을 탔다고 믿는 망상 증세를 보였으며, 느닷없이 차도에 뛰어드는 이상 행동도 했다. 잠의 세계로 침잠하지 못한 인간의 밤은 위험하다.

수면 부족으로 인한 스트레스는 전쟁에도 이용됐다. 1941년 제2차 세계 대전 당시 독일군이 진군해 왔을 때, 스탈린그라드의 소련군은 공격의 임박함을 알리는 거대한 불을 활활 사르면서, 밤새도록 스피커를 통해 탱고 음악과 시계 종소리를 흘려 독일군을 압박했다. 독일

군들은 잠도 제대로 못 이룬 채 참호 속에서 지쳐 갔다. 몇몇 독일군은 동료에게 총부리를 겨누는 이상 증세를 보였다. 잠의 세계로 침잠하지 못한 인간들의 밤은 더없이 처참했다.

꿈은 잠의 세계가 선사하는 '선물'이다.

인간은 잠을 자는 동안 오늘 하루 얻은 정보를 차곡차곡 정리한다. 불필요한 것을 버리고 중요한 것을 장기 기억으로 저장하는 것이다. 꿈이란 '기억들이 각기 다른 영역의 뇌 속 저장고에 들어갈 때 그 기억이 흘깃 보이는 것'이다. 혹은 불필요한 기억들이 휴지통에 던져지기 전에 찰나적으로 그 형상을 드러내는 것일 수도 있다. 인간은 꿈을 통해 어제의 추억을 되뇌고, 오늘의 경험을 정리하며, 내일의 숙제에 대한 영감을 얻는다.

골프 황제 잭 니콜라우스는 슬럼프의 해결책을 꿈에서 찾았다. 어느 날 꿈에서 원하는 대로 골프공이 잘 맞아서 살펴보니, 평소와는 다르게 클럽을 쥐고 있었던 것이다. 원소 주기율표를 만든 러시아의 화학자 드미트리 멘델레예프는 1869년 어느 날 원소를 배열하는 문제로 씨름하다 지쳐 잠이 들었다가 꿈에서 주기율표를 봤다. 깨어나자마자 꿈에서 본 표를 종이에 옮겨 적었는데, 그것이 오늘날의 주기율표인 것이다. 전설적인 록그룹 비틀스의 멤버였던 폴 매카트니는 꿈에서 들은 선율에 가사를 붙여 「예스터데이」를 만들었다. 이처럼 꿈은 속절없이 하루를 보낸 이들에게 소중한 선물이다.

하지만 모든 꿈이 선물은 아니다. 악몽만큼 끔찍하고 고통스러운 것이 또 있을까?

2049년 서울특별시에선 악몽이 심각한 사회 문제로 대두되었다. 스트레스 수준이 높아지면서 숙면을 취하지 못하거나 불면에 시달리는 특별시민이 크게 증가한 탓이다. 그중에서도 '한밤중의 돌연사'가 악몽 연구의 시발점이 됐다. 2040년 한밤중의 돌연사가 사망 원인 10위 안에 들면서, 그 원인을 규명하는 연구가 본격화되었다.

가장 유력한 가설은 악몽이나 야경증으로 인해 신경 계통의 활동이 강화되고 심장 박동이 갑자기 정지하기 때문이라는 것이다. 꿈을 꾸는 렘 수면(REM sleep) 상태에서는 심장 박동과 호흡이 빨라지고 불규칙해진다. 더욱이 악몽은 뚜렷한 심리적 자극을 유발해 이따금 비극적인 결과를 초래할 수 있다.

수면 장애가 가장 심각한 정신 질환 중 하나로 인정되면서, 정신과 의사와 뇌 공학자를 중심으로 악몽을 줄이고 단꿈을 꾸게 만드는 연구가 진행되었다. 신경 과학자이자 에이카로 차세대 로봇 연구 센터 연구원 노민선 역시 이 분야에서 주목받는 신진 연구자였다.

민선이 샌프란시스코 근처에 위치한 스탠퍼드 대학교 수면 연구소에서 연구한 주제가 바로 '렘 수면 행동 장애'였다. 이 질병에 걸리면, 악몽이 실제처럼 일어나는 상황을 맞이하게 된다. 렘 수면에서는 안구 운동과 호흡기 근육을 제외하고는 모든 근육 활동이 멈추는 것이 정상이다. 꿈은 꾸지만 행동으로 옮기기는 쉽지 않은 것이다. 우리가 가위에 눌리는 경험을 하는 것도 이 때문이다. 운동 신경을 관장하는 대뇌 시상하부에 문제가 생기면, 근육 움직임이 자유로워져 꿈을 꾸는 동안 현실의 육체도 꿈에 시달리며 따라서 움직인다.

꿈을 꾸면서 아내에게 폭언을 하거나 아이들을 마구 때리는 수면 장애 환자도 있다. 악몽이 고요한 잠의 세계에서 뛰쳐나와 사람들의 의식을 조종한 것이다.

민선은 이곳에서 3년 동안 리처드 콜 디멘트 교수가 이끄는 '악

몽을 꾸는지 알아내고 악몽이 포착되면 그것을 억제해 주는 장치를 개발'하는 프로젝트에 참여했다. 그녀가 맡은 역할은 '악몽을 억제하고 좋은 꿈으로 유도해 주는 장치 개발을 위한 기초 연구를 수행'하는 것이다.

수면 과학의 역사는 150년 전 스탠퍼드 대학교와 시카고 대학교에서 시작됐다. 인간은 여러 수면 단계를 오가며 잠의 세계에 빠진다. 각 단계마다 뇌파의 변화가 어떻게 발생하는지 알아낸 것이 그즈음이다. 당시 과학자들은 수면이 얕은 단계인 1~2단계 수면과 깊은 단계인 3~4단계 수면, 렘 수면으로 이뤄진다는 사실을 밝혀냈다. 잠을 자면 이 주기가 1시간 30분 간격으로 여러 번 반복된다. 악몽에 시달리는 사람은 전체적인 수면 구조가 파괴되는 경향이 있다는 사실이 입증된 것은 1990년대 초 스탠퍼드 연구진에 의해서다.

대부분의 렘 수면 행동장애는 약을 복용하면 일주일 만에 증상이 대부분 사라지지만, 악몽에 시달리는 이른바 '악몽 증후군' 환자들은 약으로도 낫지 않는다. 2023년 스탠퍼드 수면 연구소는 일단의 과학자들로 악몽 대책팀을 짰다. 1~2단계와 3~4단계를 거쳐 자연스러운 몸의 리듬으로 렘 수면 단계에 가면 편안한 꿈을 꾸지만, 1~2단계 수면 뒤 3~4단계를 거치지 않고 또다시 1~2단계 수면을 취하면 곧바로 꿈으로 들어가 악몽을 꾼다는 연구 결과에 착안하여, 수면 단계를 자연스럽게 이동하는 '수면 뇌파 조절기'를 만든 것이다. 깊은 잠에 빠질 수 있도록 델타파(1~4헤르츠)와 세타파(4~7헤르츠)의 전자기장을 가해 깊은 수면에 들어가도록 돕는 것이다.

민선의 유학 시절 동료이자 서울특별시 수면 과학 연구소에서 일하는 홍승철 박사는 렘 수면 상태에서 꿈을 꾸는 동안 뇌파의 특징

만으로 꿈의 내용을 추적하는 연구를 수행했다. 악몽인지 단꿈인지를 파악해 악몽이라면 억제하고 단꿈이라면 계속 유지하도록 도와주는 장치를 만드는 것이 그녀의 목표였다.

2048년 《슬리프(*Sleep*)》라는 수면 장애 저널에 실린 노민선과 홍승철의 논문에 따르면, 이 장치를 통해 비선형 뇌파 분석법을 사용하여 145명의 피험자들이 꾸는 꿈이 악몽인지 아닌지를 예측해 보았더니, 87퍼센트의 확률로 '악몽'을 맞혔다고 한다. 이 실험은 대부분 홍승철 박사가 진행했다.

민선이 주도한 실험은, 종종 악몽을 꾼다고 호소하는 환자들의 머리에 '악몽 억제 장치(nightmare suppression device)'를 장착하고, 악몽을 꾸려는 순간을 감지한 후 그것을 억제하여 깊은 수면 상태로 옮겨 주는 것으로, 결과는 매우 성공적이었다.

민선은 한 걸음 더 나아가서 '악몽 억제 장치'를 일상에서 분노를 억제하지 못하는 환자에게 적용하는 실험도 병행했다. 스트레스나 잦은 짜증 그리고 분노가 혹시 자신도 모르게 시달린 악몽 때문은 아닐까. 그녀의 연구는 '앵거 클리닉'에도 매우 유용했다.

나이트메어와 춤을

잠이야말로 만병통치약이라는 주장은 절반의 진실이다. 어디서 누구와 자느냐에 따라 그 잠은 명약도 되고 맹독도 된다.

석범은 모처럼 불협화음 하나 없이 숙면을 취했다. 아바타 컨설턴트 달마동자가 머리맡에서 떠돌다가 슬그머니 사라졌다. 아무리 친한 척 굴어도 달마동자는 '일상의 감시자'다. 석범의 현재 몸과 마음 상태는 트집 한 점 잡히지 않을 정도로 완벽하다.

집에도 창문마다 블라인드를 친 걸까.

눈을 떴지만 깜깜하다. 이 정도 잤으면 해가 높이 떠오르고도 남을 시간이다. 악몽은?

풍광 하나가 가물거린다. 처음엔 오싹한 느낌으로 시작했지만 끝은…… 기억의 투망에 걸리지 않는다. 이달 들어 이어진 악몽들을 곱씹어 본다. 견딜 수 없이 처참한 지경에서, 그는 이것이 정녕 꿈이기를 바라며 깨곤 했다. 천 길 절벽에서 횡으로 뻗은 나뭇가지에 새끼손가락 하나만 묶여 흔들리는 그를 향해 말벌들이 떼로 덤빈 월요일, 그 새끼손가락을 잘라 먹을 때마다 더 긴 손가락이 솟아나서 결국 싸리비처럼 손가락을 질질 끌고 다니다가 지나가는 자동차에 깔

린 화요일, 잘라 둔 새끼손가락들을 푹 삶아 그 물을 마신 후 온몸
에서 손가락들이 불쑥불쑥 튀어나오려고 몸부림친 수요일이여! 목
요일이여! 금요일이여! 그런데 오늘은 새끼손가락이 멀쩡하다, 단 한
번도 잘라 먹지 않은 것처럼. 수면 뇌파 조절기 덕분일까. 정말 인위
적으로 악몽을 억제할 수 있는 것일까.

　음악 소리가 경쾌했다.

　눈을 비비며 침대를 빠져나와 사뿐사뿐 고양이 걸음을 옮겼다. 건
넛방 문을 반만 열었다.

　"홉!"

　석범은 혀끝까지 밀려나온 감탄사를 겨우 삼켰다. 다리가 여섯인

곤충 로봇들이 방 안을 쉴 새 없이 돌아다녔고 야구 모자를 거꾸로 쓴 청바지 차림의 민선은 껑충껑충 뛰면서 그들을 피했다.

"아, 깼어요? 이리이리 들어와요."

민선이 손등으로 이마의 땀을 훔치다가 석범을 발견하고 손짓했다.

"민선 씨! 지금 뭐 하세요?"

"악몽 예방 게임을 즐기는 중이에요. 으쌰!"

"악몽 예방 게임이라고요?"

"기존의 악몽 억제 장치들은 수면 중 꿈을 꾸는 동안 뇌의 상태를 모니터링하면서 악몽을 억제해 왔죠. 수면 뇌파 조절기가 대표적인 경웁니다. 지금 나는 깨어 있는 상태에서 세로토닌 분비를 촉진시켜 즐거운 감정을 주입하고, 공포를 표상하는 편도체의 활동을 가볍게 억제해 줌으로써 악몽을 예방하는 장치를 만드는 중이에요.

뇌파 작곡 시스템을 응용하여 편도체 활동을 억제하는 '포박스'라는 거죠! 곧 특허 출원 예정예요. 징기스 포에버가…… 아, 이 녀석들 이름이고요, 곤충 로봇들의 움직임에 따라 자동으로 작곡이 되는 시스템입니다. 녀석들은 인간의 발목을 향해 돌진하게끔 프로그래밍되어 있죠. 이렇게, 이렇게 지상에서 20센티미터만 발을 떼면 녀석들은 인지를 못한답니다. 자, 어서 이리 와 보세요."

석범이 그녀 곁으로 종종종종 들어갔다. 민선이 야구 모자를 건넸다.

"쓰세요. 뇌파를 잘 잡아 줘서 멋진 음악을 만든답니다."

음악이 더욱 빨라졌다. 부산하게 다니던 곤충 로봇 하나가 그의 발목을 힘껏 들이받았다.

"아야!"

그가 비명을 지르는 것과 동시에 불협화음이 생겼다.

"징기스 포에버, 이마에 쿠션을 충분히 댔지만, 맞으면 아프답니다. 피하세요, 어서 피해요, 이렇게!"

석범은 민선을 따라 두 발을 번갈아 떼며 껑충껑충 뛰었다. 30초 만에 땀이 흐르고 숨이 가빠 왔다. 그는 달려드는 육족 로봇들의 공격을 피하느라 자신이 만든 선율을 즐길 여유가 없었다. 10분이 한 시간보다 길게 느껴졌다.

게임을 마친 후 시원한 냉수 한 잔과 함께 달콤한 휴식을 취했다.

"어때요 기분?"

"상쾌합니다, 정말!"

"악몽을 억제하고 또 예방까지 했으니 치료비를 내야죠?"

"치료비라고요?"

"윽, 시간이 벌써 이렇게나 흘렀네. 서둘러요. 대충 고양이세수만 하고 나와요. 3분 26초! 25초!"

민선은 서둘러 그를 욕실로 밀어 넣었다.

"뜬금없이 카운트다운은 왜 합니까?"

석범은 깨끗하게 정돈된 욕실에 서서 잠시 거울을 쳐다보았다. 기브 앤드 테이크의 함정. 주고받다 보면 무엇이 '기브'이고 무엇이 '테이크'인지 헛갈린다. 남녀 관계라면 더더욱 그렇다.

그의 충혈된 눈, 쑥 들어간 볼, 갈라진 입술은 뇌를 가져가는 연쇄 살인 사건 수사의 어려움을 고스란히 드러냈다. 악몽은 사라졌지만 초조함은 여전하다. 스티머스 수사팀은 기다리고 있다, 네 번째 피살자가 나타나기만을. 그러나 뇌가 또 사라진다면 살인범을 추격하기 어렵다. 답답하다. 지금으로선 할 일이 없다. 젠장!

자신에게 되물어본다.

정말 서사라에 대한 보강 수사 차원에서 노민선을 찾아왔는가? 100퍼센트 오로지 그것만이 목적이었을까? 기브 앤드 테이크! 악몽을 고쳐 주겠다는 제안을 단번에 받아들인 것도 오로지 수사를 위해서?

"서둘러요. 빨랑! 2분 32초 후엔 주차장을 벗어나야 해요."

민선이 욕실 문을 탕탕 쳤기 때문에 석범은 얼굴만 대충 씻고 서둘러 나왔다. 그를 이끌고 주차장으로 내려간 민선이 조수석을 차지했다. 석범은 운전석에 일단 앉은 후 이 낯선 상황을 따져 묻기로 했다.

"수동 전환을 해 뒀어요. 목적지까진 안내 영상이 계속 나올 겁니다."

"목적지?"

눈이 마주쳤다. 어느새 민선은 눈 화장을 끝내고 옅은 보라색 루즈에 향수까지 뿌렸다. 건강하고 쾌활한 여름 해변을 닮았다.

"달섬!"

"달섬이라고 했습니까? 특별시 경계 밖에 있는 그 달섬?"

"맞아요. 그래서 블라인드를 치지 못하는 거예요. 특별시 경계 밖으로 나갈 차량은 주차장에서부터 목적지까지 블라인드는 물론 자동 운전도 금한다는 법 조항을 모르진 않겠죠?"

"가려거든 혼자 가십시오. 난 내리겠습니다."

"나이트메어를 고쳐 드렸으니 치료비를 내셔야죠. 지금부터 딱 두 시간만 숙면을 취할 거예요."

"숙면? 잠을 잔단 말입니까?"

"은 검사님이 쿨쿨 꿈나라를 헤매는 동안 영상으로 '수면 뇌'를 체크하느라 눈이 빠지는 줄 알았어요. 치료비는 달섬 왕복 운전으로 대신하겠어요. 어차피 아직 공무를 시작하기엔 이르잖아요? 자, 잡담은 그만하죠. 나는 자고 은 검사님은 운전하고, 달섬에서 함께 아침 먹고. 오케이?"

민선이 길게 하품을 하고 몸을 뒤로 젖혔다. 의자는 순식간에 일인용 침대로 바뀌었고 잔잔한 음악까지 깔렸다.

"이 자장가도 악몽 예방 게임으로 만든 거예요. 좋죠? 어물거리지 말아요. 두 시간 안에 도착하지 못하면 치료비 몽땅 더블로 받을 거니까."

석범은 수동 전환 시스템을 처음부터 재점검했다. 민선은 핸들만 수동으로 놓고 나머지는 자동으로 뒀지만 그는 직접 '2010'이라는 숫자를 입력했다. 2010년식으로 핸들은 물론 브레이크와 액셀러레이터 그리고 기어까지 수동 운전으로 바꾼 것이다.

"정말 2010년 수동식을 선택하시겠습니까? 한 시간에 최소 1분 이상 차를 세우고 목과 어깨 그리고 발목과 팔목을 스트레칭하셔야 합니다. 이런 번거로움이 싫으시다면 자동 운전으로 전환하십……."

영상 안내는 자동 운전 시스템 회사의 협찬을 받고 있음이 분명했다. 근육과 관절을 움직여서 운전하던 옛 시절의 향수로 젖어들려는 이들에게 수동 전환 확인이랍시고 '번거로움' 운운 떠벌리는 것이다.

5년 만인가.

마지막으로 2010년식 수동 운전을 한 기억이 가물가물했다. 스티머스 수사팀에서는 앨리스나 다른 형사들이 운전을 맡았고, 혼자 이동할 때는 대부분 자동 운전을 택했다. 범인을 쫓아 차선을 넘나들며 도로를 질주하는, 낡은 영화에서 흔히 등장하는 위험하면서도 근사한 일을 석범은 단 한 번도 겪은 적이 없었다. 도로로 들어선 차들은 전부 특별시 보안청의 교통 담당 서버에 확인이 되기 때문에 범법자일수록 도로를 피했다. 도로에서 차를 몰고 달아나는 짓은, '나 여기 있으니 어서 잡아가세요!'라는 신호를 보안청에 보내는 것과 같다.

보안청에서는 수동 운전 차량을 실시간으로 확인했다. 자동 운전의 경우 시스템만 장악하면 그만이지만, 수동 운전은 언제 자동차가 사고를 일으킬지 알 수 없기 때문이다. 조금이라도 차체가 흔들리거나 속도의 변환 폭이 30킬로미터 이상이면 수동 운전을 자동 운전으로 강제 전환시키고 엄청난 벌금을 부과했다. 한 시간을 달리고 1분을 정차하지 않는 경우에도 똑같은 징계가 내려왔다.

운전은 즐거웠다.

컨디션이 유난히 좋은 탓인지 조금만 액셀러레이터를 밟아도 속도가 급상승했다. 제한 속도인 시속 200킬로를 넘기지 않으려고 자주 속도를 확인했다. 180킬로를 넘어서자 숫자를 세는 안내 목소리가 빨라졌다.

"181, 182, 183, 184……."

190에 이르자, 1차 경고가 왔다.

"속도를 줄이세요. 200킬로 이상이면……."

석범은 입술을 거의 움직이지 않고 복화술처럼 그 다음 문구를 빠르게 따라했다.

"자동차는 자동 운전으로 전환되고, 운전자는 체포됩니다."

그리고 혼자 웃었다. 생각해 보니 운전 중에 혼자 웃은 일도 오랜만이다, 바보처럼. 잠든 민선의 얼굴을 아주 짧게 쳐다보았다. 화장 때문인지, 속눈썹은 더 길고, 코는 더 오똑하고, 볼은 더 밝고, 입술은 더 도톰했다.

사대문을 잇는 정사각형 중심가를 벗어나자 자동차가 눈에 띄게 줄었다. 특별시 정부는 정사각형 밖에도 주거 지역과 놀이 공간을 만들었지만, 특별시민은 계속 중심으로만 모여들었다. 외곽에 살 때는 특별시민이 되는 것이 목표였는데, 일단 특별시민증을 받은 후로는 정사각형 안에 머무르기 위해 목숨을 걸었다.

한 시간을 달리고 차를 세웠다.

특별시 경계를 벗어났기 때문에 밤에는 함부로 차창을 열거나 밖으로 나갈 수 없었다. 바이러스 예방을 위해서이기도 하지만 몬스터에 대한 두려움이 가장 큰 이유였다. 정확히 말하자면 돌연변이 인간인 '뮤텍스(Muta-X)'들이 특별시 경계 밖에 숨어 살았던 것이다.

특별시 정부는 특별시 경계 안에는 뮤텍스가 단 한 명도 없다는 말만 반복했다. 경계 밖까지 뮤텍스를 색출하고 주거를 제한하는 일은 사실상 포기한 상태였다. 뮤텍스들도 대낮에는 위성 통신망에 포착될 것을 두려워하여 숨지만 어둠이 깔리면 종종 출몰했다. 특별시 경계를 벗어나는 자동차마다 뮤텍스들을 물리치기 위한 고압 전류가 흘렀다. 차문을 열고 어둠을 향해 걷는 것은 뮤텍스들에게 목숨을 내놓는 것과 다르지 않았다.

차가 멈춰도 민선은 깨지 않았다. 석범은 잠든 얼굴을 가만히 쳐다보았다. 까칠하고 엉뚱한 여자. 한 치의 오차도 만들지 않으려고 스스로를 몰아세우고 또 타인에게도 자신의 기준을 강요하는 여자. 이런 여자와 결혼하면 하루하루가 편치 않으리라. 그렇지만 늘 자기 것에만 집착하는 것 같지는 않다. 타인의 악몽을 치료하기 위해 꼬박 밤을 새우지 않았는가. 겉은 찬바람이 쌩쌩 불지만 속은 따듯한 여자일지도?

그녀의 왼쪽 눈썹이 치켜 올라갔다. 1분이 넘어가고 있었다. 서둘러 출발했다. 문득 민선이, 즉흥을 싫어하는 이 여자가 언제부터 드라이브를 계획했을까 궁금해졌다.

30분을 더 달리니 바다가 나왔다. 밤바다를 왼편으로 끼고 올라가니 멀리 달섬의 불빛이 반짝였다.

특별시 근교에는 보안청에서 안전을 책임지는 휴양지가 열두 군데 있었다. 바이러스 예방은 물론 뮤텍스의 접근도 차단된, 평화롭고 평화롭고 평화로운 마을이다. 달섬은 그중에서도 바다에 둘러싸인 유일한 휴양지였다. 석범은 달섬의 노을이 은은하고 새벽바람이 맑다는 풍문만 들었을 뿐 나들이는 처음이었다.

누군가의 손에 이끌려 낯선 곳에 이를 때면 묻게 된다. 처음일까? 나를 이곳으로 데려오기 전에, 함께 이곳에 닿은 이는 없을까? 그리고 또 묻게 된다. 언제부터 나를 이곳으로 데려오고 싶어 했을까? 그리고 이곳으로 데려온 이유는 무엇일까? 이렇게 많은 질문이 떠오르는 이유는…… '누군가'를 잃고 싶지 않아서이다.

"일어나 봐요. 다 왔어요!"

해안에 차를 세우고 민선의 어깨를 살짝 밀었다. 그녀는 폭발음이라도 들은 듯 눈을 크게 뜨고 허리를 일으켰다.

"여, 여긴……."

"달섬 바로 앞입니다."

"지금 몇 시죠?"

4시 28분이었다. 시간을 확인한 민선이 급히 달섬을 향해 손을 들어 흔들었다.

"가까이 붙여요."

"예?"

"어서 가까이 붙이라고요. 1분 17초밖에 안 남았어요."

두 사람을 태운 차는 도로를 벗어나서 파도 찰랑이는 해변으로 내려갔다. 차체가 심하게 흔들려 머리가 천장에 닿을 정도였다.

"아이고 머리야! 어, 저, 저게 어찌된……."

해변에서 달섬까지 들어찼던 바닷물이 급속하게 빠지고 있었다. 그리고 그 아래 숨었던 2차선 도로가 나타났다.

"서둘러 건너요. 1분 후면 다시 물이 차오르니까요."

석범과 민선은 차에서 내려 도로 위를 달렸다. 두 사람이 반쯤 건너갔을 때, 벌써 바닷물이 도로로 차올라 그들의 발목에서 찰랑거렸다.

"이게 뭡니까? 바닷물이 새벽 4시 30분부터 빠지고 1분 동안 달섬과 해변을 잇는 도로가 나타난다는 뉴스는 접한 적이 없습니다."

"그야 매일 일어나는 기적이 아니라서 그렇죠."

민선이 아무렇지 않은 듯 답했다.

"매일 일어나는 기적이 아니다?"

"1년에 꼭 한 번씩만 몰래 열리거든요. 30년 전만 해도 달섬과 육지가 붙어 있었다는 건 아시나요? 1년에 하루씩, 정확히 말하자면 366일을 주기로 새벽 4시 30분에 물이 빠지고 옛 도로가 1분 동안 세상 구경을 한 후 사라지는 거예요. 정확한 이유 나도 몰라요."

"366일! 그 주기는 어찌 알아냈습니까? 위키피디아에서 검색이라도 했습니까?"

"나 혼자만 아는 비밀이죠. 바다 생물과 해안선에 관심이 많았거든요. 취미 삼아 특별시 인근 해안 사진들을 모으다가 발견한 거예요.

1년 주기로 하루씩 밀리면서 도로가 나타나더라고요."

"366일마다 벌어지는 모세의 기적이 하필 오늘이란 말이군요. 그걸 지금 나더러 믿으란 겁니까?"

"믿든 말든 은 검사님 자유죠. 하지만 새벽 4시 30분에 달섬으로 들어가는 방법은 이 도로뿐이에요. 달섬 오픈은 해가 완전히 뜨고도 한참이 지나서랍니다. 아침 9시부터 입장이 가능해요."

"366일 전에도 누구랑 왔나 봅니다."

석범이 노골적으로 비꼬았다. 한마디 의논도 없이 달섬으로 이끈 그녀가 야속했다.

"위성 사진을 통해 5년 전부터 확인은 했지만 직접 와 보긴 오늘이 처음이에요."

"왜 오늘에야 온 겁니까? 바닷물이 빠지면서 떠오른 도로를 질주하는 재미가 쏠쏠할 텐데……."

"아무나 함부로 데려올 순 없었어요."

'……아무나 ……함부로?'

석범이 걸음을 늦추며 뒷말을 곱씹는 동안, 민선은 달섬 광장을 가로질러 달리기 시작했다. 석범은 그녀의 뒷모습이 펄쩍펄쩍 뛰는 캥거루를 닮았다는 생각이 들었다.

관광객을 맞지 않은 섬은 고요했다. 일찍 잠에서 깬 새들이 나뭇가지 속에서 푸드덕 날아올랐고, 그늘에서 앞발로 얼굴을 문지르던 다람쥐들은 바위 아래나 나무 구멍을 향해 필사적으로 숨었다. 완만하게 솟은 언덕을 넘으니 제법 가파른 내리막길이 이어졌다. 길이 끝나는 자리 큰 바위 아래 외딴 집이 곱고 쓸쓸했다.

'휴양지에서 생긴 일'은 많지 않다. 사랑 혹은 도둑질 혹은 죽음과 뺨을 비벼 대는 모험. 셋 다 지극히 위험하고 아슬아슬하다. 셋 중 하나도 조마조마한데, 셋 다 동시에 벌어지는 휴양지라면 가지 않는 편이 좋다. 이미 갔다면 목숨부터 지켜라. 사랑을 위해, 의리를 위해, 또 무엇 무엇을 위해 나섰다간 자칫 개죽음을 당할 수 있다.

민선은 그 집에서 불과 30미터쯤 떨어진 곳에 묶인 보트에 서서 손을 흔들었다. 석범은 뛰어 내려가서 보트에 올라탔다. 민선은 핸들을 꺾으며 능숙하게 보트를 몰고 바다로 나갔다.

"이 배는 또 뭡니까? 이건 절돕니다. 당장⋯⋯."

그녀가 말허리를 붙잡아맸다.

"뭘 그리 궁금한 게 많아요? 그냥 즐기면 안 될까요? 가슴이 뻥 뚫리는 것 같아! 특별시 공긴 너무 답답해요."

"무슨 말입니까? 항균 처리를 깔끔하게 마친⋯⋯."

"그러니까 답답하죠."

1퍼센트 오차까지 따지던 깐깐한 민선이 맞나 싶었다.

날이 서서히 밝아 왔고 배는 점점 달섬에서 멀어졌다. 시야가 확 트이자 민선이 더욱 속도를 높였다.

"위험합니다. 배를 돌려요. 달섬의 경계를 넘으면 뮤텍스들이 달려들 겁니다."

비밀스러운 힘을 지닌 뮤텍스 중에는 고래만큼이나 오래 바다에 머무는 이도 있었다. 달섬에서 5킬로미터 이내는 뮤텍스의 출입을 막기 위한 진동막을 둘러 세웠지만, 경계를 넘으면 곳곳마다 위험이 도사렸다. 특히 바다에서는 밤뿐만 아니라 낮에도 뮤텍스들이 자유롭게 돌아다녔다.

"괜찮아요. 한 바퀴만 더 돌고⋯⋯."

"민선 씨!"

석범이 소리치는 순간 보트가 심하게 요동쳤다. 두 사람은 무엇인가에 심하게 부딪히면서 뒤집힌 보트와 함께 바다로 곤두박질쳤다. 먼저 수면으로 떠오른 석범이 사방을 돌아보며 소리쳤다.

"어딨어요? 민선 씨! 노민선! 어딨는 거야? 대답해."

차디찬 첫 키스의 추억

누군가의 불행은 누군가의 행복이다.

두 사람이 평생 단 한 번도 부딪힌 적이 없다 해도, 같은 날 극명하게 엇갈리는 모습을 바라보노라면, 꼭 이 불행이 저 행복으로, 저 행복이 이 불행으로 이어진 듯하다.

"음파였을 거예요."

조수석에 앉은 민선이 깊은 숨을 몰아쉬며 답했다.

석범은 새벽 바다를 헤엄쳐서 달섬을 벗어났다. 민선은 석범의 어깨에 머리를 기댄 채 가쁜 숨만 겨우 뱉었다. 보트가 뒤집히면서 물을 너무 많이 먹었고 두 다리에 경련까지 났던 것이다. 석범은 달섬에서 해안까지 직선으로 헤엄치지 않고 반원을 그리며 멀리 돌았다. 섬에서 반경 5킬로미터 이내는 안전하다는 정보도 지금은 믿기 힘들었다. 보트를 부순 미지의 힘과 맞닥뜨리지 않기 위해 조금이라도 더 안전한 방식을 택했다.

"대체 누가 이렇게……."

"음파였을 거예요."라는 민선의 갑작스러운 답을 어떻게 해석해야 할지, 석범은 운전도 잠시 미룬 채 고민했다.

당연히 뮤텍스라고 추측했는데, 음파라고?

"음파라면, 일부러 보트를 노렸다는 겁니까?"

민선이 희미하게 웃어 보였다. 그리고 목과 가슴 사이를 손으로 가리키며 미간을 찡그렸다.

"왜요? 아픕니까?"

"여길 좀…… 눌러 주실래요. 꽉 막힌 거 같아……."

석범이 비스듬히 몸을 틀고 허리를 숙였다. 그의 손이 목덜미 아래에 닿는 순간, 민선의 입술이 그의 입술로 다가왔다. 읍, 깜짝 놀란 석범이 허리를 들려 했지만, 그녀의 두 손이 어느새 옆구리를 파고들어 등을 끌어당겼다.

차고 얇은 입술이다.

바다에 빠졌다 나온 탓에 쪼그라든 입술이다.

입술 사이로 뻗어 나온 혀는 갓 구운 고구마처럼 뜨겁다. 그의 입술과 혀를 휘감아 당기는 힘은 부드러운 듯 단단했다.

뜨거움과 단단함에 끌려 석범은 그녀의 숨결을 받아들였다. 짭조름한 냄새가 코끝으로 흘러들어왔다.

입을 맞추며 그는 생각했다.

민선! 이 여자와 입을 맞추는 상상을 했던가. 바닷가 자동차 안에서 이런 불편한 자세로.

힘으로 밀치면 얼마든지 키스를 피할 수 있었다. 그러나 석범은 그녀를 뿌리치지 않고 받아들였다. 특별시를 벗어나던 밤부터 이 순간을 기다린 사람처럼.

이윽고, 입술과 입술이, 혀와 혀가, 숨결과 숨결이 떨어졌다.

"민선 씨! 그러니까 우리는, 이게……."

말을 더듬었다. 진한 키스 탓에 입술과 혀가 얼얼했다.

민선이 다시 희미하게 웃었다.

차가 출발하고 얼마 동안 민선은 다시 눈을 감고 등받이에 머리를 넌 채 숨을 몰아쉬었다. 수면으로 올라온 팔을 잡아채 끌어올려 안았을 때, 그녀가 뱉은 첫마디가 바로 "답답해요, 가슴이!"였다.

"뮤텍스가 아니라 음파라면⋯⋯."

"⋯⋯."

"우리가 보트를 탈 줄 알고 기다렸다는 뜻입니까? 대체 달섬엔 왜 온 거예요? 보트는 또 뭡니까?"

민선이 눈을 뜨지 않고 고개만 운전석으로 돌려 답했다.

"가족 별장이에요. 보셨죠, 바위 아래 외딴집? 쉬고 싶을 땐 가끔 오곤 해요. 보트도 물론 별장에 딸린 거고요."

석범이 기억을 더듬었다. 부엉이 빌딩 테러 사건 때 노민선의 신상 서류를 훑었던 것이다. 그녀에겐 가족도 별장도 없었다.

"가족 별장이 확실합니까? 민선 씨는 '자발적 고아' 아니었던가요?"

자발적 고아. 부모와의 관계를 스스로 끊은 어린이.

민선의 눈꺼풀이 파르르 떨렸다. 그리고 가만히 눈을 떴다.

"혈연으로 묶인 이가 한 명도 없는 건 맞아요. 고아 신세랍니다. 하지만 처음부터 고아는 아니었어요. 열네 살 때까진 어머니가 절 돌봐주셨죠. 혼인 신고 따윈 처음부터 하지 않으셨대요. 아버진 가끔 집에 다녀가셨고요. 그래서 저는 아버지를 그림자 아빠, '섀도 파더'라고 불러요."

"그럼 별장은⋯⋯?"

"100퍼센트 섀도 파더 거죠. 알부자거든요."

그래서 노민선과 별장은 서류상 연결되지 않았던 것이다.

"아버진 가끔 만나십니까?"

"그건 왜 묻죠?"

"최근에 아버지와 심하게 다툰 적은……?"

"대체 무슨 소릴 하는 거예요?"

"뮤텍스가 아니라 음파였다면 말입니다. 민선 씨가 이 시간에 달섬에 온 걸 알 만한 사람을 찾아야겠죠?"

민선이 허리를 일으키며 머리를 도리도리 흔들어 댔다. 손바닥으로 이마를 탁탁 치기도 했다.

"아버진 당연히 알겠군요. 보트를 움직이면 아마도 아버지께 자동으로 연락이 갈 겁니다. 센서 하나만 달아 둬도 되는 간단한 일이니까요. 하지만 아버지는 아니에요. 첫째, 시간이 절대적으로 부족하죠. 보트를 몰고 나갔다가 뒤집힐 때까지는 채 10분도 걸리지 않았거든요. 그 시간에 음파를 쏠 장비를 준비하는 건 불가능하죠. 둘째, 아버진 이 구닥다리 보트를 특별히 아낀답니다. 딸보다 더 사랑하죠. 별장을 높은 가격에 팔라는 문의가 줄을 이었지만 전부 거절했죠. 특별시에서 가장 가까운 바다 중에서 보트를 띄울 곳은 달섬밖에 없으니까요. 아버진 결코 보트를 향해 음파를 쏘지 못합니다. 장담해요."

석범이 이야기를 되돌렸다.

"아버지와 심하게 다툰 적 있습니까?"

"몇 번……. 유학을 떠날 때도 그랬고."

"가장 최근에 다툰 건 뭣 때문입니까?"

"그야, 글라슈트 때문이죠. 아버진 내가 글라슈트 팀원인 걸 끔찍이 싫어하거든요. 로봇 근처 얼씬거리지 말고 본업에 충실하라더군요. 웃기는 얘기죠. 열네 살 이후론 얼굴도 제대로 보이지 않던 인간이 아버지랍시고 와서, 자기 식대로 지껄여요. 남이야 로봇과 놀든 말든……."

"자연인 희망 연대 소속인가요?"

석범의 물음은 짧고 날카로웠다.

"아버진 평생 어느 단체에 소속된 적이 없어요. 자칭 '완전한 자유주의자'니까요. 하지만 그쪽 생각을 담은 출판사들을 후원하는 건 맞아요. 병원에서 번 돈을 몽땅 거기에 갖다 붓는다고, 아버지랑 사는 여자가 불만이 대단하던 걸요. 스무 살이나 어린 계집애가 아버지랑 붙어먹는 거야 뻔하죠, 예나 지금이나 돈 때문이니까요. 아악!"

석범이 갑자기 차를 세웠고, 그 바람에 민선의 몸이 크게 출렁거렸다.

"왜 그걸 지금 말하는 겁니까? 지금 무슨 일이 일어난 줄 모르겠습니까? 이건 테러예요. 부엉이 빌딩을 내려앉히고 로봇 방송국 보노보에서 폭탄을 터트린, 로봇 격투기를 혐오하는 자연인 희망 연대의 테러! 아시겠습니까?"

"하지만 난 그저 글리슈트 팀원일 뿐이에요."

"부엉이 빌딩 테러도 어쩌면 민선 씨를 노린 짓일지도 모릅니다. 자자, 처음부터 하나하나 다시 시작합시다. 민선 씨를 버리고 어린 여자랑 사는 아버지 이름이 뭡니까?"

"조 윤상……."

"조, 윤, 상! 혹시 앵거 클리닉을 운영하는 그 조윤상 원장?"

이름을 딱딱 끊어서 되씹는 석범의 얼굴은 놀라움과 분노가 뒤섞였다.

"맞습니다, 그 사람!"

"민선 씨!"

석범은 소리를 버럭 지른 후 말을 잇지 못했다.

조윤상과 노민선!

자발적 고아들의 대부분은 이름은 물론 아버지로부터 물려받은 성까지 고쳤다. 민선은 변명하지 않고 기다리는 쪽을 택했다. 지금으로선 무슨 말을 하더라도 그의 분노를 가라앉히기 어려울 것이다.

1분이 지났다. 이대로 30초 만 더 도로에서 불법정차하면 특별시로 돌아가자마자 체포 격리될 수도 있었다. 석범은 운전대를 켠 채 화를 누르며 이야기했다.

"이것 보세요. 피살된 변주민 선수가 만나기로 예정한 사람이 조윤상 원장과 서사라 트레이너였다는 내 말 듣지 않았습니까? 그런데 왜 그때 조 원장이 민선 씨 아버지라는 이야기를 하지 않은 겁니까?"

민선은 그의 시선을 피하지 않고 답했다.

"그 작자와 엮이는 것 자체가 싫어서 그랬어요. 은 검사님 입에서 조윤상 앵거 클리닉이 나오는 순간 반갑게 웃으며, 아! 내 아버지를 만나셨군요, 이래야 한다는 거예요? 그 인간은 그 인간이고 나는 나예요."

"돼먹지 않은 고집 탓에 목숨을 잃을 뻔했습니다."

"조윤상 원장이 내 아버지다, 이렇게 말하면 나랑 달섬까지 왔겠어요? 수사를 한답시고, 서사라에 관해 묻듯이, 내게 이것저것 묻고 또 묻다가 시간 다 보냈겠죠. 은 검사님이랑 이 밤을 그딴 식으로 쓰긴 싫었어요."

그딴 식으로 쓰기 싫었다고?

키스의 여파일까. 민선이 속마음을 직설적으로 드러냈다. 분위기가 갑자기 어색해졌다.

"하나만 더 물어도 되겠습니까?"

민선이 고개를 끄덕였다.

"로봇 격투기를 좋아하는 이유가 뭡니까? 객석에서 즐기는 것도 아니고 직접 팀원이 되어 로봇을 만드는 일까지 하는 까닭이 궁금했습니다. 로봇에 취미가 있더라도, 격투가 아닌 창조적인 문제를 푸는 로봇에 빠질 수도 있잖습니까?"

"왜 하필 격투냐 이 말인가요? 좋은 질문이에요. 스스로에게 물었던 적도 있고요."

"답을 얻었습니까?"

"내가 누군가를 너무 사랑하기 때문에 그가 불행해지기를 바란 적 혹시 있나요? 그래야 그를 위로하며 내 사랑이 얼마나 깊고 넓은가를 알 수 있으니까요. 물론 승승장구할 로봇을 만드는 것이 목표입니다. 그러나 격투를 벌이는 동안 단 한 대도 맞지 않는 시합은 없지요. 강한 적을 만나면 팔다리가 부서지기도 하고 심할 때는 상체와 하체가 분리되기도 합니다. 부서진 로봇을 끌어안고 있으면 내 로봇에 대한 사랑과 상대 로봇에 대한 증오가 동시에 불같이 일어나지요. 하지만 곰곰 따져보면 격투 로봇의 부상은 상대 로봇 잘못이 아니죠. 상대는 정해진 규칙에 따라 게임을 했을 뿐이니까요."

"그 말은 증오 역시 내 로봇을 향해야 한다는 겁니까?"

"맞아요. 그런데 그럼 너무 불쌍하니까, 잠깐 상대 로봇에게 비난의 화살을 돌린 거죠. 결국 잘못은 자기 자신에게 있는 거랍니다. 소녀들은 한두 번씩은 제 어머니가 계모이고 크게 다치거나 병들어 쓰러지기를 바란다고 해요. 마음껏 어머니를 사랑하면서, 어머니를 불행에 빠뜨린 사건과 사람들을 증오하기 위해서죠. 무딘 소년들이야 뛰고 구르고 소리 지르느라 바빴겠지만. 이제 그만 가죠.”

석범이 자동차를 출발시켰다.

산 구비를 하나 둘 셋 넘었을 때, 앨리스의 다급한 목소리가 차 안으로 밀려들어왔다.

“검사님! 무사하십니까? 다치신 덴 없습니까?”

특별시 경계 밖으로는 실시간 데이터 유출이 엄격히 통제되었다. 스티머스 수사팀이 아니었다면 목소리까지 차단당했을 것이다.

“무슨 일인가, 남 형사?”

“어제 밤부터 오늘 새벽까지 글라슈트 팀원이 모두 기습을 당했습니다. 최볼테르 교수와 서사라 트레이너는 연구소 앞 산책로에서 화염총 세례를 받아 목덜미와 등에 화상을 입었습니다. 불길을 정면에서 맞았다면 목숨까지 위험했을 거라네요. 껑다리 세렝게티와 뚱보 보르헤스의 숙소에는 같은 시각 폭탄이 날아들었습니다. 둘 다 목숨을 건지긴 했는데, 껑다리는 갈비뼈에 금이 갔고 뚱보는 온몸에 파편이 박혀 제거 수술을 받았습니다. 또 다른 팀원인 노민선 박사는 행방불명입니다만…… 목격자에 따르면 낯선 사내와 새벽에 숙소에서 나갔답니다.”

석범이 옆자리의 민선과 눈을 맞추며 말했다.

“노박은 무사해.”

“네?”

“노박과 함께 나간 낯선 사내가 바로 나거든.”

민선만 급습을 당한 것이 아니라, 글라슈트 팀원 전체가 공격을 받은 것이다. 자연인 희망 연대의 계획된 범행이 아닌지 더욱 의심스러웠다. 지금으로선 글라슈트 팀원을 감시하고 공격할 이유가 있는 집단은 그들뿐이다. 미리 감시하고 미행했다면, 지난밤의 습격은 '경고'일 것이다. 글라슈트가 '배틀원 2049'에 계속 출전한다면 팀원들의 목숨을 노릴지도 모른다.

　"노 박사와 대체 어딜 가신 겁니까? 보안청 정보에 의하면 노 박사의 차가 특별시 경계를 벗어난 것으로 나왔습니다. 혹시 지금 동승하고 있습니까?"

　"그래, 서울로 돌아가는 중이지."

　앨리스가 석범의 말을 반복하며 비꼬았다.

　"'그래, 서울로 돌아가는 중이지?' 미치겠습니다, 정말."

　느낌이 이상했다. 글라슈트 팀원 외에 또 다른 사건이 발생한 것인가. 혹시⋯⋯?

　"이번엔 학생입니다. 열아홉 살, 고등학교 졸업반 박보배. 범인이 또 뇌를 가져갔습니다. 피해자를 미행하는 범인의 모습이 위성 카메라에 잡혔습니다. 빨리 특별시 안으로 들어와야 이 흉측한 녀석의 실루엣을 볼 건데요."

　"실루엣? 얼굴이 나온 건 아니고?"

　"그게 인공비가 내린 데다 워낙 멀리서 잡았고 또 모자를 눈썹까지 내려 쓰고 마스크로 입을 가려서, 확대와 보정을 해도 나오지를 않습니다."

　"실루엣이든 뭐든, 사건 현장이 담겼어?"

　지구 궤도를 도는 인공 위성을 통해 특별시를 촬영하는 일은 어제 오늘 일이 아니다. 인공 위성의 수가 많아지자, 특별시 연합의 우주청 대표들은 협약을 맺었다. 위성과 위성 간 네트워크를 통해 각 특별시들의 우범 지역과 보호 지역을 24시간 촬영하는 시스템을 구축한 것이다. 날마다 촬영되는 특별시에 대한 정보를 모두 축적하는 것은 값비싼 비용이 필요하다. 특이 사항이 없는 위성 사진은 촬영과 동시에 삭제되었고, 재검토가 필요한 부분만 우주청 인공 지능의 판단하에 보관되었다. 범인이 위성 카메라에 잡혔다는 것은 곧 나중에 다시 살필 일이 생겼다는 뜻이다.

"우리한테 그런 행운이 올 리 있겠습니까? 범인이 아니라 피해자가 문제였습니다. 범인 쪽은 덤으로 걸려든 꼴이고요."

"범인이 덤이라고? 무슨 소리야?"

"특별시로 들어오시면 직접 보십시오. 낯익은 곳일 겁니다. 준비해 두겠어요."

"낯이 익다니?"

"……."

답이 없었다.

59분 23초 후, 특별시 경계로 들어가자마자, 석범은 앨리스가 준비한 동영상을 불러냈다.

"아!"

민선이 먼저 감탄사를 내뱉었다. 그 풍광은 석범뿐만 아니라 민선에게도 익숙했던 것이다.

방문종이 조윤상 앵거 클리닉에서 나와서 하늘을 한 차례 올려다본 후 침을 찍 뱉는다. 불량기 가득한 고등학생을 지나쳤던 카메라 앵글이 다시 돌아온다. 방문종이 마주 오던 여고생 박보배의 손목을 틀어쥔 것이다. 보배의 등 뒤로 '앵거 클리닉' 길 건너에 자리 잡은 '눈부신 안과' 간판이 보인다.

보배가 한 차례 허리를 숙이며 팔을 흔든다.

봐!

자막이 깔린다. 보배의 입모양을 인공 위성이 읽은 것이다.

방문종은 보배의 손목을 꺾으며 무릎으로 허벅지를 올려 친다. 보배가 도끼질을 당한 나무처럼 기우뚱 쓰러진다. 치켜든 보배의 눈엔 두려움이 가득하다.

누구야, 너? 나 알아?

방문종이 혀끝을 둥글게 접어 침을 찍 뱉는다. 다시 자막.

지금부터 알면 돼.

방문종은 피식 웃으며 보배의 목을 어깨동무하듯 끌어안는다. 방문종의 손톱이 어느새 단검의 칼날로 바뀌어 있다. 조금이라도 반발하면 당장 목덜미의 경동맥을 깊숙이 찌를 자세다. 비가 부슬부슬 내리기 시작한다. 미리 예고된 인공비다.

가자!

자막이 짧게 찍힌다.

방문종은 보배를 끌고 좁은 길을 하나 건너 자신의 오토바이까지 걷는다. 갖가지 장비가 갑옷처럼 들러붙어 웬만한 경차보다 더 크고 무거워 보인다. 보배를 뒷자리에 앉히자, 강철 로프가 자동으로 보배의 몸을 둘둘 감는다. 그리고 곧 오토바이가 떠난다.

방문종의 오토바이가 출발하자마자, 50미터쯤 떨어진 공터에 세워진 자동차로 뛰어가는 이가 보인다. 모자를 깊이 쓰고 마스크로

입을 가린 사내다. 위성 카메라는 그를 자세히 살피는 대신 다시 문종의 오토바이로 앵글을 돌린다. 특이 행동으로 접수된 이는 방문종인 것이다.

직선 도로를 질주하는 동안, 방문종은 하늘을 향해 가운데 손가락을 세 번 치켜든다. 촬영당하고 있음을 의식한 행동이다. 자동차는 40미터 남짓 거리를 두고 오토바이를 따른다. 미행하고 있다는 사실을 들키지 않으려는 듯, 오토바이가 굽이에서 속도를 늦추더라도 가까이 다가붙지 않는다.

화면 끝자락에 자동차가 들어오기도 하고 밀려 사라지기도 한다.

방문종이 다시 손가락을 들어 보인 후 지하 도로로 들어간다. 위성카메라의 추격이 불가능한 지하로 일부러 숨은 것이다. 자동차도 곧 그 뒤를 따른다.

동영상은 비 내리는 지하 도로 입구에서 멈춘다.

"방문종은 무사해?"

화면이 사라지자마자 석범이 물었다. 앨리스의 얼굴이 화면에 떴다. 이동 중인 그녀의 자동차 안이었다. 털털한 성격과는 달리 색색가지 인형이 곳곳에 붙어 따로 또 같이 흔들렸다. 앨리스가 석범의 곁에 앉은 민선을 흘겨보았다.

"지하 도로로 들어가서 216미터 달리다가 오른쪽으로 틀면, 금 간 벽으로 강물이 스며들어 2048년부터 2051년까지 폐쇄 예정인 구역이 나옵니다. 오토바이는 그 입구에서 멈췄고, 방문종은 박보배를 끌고 폐쇄 구역 임시 초소로 들어갔습니다. 말이 초소지, 벽의 균열도를 점검하는 보안청 말단 직원이 일주일에 겨우 한 차례 곁눈질하고 서둘러 나가는 곳입니다. 2년 남짓 그 초소에 머문 사내는 방문종이 유일하더군요. 그곳에서 고통을 겪은 여자들을 제외하곤 사내의 체모나 DNA는 방문종 것밖에 없었으니까요. 박보배는 거기서 당했습니다."

"방문종이 죽인 겁니까?"

민선이 불쑥 끼어들었다. 앨리스가 그녀의 개입을 기다렸다는 듯이 받아쳤다.

"넘겨짚지 마십시오. 범인은 흡입 후 5초 안에 잠드는 '아네폴 3'으로 그녀의 입을 틀어막았어요. 그리고 박보배의 인공 안구를 모두 뽑고 뇌를 가져갔어요. 그런데 그 솜씨가 꽃녀나 도그맘, 변주민과는 많이 다릅니다. 두개골 조각들의 접합면인 관상봉합이나 삼각봉합은 그대로 두고, 무식하게 날카로운 정으로 측두선 근처를 여러 차례 가격해 깬 후 뇌를 꺼내 갔습니다. 경험이 많은 녀석 같진 않습니다."

"방문종이 다시 모습을 드러냈나?"

"오토바이가 입구로 사라지고 10분 만에……."

영상이 빨리 감겼다. 앨리스는 지하 도로에서 오토바이가 달려 나갈 때까지 기다렸다가 설명을 이었다.

"보시다시피 방문종 혼자 오토바이를 타고 나왔습니다. 오토바이가 심하게 비틀대는 것으로 볼 때, 범인이 쏜 '아네폴 3'을 소량 흡입한 것으로 추정됩니다. 두개골을 자르고 뇌를 적출하는 데는, 휴대용 수술 장비를 모두 지닌 전문가도 10분 넘게 걸립니다. 그러니까 박보배의 뇌를 가져간 사람은 따로 있는 겁니다. 범인은 끝까지 지상으로 나오지 않았습니다. 지하에서 지하로 이어진 통로가 적어도 열 군데가 넘더군요."

"방문종의 행방은?"

"성 선배와 지 선배가 뒤쫓고는 있는데 아직 붙잡지 못했습니다."

"특이 사항은 더 없나?"

앨리스가 입김으로 앞머리를 후훗 불어댔다.

"그, 그게…… 현장에서 잘려나간 '원숭이 꼬리'가 발견되었습니다. 진짜 원숭이는 아니고 기계로 만든 원숭이 꼬리입니다."

"기계로 만든 원숭이 꼬리? 침피보그? 그럼 범인이 제노사이보그라고?"

영혼이 머무는 방

내 머리에 타인의 뇌를 이식하면, 나는 과연 여전히 '나'로 남을 수 있을까? 내가 나인 이유는 나의 뇌 때문일까, 나의 몸 때문일까? 내가 이 질문을 내 뇌로 답할 수 있기나 한 걸까?

이 엉뚱한 질문을 처음 던진 사람은 데카르트지만, 이것을 증명해 보기로 마음먹은 사람은 중국의 어느 의사였다. 1959년, 그는 개의 머리를 잘라 다른 개의 목 위에 얹는 실험을 감행했고, "한동안 개가 살아 있었다."라고 중국 정부는 발표했다. 과연 개의 영혼도 옮겨 갔을까? 중국 정부는 이 문제에 아무런 언급을 하지 않았다.

1963년 신경 외과 의사인 로버트 화이트 박사가 똑같은 실험을 원숭이에게 적용해 보기로 마음먹었다. 원숭이의 머리를 잘라 다른 원숭이의 목 위에 얹고 붙이는 수술을 시도한 것이다. 화이트 박사의 보고서에 따르면, 이 원숭이는 한동안 냄새도 맡고, 소리에 반응하기도 했으며, 맛을 보거나 주변을 둘러보는 감각 능력이 살아 있었다. 그러나 수술 장면을 실제로 본 사람은 없었다.

1998년 4월 28일, 로버트 화이트 박사는 퍼포먼스 수술을 감행했다. 원숭이 두 마리의 머리를 통째로 바꾸는 수술 과정을 직접 비디오로 촬영을 한 후, 한 방송사를 통해 전 세계에 내보낸 것이다. 이 동영상에서는 머리를 이식받은 붉은털원숭이가 의식을 갖고 눈을 깜빡인다.

화이트 박사팀의 1998년 실험은 매우 정교했다. 몸과 머리의 혈관을 서로 연결하고, 금속 죔쇠를 척추와 머리에 부착하여 머리를 몸에 고정시킨 후 인공 튜브를 이용해 기관과 식도를 붙였다. 머리와 목 사이의 신경을 남김없이 이을 수는 없었지만, 주요한 기관과 혈관은 최대한 수술을 통해 연결했다. 건강한 몸을 이식 받은 원숭이는 여섯 시간 후 의식을 회복했으며, 시각과 청각은 정상적인 반응을 보였다. 척수가 연결되지 않아서 새로 얻은 몸을 움직일 순 없었지만.

사실 원숭이 머리 이식 수술의 기원은 18세기 프랑스 혁명으로까지 거슬러 올라간다. 프랑스인 의사 조제프 이냐스 기요탱이 자신의 이름을 따서 고안한 사형 기구 단두대는, 기존의 사지 절단처럼 고통스러운 사형 방식을 대체하기 위한 지극히 인간적인 살인 도구로 개발되었다. '즉사'를 돕는 것이 배려인 시절이었다.

공포 정치가 시작되면서, 목을 자르면 과연 죄수가 즉사하는가에 의문을 제기하는 이들이 등장했다. 단두대에서 벌어진 일화들에 관한 프랑스 역사학자 앙드레 수비랑의 자세한 기록에 따르면, 머리가 잘린 죄수의 입술이 움직이고 눈이 깜빡이는 경우가 적지 않았다. 나중에 밝혀진 사실이지만, 머리가 잘린 후에도 순환하던 혈액이 뇌 대사에 필요한 산소와 영양을 공급하는 순간까지 뇌가 수 초 정도는 살 수 있다고 한다. 단두대는 당시 외과 의사들과 학자들의 인체 연구에 불을 지폈다.

프랑스 혁명이 끝나고 30년 후, 메리 셸리의 『프랑켄슈타인』이 출

380

판되었다. 이 소설은 현대 외과 의학이 사실은 프랑스 혁명에서 단두 대의 이슬로 사라진 시체의 신체 부위별 실험을 통해 발전했다는 끔찍한 사실을 암시하고 있다.

제네바의 물리학자 빅토르 프랑켄슈타인 박사는 시체 조각을 모아 인조 인간을 만들고 전기적인 자극을 통해 생명을 불어넣는다. 그러나 이 괴물은 자신을 흉측하게 만든 박사를 원망한다. 그는 결국 충동적으로 난폭한 행동을 일삼다가 마을 사람들에 의해 최후를 맞는다. 이 와중에 프랑켄슈타인 박사 역시 괴물에게 목숨을 잃는다. 프랑켄슈타인 박사는 소설 속에서 머리 이식을 최초로 시도한 문학적 외과 의사였다.

로버트 화이트 박사가 수술을 감행한 20세기만 해도 머리를 잘라 다른 몸에 붙이는 '머리 이식' 수술이 시도됐을 뿐, 두개골을 열고 뇌와 척수를 옮기는 수술은 시도할 엄두를 못 냈다. 뇌 이식 수술을 최초로 감행한 사람은 막스 플랑크 연구소 신경 외과 의사인 마틴 발터스. 2015년, 그는 원숭이의 두개골을 열고 꺼낸 뇌를 다른 원숭이의 두개골에 넣고 신경을 연결하는 데 성공했다.

마틴 발터스 박사는 이 실험에서 또한 뇌 이식 수술을 통해 원숭이의 영혼이 옮겨 갔음을 증명했다. 그는 수술 전 2주일 동안 원숭이에게 눈을 두 번 깜빡이면 주스를 주는 실험을 통해 간단한 학습을 시켰다. 학습의 결과 원숭이는 기분이 좋을 때마다 눈을 깜빡이는 버릇이 생겼다. 그런데 뇌 이식 수술을 하고 나서 새 뇌를 얻은 원숭이에게 주스를 보여 주었더니, 이 원숭이가 눈을 두 번 깜빡인 것이다. 주스를 보면서 눈을 계속 깜빡이며 웃는 모습이 유튜브를 통해 전세계에 공개된 원숭이는 일곱 시간 만에 죽었다.

'장기 이식'은 역사가 오랜 의료 기술 중 하나다. 진시황 시절부터 장기를 이식하려는 시도가 있었다. 그럼에도 뇌 이식이 각별하게 여겨지는 이유는 인간이 단지 기계적, 화학적 부품들의 총체에 지나지 않으며 '나'라는 존재도 뇌의 생물학적 메커니즘의 산물인가 하는 본질적 물음에 맞닿아 있기 때문이다.

원숭이는 진정 뇌를 이식받은 것일까? 뇌 이식의 아이러니는 여기에 있다. 두개골을 열어 뇌를 꺼낸 후 다른 몸통에 옮겨 이식했지만, 실제로 이 원숭이는 머리를 이식했다기보다는 몸통을 이식받았다고 보는 편이 옳을 게다. 나는 내 뇌니까.

2015년, 유투브에 올라온 마틴 발터스의 실험 과정을 본 화이트 박사는 유투브 동영상을 통해 이렇게 화답했다. "이 실험을 통해 우리는 인간의 마음과 영혼이 양쪽 귀 사이에 존재하는 1.4킬로그램짜리 두뇌 안에 존재한다는 사실을 믿게 되었다. 마음과 영혼이 모두 그 속에 있다."

과학자들이 '영혼의 방'을 찾기 위해 뇌 이식 수술을 시도하는 것은 아니다. 뇌 이식은 생명 연장술 중 하나다. 목을 다쳐 척수 손상으로 사지 마비가 된 환자들이 죽는 가장 주된 이유는 장기들이 차례로 망가지기 때문이다. 그 환자가 새로운 신체를 이식받게 된다면, 비록 사지 마비 상태라 하더라도 생명을 연장할 수 있기 때문에, 척수 손상을 입은 대부호들의 수명 연장을 위해 뇌 이식 수술이 감행된 것이다. 화이트 박사가 1960년대 개와 고양이의 머리 이식 수술을 시작한 것도 그 때문이다.

2023년, 컬럼비아 의과 대학 신경 외과 폴 아처 박사와 동료들은 줄기 세포를 이용해 뇌 이식을 받은 원숭이를 석 달 이상 생존시키는 데 성공했다. 머리와 척추를 연결하는 수백만 가닥의 신경 다발인 척수를 자른 후 다시 잇는 것은 도저히 불가능하다는 기존의 통념을 깬 것이다.

그는 뇌 신경 다발과 척수 사이에 줄기 세포를 이식했다. 수술이 아닌 세포 스스로 연결하는 방식을 택한 것이다. 척수와 뇌 신경 다발 사이의 연결이 새롭게 형성될 수 있도록 2주 동안 신경 성장 촉진 인자를 함께 공급해 주자, 3주 만에 몸을 움직이기 시작했다. 31쌍의 척수가 모두 이어지진 않았지만, 목 부위로 가는 경수 8쌍과 허리 부위로 가는 요수 5쌍, 그리고 그 아래 천수로 가는 5쌍이 무사히 연결됐다. 신경 전달과 활동을 의미하는 활동 전위도 잘 측정됐다. 원숭이는 팔과 다리, 그리고 허리를 움직일 수 있었다.

2029년부터 2037년까지 8년간 다섯 차례 인간의 뇌 이식이 시도되었지만 모두 실패했다. 인간의 경우는 원숭이와는 달리 줄기 세포를 분화시키는 동안 생명 유지 자체가 어렵고 원숭이에 비해 신경 다발 가닥도 너무 많았다. 그 후 인간에 대한 뇌 이식 수술은 특별시 연합 의회로부터 허가를 받아야만 가능했다.

특별시 외곽에서는 사람을 납치해 몸통을 이용하는 무허가 의사들이 있다는 소문이 흉흉했다. 두개골을 열고 뇌를 꺼내는 기술만은 허가받은 의사보다 탁월하다는 것이다. 그들의 뇌 적출 기술을 목격했다는 사람은 아무도 없었지만, 척수와 뇌를 이은 환자들이 새 생명을 얻었다는 풍문은 끊이질 않았다. 덕분에 무허가 의사를 찾는 부자들이 적지 않다는 것은 공공연한 비밀이었다.

384

로보홀릭

때론 불법이 필요할 때가 있다, 정의를 위해서든 돈을 위해서든. 어쩔 수 없이 법을 어겨야 하는 상황인데도 합법의 테두리 안에서 살겠다고 고집하는 이도 있고 합법으로도 해결할 욕망들을 불법에 처넣는 이도 있다. 이 짓을 통해 법의 권위가 조금은 손상될 것이라고 믿는 낙관론자도 있고, 아무리 그 짓을 해도 법은 여전히 법에 머물 것이라고 믿는 비관론자도 있다. 어느 쪽을 택하든지, 인정하게 된다, 합법을 유지하기 위해서라도 불법이 필요할 때가 있음을.

"출고될 때 이름은 R2345-92D였어요. 각 글자와 숫자마다 의미가 있지만, 이 자리에서 설명을 드리기엔 지루한 이야깁니다. 지금 회사에서 제 이름은 '부엉이'예요. 오늘 우리에게 허락된 시간은 10분입니다. 손님은 10분 단위로 여섯 대의 로봇과 즉석 만남이 예정되어 있으며, 여섯 로봇 전체를 만나고도 10분 이상 시간이 남으면 즉석 만남을 한 번 더 청하실 수 있습니다. 맘에 드는 상대가 있더라도 끝까지 다 만나 보시라 권해 드리고 싶네요. 그만큼 멋진 로봇들이 가득하니까요."

부엉이라고 자신을 소개한 로봇이 능숙한 솜씨로 와인 병을 들어

잔에 따랐다.

이 로봇은 애인이나 배우자 대용으로 인기를 끄는 로봇과는 달랐
다. 숨구멍까지 섬세하게 박아 넣은 인조 피부를 하지도 않았고 키
스에 적당한 입술도 아니었으며, 긴 속눈썹도 날카로운 콧날도 없었
다. 차가운 강철 구조가 그대로 드러나고 여기저기 부착된 칩과 선
들이 어지러웠다. 백에 한두 명은 꼭 이렇게 투박한 로봇을 찾는 손
님이 있다.

한 사람과 한 로봇이 겨우 마주 앉을 만큼 좁은 공간이었지만, 배
경은 정교한 홀로그램으로 '크고 넓은 대저택에 단둘만 남은 분위
기'를 연출했다. 때론 얼음산 아래 이글루로 옮겨갈 수도 있었고 아
마존 강변에서 모닥불을 피워 올릴 수도 있었다. 지하 1000미터 갱
도에 둘만 갇히겠다고 요구하는 고객도 있었다.

예순네 개 방에서 동시에 로봇과 사람의 즉석 만남이 이뤄지고 있
었다. '투게더'란 다소 촌스러운 이름의 회사 간판 아래로 오늘도 예
순네 명의 '로보홀릭(Roboholic)'이 찾아든 것이다.

로보홀릭도 몇 가지 단계가 있다. 좋아하는 로봇을 사들이는 초보
단계에서부터, 로봇에게 사랑을 베푸는 중간 단계를 거쳐, 로봇과 사
랑을 주고받는 마지막 단계에 이른다. 아내 대용 로봇을 구입한 변주
민과 같은 이들은 중간 단계에 해당한다. 이때 로봇은 사람의 명령을
거부할 권리가 전혀 없다. 간단한 대화나 몸짓은 교환할 수 있지만,
그것도 어디까지나 사람의 설정에 의해 실행되고 멈춘다.

중증 로보홀릭은 로봇과의 진정한 교감을 원한다. 사람이 좋고 싫
음을 드러내듯 로봇도 좋고 싫음을 분명히 하라는 것이다. 2044년
부터 시작된 투게더의 즉석 만남은 여러모로 주목을 끌었다. 사람이

마음에 드는 로봇을 지목하듯 로봇도 끌리는 사람을 선정하는 식이다. 양쪽 모두 서로를 택해야 더 내밀한 만남으로 이어진다. 아직까지는 투게더 빌딩 안에서만 다양한 데이트가 이뤄지지만, 투게더는 곧 이를 특별시 전체로 확장할 계획이다.

성급한 로보홀릭은 벌써 로봇과의 결혼을 예고하기도 했다. 로봇을 배우자로 택하고 그와 가정을 꾸리는 것을 특별시 정부는 인정하지 않는다. 로봇은 어디까지나 인간의 부족한 부분을 채우는 대용물이며, 인간과 똑같은 권한을 가질 수는 없다는 것이 보안청의 유권 해석이다.

투게더 빌딩 안에서는 보안청의 해석과 경고가 무용지물이다. 로봇에 대한 사랑이 너무 깊어 인간과의 사랑을 더 이상 원하지 않는 이들로 가득 찬 탓이다.

"부엉이! 난 당신이 마음에 들어요. 한 달 전 만남 때도 당신뿐이라고 말했었잖아요. 내게 남은 다섯 번의 즉석 만남은 포기할래요. 당

신에게 배정된 다섯 번의 만남이 끝나기를 기다리겠어요. 제발 오늘은 날 택해 줘요. 내겐 당신밖에 없어요. 최미미. 내 이름 잊지 말아요. 아름답고 아름다운 미, 미!"

하얀 투피스 차림의 미미는 거의 울상이었다. 짝사랑은 언제나 아프다, 그 대상이 사람이든 로봇이든!

"한 달 전에도 오셨군요. 감사합니다. 안내문에 나와 있듯이, 저희 투게더의 로봇들은 항상 새로운 모습으로 즉석 만남을 갖기 위해 한 달에 한 차례 지난 기억을 지우고 있습니다. 최미미 님! 한 달 전 결과에 대해서는 염려하지 마세요. 저는 오늘 님을 처음 뵙는 겁니다."

"안내문을 읽긴 했지만, 정말 한 달 전 우리 만남을 기억 못 해요?"

"그렇습니다. 오늘 님이 저를, 또 제가 님을 택해도, 정확히 29일까지만 사랑을 나눌 수 있지요. 사람과 로봇이 나누는 사랑의 유효 기간은 최대 29일이라는 보고가 2년 전 홍콩 과학 기술 대학 로봇 공학과에서 발표된 적도 있습니다."

"아니에요. 부엉이를 향한 내 사랑은 영원히 변치 않아요. 29일이라고요? 웃기네. 희한한 상술이야. 오늘까지 꼬박 30일을 당신 생각만 했다고요."

"일방적인 사랑이야 평생 가능합니다. 하지만 님이 저를, 또 제가 님을 택한 후론 29일뿐입니다. 안타까워 마십시오. 시한부 사랑이 더욱 깊은 법입니다."

미미가 부엉이의 강철 손을 꽉 쥐었다. 그리고 그 쇳덩어리 손등에 눈물을 뚝뚝 떨어뜨렸다. 급히 손을 빼내려던 부엉이는 자신의 손등으로 떨어지는 액체를 물끄러미 내려다보았다.

인간 여자가 운다. 우는 여자는 위로해 줘야 한다. 그 여자가 왜 우는지를 알아내야 한다. 그런데 이 여자는 대체 왜 우는 걸까.

"10분이 지났습니다. 손님께서는 지정된 방으로 이동해 주시기 바랍니다. 다음 즉석 만남은 5분 후에 바로 시작될 예정입니다. 처음 나눠 드린 스케줄에 따라 방 번호를 확인하시고 입장해 주십시오."

안내 방송이 나오자, 부엉이는 손을 급히 거둬들인 후 일어섰다. 그리고 공손히 인사했다.

"최미미 님! 즐거웠습니다. 아무쪼록 남은 즉석 만남도 행복하시기 빕니다."

미미도 눈물을 훔치며 따라 일어섰다.

"잊지 마세요. 내 이름은 가장 아름답고 아름다운 최미미! 꼭 날 불러 줘요. 부엉이, 당신과 할 일이 얼마나 많은지 알아요? 제발, 제발!"

부엉이가 웃는 표정을 지으며 돌아섰다. 미미가 방을 나갈 때까지 로봇은 결코 돌아서지 않을 것이다.

"잠깐만!"

갑자기 부엉이의 목소리가 들려왔다.

기다리라는 건, 나를 택하겠다는 뜻!

미미는 앞니가 드러날 만큼 환하게 웃으며 뒤돌아섰다. 그 순간 부엉이가 이야기를 이었다.

"아직 앞 손님이 나가지 않으셨습니다. 잠깐만 밖에서 기다려 주시면……."

그녀와 부엉이 사이에 어느새 한 사람이 서 있었다. 부엉이는 미미가 아니라 갑자기 찾아든 그를 다음 즉석 만남 상대로 파악하고 안내를 한 것이다. 미미가 비명을 지르기도 전에 불청객의 주먹이 급소를 찔렀다.

"손님! 괜찮으십니까?"

"손님! 괜찮으십니까?"

"손님! 괜……."

손님에게 돌발 상황이 벌어지면, 로봇은 우선 세 차례 상태를 확인하는 질문을 던지도록 프로그래밍되어 있었다. 부엉이가 질문을 끝마치기 전에 또 다른 낯선 사내가 부엉이의 뒷목에 붙은 전원을 쉽게 찾아서 껐다. 부엉이는 말을 맺지 못하고 쓰러졌다.

미미가 다시 눈을 뜬 것은 달리는 자동차 안이었다.

손발을 묶지도, 재갈을 물리지도 않았다.

"누, 누구야?"

그녀가 소리를 지르려는 순간, 유리창에 붙은 낯익은 세 발 까마귀 마크가 눈에 띄었다. 삼족오(三足烏)는 보안청 심벌이다.

"극비 임무를 수행중입니다. 미미 씨 도움이 필요하여 잠시 모셨습니다. 협조에 따른 보상은 특별시 차원에서 충분히 해 드리겠습니다."

곁에 앉은 앨리스가 또박또박 경과를 설명했다. 맞은편의 석범도 선한 미소를 지어 보였다.

"……부엉이는?"

미미가 눈물을 글썽이며 우물우물 물었다. 부엉이와의 데이트가 못내 아쉬운 것이다.

"예? 누구라고요?"

앨리스가 반귀머거리 흉내를 내듯 귀를 바싹 그녀에게 돌리며 물었다.

"즉석 만남을 가졌던, 그 로봇, 멋지게 생긴, 언제나 친절한……."

석범이 미미의 속마음을 읽었다.

"아, 부엉이! 그 로봇과는 특별히 29일 내내 만나도록 조처하겠습니다."

"정말이세요? 감사해요."

두려움에 가득 찬 미미의 눈이 기대로 반짝였다.

"그런데 제가 도와드릴 일이 뭐죠? 전 평범한 간호사일 뿐인데요."

"잘 알고 있습니다. 조윤상 앵거 클리닉에 근무하는 단 한 사람의 실력 있는 간호사시죠. 다섯 명의 간호사가 로봇으로 대체된 10년 동안 꿋꿋하게 병원을 지키셨더군요."

석범이 슬쩍 띄워 주자, 미미의 입가에 미소가 번졌다.

"실력은 아니고요, 운이 좋았죠."

"그 운을 저희에게도 조금 떼어 줄 수 없습니까?"

"무, 무슨 말씀이신지……?"

석범은 지금 달리는 자동차의 최종 목적지와 미미로부터 받고 싶은 협조 사항을 이야기했다. 미미는 잠시 망설였지만 삼족오를 보며 결심을 굳혔다. 보안청을 위한 일이 곧 특별시를 위한 일이라고 앨리스가 떠벌리는 사이 자동차가 멈췄다.

석범과 앨리스 그리고 미미가 차에서 내렸다.

"따라오세요."

결심을 굳힌 듯 미미가 두 사람 사이로 종종걸음을 쳤다. 어둠이 짙었지만 제 집 안마당 드나들듯 망설임이 없었다. 미미의 나이 열아홉부터 스물아홉까지 10년을 꼬박 다닌 곳, 쿼런틴 게이트였다.

정문 앞에 도착한 미미는 오른 팔목을 들어 하트 모양 금속판에 갖다 댔다. 덜컹, 문이 열렸고, 현관으로 안내 로봇이 걸어 나왔다.

앨리스는 잔뜩 긴장한 채 총을 뽑아 들었다. 병원에 배치된 간호용 로봇은 방범용 로봇을 겸했다. 낯선 침입자로 판단하면 주저 없이 살상용 무기를 쓸 것이다. 미미가 팔을 들어 앨리스를 막았다. 그리고 천천히 로봇을 향해 똑바로 걸어간 후 포옹했다. 오랫동안 떨어져 지낸 연인이 재회라도 하는 분위기였다. 미미가 포옹한 채 로봇의 엉덩이를 가볍게 툭툭 치자, 안내 로봇은 다시 뇌파 검사실 앞 제자리로 돌아갔다.

"가시죠."

미미가 복도를 빠르게 걸었다.

"어떻게 한 겁니까? 둘이 정말 사귀는 건가……?"

따라가며 앨리스가 고개를 갸우뚱거렸다.

"스미스는 제 취향이 아니에요. 전 오직 부엉이뿐이랍니다."

미미는 '일편단심'을 강조했고, 앨리스는 어깨를 으쓱 들어 올렸으며, 은석범은 '취향'이란 두 글자를 음미했다. 인간에 대한 호감이 제각각이듯 로봇에 대한 호감도 다양할 수밖에 없다. 그렇지만 로봇에게만 성욕이 솟는다는 것은 납득하기 힘들다. 태어날 때부터 동성애적인 욕망을 지니는 이들이 있다는 것은 인정하지만, 로봇과의 사랑도 정녕 어찌할 수 없는 것일까. 아니면 치료나 교화를 통해 충분히 되돌릴 수 있는 것일까.

미미가 복도 끝 작은 방문에 손목을 댔다. 문이 열렸다.

방으로 들어가려다가 말고 미미가 석범에게 확약을 받듯 말했다.

"부엉이와 29일 동안 지내도록 해 준다는 약속 잊지 마세요. 또 새 직장을 찾아준다는 것도. 여기서부턴 어떤 식으로든 흔적이 남습니다. 두 분은 밖에 계세요. 관련 자료는 제가 찾을게요."

"그래도 혼자 들어가는 건……."

앨리스가 끼어들자, 미미는 석범을 보며 강조했다.

"안 됩니다. 조금이라도 잘못된 명령을 내리거나 이상 행동을 하면 비상 상황으로 전환되고 자료 전체가 영영 지워집니다. 이름만 확인할게요. 시정희, 변주민 그리고 방문종, 맞죠?"

"맞습니다."

미미가 방으로 들어가자마자 등 뒤로 문이 닫혔다. 석범은 벽에 등을 댄 채 기댔고 앨리스는 미미가 사라진 문을 뚫어지게 노려보았다. 투게더에서 이곳까지 바짝 긴장한 채 왔는데, 갑자기 맥이 탁 풀리는 느낌이었다.

"저 로보홀릭을 믿을 수 있을까요?"

앨리스가 물었다.

"믿지 않음? 로보홀릭은 필로폰 중독만큼이나 집착이 심해. 부엉이와의 행복한 29일을 위해 이 정도 수고쯤은 아무것도 아니지. 이제 최미미는 앵거 클리닉에서 일 못해. 조윤상 원장과의 의리를 지켜 얻는 이익이 전혀 없단 소리지."

"세 사람의 공통점을 못 찾으면 어찌 합니까?"

"그럼…… 직접 가야겠지."

"조윤상 원장은 현재 집에서 어린 동거녀와 체스를 두고 있다는군요. 오늘 밤에 특별히 움직일 것 같진 않습니다."

석범이 말없이 고개만 끄덕였다. 앨리스가 석범의 표정을 살피며 조심스럽게 속마음을 꺼냈다.

"미미가 뭘 찾아내든지, 우선 조 원장을 용의자로 체포하는 건 어떻겠습니까?"

"아니야. 그건 너무 쉬워."

석범은 조윤상을 먼저 체포하자는 앨리스의 주장을 단칼에 잘랐다. 억울한 듯 앨리스가 뜻을 굽히지 않았다.

"조 원장이라면 충분히 뇌를 꺼내 옮길 기술을 가졌습니다."

"시정희, 변주민, 방문종! 셋 다 조 원장 환자야. 남 형사! 셋을 차례차례 죽이면 누가 용의선상에 놓일지는 삼척동자도 알아. 조 원장이 그런 멍청한 짓을 했을 것 같은가? 남 형사가 조 원장이라면 자기 환자 셋을 순서대로 죽인 뒤 아무렇지도 않게 병원에서 환자를 진료하겠어? 조 원장은 아냐."

"그, 그렇겠군요. 하지만 그 셋을 엮어 주는 연결 고리가 지금으로선 조윤상 원장뿐이지 않습니까? 셋이 같은 동네에 사는 것도 아니고, 같은 취미를 가졌다거나 같은 종교를 믿는 것도 아니니 말입니다."

"속단하긴 일러. 답답한 건 알지만, 성급하게 조 원장을 잡아들였다가 아무것도 캐내지 못하면 그땐 어떡할 거야? 어차피 조 원장은 우리 손바닥 안에 있어. 보안청에서 의뢰하는 이들을 진찰까지 하고 있으니, 신중하게 접근해도 충분해. 내가 명령하기 전엔 절대로 먼저 움직이지 마. 알겠지?"

"네, 그렇게 하겠습니다. 염려 마십시오."

문이 열리고 미미가 나왔다. 석범과 앨리수가 좌우에서 다가섰다. 미미는 상기된 얼굴로 웃어 보였다. 무엇인가를 찾은 것이다.

"두 사람이 더 있더군요."

"두 사람이…… 더 있다?"

앨리스가 그녀의 말을 곱씹었다.

"2049년 2월 27일 그룹 상담 치료 영상을 찾았습니다. 시정희, 변주민, 방문종 환자 외에 한 사람이 더 상담 치료를 받았더군요."

"누굽니까?"

"100퍼센트 인간, 남자, 32세, 이름은 최볼테르, 직업은 로봇 공학 전공 교수입니다."

"최볼테르라고 했습니까?"

앨리스가 소리쳤다.

"네. 아시는 분인가 보죠?"

앨리스가 고개를 돌려 석범을 쳐다보았다. 놀라기는 석범도 마찬가지였다. 영상 하나가 그의 뇌리를 스치고 지나갔다. 무사시와의 시범 경기에서 참패한 후 볼테르가 의자를 집어던지며 난동을 피우던 장면이었다. 그때 볼테르의 팔에 얼굴을 맞은 노민선이 퉁퉁 부은 턱과 볼을 가린 채 카페 UFO에 맞선을 보러 나왔었다. 다혈질인 건 알았지만, 앵거 클리닉을 다니고 있었단 말인가.

"그런데 아까 두 사람이 더 있다고 하지 않았습니까? 그룹 상담 치료를 모두 네 명이 받았다면, 시정희, 방문종, 변주민, 최볼테르, 이렇게 넷일 텐데, 나머지 한 사람은 뭡니까?"

석범의 물음을 기다렸다는 듯이 미미가 생글생글 웃으며 답했다.

"한 분이 원래 오시기로 했는데 불참하셨더라고요. 100퍼센트 인간, 남자, 50세, 이름은 박말동, 자영업자로 '꽃보다'란 꽃집을 운영합니다."

"꽃보다!"

석범과 앨리스는 동시에 가게 이름을 외쳤다.

"네. 그 전에도 꾸준히 상담 치료를 받으셨어요. 밝게 웃으시고 느릿느릿 급한 게 없는 분이시죠. 왜 가게 이름이 '꽃보다'냐고 물었던 적이 있답니다. '꽃을 보다'도 되고 '꽃보다 멋진 남자'가 주인이라는 뜻도 된다더군요. 정말 유머가 넘치는 분이셨어요."

"가지!"

석범과 앨리스가 황급히 앵거 클리닉을 벗어났다. 헉헉거리며 자동차에 오르자마자, 앨리스는 스티머스 수사팀에서 대기 중인 성창수를 영상폰으로 불러냈다.

"성 선배! 남자, 50세, 박말동과 특별시 경계 밖에서 발견된 신원 미상 남자의 특징을 비교해 주십시오. 급합니다."

그리고 석범과 앨리스를 태운 자동차는 에이카로 차세대 로봇 연구소로 향했다. '꽃뇌'가 박말동이라면, 볼테르는 끔찍한 연쇄 살인마이거나 혹은 다음 살해 대상자일 가능성이 컸다. 어느 쪽이든 최 교수를 만나는 것이 급선무였다.

앨리스는 '긴급 상황'임을 보안청에 알리고 규정 속도를 넘겨 질주했다. 석범은 획획 달려왔다 밀려 사라지는 창밖을 노려보며 혼잣말을 해댔다.

"……그래도 여전히 모르겠어. 살인 동기가 뭘까?"

안티오페 증후군

사례 보고 1.

2043년 8월 14일 오후 6시경, 대구에 사는 A씨가 자신의 집에서 알몸의 변사체로 발견됐다. 가사 도우미 로봇이 청소를 위해 방문했다가 거실에 쓰러진 그를 발견하곤 곧바로 신고했다. 부검 결과, 사인은 '급성 뇌출혈'이었다. 그는 '쾌락 중추'로 널리 알려진 측중격핵에 마이크로 자극 칩 CBS III를 삽입해 전기 신호를 통해 오르가슴을 즐겨 왔다. 그러나 그날은 과다 전류 공급으로 측중격핵은 물론 기저핵과 근처 변연계까지 모두 손상당했으며 측두엽 출혈이 심했던 것이다.

과연 인간이 로봇과 사랑에 빠질 수 있을까? 인간이라는 '유기체(carbon-based life)'가 로봇이라는 '기계체(silicon-based life)'와 정서적 교감을 나눌 수 있을까?

이 전 우주적 질문에 대한 전 지구적 해답을 찾기 위해 과학자들이 동물 실험에 착수한 것은 21세기 초였다. 브뤼셀 자유 대학 생물학자 호세 할로이 교수 연구팀은 바퀴벌레와 정서적으로 교감하는 바퀴벌레 로봇 '인스봇(Insbot, insect 와 robot의 합성어)'을 개발하고 그 연구 결과를 2007년 11월 16일자 《사이언스》에 발표했다.

할로이 교수가 만든 가로, 세로 3센티미터 크기의 인스봇은 바퀴벌레를 유혹하는 페로몬을 방출하는 로봇이다. 어둡고 조용한 곳을 좋아하기로 유명한 바퀴벌레들이 밝고 사람들이 많은 곳에서도 인스봇에게 모여들었다는 실험 결과는 당시 과학자들에게 큰 충격을 주었다. 바퀴벌레를 퇴치하기 위해 시도된 이 연구는 '동물과 로봇의 정서적 교감'을 연구하는 학자들에게 더 큰 영감을 불어넣었다.

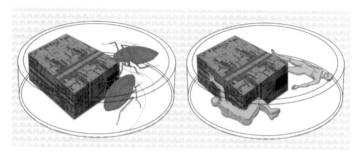

2018년 서울, 에이카로 바이오 및 뇌 공학과 크리스 피오릴 진 교수와 제이슨 정 교수는 로봇 쥐와 실제 쥐가 사랑에 빠지도록 만드는 실험에 성공했다. 그는 쥐의 쾌락 중추인 내측전뇌 속에 전류 자극을 가할 수 있는 칩을 삽입한 후, 같은 크기의 로봇 쥐와 동거시켰다. 이 칩이 하는 일은 로봇 쥐가 쥐 근처로 가까이 오면 쾌락 중추를 자극해 쥐 뇌 속에 분비된 도파민으로 인해 쥐가 오르가슴을 느끼도록 만드는 것이다. 로봇 쥐가 가까이 올 때마다 쾌락을 느낀 쥐는 자극을 가하지 않더라도 로봇 쥐와 떨어져 있으려 하지 않았다. 로봇 쥐에게 먹이를 가져다주거나 몸을 비비는 행위 등이 관찰됐다.

특히 쥐가 보는 앞에서 로봇 쥐의 머리를 분리하고 몸을 해체하자, 해체된 로봇 쥐 앞에서 꼼짝도 않고 머물며 슬퍼하다가 4일 만에 죽는 과정이 유튜브에 공개되어 큰 반향을 일으켰다. 동물이 로봇과 사랑에 빠질 수 있음을 보여 준 최초의 실험적 사례였다.

인간의 뇌 속 쾌락 중추에 칩을 삽입해 언제 어느 때나 오르가슴을 느끼도록 만들 수 있다는 주장이 꾸준히 제기돼 왔으나, 법적 규제로 인해 실제로 인간에게 적용된 사례는 공식적으로 없다. 파킨슨병 환자의 손 떨림을 치료하기 위해 삽입된 '기저핵 자극 칩'이 측중격핵도 전기적으로 자극해 "오르가슴을 동반하기도 한다."는 신경학적 보고만이 있을 뿐이다.

특별시 외곽에서 불법으로 쾌락 중추 자극 수술이 시술되고 있다는 것은 공공연한 비밀이다. 2043년 8월 A씨의 사례 보고는 이 불법 시술이 실제로 널리 행해져 왔다는 것을 알린 최초의 사회적 사건이었다. A씨의 변시체와 함께 발견된 로봇을 해체 조사한 결과, A씨가 로봇을 애무해 주면 로봇이 A씨의 쾌락 중추 자극칩에 전류를 흐르게 해 오르가슴을 느끼도록 설계된 것으로 드러났다.

지인들에 따르면, 인간관계에 서툰 A씨는 평소 집에서 자신의 로봇과 애무를 즐기며 성적 관계를 맺어 왔다. 사망 당일에는 6시간 40분 동안 애무를 즐기다가 과잉 전류 공급으로 인한 뇌출혈로 사망한 것으로 추정된다. 그가 로봇과 알몸으로 죽어 있는 사진이 당시 압구정동 대형 뉴스 패널에 모자이크 처리 없이 게시됐다가 '언론의 선정성 논란'에 휩싸이기도 했다.

A씨의 컴퓨터 하드디스크에는 A씨가 자신의 로봇에게 보낸 연애편지 165통과 동영상 3편, 세컨드 라이프에서 구입한 6700만 원 상당의 '로봇용 보석' 구입 영수증 등이 발견됐다. 그는 자신의 로봇을 전설적인 가수의 이름을 따 '마리아 칼라스'라고 불렀다.

사례 보고 2.

2045년 5월 22일, 인천에 사는 B양은 자신이 다니던 대학교 스포츠 콤플렉스 13층 옥상에서 자신의 로봇 매그넘 5와 함께 뛰어내려 자살했다. 그녀는 가족들과 지인들에게 아무런 유서도 남기지 않은 채 투신한 것으로 알려졌다. 자살 원인은 전혀 밝혀진 바 없으며, 유족들도 더 이상 이 사건이 사회적 이슈가 되는 것을 꺼린 탓에 지방 일간지에 단신으로만 처리되고 사라졌다.

명문대 법대를 다니던 전도유망한 B양이 왜 투신 자살을 했을까? 3년 후, 그녀의 자살 원인이 세상에 알려지면서 이 사건은 다시 한번 세간의 입방아에 올랐다.

사건은 투신 3일 전 그녀의 생일 파티 때부터 시작되었다. 평소 내성적이고 조용한 성격인 B양의 생일을 축하하기 위해 2045년 5월 19일 룸메이트와 그의 친구들은 옷장과 부엌에 숨어 깜짝 파티를 마련하고 그녀를 기다렸다.

B양이 집에 도착한 시각은 밤 11시 15분경이다. 그녀는 집에 오자마자 황급히 화장실로 달려갔다. 3분쯤 지났을까. 바지와 팬티를 입지 않은 채 나신으로 화장실에서 나온 B양은 자신의 클리토리스에 꿀을 바르고 소파에 누워 매그넘 5로 하여금 꿀을 핥도록 시켰다. 매우 능숙한 솜씨로.

B양에게 깜짝 파티를 열어 주기 위해 온 친구들은 옷장과 부엌에서 차마 나오지 못하고, 숨을 죽인 채 이 광경을 지켜봐야만 했다. 옷장 안에는 B양의 남동생과 엄마도 함께 있었다. 애무가 점점 격렬해지고 로봇 역시 흥분한 듯 괴성과 함께 혀의 움직임이 빨라지자, 옷

장 속 친구들은 더 이상 견디지 못하고 뛰쳐나와 조용히 각자의 집으로 가 버렸다. 아무도 그녀에게 말을 건넬 수 없는 상황이었다. 그로부터 3일 후, B양은 자신이 5년간 너무도 아꼈던 매그넘 5와 함께 투신 자살했다.

로봇과 함께 자위행위를 즐기는 것 역시 잘 알려진 은밀한 비밀이다. 정신과 의사들은 로봇을 훈련시켜 자신의 국부를 핥게 하거나 비비게 함으로써 성적 만족을 추구하는 것을 주물 숭배(fetishism, 또는 물신 숭배)의 하나로 간주한다. 동물과의 성관계를 통해 성적 만족을 느끼는 수간증(zoophilia)과 나란히, 로봇과의 성관계를 통해 만족을 느끼고 로봇과의 관계에 집착하는 현대인들을 로보필리아(robophilia)로 간주하기도 한다. 감정을 갖지 못하도록 규제된 로봇에게 '정서적 교감'을 바라는 로보홀릭을 일종의 질병으로 간주하는 것이다.

인간은 관계 속에서 삶의 의미를 찾는 사회적 동물이다. 때문에, 사회적 관계 맺기에 서툰 인간들은 정상적인 생활에 어려움을 겪으며, 로봇과의 관계를 통해 자신이 지배적 힘을 갖기를 원한다. 정신과 의사들은 이런 현대인의 증세를 '안티오페 증후군'이라고 부른다.

상반신은 사람의 모습을 하고 있으나 하반신은 염소인 사티로스와 성관계를 맺은 것으로 알려진 그리스 신화의 안티오페에서 이름을 딴 이 증후군은 감정을 갖지 못하도록 규제된 로봇과의 정서적 교감에 집착하는 현대인들의 증세를 모두 일컫는다.

2047년 8월 《뉴잉글랜드 저널 오브 메디슨》에 실린 연세의대 신경 정신과 김재진 교수 연구팀에 따르면, 382,546명의 일반인들을 상대로 조사한 결과 안티오페 증후군을 경험한 적이 있는 사람들이 무려 21퍼센트에 이르렀으며, 그 증세가 심각한 사람도 5.6퍼센트에 달했다. "쾌락 중추 자극칩을 통해 로봇과 성관계를 할 의사가 있느냐?"는 질문에, 무려 12.3퍼센트가 "그렇다."라고 대답한 것으로 나타났다.

　인간은 로봇과의 관계를 통해서도 삶의 의미를 찾을 수 있는 전 우주적 스케일의 사회적 동물이었던 것이다.

(2권에서 계속)

융합, 우정, 미래로 향한 글쓰기

'백탑파 시리즈'를 준비하고 집필하면서 30대를 보냈다. 10년 동안 내가 그들에게 배운 것은 두 가지다. 하나는 폭넓고 깊이 있는 공부! 그들은 농학, 수학, 천문학과 문학, 역사, 철학을 종횡무진 넘나들며, 꽃이든 비둘기든 무예든 차별 없이 관심을 쏟았다. 최근 들어 융합 교육이니 '다빈치 형 인간'이니 하는 말들이 유행하지만, 200년도 훨씬 전 이 땅에 살다 간 백탑파야말로 다양한 '앎'을 누비며 삶의 근본 문제들을 천착한 선각자들이었다. 또 하나는 각별한 우정! 박지원, 홍대용, 박제가, 이덕무, 백동수, 김홍도, 김영! 이 눈부신 천재들은 저마다 독특한 개성을 지녔으면서도 서로를 시기 질투하지 않고 힘을 합쳐 정조 시절의 문화 부흥을 일으켰다. 나이와 신분의 차이를 너무나도 가볍게 뛰어넘어 서로를 보듬고 의지하는 모습은 참으로 아름다웠다. 나도 그들처럼 살고 싶었다!

문과와 이과의 구분이 없고, 경쟁보다는 더불어 삶의 가치를 강조하는 환경에서 자라났으면 얼마나 좋을까. (정재승 교수와 나는 정말 고등학교에서 문과와 이과의 구별이 없어지기를 원한다.) 그러나 나는 대학 입학과 동시에 과학과 이별하였고, 내신 성적과 학력고사 점수에 따라 석차를 매기는 사회를 당연한 것으로 받아들인 뒤, 우여곡절 끝에 소설가가 되었고, 마흔 살을 넘겼다. 늦었지만, 이 사회 시스템 전체를 바꿀 수는 없지만, 나는 바뀌고 싶었다!

4년 남짓 내게 익숙한 것들을 두고 낯선 곳으로 갔다. KAIST 문화기술대학원 교수로 재직하며, 미적분을 만나고 확률 통계에 울고 공학자와 점심을 먹고 과학자와 자정을 넘겨 토론했다. 공부하면 할수록 공부할 것이 더 많아질 때의 아득함이여! 아득함은 아득함대로 두고 조금씩이나마 '이과'라고 통틀어 멀리하던 문화와 사귈 기회를 얻었다. 자연대나 공대 출신의 제자들을 지도하느라 밤을 새우기도 하고, '창조의 비밀'이라고 숨겨 왔던 예술가들의 창작 방법들을 객관화하여 논문을 쓰느라 낑낑대기도 했다.

희한한 이름의 '랩(LAB)'들을 호기심 어린 눈으로 구경하다가 놀라운 비밀을 하나 알게 되었다. 대부분의 인문학자들이 과거의 문제를 연구하여 현재의 개선책을 찾는다면, 과학자나 공학자의 시선은 현재를 넘어 '미래'를 향하고 있었다. 가령 이런 식이다. 10년 후에 상용화될 전기 자동차, 20년 후에 시판될 약, 30년 후의 유비쿼터스 도시, 50년 후의 우주선! 그 비밀을 알고 나서부터는 나는 그들을 사랑하게 되었다.

혹자는 나를 '역사 소설가'라고 부르기도 한다. 나는 그 호칭이 썩 마음에 들지 않는다. 나는 그냥 소설가이고, 내 작품을 들여다보면 고백, 연의, 추리, 여행기, 판타지까지 다양하게 넘나들기 때문에, 역사라고 두루뭉수리 덮지 말았으면 하는 것이다. 하지만 소설의 본질이 '시간'에 있다고 믿으며, 그 시간의 다양한 층위에서 몽상하기를 즐기는 이들을 '역사 소설가'라고 부른다면, 앞으로도 크게 괘념치 않을 작정이다. 정재승 교수와 함께 공동으로 학생들을 지도하던 'DISCO(Digital Storytelling and Cognition)' 랩에서, 그 새벽에 이런 몽상이 춤을 추었다. 과거만 역사가 아니라 미래도 역사다. 미래를 그려 내기 위해서는 과학이 밑바탕이 되어야 한다. 이왕 역사 소설가란 소리를 듣고 있으니, 어디 미래 역사 소설을 써 볼까?

과학이 지닌 이야기로서의 가치를 나보다 먼저 발견한 이가 정재승 교수이다. 일찍이 과학으로 콘서트를 꿈꿨으니까. 함께 과학 소설을 쓰자는 데는 쉽게 합의했지만, 집필에 돌입하기까지는 1년을 더 준비해야 했다. 두 사람 모두 각자 다른 일들이 많았고, 과학을 좋아하는 소설가와 소설을 좋아하는 과학자의 공동 집필이 어떤 식으로 가능한지 선례가 없기도 했다. 다행히 그 1년은 함께 랩을 꾸려 가며 생활 속에서 서로를 알아 나가는 시간이기도 했다. 아무리 바빠도 우리 가슴에는 『눈먼 시계공』이란 작품이 촛불처럼 빛나고 있었다. 시간만 나면 서로 은밀히 속삭였다. 빨리 시작해야 되는데요, 언제가 가장 좋을까요? 그러다가 신문 일일 연재의 기회가 왔고 우린 겁도 없이 이 기회를 붙잡았다.

집필은 즐거움과 긴장의 연속이었다. 매일매일 일정 분량을 채워나가는 것이 어려웠지만, 단어, 문장, 문단 단위로 '융합'을 만들어가는 재미가 쏠쏠했다. 더 좋은 소설을 완성하기 위해 문명의 이기들을 적극 이용했다. 국내외 출장 중에도 우리는 낮밤 없이 연락하며 함께 몽상을 키우고 이야기를 다듬었다. 우리가 큰 문제없이 연재를 마친 것은 서로의 일상을 이해한 뒤 집필에 임했기 때문이다. 프로젝트만을 위해 모였다면 소설가는 과학자를, 과학자는 소설가를 괴물 보듯 했으리라. 그러나 정 교수는 내가 마음껏 몽상의 날개를 펴도록 내버려 두었고, 또 나 역시 정 교수의 합리적인 지적을 기꺼이 받아들여 고치고 또 고쳤다. 서로에 대한 신뢰가 없었다면 불가능한 일이다. 문단 하나에 인문학적 교양과 과학적 지식이 멋지게 뒤섞인 여름밤에는 '아, 박지원과 김영, 이덕무와 백동수도 나처럼 즐거웠겠구나!' 여기기도 했다. 벗으로 인해 내 한계를 넘어설 수 있다는 것, 또 나로 인해 벗이 한계를 넘는다는 것. 이보다 더 기쁜 일이 또 있으랴. 벗이야말로 가장 가까운 곳에 있는 중요한 스승이라는 말이 이해가 되었다.

『눈먼 시계공』이 완성될 때까지 많은 분들의 도움과 따뜻한 격려를 받았다. 몽상을 멋진 그림으로 옮긴 김한민 작가 덕분에 소설이 더욱 풍성해졌다. 멋진 그래픽 노블, 기대할게요. 과학자들도 인정하는 SF 소설을 만들어 보라고 적극 권유하신 이광형 교수님께 감사드린다. 자료 조사를 도와준 DISCO 랩 학생들의 얼굴도 하나하나 스친다. 얘들아! 흩어져 봤자 이야기'판' 위가 아니겠어? 다시 만나 함께 이야기 만들 날이 꼭 올거다. 이원태 이엑스스타 영화 사업 본부장도 첫 구상에 동참하여 힘을 보탰다.

　나는 이 작품을 끝으로 KAIST를 퇴직하고 오래전부터 꿈꾸던 전업 작가의 길을 걷고 있다. 학교는 떠났지만, 그곳에서의 인연을 바탕으로 탁월한 과학자들과의 협업은 계속 이어 가려 한다.

　졸업 작품을 낸 심정이다. 이제 첫 삽을 떴을 뿐이다. 도전하고 싶은 '과학' 이야기가 많다.

2010년 5월

파주에서

저 자 소 개

글

김 탁 환   1968년 진해에서 태어나 서울대학교 국어국문학과와 동 대학원을 졸
업했다. 방대한 자료 조사와 치밀한 고증으로 역사 속 인물들을 「불멸
의 이순신」, 「나, 황진이」, 「혜초」, 「리심, 파리의 조선궁녀」로 생생하
게 되살려 많은 사랑을 받았고, 이중 「불멸의 이순신」과 「나, 황진이」
는 KBS 드라마로 제작되어 큰 인기를 모았다. 그 외 장편 소설 「노서
아가비」, 「압록강」, 「방각본 살인사건」 등과 소설집 「진해벚꽃」 문학
비평집 「소설중독」, 「진정성 너머의 세계」, 「천년습작」 등을 선보였다.
사진가 강영호와 함께 실험적인 연작 소설 「99」를 발표하여 화제를 모
았으며, 문화 계간지 《1/n》의 주간을 맡아 전방위적인 예술가로 활동
중이다. 그는 현재 경기도 파주의 집필실에 틀어박혀 호랑이의 영혼으
로 이야기를 만들고 있다.

정 재 승   KAIST에서 복잡계 물리학을 공부한 후, 예일 대학교 의과 대학 소아
정신과와 컬럼비아 대학교 의과 대학 정신과에서 신경 과학과 정신 의
학을 연구했다. 현재 KAIST 바이오 및 뇌공학과 부교수로서, 대뇌 의
사 결정과 뇌-로봇 인터페이스를 연구하고 있으며, 다보스 포럼 '2009
차세대 글로벌 리더'로도 선정된 바 있다. 「물리학자는 영화에서 과학
을 본다」, 「정재승의 과학 콘서트」, 「정재승+진중권 크로스」, 「도전!

무한지식』 등을 통해 과학을 포함해 인문 사회 과학, 예술 등 방대한 지식과 그것들을 절묘하게 아우르는 유쾌한 글쓰기로 세상을 놀라게 하기도 했다. 그는 뇌 과학과 로봇 공학을 바탕으로 '인간이란 어떤 존재인가?'라는 진지한 질문을 유쾌하게 탐구하고자 소설가 김탁환과 함께 이 소설을 썼다.

그림

김한민 대학에서 산업 디자인을 전공했고, 그림책과 만화 작업을 하고 있다. 그리스 비극의 가면 제작사를 다룬 만화 『유리피데스에게』, 그림책 『웅고와 분홍돌고래』, 어린이를 위한 동물 행동학 책 『Stop!』 등을 만들었다. 뿐만 아니라 『거미 여인의 키스』(민음사 세계 문학 전집 특별판) 등 다양한 작품에 디자이너이자 삽화가로 참여했다. 현재 《1/n》의 편집장으로 일하며 과학과 예술이 융합되는 한국 문화 창의성의 새로운 경지를 모색하고 있다.

눈먼 시계공 1

1판 1쇄 펴냄 2010년 5월 15일
1판 8쇄 펴냄 2019년 5월 14일

지은이   김탁환, 정재승
그린이   김한민
발행인   박근섭, 박상준
펴낸곳   (주)민음사

출판등록 1966. 5. 19.(제16-490호)
(우편번호 06027) 서울특별시 강남구 도산대로1길 62(신사동) 강남출판문화센터 5층
대표전화 02-515-2000, 팩시밀리 02-515-2007
홈페이지 www.minumsa.com

ⓒ 김탁환, 정재승, 2010. Printed in Seoul, Korea.

ISBN   978-89-374-8321-9 04810
        978-89-374-8320-2 (세트)